人只不过是一根苇草，

是自然界最脆弱的东西；

但他是一根能思想的苇草。

——帕斯卡尔

常识的歌谣

CHANGSHIDEGEYAO

张政军◎著

黄河出版传媒集团
宁夏人民出版社

图书在版编目（CIP）数据

常识的歌谣 / 张政军著．—银川：宁夏人民出版社，2015.10

ISBN 978-7-227-06146-5

Ⅰ．①常… Ⅱ．①张… Ⅲ．①散文集—中国—当代 Ⅳ．①I267

中国版本图书馆CIP数据核字(2015)第277925号

常识的歌谣　　张政军　著

责任编辑　陈　浪
封面设计　石　磊
责任印制　肖　艳

黄河出版传媒集团
宁夏人民出版社　出版发行

地　　址　银川市北京东路139号出版大厦（750001）
网　　址　www.yrpubm.com
网上书店　www.hh-book.com
电子信箱　renminshe@yrpubm.com
邮购电话　0951-5052104
经　　销　全国新华书店
印刷装订　宁夏精捷彩色印务有限公司
印刷委托书号　（宁）0001034

开　　本　720 mm × 980 mm　1/16
印　　张　24
字　　数　368千字
版　　次　2015年11月第1版
印　　次　2015年11月第1次印刷
书　　号　ISBN 978-7-227-06146-5/I·1563

定　　价　40.00元

目 录

生活的歌谣

行走的歌谣

阅读的歌谣

梦的歌谣

生活的歌谣

因为利益

人会狡猾地迷失在谎言里

谎言说得多了

也就很像真理

但常识毕竟是常识

两个魔鬼和一个天使孰好

两个魔鬼和一个天使孰好？我曾经不假思索地以为，这是一个十分脑残的问题。还需要问吗？当然是一个天使比两个魔鬼好了。比如，白衣天使，马路天使，桃李天使，邮政天使，超市天使，银行天使，餐厅天使，公交天使，动车天使，航空天使，酒店天使，领导我们的天使……想起来就令人心旷神怡其喜洋洋。但是，近几年我越来越认为两个魔鬼不见得比一个天使坏。这可不是听来的，也不是媒体上看来的，是我的眼睛老老实实告诉我的。

我住的园区比较偏僻，所以街巷也冷冷清清，于是，租房亦便宜。四年前来了一个大山里的妇女，开了一个杂粮食府。什么燕面糅糅、荞面搅团，什么糜面馍馍、荞面饸饹，什么豆面散饭、荞面窝窝，什么洋芋糊糊、凉粉鱼鱼，什么玉米面、浆水面，凡所应有，无所不有。噼里啪啦的一长串震耳的鞭炮声一响，算是开业大吉。可是，不知道为什么，好长一段时间，门前冷落车马稀。其间，我进去过几回，老板娘的笑容灿若桃花，再加上几分姿色，所以，感觉很是不错。卫生干净，小吃可口，惹得我成了回头客。但是，生意红火不起来。一个朋友说："不要紧，优美的坚持就是华丽的胜利！城里的富人大鱼大肉吃腻了，众里寻他千百度，蓦然回首，杂粮却在冷冷清清街巷处。"这朋友的嘴也毒，老板娘天使般的优美坚持，慕名而来的食客渐至络绎不绝，生意好一个红红火火啊！

我似乎长时间没有光顾了，一次，来了几个远方亲戚，我便吆喝着要请他们吃固原的特色。说说笑笑地进去，却不见老板娘灿若桃花的笑容，一声敷衍了事的招呼：“来了。”顷刻间几碗荞面搅团蹲在面前，几个亲戚一顿好吃啊！但是，我真的觉得不是原来的那个纯真荞面搅团的味儿了，因为，听说现在荞面贵得了不得，好些杂粮面馆都忍不住掺白面了。我问：“怎么样？”亲戚啧啧道：“好吃！好吃！”好吃就好吃，反正他们又没有吃过更好吃的。

自此，老板娘的笑容依然欠灿烂，饭的味道依然欠纯真，食客依然络绎不绝。但我毅然绝然地不再光临了，为什么还有人去吃呢？朋友说：“独家经营，骄傲自大，利令智昏矣！”

突然，有一天，旁边又开了一个杂粮食府，经营的杂粮面和那一家一模一样，凡所应有，无所不有。可惜，老板娘奇丑无比，但真心的温婉一笑，顿使人忘了其丑，只关心她的饭香。饭菜真的比那一家味道好得太多。于是，慢慢的丑老板娘的杂粮食府竟然盖过姿色尚好的老板娘杂粮食府的风光了。

有一日，她们突然对骂起来，好像天空阴阳接触的闪电，顷刻间便是噼里啪啦的暴风骤雨。哪里有饭馆天使的味道，活活的一双狰狞魔鬼。但我并不以为她们是魔鬼，她们不过是两个想辛辛苦苦多挣两个钱的普普通通的劳动妇女。同行是冤家，卖石灰的见不得卖面的，自然之理也。我倒偷偷地欣喜若狂，因为，从此以后，我进这家，丑老板娘幸福得和花儿一样；我进那家，尚有姿色的老板娘灿烂得和阳光一样。至于饭菜，用一句西海固人说的话：“没麻达！”（就是一点儿问题都没有）

可是，多少年了，我为什么死心塌地地以为一个天使远远比两个魔鬼好呢？因为，天使教导我们，天使只有一个，再来一个就变成两个魔鬼了，面子上不好看。今天，我才恍然大悟，两个魔鬼不吃人，模样还真可爱！几千年来，我们习惯了“吾皇万岁！万万岁！”的地动山摇的表白，表白得皇帝像美丽的天使一样都不好意思嗔怪：“好一群没有脑子的狗奴才！”

上个世纪70年代，我压根儿没有憧憬两个魔鬼比一个天使好的臆想，心无杂念地以为，一个天使好！就是一个天使好！为了买二斤醋，半夜四点起来，拎着塑料醋壶，一路小跑到十里以外的镇上去排队。太阳一竿子高了，供销社的售醋员天使才骑着辆烂自行车“咯吱咯吱”地来。不是开门卖醋，而是开窗卖醋。半平方米的杨木窗子“哗”地一开，一张冷冰冰的脸，一句冷冰冰的话：“醋壶拿过来！”于是，几十米长的买醋大军开始兴奋地蠕动，一个，两个，三个，四个，五个……买上醋的一个个喜笑颜开而去。突然，一个醋壶捣进去被“嗖”地扔了出来，接着听到售醋员振振有词地大声吼道：“明明没有醋了，把个烂醋壶捣进来干倈啥呢？”“我看着还有一点醋呢，咋不倒了？”买醋的愤愤不平。这个不平的人就在我的前面，他倒不上醋了，贴在他后面的我自然白白地苦等了五六个小时。回头看看那些和我一样的人的失望表情，我从来没有希望有另一扇卖醋的窗子为这些老实善良的人民打开。因为，我始终认为有一扇卖醋的窗子就已经不错了，那是一扇天使般的卖醋窗子啊！

絮絮叨叨诉说这个上个世纪70年代乡村少年买醋的故事，让习惯了今天超市遍地开花的年轻人听了一定以为是一个笑话，但如下的对白却是实实在在的身边鲜活的报告文学。

“你看台湾，哈哈，啥民主？两党议员开会，开着开着就连魔鬼一样撕在一起打开了。”

“日本更可笑，哈哈，女议员高跟鞋脱了嗖地一下飞到另一党议员的头上。”

“以色列才热闹呢，怒发冲冠，一杯水哗地就泼政敌一脸。”

但台湾是亚洲四小龙之一，日本高科技产品满世界飞，以色列的农业技术地球人都学习，也是不争的事实。公正民主法治科学的龙争虎斗也会碰撞出未雨绸缪的智慧火花，促进社会生产力马不停蹄地奔跑。记得罗素说过：“所谓民主，就是选一个人上去让人民骂。”这老头儿也太幽默了，这让嗜好绝对权力爱好领导面子的人民公仆的脸往哪儿搁？袜子再烂，脚面子上也要光光鲜鲜的啊！

2014年9月12日

民主是为了更好的法治

自从香港这个曾经迫不得已送给洋鬼子的可怜孩子1997年回到中国母亲的温暖怀抱以后，香港的艺人就不屑于在香江畅游了。比如，成龙大哥，他原本就是中国功夫海洋里的“吞舟之鱼”，怎么能不向往遨游于长江黄河呢？一头长发一身功夫的成龙大哥即来大陆，则如鹏翔蓝天，抟扶摇直上九万里。演绎得中国功夫风华绝代，开心得大陆观众屁颠屁颠，恨不得跟在成龙大哥屁股后面提跑鞋。突然有一天，大陆的亿万观众开始人云亦云地唾骂成龙大哥，“呸！呸！不是旋风就是鬼，三把刀子戳死你！”也不知成龙大哥不小心动了谁的奶酪。后来一查证，方知成龙大哥抱怨大陆老百姓的自由太多了，政府是该好好管一管了。这国际功夫巨星也太功夫巨星了，四肢发达，头脑简单——这不明摆着嫌弃大陆专制不够嘛。千百年来，中国的多少仁人志士，提着自由的刀，前赴后继地向专制的头上砍去，赴汤蹈火，在所不惜。龙哥都是呼吸过香港自由空气的人，怎么可以轻言大陆“管得不够”呢？

我也是一个喜欢凑热闹的人，在射向成龙铺天盖地的唾液里，也少不了我不计其数的唾沫星子。一个香港功夫巨星，怎么还嫌弃大陆官员管老百姓管得不够呢？难道要城管像狮子一样追得摆地摊的老百姓跟角马似的到处乱跑？难道要足球委员会像婆婆一样管得足球队像童养媳似的蹑手蹑脚？难道要乡干部抓计划生育和狼一样进村吓得怀着孩子的孕妇一下子流产？难道要教育行政官员揪着教师的自由调动死死不放非要在他那儿盖一个血红的公章？难道一篇文章因为冒犯了某个高官便审来审去最终还是枪毙掉？……这太多的“难道”背后，不都是因为老百姓不懂官场的潜规则而惹得官员不开心，于是官员就铁了心地“公事公办”“严格管理”吗？可爱的成龙大哥，你沐浴在香港自由民主的阳光之下，赏雪花的不知道下煤窑的黑啊！

可是，行走在祖国的大地上，耳闻目睹得多了，真觉得成龙大哥言之有理。不要说集体无意识的过马路闯红灯，不要说见怪不怪的随地吐痰随地乱扔垃圾，不要说光天化日之下暗偷明抢坑蒙拐骗，单是造假排污行贿受贿就已经叫人触目惊心。为什么官员不雷厉风行多管齐下查他个水落石出打他个落花流水？

如此说来，中国人之于自由和民主，好像太少，又好像太多。真的是弄得人一头的雾水啊！莫不是陷入二律背反的悖论里面了？不！我们只是敷衍了事于“法制”的层面，没有深入地耕耘到真正的“法治”土壤。“法制”是因为专制，“法治”是因为民主。民主是为了更好的法治。

因为专制，该管的不管，不该管的偏管；因为专制，为自己捞钱的就管，为人民服务的就不管。即便是这样，千百年来，我们一直陶醉于专制的烈酒海洋里而难以自醒，努力地寻找着漂亮外衣，精心地为专制梳妆打扮。

诸君有所不知，时至今日，有多少爱国人士皆异口同声地曰：“中国非专制而无以求稳定，中国非专制而无以谋发展。”何以言之？国情使然！

从历史的纵深地带勘探，三皇五帝虽然禅让，但绝对不是民选，承接王位者，依然专制。秦始皇开封建帝制，可谓是皇帝一专到底，而且，专制得精彩纷呈，专制得美妙绝伦，专制得得心应手，专制得源远流长，专制得泱泱华夏在唐朝出落成仪态万方的大家闺秀，风姿绰约地升华成举世闻名的文明古国。请问，专制有什么不好？明朝虽然被专制沦落成小家碧玉，清朝虽然被专制蹂躏成烟花女子，但是，辛亥革命一声炮响，诞生的中华民国依旧被袁世凯大总统一厢情愿地专制。蔡锷将军云南一声吼，虽然唱响了袁大总统命归黄泉的丧歌，但是，你方唱罢我登场，没有蒋介石的军事独裁还收拾不了城头变换大王旗的民主走秀表演。1949年，毛泽东站在天安门城楼，用浓重的湖南口音抑扬顿挫地宣布“中华人民共和国成立了”；但是，“大跃进”鼓足干劲，力争上游，多快好省地建设社会主义。还是毛泽东一个人说了算，彭德怀质疑就靠边站。“文化大革命”十年，林彪说毛泽东的话一句顶一万句，刘少奇邓小平的一句谏言不过是被打倒的证据。你说专制的生命力强不强？虽跨越千年，但惯性不减。

一百年来，“赛先生”科学落户中国，繁衍生息，茁壮成长。农业、工业、国防、科技四个现代化的水平到今天也不逊色于地球上发达国家的水平。可是，“德先生”民主呢？老是和执政者亲热不起来。不是“德先生”太丑，而是一部分人的皇帝瘾太大，大部分人的奴才瘾也不小。所以，一大群“位卑未敢忘国忧”的知识分子老是哼哼唧唧地呐喊民主亲吻“德先生”。自由主义天使胡适就振振有词：“宁鸣而死，不默而生。”柏杨要民主，要来了监狱。李敖要民主，要来了监禁。谁还要民主？

从地域的横向地带观察中国，中国幅员辽阔，穷富不齐。从青藏高原一路走到上海，就是从农业社会走向工业社会再走向电子信息社会。中国人口奇多，素质不等，高则“曾经沧海难为水，除却巫山不是云”，低则“不知泰山在山东，误作李白为李逵”。中国交通不便，信息不通，四大高原，山大沟深，几大沙漠，杳无音信。中国民族多样，信仰不一，“五十六个民族，五十六枝花；五十六个兄弟姐妹是一家”，歌声悠扬动听，可是，各有各的信仰，各有各的习俗，众口难调啊！哪里能谁说了谁算呢？13亿多人，百姓百姓，各人有各人的脾性。三个人进餐馆，口味不同。何况13亿多人的口味，何以都能满足？所以，对不起，给专制一定的空间，就给民主可待的时间。走进共和，不可能一蹴而就。

我常常被这些爱国人士以这样言之凿凿的“专制得有理”之海谈淹得死去活来，可是，再斩钉截铁的专制海谈也不可以湮灭我热恋“德先生”的焰火。民主的心芽坚忍不拔地噬啮着我日渐麻木的灵魂，在自由的蓝天之下，我憧憬着民主的鲜花开遍大地。

因为我知道，世界潮流，浩浩汤汤，顺之则昌，逆之则衰。生产关系必须要适合生产力的发展。电子信息化的时代，只有民主的政治引擎方可以造就自由竞争的生态环境，进而激发出高瞻远瞩的政治精英，运筹帷幄之中，决胜千里之外。

因为我知道，地球上只有一个小小的国家还在玩世袭独裁专制。贵为一国之主，老子玩了儿子玩，儿子玩了孙子玩，孙子玩了一定重孙子接着玩，子子孙孙无穷尽也。难道真的是龙生龙凤生凤老鼠生的儿子会打洞？他们家族的治国安邦智慧就无穷无尽？他们的人民说着机械的话举着机械的手笑着机械的笑容，能有什么梦想和欢乐？普世的民主价值观对于他们真的就是一个盲区？看看他们的老百姓过的是什么日子，一切就都明白了。真正民主的国家，即使有千百个不舒服，但老百姓的日子自己是可以心甘情愿接受的。至于非洲和中东有的民主国家动不动就弄得鸡犬不宁，那不过是执政者披着民主的漂亮外衣干着龌龊的独裁勾当使然。不要借此给真正的民主泼脏水。

我亦知道，真正的民主是需要一个渐进的过程，但是，要畅游长江总不能一直站在长江岸边，昂首挺胸，高声朗诵“到中流击水，浪遏飞舟”吧？不下定决心，纵身一跳，投进长江，游他个千回百回，怎么可以“自信人生二百年，会当击水三千里”呢！

我还知道，专制就是权力的绝对化，而绝对权力绝对产生腐败。没有万丈阳光照耀的地方，想不滋生龌龊的细菌都不行。杀菌的锐利武器就是阳光，除腐的尖端杀手就是民主。真正的民主就是权力的相对化，专制下的“法治”不过写在纸上的“法制”而已。美而言之，是开给老百姓的民主的空头支票而已；丑而言之，是给专制的婊子立一个民主的贞洁牌坊而已。没有民主的法治，不过是“依法治民”，哪里会“依法治国”？

因为“恰同学少年”的情怀，我始终喜欢中学历史课本里五四运动时期的“德先生”和“赛先生”。想当年，病入膏肓的中华帝国，日薄西山，气息奄奄，百足之虫，僵而不死。害得一个个炎黄子孙漂洋过海，寻诊问病求良方。最终，起死回生的良方开出，一是“德先生”，一是“赛先生”。俩先生同请同来，双管齐下，药到病除，妙手回春也。我记忆犹新，二先生分别是“科学”和“民主”，但是，我的英语太丢人，谁是

“德先生”，谁是“赛先生”，分不清。往往张冠李戴，贻笑大方，至今如此。

一直以来，想写一些关于“德先生”的文字，但总觉得底气不足，受人围殴，势单力薄，招架不住。幸好，连日来黄河上下长江南北刮起了一股强劲的“依法治国”的时尚之风，吹得我大脑痒痒双手痒痒屁股痒痒，仿佛一只被器宇轩昂的雄鸡宠爱的母鸡一样，情不自禁地咯咯叫个不停，没有别的意思，就是想下个“民主”的蛋，以释放对专制厌恶的恶气。蛋的名字就叫“民主是为了更好的法治”。

2015年1月9日

那个原来叫丁书苗的女人

这依然是一篇没有跟风的文字。2015年1月5日，固原的天，阴云密布，寒风嗖嗖嗖地吹，似乎要飘雪的样子。丁书苗这个女人，炒得火热的日子是去年11月的事情。也许是贪污腐败的新闻络绎不绝，大家见怪不怪，但必须要无聊地说说，凑凑热闹，证明自己很清白，尔后坦然地迅速忘却，各忙各的事儿，各过各的日子。电视新闻上的贪官污吏，距离自己那么遥远，即便是花了皇帝买马的银子，与普通老百姓又有几毛钱的关系？以后不知有多少贪污腐败的大案奇案又要一次又一次地挑战老百姓贫乏的想象力？

我宁愿少看一些腐败的新闻，保持我的天真，坚信人性的美好，静养浩然正气，坦然地生活于吃穿不愁的平凡日子里。因为我常常徜徉于琳琅满目的豪华超市，仅仅是抱有欣赏的目的，至于拥有，我的确觉得许多许多的东西对我来说都是多余的。人的贫穷，不是因为拥有的太少，而是因为想占有的太多。就像一个男人之于漂亮的女人，平素看看就行了，一个一个绞尽脑汁弄到手，要上床要性交要戴套要提防自己的老婆要逃避大众的眼光，麻烦不麻烦？

之所以关注丁书苗这个女人，是因为一场“机缘”。一次在我四姐夫家蹭饭，姐夫看新闻频道，突然就出来了一个引人注目的女人，姐夫说叫“丁羽心”，是原铁道部部长刘志军的情人。既然是铁道部部长的红颜知己，那一定不是“羞花闭月”，就是“沉鱼落雁”了。至于“一顾倾人城，再顾倾人国”，我倒没有奢望。但是，我屏幕上找了半天找不到。姐夫说：“就是那个坐在被告席上的胖女人。”不可能！我印象刘志军的一个铁杆红颜知己叫“丁书苗”，不叫“丁羽心”。姐夫说：“名字改了，原来叫丁书苗，有钱了叫丁羽心。”哈哈！原来如此！“羽心”从汉语的韵味上来品尝，的确比“书苗”有诗情画意，但“书苗”更朴素自然接地气。不管是“丁羽心”，还是“丁书苗”，之于我都是“看景不如听景”。她的形象气质风度，好一个叫我失望啊！莫非好事的小说里描写的那些游刃有余于高级官员之间的风姿绰约“回眸一笑百媚生”的女子都是小说家的意淫而已？现实生活中的“高铁一姐”丁羽心竟然让我如此的大跌眼镜！姐夫说：“这个刘志军也太没有档次了，看那情人胖得连个塔一样。”姐姐说：“你没有让刘志军自己撒一泡尿照照再嫌人家丁羽心，金花配银花，葫芦配南瓜，鸡鸡不要笑鸭鸭，屎肚子不要笑蚂蚱。”

听着姐夫和姐姐你一言我一语地抬杠，看着法官对丁羽心的审判，我忍俊不禁。虽说“人不可貌相”，但丁羽心无论从形象到气质到风度都不可以恭维。虚胖就不用臧否了，杨玉环也不苗条，默克尔也不显水蛇腰。单就她身上裹的那一件高档的艳红的肥毛衫，就无言地唠叨着她一身的没有文化。艳红色那么引人注目，怎么可以裹在虚胖的身体上呢？是欲盖弥彰？是扫除晦气？还是张扬“威武不能屈”的个性？“你们看，老娘落难了还是风光依旧！”但是，我怎么看，她都是一副“假凤凰落架了就是一只鸡”的失魂落魄样儿。我开始同情这个只有小学三年级文化水平的年过半百的女人了。她头上扣着一顶黑色的小边的礼帽，洋溢不出绅士的潇洒，发散出的是马戏团棕熊头上扣了一顶黑色礼帽的滑稽。她整个人往被告席上一坐，就是一个黑色幽默。她的嘴皮发白而干燥，多余话没有，只是在机械地“嗯……嗯……”地回答法官提出的问题。眼神惊恐而无助……她此时的身份除了是罪犯，还是母亲、妻子、女儿，所以，我不想再议论她，因似乎觉得我十分的小人，有落井下石之嫌。请问，当下之中国，落井下石的小人还少吗？我厌恶扩大小人这个数字。高官富商高高在上时，恨不得舔人家的痔疮；高官富商成了阶下囚，恨不得把女人的卫生巾摔到人家的嘴上再吐一口浓痰。这是怎样的国民素质啊!

想到这些，我蓦地就想起来了民国时候的周作人和瞿秋白。按惯常的思维，这是两个迥然不同的人，但是，我觉得他们有一点是相同的，那就是中国传统文化熏陶出来的“士人的风骨”。历史再混沌也有好事者捕捉到永恒的瞬间。比如，我就亲见周作人被作为汉奸让国民政府警察带走的照片，一袭雪白的棉布长袍，墨黑的八字胡须，干净明亮的脑袋，双目淡定，步履从容，虽是汉奸，但骨子里依然是个文化人，令人遐想不已。至于瞿秋白，就更风神潇洒了：都死到临头了，依然那么视死如归，天地一仙鹤的姿态。整理长衫，席地而坐，泰然自若，目光如炬，坦然一笑，曰：“此地甚好！”如果我是刽子手，我一定将子弹打偏，留一条文弱的汉子于莽莽天地之间。此二人的人生追求，历史已有定论。但是，有一点是可以称道的，他们都是自己精神信仰的驾驭者，而不是金钱和强权的奴役者。

丁羽心的失魂落魄，神散形散，看来是被权力和金钱奴役的结果。权力和金钱再好，毕竟是身外之物。没有了信仰，有权有钱则飞扬跋扈，无权无钱则失魂落魄。遍观目下之中国，这样的人还少吗？今天的丁羽心，什么也没有了。金钱，4000多万人民币，全部没收。连同女儿的8000多万人民币，也全部没收。权力，刘志军倒了，树倒猢狲散，她还能有什么权力？皮已烂，毛焉存？家庭，人囚家散，庭院荒芜。昔日狐朋狗友，避她都避不及。她拥有什么？拥有20年的有期徒刑，拥有25亿元的天文数字罚款，拥有“高铁一姐”的江湖诨号。

其实，我有时候想，她不要来一个华丽的转身，从“丁书苗”蜕变成“丁羽心”多好。本本分分地在她的故乡，卖她的鸡蛋，开她的餐馆，守她的男人，育她的儿女，穿她的布衣，吃她的淡饭，住她的庭院，叫她的“丁书苗”多好啊！小学三年级的文化水平，应付这些绰绰有余。她为什么就喜欢上了开人肉包子店的母夜叉孙二娘呢？江湖的那一摊浑水，哪里是她一个小学三年级的布衣娘子蹚得过的？怪了，铁道部的那些英雄豪杰就看上了她这个豪爽仗义的孙二娘。其貌不扬，出手大方，为朋友两肋插刀，路见不平一声吼。为铁路工程招标穿针引线，该出手时就出手，不该出手时打死也不出手。铁道部这肥得流油的部门，满铁轨铺的都是人民币，高高在上的英雄豪杰怎能无动于衷？但是，公家的油揩了就揩了，必须神不知鬼不觉，压服得口声才是。那么，丁书苗这样的孙二娘就是最佳人选了。丑一点不要紧，丑女人安全。文盲一点也不要紧，文盲了心眼实在。刘志军慧眼识人才啊！郭美美不是漂亮得了不得吗？招摇炫富，像一颗没有时间控制的炸弹，说炸就炸，危险！丁书苗就安全多了，一项工程，几百万的潜规则，一项工程，几千万的潜规则。你知我知，天知地知，只有国务院不知。不是刘部长东窗事发，丁羽心正在热火朝天地慷慨解囊，到处捐款献爱心呢。

权力的寻租空间那么大，丁书苗这样豪爽的巾帼英雄怎么忍得住？金钱的诱人魅力那么大，丁书苗这样贫穷的农村妇女怎么忍得住？一个只有小学三年级文化水平的农村妇女，游刃有余地奋斗成了“高铁一姐”，其传奇人生不知羡慕死多少北大的女硕士，嫉妒死多少清华的女博士。可惜，丁羽心的酒量只有一斤，她却因为吃了豹子胆，开怀畅饮了一百斤，醉不死也烧死了。判刑20年，罚款25个亿！牛逼！拓展了中国人民的想象力。

2015年1月6日

内蒙古那个才十八岁的娃娃

苏东坡自嘲，他装了一肚子的不合时宜。我喜欢朗诵苏东坡的文章，不仅是因为其文乃“清水出芙蓉，天然去雕饰”，而且读之朗朗上口听之泠泠悦耳，但我逃避他文章观点的不合时宜。人生一世，随波逐流人云亦云多安全啊！为什么要标新立异自找麻烦呢？好在大宋的胸怀对文人还是宽广的，苏东坡虽屡遭挫折却有惊无险。今天的文化环境也是如此的宽松，纵容得我一肚子的不合时宜。其实，真正的知识分子都这臭脾气，刀子嘴豆腐心。罗素好像调侃过民主政治，说民主政治就是选一个人上去挨骂。挨骂的那个人，可以竭力反对骂人的人的观点，但绝对不可以剥夺骂人的人的骂人权力。我不想骂人，担心落个骂街泼妇的美名。但是，我想如果真的有来世，人死了以后有在天之灵，内蒙古的那个娃娃，在阴间听说他十八年前死错了，会是欣喜若狂，还是怒发冲冠？会是自认倒霉，还是感激涕零？不，十八岁乃血气方刚，我想他一定会沉默良久，慢慢地扬起高贵的头颅，曰：“我操他娘！”

他究竟要操谁的娘呢？这是一个日渐模糊的概念。时间的流逝悄然冲淡了人民对那个被错杀的内蒙古十八岁的娃娃十几天发高烧的关注，不同的人共同从死者天大的冤枉里比较出生者安然无恙的幸福，健忘的幽灵偷偷地拭去了善良的人民同情的眼泪，但擦不干内蒙古娃娃父亲母亲的滂沱泪水。不，为人父母的人都知道，泪水滂沱是幸福的，痛苦的是泪已经流干，恨都不知道去恨谁。205万的人民币推到死者父母颤抖的手里算什么意思？是一条十八岁鲜活生命的补偿？还是还给弱势群体的一个人情？还是表达强势政府知错就改的心意？这么多的钱，父母怎么花？人都走了，要钱干什么？十八岁的生命，唐突地消失，龌龊地抵赖。十八年后，为了彰显依法治国的决心，将冤假错案开诚布公于天下，感动得人民泪流满面。“终于见着青天大老爷了！终于见着青天大老爷了！”但是，我怎么闻都是“杨乃武与小白菜”的味儿？什么年代了，为什么还喜欢把命押在青天大老爷的身上？在大众日渐模糊的记忆里，我想注入一点不合时宜的兴奋剂，那就是青天大老爷全是不靠谱的！

当电视的铺天盖地报道悄无声息，当报纸的连篇累牍渲染戛然而止，当网络的如火如荼炒作偃旗息鼓，当人民的茶余饭后谈资味同嚼蜡，我想，这个被冤枉的内蒙古娃娃的遭遇如同饕餮大餐被无恶意的老百姓山吃海喝了一番，尔后从容地弃置到记忆的垃圾箱再无人问津，这是一个多么自然的行为过程啊！死者已死，生者自生。新的生命继续诞生，新的日子继续来临，在这个把他人的痛苦都当快餐享用的速食时代，谁又愿意低头思考死者的意义？“亲戚或余悲，他人亦已歌。死去何所道，托体同山阿。”况且，这是一个十八年前就死了的青年，依旧将白开水当苦酒喝的就只有他父母亲了。幸好，还有我这个不合时宜的人，此时正在写一篇已经过时的文字，为内蒙古那个才十八岁的娃娃，为天下所有被冤枉了还不知道骂谁的人民。

我无需为记不住那个才十八岁的内蒙古娃娃的名字而表示歉意，我只要明白他是内蒙古大草原上一个堂堂正正的中国公民就行了。这个冤案追查平反在中国共产党旗帜鲜明地提出要依法治国之时，媒体不厌其烦地高调报道，是颇含深意的。依法治国，依法治国，不再是说说而已，必须身体力行。这无疑给中国人民的头顶勾画出了一片灿烂星空。康德说：“位我上者，灿烂星空；道德律令，在我心中。”每一个炎黄子孙，言谈举止，掂量着点。执法必严，违法必究，法律面前，人人平等。比如，内蒙古那个被错杀的才十八岁的娃娃，一定要平反昭雪。内蒙古最高人民法院的院长必须在媒体上公开向公众和死者家属做诚挚的道歉。与冤案相关的公检法公职人员必须要将其绳之以法。立法律之尊严，树国家之形象，还死者一个公道，给人民一个说法。

但是，这么强大的正能量的气场，是内蒙古公检法相互配合相互监督自纠自查滋养出来的铁面无私的浩然之气，还是因为死者的父母亲坚忍不拔地上访中纪委巡视出来的火气？如果是前者产生的硕果，我真要心旷神怡地品尝。如果是后者施压的结果，我不得不谨慎地喜悦。请问，中国如此的幅员辽阔，中纪委的员工即便都是孙悟空，又怎么可以打完这儿那儿的妖魔鬼怪呢？况且，这样的治法，只是治“果”，事件源头的“因”，谁来掐断？人都冤枉死了，赔偿205万元的钱有什么用？父母拿着就烫手！

媒体接连报道的那十几天，我走到那儿都是“内蒙古那个才十八岁的娃娃”“内蒙古那个才十八岁的娃娃”“内蒙古那个才十八岁的娃娃”……好像中国人民都成了祥林嫂，“阿毛……阿毛……阿毛……”可可怜怜地叫魂似的。但客观事实是，阿毛已经被狼吃了。我不惊诧于十八岁的蒙古族小伙子在1996年60天被公检法联手速查速审速判成了强奸杀人犯顶了严打的指标命丧黄泉，我惊诧的是2005年真强奸杀人犯良心发现满口承认了犯罪事实公检法查证清楚却隐瞒不昭雪平反。而且一拖就是九年，这是什么样结构的公检法啊？当公检法三组织只有相互配合，而没有相互监督纠错时，只能是沆瀣一气狼狈为奸助纣为虐了。绝对权力者是英明的光荣的正确的，绝对权力者怎么会错呢？面子面子，绝对权力者的面子是多么重要啊！在绝对权力者的面子面前，一个内蒙古十八岁的娃娃的鲜活的生命算个屁！人民人民，在强权面前不就是个屁民嘛。

不信，请看内蒙古这个才十八岁的娃娃是怎么一步一步因为权力缺乏有效的监督有效的制约而从一个堂堂正正的人民滑向屁民的深渊的：

1996年。

蒙古族娃娃下班和朋友去一餐厅吃饭，高兴，喝了一点酒。他是人民。

蒙古族娃娃和朋友走在回工厂的路上，朋友回家取东西，他一个人等着。他是人民。

蒙古族娃娃听到附近一女厕所有叫喊声，好奇，犹豫再三，等了一会儿，走进去，见一女子斜着躺靠在墙上，死了，裤子被扯脱了，像是强奸致死。他是人民。

蒙古族娃娃从厕所出来，等朋友来了，说，厕所死了一女性，要报案。朋友说算了，不惹那麻烦。善良的蒙古族娃娃执意报了案。他是人民。

蒙古族娃娃被警察叫去询问，朋友也陪着去。朋友听到询问蒙古族娃娃的房间响声不对劲儿，不敢问。从此，蒙古族娃娃成了他报的案子的嫌疑犯，没有了自由。他一下子就变成屁民了。

不久，内蒙古一家报纸上报道，公安局的刑侦警察火眼金睛，机智老练，一下子就识破了一个十八岁的报案者的“贼喊捉贼”的阴谋诡计，原来，他自己就是强奸杀人案的真凶。内蒙古自治区的这一桩大案命案一举破获，罪犯已捉拿归案，不久将给人民一个满意的答复。内蒙古娃娃连屁民都不是了，是强奸杀人犯。

62天以后，内蒙古娃娃被执行死刑。其父母打死也不相信十八岁的儿子是强奸杀人犯，但口供具体，证据确凿。感谢公检法紧密合作，速战速决，为民除害。内蒙古娃娃俨然人民一害。

2005年。

突然，一个作恶多端的强奸杀人犯落网，言之凿凿地招供，他就是九年前那个在女厕所强奸杀人的真凶。而且，不是一次两次，十几年下来，都强奸抢劫杀人27次了，倒霉，这一次算栽了。九年前那个报案的十八岁的蒙古族娃娃是被冤枉了，成了他的替死鬼。呜呼！邪恶是邪恶者的通行证，善良是善良者的墓志铭。公安局愕然，检察院默然，人民法院默然。内蒙古娃娃原来是冤死鬼？！

2006年，内蒙古娃娃父母上访鸣冤。

2007年，内蒙古娃娃父母上访鸣冤。

2008年，内蒙古娃娃父母上访鸣冤。

2009年，内蒙古娃娃父母上访鸣冤。

2010年，内蒙古娃娃父母上访鸣冤。

2011年，内蒙古娃娃父母上访鸣冤。

2012年，内蒙古娃娃父母上访鸣冤。

2013年，内蒙古娃娃父母上访鸣冤。

2014年，内蒙古娃娃父母上访鸣冤。高层重视，媒体频频报道。内蒙古人民法院院长媒体上开始公开道歉，重新开庭宣判，内蒙古娃娃呼格吉勒图无罪，这个蒙古族娃娃的名字实在难记，幸好，各大媒体不厌其烦地报道，老百姓还是记住了。但是，被告席上空无一人。旁听席上坐着一对老人，泪流满面。儿子的清白整整等了十八年，十八年啊十八年，人生有多少十八年？如果人还活着，已经三十六岁了，可惜，人已经去了阴曹地府十八年。

但愿，这个内蒙古娃娃的冤枉是个意外中的意外。不然，他妈的给谁谁都受不了。

2015年1月3日

人生没有回头的快乐

四十五这个年龄算不算老？当然不算。但我实实在在地觉得已不再年轻，铁的印证是连梦都记不住。比如刚才南柯一梦，突然高兴得醒来，回忆，大半已忘却，又不甘心全然忘却，于是就急急忙忙书写记忆犹存的梦之碎片，依然开心异常。

似乎是一扇青色的磨盘，朗日秋风，杨柳婆娑，树叶发黄，零星飘落……青色磨盘坐五人，一会儿是今天的五位同事，一会儿又好像是高中的五位同学。恍恍惚惚，摇摆不定。突然，脸面就十分的明朗起来，乃高中的五位同学也。一张姓，盘腿坐我对面；一杨姓，屈单膝跪我对面；一方姓，四平八稳坐我左边；一杨姓，狗一样蹲在我右边。磨盘不大，但五人皆跃在其上，吆五喝六，喝着我们家乡的杨郎糜子酒，抽着上世纪90年代时尚的一包一元二角的宁夏骆驼牌香烟。胡说乱谝，放浪形骸，肆无忌惮。似乎年龄定格在二十几岁，大学毕业，工作不如意，老婆找不上，父母不用管，领导算个屁，每月挣一百几十元的臭钱，一人吃饱，全家不愁。喝着喝着喝高了，我和张姓同学纠结到一起，互不相让。他说："八马拴！"我说："九你端！"他说他赢了，我说我没输。他说他不喝，我说他偏要喝。他说要我喝十个再说，我弄不明白我为什么要喝十个他再喝。一转头，见他睡得连死猪一样，鼾声四起。顿时鼾声连成一片，他们都和死猪一样"梦游天姥吟留别"去了。我潇潇洒洒地爬起来，踉踉跄跄地要去撒尿，可是满街的人，就是掏不出来，但尿胀得实在受不了，忍啊忍啊就醒了……原来是南柯一梦啊！

尿胀醒来，我去卫生间舒舒服服地尿了长长的一泡尿，细细品味刚才和同学放浪形骸之梦境，不觉哑然失笑，庆幸我洒脱一尿，没有被憋死。因为，前几天听一位同学差一点被尿憋死，做了急性前列腺炎手术，方上下通水不呻吟。再努力联想那四位高中的老同学，哈哈！哪里能啸聚到一个青色的磨盘之上啊！还奢谈什么“朗日秋风，杨柳婆娑。吆五喝六，放浪形骸”？

那杨姓同学，远在宁北，二十几年混了一个臭局长，每天正日理万机呢。前两年还偶尔携夫人一行来固原盛情邀请我喝两杯剑南春。喝着喝着喝高了，抱着我的头就卿卿我我个没完没了，乱七八糟的话题只有一个，他的儿子书念好念不好都要找我的麻烦。

那张姓同学，的确高中三年和我同甘共苦。高考体检前两天羞涩身上太脏，于是断然决定邀游我家乡的清水河，痛痛快快洗成个“浪里白条”，狂吼“粪土当年万户侯”，“到中流击水，浪遏飞舟”。高考体检前一天和我骑自行车飞越一百多里山路，美其名曰“万水千山若等闲，二人过后尽开颜”。可惜，这几年虽同城居住，却极少往来。见面寒暄寒暄，各自心照不宣。人家为官我为民，什么阶层说什么话，已经不是一个桌面上的人了。

至于另一个杨姓同学，大尾巴狼一个，讨了个老婆小十岁，老牛吃嫩草，享尽男人福。生娃一连生了两个丫头，不服气，终于人到五十，下定决心，不怕牺牲，排除万难，老骥伏枥，志在生子，一炮命中，果然生了一个儿子。心满意足，屁颠屁颠，没事就抱着小自己四十九岁的儿子咬着嘴皮笑，动不动嘿嘿地狐疑：“这小家伙怎么不像我啊？”

那方姓同学，再不能联想，他如果念想我那还了得！他上大学四年级时，热得不行，投进一个水坝里游泳，就再也没有游上来，屈指算来，二十又三年矣。

我呢？这四五年的确闲了，父母八十已过，仅有小恙喜无大病，勤俭节约，艰苦朴素，减轻了我好多负担。儿子念大学，生活自理能力强，我不操心，只操心钱。至于妻子，天天见面，犹如空气，常有若无。偶尔，有一些话好像给什么人都不能说，忽然就想起了她。难怪妻子说：“用上了就记起了。”夫妻到了这个年龄也就这个境界了，天天坐在一起，一个瞪着一个有什么好玩的？如此平凡人的平凡日子的确闲适，但不是我曾经憧憬的“看庭前花开花落，望天上云卷云舒”的日子。

懵懂年少的时候，亦曾春和景明，把水临风，心旷神怡，轻狂张扬。突然，就暗暗告诫自己：“少轻狂少张扬，大学考上了再乐不迟。”

大学校园的时候，亦曾冬寒雪朗，茫茫玉地，书生意气，挥斥方遒。突然，就暗暗告诫自己：“少狂妄少放肆，好工作找上了再乐不迟。”

蜗居乡村的时候，亦曾秋凉叶落，浊酒一杯，老友相逢，胡说八道。突然，就暗暗地告诫自己：“别胡说别乱道，奋斗着进了城再乐不迟。”

行走在城市的时候，亦曾夏热花浪，激扬文字，唇枪舌剑，粪土诸侯。突然，就暗暗告诫自己：“别愤青别放浪，儿子懂事了再乐不迟。”

向往的蓝图一个个变成现实，但我也没有达到曾经憧憬的“心似白云常自在，意如流水任东西”的心旷神怡境界。转眼之间到了今天这个年龄，让我轻狂让我张扬让我狂妄让我放肆让我放浪让我愤青让我胡说八道都不可能了，因为没有那个激情。今天的我老成持重冷酷无情死气沉沉，性感的梦露波涛汹涌地在我眼前摇曳多姿十圈，我也柳下惠坐怀不乱。

人生就是到什么山上唱什么歌，快乐永远不可能回头来。快乐快乐，就是所来之乐，转瞬即逝啊！因为时间是个无情汉，难怪子在川上曰：“逝者如斯夫，不舍昼夜。”尽管有可能曾经的人还可以聚在一起，但聚在一起有什么意思，年龄已经不是那个年龄，心境也不可能是那个心境。无非是相互说一些言不由衷的淡话，骗不了别人骗自己。时间改变一切，空间改变一切。但中国的传统文化里就是忽视过程偏爱结果。“别高兴得太早了！”听，它看重的是生活的结果，而不是生活的过程。为了追求一个未来的虚无的生活结果而宁愿忽视当下实实在在生活过程中的点滴快乐。

美国作家海明威创作的《老人与海》中的老人出海83天，皆空手而归。突然，到了最后一天钓到了一条大马林鱼，倒霉的是遇上一条鲨鱼，死皮赖脸地纠缠不休。老人和鲨鱼经过几天几夜殊死搏斗，喜获大马林鱼，心平气和地拖回小渔村。小渔村的孩子觉得老人就是英雄，尽管千辛万苦拖回来的只是大马林鱼的一副巨大的丑陋不堪的骨架。

这在中国老百姓看来老人不屈不挠地出海打鱼最终得此结果到底有什么价值啊？人生其实最残酷，它不可能有最终的美好和圆满。最终的美好和圆满只有一个，毫无疑问就是坟墓。所谓“死了死了”，只有“死”，才可以“了”。不“死”，何以说“了”？在人生的路上，当你得到了一个美好的圆满，一定就有新的一个美好的圆满像美丽的妖精一样摇曳多姿地频频向你招手，诱使你心甘情愿地去苦苦追求。与其因此而苦，还不如在辛辛苦苦追求美好圆满的道路上，偶遇开心快乐，就毫无负担地笑纳。因为，人生真的没有回头的快乐啊！

2014年9月27日

撒米的和那拾米的

难以想象，一个人撒米，需要多少人拾啊！当然，“锄禾日当午，汗滴禾下土。谁知盘中餐，粒粒皆辛苦。”没有人敢冒天下之大嫌，吃饱了撑得慌，随随便便撒米糟蹋粮食。抓一把米撒了，喂鸡，抓一把米撒了，喂鸽子，抓一把米撒了，喂麻雀，都是挺惬意的田园牧歌；但这一种惬意，喂的对象必须是鸡是鸽子是麻雀，而不是人。如果是人，就无所谓惬意了，那无疑是戏弄人糟践人侮辱人。然而，自然造化，鬼斧神工，人类社会就有两种人，撒米的和那拾米的，而且不离不弃，相辅相成。

就拿一个家庭来观察，夫妻两人，有一个撒米的，就一定要有一个拾米的，家里才温馨干净，井井有条，琴瑟和谐，蒸蒸日上，撒拾互补，欣欣向荣。永尝鸳鸯之情，永结秦晋之好。如果，两个都是撒米的，吃喝拉撒，随意任性；胡拉被子乱拽毡，丢了筷子不洗碗；娃娃淘气没人管，老人害病无人问；举债不还钱，消费常透支。这日子过着过着就没法过了。当然，天地拨弄人，也是悠着点的，将两个撒米的捏到一起毕竟不多，结婚又离婚，何苦呢？就如同将两个拾米的珠联璧合一样，只是人的美好憧憬而已，不多。绝大多数的夫妻还不是一个撒米一个拾米，磕磕碰碰吵吵闹闹一辈子，见不得离不得，过着过着也就老了。

中国是一个传统的宗法社会，崇尚家族的人丁兴旺，所以，家族大了事儿就多。见识浅陋的人老觉得怎么这么烦啊！今天这个事，明天那个事，好像淋漓的雨点滴打到水面上，一点一个水泡，一点一个水泡，简直没完没了。岂不知，接二连三的烦心事就是一个人惹出来的。不信，请仔细回顾一下，就是那个撒米的人经常性地撒米，不是直接地撒，就是间接地撒，害得一家子人跟在他的屁股后面不停地拾啊拾，就是拾不完。没办法，换了别人是撒米的人，咱受不了，三十六计走为上，还不行吗？自己的亲人是撒米的人，那咱就认命吧，受不了忍着。跟在人家屁股后面，能拾多少算多少，没准儿，咱前世就是个撒米的，人家是个拾米的，欠人家的，今世还债吧。人来这世上混，欠下的，迟早要还的。

学校里也概莫能外。一个班级，六七十号人，让班主任刻骨铭心的就那么几个学生。这绝对不是认认真真好好学习，踏踏实实打扫卫生，按时到校按时回家按时跑操的学生，也不是成绩出类拔萃，作业赏心悦目，工作艺术负责的学生，而一定是黑板忘了擦，作业忘了做，课本忘了拿，这一周打得人流鼻血，下一周被人打得满厕所找牙的学生。何以这样？因为这几个学生就是撒米的料啊。一个人撒米，需要多少人拾米？一个班级里就那么几个撒米的，班主任怎么能不刻骨铭心呢？

平时一个健健康康的人，根本感觉不到身体的某一个器官的存在，更不要说重要性了。而只有哪一个器官突然出问题了，疼得人要命，就一下子弄清楚那个器官名字叫什么，功能是什么。生活中那些撒米的人，就是身体上那些有病的器官，最引人注意了。没办法，人性就是这么贱，不关心拾米的，就操心撒米的。

所以，有的撒米撒得厉害的人说："不能留名千古，也要遗臭万年。"就是这个理儿。比如，夏桀、商纣王、周幽王、胡亥、董卓、隋炀帝、安禄山、宋徽宗、魏忠贤，哪一个不是撒米撒得上瘾的主儿？看来，这撒米的和拾米的，还真不像居家过日子那么简单，不是一说一笑就了的事儿。撒米的人如果身居高位，撒得肆无忌惮，就会祸国殃民，搞得朝廷乌烟瘴气，弄得民间怨声载道。于是乎，天下暗流涌动，渐成气候，大动干戈，民不聊生，国将不国。遭殃的还不是千千万万老老实实拾米的人。

第二次世界大战期间，希特勒就肆无忌惮地把纳粹的米撒到了整个欧罗巴，差一点撒到了苏联人的西伯利亚。日本的东条英机也不甘落后，把军国主义的米撒向了亚洲太平洋。但是，上帝造化人也的确鬼斧神工，那些喜欢肆无忌惮飞扬跋扈撒米的人，撒着撒着就疯狂了，而疯狂就意味着离灭亡不远了。希特勒东条英机这些撒米撒得疯狂的人，一个个去到阴曹地府撒去了，而胜利是属于全世界满怀良知拾米的人。

尽管如此，我还是一次又一次地希望，穷世界人民之智慧，让那些撒米的人从一开始就有一种不得不收敛的畏惧之心方好。因为，撒得太过分了拾米的人真的受不了。

2015年1月16日

双脚的歌谣

人的永不知足的大脑不甘于双脚的寂寞，所以就诞生了足球。脚之于手，自然笨拙许多。听听，心灵手巧，妙手回春，“文章本天成，妙手偶得之。”“可上九天揽月，可下五洋捉鳖。”那一句不是手的颂歌？脚呢？脚踏实地，“千里之行，始于足下。”“没有比人更高的山，没有比脚更长的路。”拙说巧说，脚也是用来走路的。有时，看到失去了双臂的人，脚夹毛笔，挥毫泼墨，龙飞凤舞，洁白的宣纸上面顿时游动着黑色的线条，不觉心潮澎湃，佩服不已。但静默片刻，古今中外，书法大师，断臂的有几人？赤脚挥毫，不过身残志坚的壮丽悲歌而已。但是，足球艺术却不是无手的勉强跑动，它是健壮人的双脚的歌谣，是双脚对双手激情四射的嘲讽。我有时甚至荒唐地想，“言之不足，故嗟叹之；嗟叹之不足，故咏歌之，咏歌之不足，不知手之舞之足之蹈之也。”说的就是人的情感的宣泄路线图。因为“言叹”“咏歌”“手舞”都不能酣畅淋漓地表达了，就只好借助“足之蹈之”来肆无忌惮地宣泄了。足球运动就是有规则的亢奋情感的淋漓宣泄。

真不知道足球起源于何时何地。据说是中国人的创造发明，铁的证据就是北宋的蹴鞠运动。高俅就是当时的蹴鞠高脚，足坛天皇巨星。惹得宋徽宗成了铁杆球迷，心甘情愿地把高俅这个街头巷尾的蹴鞠混混捧成了统领北宋水陆大军的高太尉。宋徽宗迷恋足球的下场中国人都知道，不是足球运动强壮大宋王国，而是皇帝不务正业灰头土脸地做了大金国的阶下囚。那里有的是辽阔的草原，好好地蹴鞠去吧。但是，不管怎么说，蹴鞠运动也是贵族运动，老百姓哪里有如此的闲情逸致？要吃要穿要住要老婆要生儿育女，像蹴鞠这样的娱乐健美运动那是海市蜃楼般的享受啊！

不知咋的，蓦地就有人振振有词地说，伟大的足球运动起源于英格兰的皇宫贵族运动，传到遥远的南美洲巴西，就给糟蹋成了平民随随便便踢的玩意儿。英格兰高傲的贵族，见了巴西的贫民窟脏不拉儿的小男孩喜笑颜开地踢着装着烂棉花的皮球，会不会双肩抽搐？但是，坐在绿茵场看台上的英格兰贵妇人，看见贝利、马拉多纳、罗马里奥、罗纳尔多这些从贫民窟踢出来的天皇巨星，摇曳多姿地用双脚演奏着足球的歌谣，情不自禁地尖叫却是实实在在的。英格兰的贵族足球也好，巴西的平民足球也好，反正是动了中国的国粹派的奶酪。什么？英格兰巴西踢进世界杯了，足球就是他们发明的？我们北宋就已经玩足球了，当时的高俅比他们踢得好多了，那是全世界的足球先生。是的，阿Q也说过："我们的老先人比你们强多了！"可是，今天的中国足球呢？踢进巴西世界杯了吗？

"进了！"是我亲眼看见的一个"爱国妇女"慷慨激昂的言说。露天的大屏幕上意大利对阵英格兰，踢得酣畅淋漓汹涌澎湃。那妇女不看球赛看大屏幕下悬挂的32面精美的小国旗。看着看着，慷慨陈词："谁眼睛瞎了？挂小日本的国旗干什么？五星红旗为什么不挂啊？"

"中国队没有踢进世界杯，连亚洲都没有踢进去，日本队韩国队进了世界杯了。"

"胡说，中国这么多的人，进不了世界杯？我前天就把我超市前的日本小国旗给剪了，换了一面鲜红的五星红旗。"这妇女显然是个超级爱国的足球盲。

我不知道像她这样不分青红皂白的爱国者究竟有多少，但我知道中国的有识之士面对阳痿的中国足球，蛮有忧患意识地说："中国足球一定要从娃娃抓起！"那大人呢？绿茵场上踢着踢着就可以踢成三个队、四个队？加上吹黑哨的裁判还可以变成五个队？一句"从娃娃抓起"，多么语重心长啊！但我似乎听到了皇帝昏庸无能，国家杂乱无章，国民异口同声地说，都是奸臣惹的祸！

也许，亚洲人不适合足球运动。本届巴西世界杯32支劲旅，亚洲的只有4个：日本、韩国、伊朗、澳大利亚。但澳大利亚人是英格兰人的后裔，伊朗人是白种人，这都是不争的事实。非洲也只有5支：加纳、喀麦隆、尼日利亚、科特迪瓦和阿尔及利亚。不是黑人足球踢得不好，是因为非洲人民还在为温饱栉风沐雨。拉丁美洲的则不少：阿根廷、乌拉圭、智利、巴西、厄瓜多尔、哥伦比亚、墨西哥、哥斯达黎加、洪都拉斯。谁叫他们是西班牙人和葡萄牙人的后裔，那么天真奔放浪漫有激情呢？至于美国，乃足球另类，起步虽晚，进步飞快。风光无限的是欧洲：西班牙、葡萄牙、法国、德国、英国、荷兰、瑞士、波黑、比利时、克罗地亚、希腊、意大利、俄罗斯，13支劲旅啊！除了俄罗斯，其他十二国国土不辽阔，人口不众多，在绿茵场上却能自由地飞翔。

不知有多少地球人在观看世界杯？不知有多少地球人在惦念世界杯？较之于千千万万狂热的球迷，我淡定多了，因为没有中国面孔驰骋于沙场，所以也无风雨也无晴。因为淡定，所以冷静；因为冷静，所以看得比较清。32支球队，14个发达国家榜上有名，近乎半壁江山。那么多的发展中国家，才挤进去18个，况且大部分还是走在前面的发展中国家。看来，正中了足球运动乃贵族的运动的妄言。这使我确乎有些愤愤不平，但不平是我的，风采是人家的。谁叫人家发达呢！发展中国家，为了吃为了穿为了住为了行为了讨老婆为了生儿育女为了看病保命为了一心一意奔小康，栉风沐雨，四季奔波。至于发展体育运动，增强人民体质，也只是极少数运动员的事儿。大多数国民之于体育运动，也只是敲敲边鼓打打锣，更何以奢谈足球运动？哪里有那么辽阔的绿茵场？即使有，二十几个人追着抢着踢一个皮球，羞不羞？累不累？吃饱了撑的吧？哪里像人家发达国家，吃穿住用行，都解决好了，需要娱乐，需要健美，需要性感，需要扬名天下，用手玩的都不过瘾了，就想起了用脚玩，这一玩就玩出了足球艺术，就诞生了双脚的歌谣。一场足球赛就是一场大型音乐会。你看看西甲意甲德甲和英超，金脚云集，巨星如笋。以俱乐部之科学良性运作，揽天下英雄豪杰，立足坛凛凛巅峰，看五洲谁是真正高手。动不动身价千万，试问哪个好汉不动心？拉丁美洲的热血男儿，莽莽非洲的墨黑雄狮，一个个醉心天赋痴心锻炼，热血沸腾漂洋过海磨刀霍霍奔向欧洲的一望无际的绿茵沙场，憧憬着曾经的憧憬，梦想着曾经的梦想。忽然有一天，名震四大洋，衣锦还乡，身披国家战袍，驰骋绿茵场，那是何等的光宗耀祖啊！

看巴西世界杯，32个兵团，眼花缭乱，但是，谁来自何洲，还是了然于心。瞬间之尴尬，乃搞不清默默无闻的小国家究竟在那个洲的什么地方。比如，科特迪瓦在非洲的哪儿？厄瓜多尔在南美洲的哪儿？轻轻地拨一下地球仪，突然喜有所得。32个国家，不是濒临大洋，就是依偎着大海，内陆国家只有瑞士一个被世界杯青睐。我有一个国家，面朝大海，世界杯来了，敞开胸怀、激情澎湃、淋漓尽致地演绎我的精彩，多么奇妙的巧合啊！世界杯真的魅力无限。欧洲那么多国家，看看闯进世界杯的国家吧：葡萄牙、法兰西、英格兰，开门即见大西洋；德意志、比利时、荷兰，伸手就摸蓝色的海；西班牙、意大利、希腊、波黑、克罗地亚，四季沐浴地中海；俄罗斯被北冰洋和太平洋拥抱；瑞士无海洋却雪山环绕。足球足球，少了辽阔的胸怀，少了开阔的视野，足球就是冰球了。美洲也不例外，阿根廷、乌拉圭、巴西枕着大西洋的波浪；智利、厄瓜多尔、哥伦比亚、哥斯达黎加、洪都拉斯、墨西哥、美国、吹着太平洋的潮风。至于非洲的尼加拉瓜、科特迪瓦、喀麦隆、加纳，一字儿排列在西非的海岸，俯视大西洋。剩下一个阿尔及利亚，被地中海的水天天拍打。亚洲的呢？印度洋漂浮着澳大利亚，太平洋抚摸着日本韩国，伊朗饮马阿拉伯海。足球运动高唱着海洋文明的歌谣，彰显着原始的野性。不知道历届世界杯的情况如何？有心人不妨探个究竟。

世界上那么多的体育运动，足球何以那么魅力无穷，那么夺人眼球？是卫冕冠军凤凰落架被踢得满地找牙？是意外黑马横空出世把豪门踢个落花流水？是一道闪电无可奈何地自摆乌龙？是苦苦鏖战最后一秒的绝地封杀？是毫无争议地连进两球都被裁判吹得无影无踪？是妙用上帝之手推球进门赢了决赛射手榜上竟然有名？是拼力厮杀长长的九十几分钟都未洞穿对方的球门？是驰骋沙场不过三刻连进三球上演帽子戏法？是门将脱手皮球轻轻地温柔滑进？是疯狂的皮球击中门柱无可奈何地愤怒而回？是倒挂金钟击穿球门？是长传善舞飘进死角？是点球大战人心提到了嗓门？是任意球发力命悬一线？是角球妙传铁头顶进？是欢呼雀跃越位在先？是焦灼厮杀擦枪走火单挑群殴？是剧烈碰撞鼻青脸肿担架抬下？是屡战屡败屡败屡战？是攻无不克战无不胜？是运筹帷幄决胜千里？是机关算尽满场皆输？是一会儿东风压倒西风一会儿西风又压倒东风？……不！一切都是表象。本质的问题是足球这玩意儿，拿捏着人性的弱点，挠痒了人的兴奋点。

人性的弱点，就是人皆有欲望。因为欲望，所以幸福；因为欲望，所以痛苦。足球运动，希望了绝望，绝望了希望，再希望了绝望，再绝望了希望。回环往复，变化莫测，输赢不定，必然中有偶然，偶然中有必然。不到裁判一声哨响，悬着的心落不了地。一路看来，让你欣喜若狂，让你痛哭流涕。不像篮球，虽有偶然，却是必然。不信，挑一个队，和美国的梦之队干一场，赢了我把你背到纽约夸一夸。人之兴奋点，莫过于释放动物的原始野性，自由自在，无拘无束。文明人的样子都是文明的规则约束出来的。但是，上了辽阔的绿茵场，你尽可以张扬狂野，肆无忌惮地释放原始的野性。言行过分了不要你操心，裁判掏一个黄牌，你不屑一顾，举一个红牌就眼光拉直了。所以，球员足球场上的犯规有一种偷情的快感。瞧瞧看台上面那些成千上万婀娜多姿风姿绰约波涛汹涌性感十足的女球迷吧，她们不呐喊尖叫不热泪盈眶不由她们，谁叫绿茵场上狂奔的是一群肌肉翻滚的野牛呢？况且，他们还有天使般的俊朗面孔，魔鬼般的神奇双脚。有的如雄狮狂飙，有的如豹子飞闪，有的机敏如羚羊，有的灵活如兔子，有的伸手如猿猴，有的飞脚如野马。团队集结如狼群，闪动如角马，咆哮如海啸，狂野如飓风。演绎着不朽的神话，书写着永久的传奇。有什么运动能像足球运动一样和大自然如此的亲密接触呢？脚踩着柔软茂密的绿茵茵的辽阔的草坪，头顶着一望无际的蓝天白云。有时细雨淅淅沥沥，有时大雨肆意滂沱，有时艳阳高照，有时阴云密布，有时凉风习习，有时热浪汹涌。但是，比赛继续进行，群雄继续逐鹿。

久居繁华闹市的现代人，稀缺的就是回归大自然的心旷神怡。不惜重金购得昂贵的门票，置身于五彩缤纷的海洋，欢喜着自己的欢喜，痛苦着自己的痛苦，没有了高低贵贱之分，只有一个共同的身份，叫球迷。观赏着赤橙黄绿青蓝紫，谁持彩练当空舞；聆听着哆、瑞、咪、发、嗦、啦、西，众脚弹奏的是交响曲。足球是双脚的歌谣，足球是球迷的歌谣，足球是全世界人民的歌谣。足球运动，不仅仅比的是力气素质技术和意志，更比的是精神艺术文化和经济。

足球，我可爱的中国足球，你在哪里？

2014年6月22日

谁说人民不爱国

写下这个题目，窗外的阳光热情地泼洒而来，使我的双眼艰于自然地观看，但我依然十分感恩太阳公公，在这个寒冷的冬天，无畏无私地悬挂在碧空之中，将温暖遍洒人间。然而，如此可爱的阳光，丝毫不减轻我对《谁说人民不爱国》这个“火气”太大的俗气题目的尴尬。时值三九寒天，我曾有一个更“水性”的题目：《其实，我们都是自己情感的浪子》。可是，近日的耳闻目睹，促使我任性地抛弃了柔性的躬亲反省，不得不像一只满怀仇恨和恐惧的蜜蜂一样，实施一次悲壮的绝地反击，视死如归地将生命之箭刺向那些凭借强权掠夺了人类道德制高点的虚伪的灵魂。请问，他们凭什么说弱势的人民不爱国？何必拿“国”来吓唬老百姓，索性说人民不爱“他们”得了，用得着当了婊子立牌坊吗？率性的婊子不是蛮可爱的吗？

记得孙中山在其巨著《三民主义》和《建国方略》里屡屡扼腕嗟叹，遍观欧美各国，人民皆团结若钢筋混凝土，而独吾华夏子民何以皆如一盘散沙？对国之兴衰漠不关心。真的是自给自足的小农经济滋养出来的事不关己高高挂起的明哲保身之传统文化长期浸润使然？不，孙先生至死也不明白，其实，炎黄子孙是非常爱国的。听听这些歌谣：“长太息以掩涕兮，哀民生之多艰。”“死去元知万事空，但悲不见九州同。王师北定中原日，家祭无忘告乃翁。”“人生自古谁无死，留取丹心照汗青。”“我自横刀向天笑，去留肝胆两昆仑。”“我以我血荐轩辕。”“秋风秋雨愁煞人。”“位卑未敢忘国忧。”其“天下兴亡，匹夫有责。”“风声、雨声、读书声，声声入耳；家事、国事、天下事，事事关心。”令人心潮澎湃，顿觉华夏的精英不仅爱中国，而且爱世界了，怎么还嫌他们不爱国呢？中国不缺少爱国的传统文化，而是太稀罕促使普通民众不能不爱国的科学先进的黏合剂啊！此黏合剂就是适合于与时俱进的生产力发展的生产关系。民国初期，旧的帝国大厦轰然倒塌，新的生产关系不过一海市蜃楼。莽莽神州，百废待兴，孙中山求之若渴，嗟叹不已，积劳成疾，呜呼哀哉。慷慨悲歌：“革命尚未成功，同志仍需努力。”诸多遗憾，留与革命同志一个一个地慢慢诠释。

蒋介石以职业军人的气量和倔强，器宇轩昂地接过了革命的接力棒，借助北伐成功的璀璨光芒，围追堵截红军于穷乡僻壤之中。孰料和日本军人横扫东亚的铁蹄不期而遇，可谓李鬼遇上了李逵，黑的遭遇了更黑的。可蒋介石依然不怕更黑的，他憧憬四万万同胞四万万兵，一寸山河一寸血，人人都是岳武穆。更黑的黯然离去，只是时间问题，不是希望问题。最让蒋委员长闹心的是亲日的汪精卫那一线子人，他们绞尽脑汁地为“大东亚共荣”找诱人的漂亮证据。普通的老百姓心理情感不乏掺杂“有奶便是娘”的生存哲学，所以，八年抗战，汉奸层出不穷。

在历史的长河里，杰出的“有奶便是娘”代表莫过于虎牢关力挺三英的吕布了。“马中赤兔，人中吕布。”超级英雄都这样了，还奢求寻常老百姓能坚守气节到什么境界？金国的铁骑尚未踏到，大宋的臣民溃逃一片，弱女子李清照嘶声而歌：“生当作人杰，死亦为鬼雄。至今思项羽，不肯过江东。”又能怎么样呢？蒙古铁骑饮马长江，直捣南国，文天祥只好“惶恐滩头说惶恐，零丁洋里叹零丁”了。泱泱华夏，似乎有“树倒猢狲散”的惯性，“墙倒一边推”的传统。想当年，八旗子弟才十几万，雄赳赳、气昂昂地过了山海关，不计其数的大明王朝臣民就急急忙忙地剃了毛发，闪耀着光亮的额头，争先恐后地表露心迹了。哪管“你方唱罢我登场”，“城头变换大王旗”呢？反正吾辈是耕田织布放羊牧牛纳税缴粮的，给谁当奴才还不是都是奴才？中国老百姓自有中国老百姓的豁达和释然，除非高高在上的将自己的贫富荣辱贵贱喜忧和可可怜怜在下的死死地捆绑在一起，否则，就别向往在下的和在上的休戚与共，同呼吸共命运。中国老百姓自有中国老百姓的狡猾和势利，远非寡居象牙塔的陈寅恪研究撰写《柳如是别传》所能解开谜底的。明朝豢养的大臣的节操的确连一个妓女的节操都不如啊！不如又如何？什么群体说什么话，“识时务者为俊杰”，这是多少“精明人”恪守的金科玉律呢？

蒋介石深谙中国人的心理，不可能不明白这些拿不到桌面上的暗理儿。况且他军政下的国民政府的确也不咋的，所以，有的失宠失爱失护的人民，情感就到处流浪随时开小差，时不时地和强势的日本军国主义搞婚外恋也说不准。活着就有希望，吃穿才是硬道理。

记不清何时看过一篇小小说。一个偌大的村子，住了几百户人家，几千号的人民。突然，一村民吆喝：“日本鬼子进村了！”于是，全村哗然，扶老携幼，抱面背米，拽牛拉驴，慌慌忙忙向深山老林里逃遁而去。丢下一瘸腿的老太婆，等死。老太婆等啊等，想死之前见个世面，看看日本鬼子长什么模样，是三头六臂，还是夜叉钟馗？等啊等，才看见一个瘸腿男人拄着一杆瘦瘦的长枪，一瘸一拐地进村了。此小说的寓意不好枉自揣测，但“可怕的不是鬼子，可怕的是村民不爱村子”，这样的寓意还是可以牵强附会的。可是，村民为什么不爱村子？这是他们祖祖辈辈生存的土地啊！况且，他们还要继续赖以生存下去，他们应该誓死保护才是。但是，村民就是连丢弃别人的土地一样丢弃了自己的家园而慌慌忙忙地逃离。为什么？原来村民皆有着不可告人的心思。大部分的村民，潜意识地以为，走个穿黑的，来个穿墨的，都差不多，反正牛把驴抵死，咱老百姓是个放羊的。三十六计，走为上计。一部分村民认死理儿，打仗是暂时的，吃穿是永恒的，谁来管理总得要老百姓活命，不活命谁纳税缴粮？光棍不吃眼前亏，躲过一劫是一劫。现管的已经看透，新来的说不准会好一点。极少数的村民，幸灾乐祸，别有用心。“狗日的村长，偷了我老婆，打了我老爹，骂了我老娘，逼得我走投无路。鬼子来了，你狗日的福享到头了，操你村长的老娘，爷的好日子来了！住你家的上房，花你贪污的银子，睡你的老婆，打你的孩子，有日本人护着，你能把爷怎么样？”于是，一个瘸腿的日本鬼子还没有进村，全村的男女老少就不约而同地蒸发了。蒋委员长麾下的高高在上的军政官员阅读了这样的小说，会做何感想呢？村长算个屁！但对于所有的村民来说，村长就是国家，国家就是村长啊！蒋委员长再英明再伟大再慈善，哪一个村民又可以身临其境地感知他的言谈举止，他的护国爱民之苦心呢？

我向来不相信网络上那些莫名其妙的玄幻文字，常常聊作开心一笑的佐料。但是面对一幅幅逼真生动的画面，我还是选择了宁可信其有，不可信其无。比如，我就亲见北非一个和西班牙接壤的国度之人民，因为偷渡，晚上趴上了高高的钢丝网编制而成的国界隔离墙，牢牢地挂在钢丝网上面，上不得下不得。天亮了，被西班牙守护国界的警察看见，哭笑不得地往下救护的滑稽画面。看着他们被钢丝划破的墨黑的脸鲜血淋漓，墨黑的双脚鲜血淋漓，脏兮兮的牛仔裤破烂不堪，谁会谴责这些年轻的生命不爱国呢？他们是在逃离贫穷，憧憬美好的生活啊！他们错了吗？没有。更叫人不忍目睹的是前东德的人民绞尽脑汁穿越柏林墙去西德的画面了。偷偷摸摸地挖地道神秘穿越者有之，苦心孤诣研制“土飞机”飞越者有之，踩着人梯翻越柏林墙被发现一枪打死者有之，还有古巴的偷渡者，尽管望得见美国的佛罗里达州，但打死淹死在蔚蓝色的海洋里的人民又何其数也。当殷红的热血游动在蓝色的冰冷海洋里的时候，谁说他们不爱国？中国“文革”十年，偷渡去香港的也不少，没有游到彼岸魂归香江的有多少呢？对于这些向往美好生活的人民，谁在定性他们是无耻的偷渡者？谁在宣传他们是没有骨头的叛逃者？谁在披着国家的锦袍斥责他们无耻得不爱国？当一片土地被腐朽的独裁者所残酷无情地专制，那还配得上叫一声“国家”吗？那充其量就是人民的活地狱，强权者的天堂而已。孟子曰：“固国不以山溪之险，域民不以封疆之界，威天下不以兵革之利。”“得道者多助，失道者寡助。”如是而已。春秋战国，社会贤达，仁人志士，往来穿越，朝秦暮楚，走动得还不频繁吗？但它丝毫不影响春秋战国的百家争鸣百花齐放英雄辈出豪杰迭起啊。只有员工可以理直气壮地炒老板的鱿鱼的社会环境，才是良性科学竞争的社会环境。不要动不动就将不爱领导上升到不爱集体近而飙升到不爱国家，大帽子扣得太多了，就“万马齐暗究可哀”了。

爱一个集体，是不用质疑的。爱一个国家，更不用质疑。世界大同，遥遥无期，所以，孤孤单单的一个人，怎么不可以有一个合理的归属呢？独柴难着，独人难活。这个理儿全世界人民都知道。一匹狼必须归属于它的狼群，否则，死期不远。狼犹如此，人何以堪？我就十分爱我的集体，毫不煽情地说，看见楼道里无缘无故多开的一个灯，我就悄无声息地关了；看见院里的一片纸屑，我就悄无声息地拾了；看见报纸杂志上出现我集体的名字，就像看见了我自己的名字，一定要知道个究竟。但是，实话实说，我自然没有这么天然的高尚。我的高尚来自于不停地寻求心理平衡。说白了就是集体对我好，使我一直好像欠了集体的一笔人情，不随时随地找个机会偿还就心里老是别扭。像雷锋一样悄无声息地做个好事，心里就默默地开心，静静地平衡。说到底，还是为了我的幸福，我有什么高尚的呢？可是，近一两年我突然不高尚了，事不关己高高挂起，闲事少管，是非离远。看见白天的灯亮着，亮着就亮着呗；看见地上的废纸旋着，旋着就旋着呗；看见报纸上集体的名字，名字就名字呗。我似乎讨厌起我的冷漠麻木了，试图燃起我高尚的热情，但每一次燃起，都顷刻浇灭，不为别的，只是因为不开心不平衡。几次想起集体的一个权力驾驭者无情无理无法地骄傲伤害了我合情合理合法的利益，体内就失去了阴阳二气的平衡，固执地去闯十字路口的红灯，大声咳嗽后放肆地吐痰。过后哑然失笑，这关红灯什么事呢？干净的路面惹你了？原来，据一个心理犯罪学学者介绍，反国家缘于反集体，反集体是缘于反领导。他妈的，这领导也真不是一般人当的。弄不好一个社会上的罪犯，追来查去竟然罪魁祸首还是给员工喜欢穿小鞋的领导。

其实，每一个人一不小心，都是自己情感上的浪子啊！这个感悟，最好让高高在上的人听听，因为，每一个踯躅在下的人民他们的要求都不高，尤其是善良敦厚的中国人民。比如我，这半年就十分关心热爱本城的一个投资公司，同呼吸共命运都形容不了我和它的深厚感情。哪怕全城的银行都倒闭了，只要那个投资公司还正常运行就好。当然，我时时刻刻希望它蒸蒸日上繁荣富强不是空穴来风。因为，我辛辛苦苦攒的10万元人民币就悄悄地存放在它那儿啊！它比我的小情人都让我魂牵梦绕。因为，男人可以没有情人，但不可以没有钱。我闲来无事的时候，就遐想我有10万元偷偷地存放在那个地方。嘿嘿！什么建设银行、工商银行、农业银行，充什么老爷阔少的臭脸孔呢？那么一点利息，活抢人？阳痿了的利息还想强奸我10万元小家碧玉似的人民币？心肌梗塞去吧！这投资公司，这翩翩美少年，这风流倜傥的白马王子，这数倍于大银行的利息，一个月就是1500元的利息，多爽啊！有风险，偷情也有风险，人不是都想偷吗？玩的就是一个心跳。OK！我不自觉地形成了一个爱它的好习惯，过几天，就专门绕道慢慢走过那家投资公司，装着若无其事的样子，仔细打量门店是不是干干净净，是不是窗明几净，是不是黑色的屏幕上滚动着红色诱人的温暖的融资广告，是不是门口还停着老板那辆红色的雷人车牌号的宝马豪华小轿车。想到“去年今日此门中，人面桃花相映红”，看到“今天一切皆照旧，桃花依旧笑春风”，我就心旷神怡，加紧脚步，“轻轻的我走了，不带走一丝担心。”有时，和朋友熟人闲聊，有的说，那个地方那个地方的一个私人投资公司，老板一夜之间就蒸发了，心里就“咯噔”一下，过后一定去我的那个投资公司看看。隔着玻璃见老板谈笑风生，就如释重负，豁然开朗。小声哼着“投资公司的天是蓝蓝的天，投资的人民好喜欢”！

有一天，坐在沙发上看电视，见几个专家正在主持人提前设计好的圈子里海阔天空地谈爱国主义。什么什么是爱国行为，什么什么是不爱国行为。好像都坚定地站在执政者的一方要求人民怎么怎么是爱国，怎么怎么是不爱国。似乎执政者就是国家，国家就是执政者。爱国主义的确是一个特别神圣不可亵渎的严肃话题，可是，看着看着，我点了遥控器的开关，闭了几个专家的热烈的嘴唇，独自一个人低头沉思，都什么时代了，怎么就没有请来的专家从人民的角度心平气和地说说究竟什么是爱国主义？比如，我心甘情愿地爱那个投资公司爱得死去活来，难道是哪一个狗屁专家冲着我这个愚昧的人民苦苦说教的辉煌成就吗？请问，投资公司如果不关心我的利，我为什么一定要关心它的本？

2015年1月2日

随地大小便应该从娃娃抓起

一个人徜徉于城市的大街小巷，欣赏着应接不暇的风景。洁白的云飞过高楼的间隙，留下一线湛蓝的天。风忽东忽西忽南忽北忽上忽下地乱窜，找不到前进的方向。树叶哗啦啦啦地拍手，嘲笑着僵硬的水泥路。三五成群的麻雀麻利地啄食餐厅门前的饭粒，机警地斜睨行人。小巧玲珑的狗成群结伙，你死我活地争风吃醋。街面上一尘不染，清洁工提着笤帚扫视随时丢弃的垃圾。数不胜数的小轿车舒服地压在盲人道上，挡得正常人也要蜿蜒穿行。两个女人一边走一边神聊一边若无其事地嗑着瓜子。一个白发苍苍的老头剥弄着一个烤红薯，身后掉了几块焦黄的红薯皮。肮脏不堪的死角骚臭冲天，男人侧身肆无忌惮地方便。小女孩撅着嫩屁股，在树窝里坦然地制造粪便。小男孩翘着冒水的小鸡鸡，骄傲地向树身浇射……

欣赏着一路的风景，不由自主地就想起了前段时间香港人欺负内地人的画面。一对内地年轻夫妇，孩子不到两岁，因为尿急，在街上就蹲下小便，被两三个香港小伙子看见了，走过来问责。于是，双方辩着辩着，内地年轻夫妇就声音高了。那女人满腹委屈地辩白：“我孩子小啊！尿急啊！找不到厕所，往哪儿尿？憋死？你们不依不饶，太欺负人了！”“前边不远有公厕啊！”香港小伙子边解释边拉孩子的四轮小车，孩子母亲一手用力地拽，一手抱着孩子，孩子吓得哇哇大哭。孩子父亲正和另一个香港小伙子争论不休……我真担心情急之中，一不小心孩子摔到街上怎么办？

时隔一日，和几个熟人闲聊，他们也在电视上看到了这一幕，于是，就聊得起劲。

“这几个香港小伙子也太小题大做了。”

“香港人真是少见多怪。咱街上树窝窝里全是娃娃拉的屎。”

“莫不是几个香港小混混吧？想讹几个银子花。”

“被英国殖民了几百年，才收回来几天，还狂得不行。”

“都是中国人，不知道他是个啥东西，还歧视咱内地人。”

“搞什么两制，一制得了。”

“清洁工都不管，他们管什么？”

“城管都不管，他们管什么？”

“有些人也贱，挺着个大肚子还偏要去香港医院生孩子，在香港生的就香了？”

是的，哪儿生都是生，香港生的也不会香，内地生的也不会臭。听着听着，我想起来了西海固人骂人的一句话。“脏囊得连猪一样。”“脏囊”者，肮脏窝囊之意也。猪何以“脏囊”呢？养过猪的人都知道，猪窝里吃，窝里拉，窝里拱，窝里睡，窝里哼哼，窝里自得其乐。猫想排泄了，非要跑到有软土的地方才美美地享受一番新陈代谢的乐趣，尔后细心地将排泄物刨着埋好。这在猪，做梦也想不到的。

有多少城市，谁会把随地吐痰当回事呢？那么，小孩子也就不会把随地大小便当回事了。小孩子的家长有什么过错？家里收拾得很干净啊！临街的小卖部、餐厅、超市、菜店卫生也可以啊！小孩子内急，尿到街上，一会儿就干了。拉屎到树窝窝里，风吹日晒的，慢慢就干了，风化了。又没有拉到水泥地上柏油路上地板砖上，影响什么城市环境？

没有随地大小便的孩子，一定不少，教教孩子，什么年龄都不可以随地大小便。

小学时候，看过一篇文章，说外国人经营的一个公园，园门口挂着一个牌子，赫然写着一句话：“华人与狗不得入内！”一中国人十分愤慨，第二天，专门举了一个牌子，书写着几个大字：“我是中国人！”慨然就要进公园。一直以来很为那个中国人骄傲，一直以来很是憎恶那个外国人。但是，前两年看了一篇文章，说那个外国人挂那个“华人与狗不得入内”的牌子的原因是因为经常去公园溜达的狗不讲卫生随便拉屎撒尿，有的华人也有这个爱好，于是就挂了这个实事求是但语出歧义惹所有华人同仇敌忾的牌子。我真不愿意接受这个原因，但见身边的同胞随地吐痰，随地小便的多了，也就只好默然了。

消除诽谤者，莫过于洁身自好，没有脑残的人民都知道。

2014年9月2日

笨想中国文明

我不知道学习的真正目的是为了什么。我在小学学习了六年，初中学习了三年，高中学习了三年。学得我四肢不勤，五谷不分。父亲说："你考不上大学，吃不上皇粮，吃屎都没有人给你拉！"幸亏我考上了大学，父亲终于无语，一本正经地偷着乐。在大学我又学习了两年，毕业做了教师，命中注定要孜孜不倦地学习一辈子。但我固执地以为，看书学习教书育人不是真正的劳动，因为，它与吃饭穿衣没有直接关系。多少年了，我一厢情愿地以为真正的劳动应该是拉粪犁地割麦子。因为，我青少年时期实在被这些繁重的体力劳动苦怕了，所以，对繁重的体力劳动者我抱有自恋式的深深的尊敬。学校尽管是精神的伊甸园，但是，社会上的风气不会不吹进学校。长期以来我把从书本上学来的间接知识和现实社会中耳闻目睹的直接生活对接不上，这使我有时就莫名其妙地多愁善感，以致陷入深深的迷茫和忧伤。为了提高工资，我又函授了两年，混了一个本科证。当然，这个漫游的函授过程我还是蛮在意的，知识学习了不少。所以，我自诩是一个知识分子，别人也不会忍俊不禁。况且，教了二十五年的书，读过的书也比一些人见过的书多，怎么会不是一个知识分子呢？如果，学习的目的是为了智慧的话，那么，我想对中国文明做一番"智慧"的梳理。

三皇（燧人氏、伏羲氏、神农氏）五帝（黄帝、颛顼、帝喾、唐尧和虞舜）时期，乃原始社会，没有剥削没有压迫。

夏商周时期，乃奴隶社会。出现了奴隶和奴隶主，有了剥削和被剥削，压迫和被压迫。创造了甲骨文和金文，发明了犁和青铜器。

秦、两汉、三国、两晋、南北朝、隋、唐、五代十国、两宋、金、辽、西夏、元、明、清时期，乃封建社会。出现了地主和农民。剥削和压迫升级，反剥削和反压迫层出不穷。创造了篆书，隶书，行书，草书和楷书。发明了印刷术、造纸术、指南针和火药。

1840年，鸦片战争爆发，中国强迫进入半殖民地半封建社会。统治阶级腐朽无能，劳动人民生活在水深火热之中。中国没有什么文明，羞于给人说。

1949年10月1日，中华人民共和国成立。国民党反动派被打倒，人民翻身得解放，进行几年整改后，社会主义建设开始。

1958年，鼓足干劲，力争上游，多快好省地建设社会主义。赶英超美，人民公社遍地开花，共产主义频频招手。

1966年，“文化大革命”开始。打倒走资派。阶级斗争为纲，其余都是目。发明创造了导弹氢弹原子弹。

1978年，十一届三中全会召开。以经济建设为中心，坚持改革开放。宇宙飞船遨游太空。社会主义初级阶段的中国蒸蒸日上……中国人梦想成为21世纪地球村的主人。

笨想华夏文明当年

我不想对中国文明做如此“智慧”的梳理，因为这样的梳理过于机械过于抽象过于骨感过于人云亦云。我想返璞归真到没有知识的我，单凭眼睛的看见，笨拙地遥想中国文明。

夜深人静的时候，我常常关了灯，隔窗仰望苍穹。我看不见满天的星星，今天的城市处处是钢筋水泥的森林，下不接地气，上不见灿烂星空。于是，我就舒服地躺在沙发里，沐浴着满屋的漆黑，徜徉在思想的黑洞。

我不知道人世间到底有没有神灵，直觉告诉我，人是人的神灵。所以，我冒昧地说，人不是猴子进化而来的，人就是人。若干年若干年以前，人乃大自然造化使然，和马和蛇和麻雀一样，是大自然造化的。这些疯话达尔文听了一定不高兴，但他已经死了，死了的人奈我若何？如果达尔文在天有灵，那么，请问达尔文先生，马和蛇和麻雀又是什么进化而来的呢？大猩猩为什么还是大猩猩？“优胜劣汰，适者生存”的弱肉强食的丛林法则，不过繁荣富强起来的蓝色海洋民族向外扩张掠夺的天然佐证而已。

因为水，地球上有了生物。远古的远古，地球上无所谓人类社会，只有动物世界植物世界以及微生物世界。人类社会是大自然逼迫出来的。人没有翅膀，猛兽来了飞不起；人没有羽毛，寒冷袭来冻不起；人没有兽毛，防不了严寒御不了炙晒。人的繁衍生息那么艰难，生下来四百多天了，还走不稳。一千多天了，还没有能力解决温饱问题。生理发育中，性稍微成熟，雌性月月流红，雄性说发情就发情。大自然造化出人这么一种十分特殊的动物，注定是动物中的另类。如果天不灭绝，则必成群结队。所以，穴居群婚，茹毛饮血，只认其母，不认其父，乃天地之逼迫矣。向水而生，生物生存之天理。向水而居，动物中弱势群体之被逼迫而致也。故四大文明古国，中国发祥于黄河流域，印度起源于恒河流域，埃及得益于尼罗河流域，巴比伦则深受底格里斯河和幼发拉底河的惠泽。

人这种动物，胃娇气，食不得生硬的，所以，人不像食草动物那样有草就可以生存。人这种动物，不像老虎狮子豹子这些食肉动物那样凶猛迅捷，所以，可以吃上的鲜活之肉又特别少。为了不至于活活饿死冻死晒死，就只有不停地不停地用脑子。动物的脑子好像犁地的犁铧，越用越亮，不用就一定生锈。人迫不得已地用脑子，所以就从动物世界中脱颖而出，越来越有脑子。

远古时期的三皇五帝，就是最有脑子的人。伏羲氏教人们捞渔狩猎，绳结皮衣，人不至于饿死冻死晒死。神农氏叫人们种植庄稼，有了未雨绸缪的粮食，遇灾年人就得以活命。燧人氏教人们钻木取火，生不可以吃的烧熟了可以吃，于是，食能果腹的就增加了许多。所以，三皇的魅力无穷无尽，粉丝一堺一堺，“三皇”成了中华文明最原始的代名词。

五帝时期，人们向大自然索取的能力进一步强化。石头可以打磨成工具，木头可以加工成工具，带来了多余的吃的穿的和住的。占有食物占有洞穴占有异性乃动物天性，人也不例外。那么，原始部落的扎堆形成，是自然而然的，部落之间的相互冲突也是必然的。没有吸引力和号召力的酋长，其部落慢慢会被打垮吞并，所以，酋长吸引力之大，应当不亚于一块巨型磁铁吸引铁屑的吸引力。尧帝禅让于舜帝，舜帝禅让于禹帝，皆情非所愿，实乃迫不得已。你以为先贤大公无私，热爱禅让?

到了禹帝，因为治理黄河功劳太大，一手遮天，豪赌了一把，将天下世袭给了亲骨肉夏启。此风一开，世袭刮遍中华大地五千年。天下大势，合久必分，分久必合，皆是世袭惹的祸。商灭夏桀，周灭商纣，春秋五霸架空周天子，战国七雄角逐神州大地，时光绵延两千多年，华夏文明像蛇蜕皮一样，陈旧的去了，鲜活的再来。聪明绝顶的黑头发黑眼睛黄皮肤的中国人，在思想的激烈碰撞中，刮起了头脑风暴。人的智慧尥着蹶子飞向了灿烂星空，炸开了一朵又一朵绚丽多彩的文明之花。

孔孟要“救天下”，绽放出儒家“仁义有为”的向阳之花；老庄要“弃天下”，暗开着道家“无为逍遥”的罂粟之花；墨翟要“公天下”，驰骋着墨家“兼爱互利”的和平之花；韩非子要“法天下”，高歌着法家“峻法薄情”的玫瑰之花。华夏之思想，古国之文明，其时已然成形，几近巅峰。以后两千多年，不过对先秦百家思想不停地争论不停地选择不停地诠释而已。

甲骨文、金文、大篆、小篆被长时期的劳动所逼迫，应用而创造发明。

铁器的出现，大大提高了生产力。奴隶向往自由独立耕作的愿望越来越强烈，孕育着人与人之间的生产关系必须改变。

秦始皇君临天下，中央集权，郡县治之。统一度量衡，书同文，车同轨，钱同币。衍生出自由劳作者农民，乃生产力使然，非秦始皇突发奇想。这个叫“封建社会”的新生儿的分娩所引起的大地母亲之剧烈阵痛，急需要“休养生息”式的温柔调养，不需要“焚书坑儒”式的残酷打压。秦始皇聪明一世，糊涂一时，铁腕酷治，逞得一时威风，种下一世祸害，可惜了万世的黄粱美梦，秦二世的屁股都没有在龙椅上坐热就呜呼哀哉了。

刘邦是苦出身，明白老百姓需要什么。不就是吃饱穿暖，老婆孩子热炕头嘛。那好，先拿下英布、季布、彭越、韩信几个刺儿头，别打扰刘姓儿孙坐天下，马上就给天下老百姓土地和自由。男耕女织，自给自足，小农经济，挺好的。至于吃好穿好住好“性”福了以后，还要什么？不就是名利嘛。得了，叔孙通制个礼仪，萧何定个规矩，曹参看着办就行啦。这一“无为”竟然“无为”出了中华农耕文明的“文景之治”。粮满仓，钱满贯，吃不完，花不了，谷发霉，铜生锈。吃好了，穿好了，住好了，匈奴眼馋着来打搅了。可把汉武帝惹火了。罢黜百家，独尊儒术。厉兵秣马，磨刀霍霍。启用卫青，直击匈奴。偏爱霍去病，饮马酒泉，封狼居胥。落个穷兵黩武的名声，换来四百多年的太平，值！但是，汉高祖、汉文帝、汉景帝、汉武帝几代精英的励精图治，也感动不了汉桓帝、汉灵帝亲佞远贤安逸享受之心，终致汉末英雄辈出，魏蜀吴三足鼎立。

从此以后，直到清代，中国历史都跳不出“合久必分，分久必合”的原地打转怪圈，始终不能螺旋式地永不停息地上升上升再上升。何哉？难道不可以用民主宪政取代皇权专政吗？不可以！因为生产力决定生产关系。仔细回顾一下，从秦开创封建社会到清终结封建社会，整整两千多年，生产力有什么质的飞跃？除了铁器，就是青铜器。印刷术印了四书五经，造纸术给皇帝上了折子，指南针埋了死人，火药炼了丹药。这样的生产力，注定了男耕女织，自给自足的小农经济是社会的经济基础。这样的经济基础，孵化出的只能是村落里几辈子都不愿意挪个窝的熟得米汤气的熟人社会，要“法治”干什么？有儒家文化浸润的伦理道德就行了。同在一个村里，低头不见抬头见，三代都挖得清清楚楚，谁家还不在乎个名声呢？名声臭了还怎么在村子里混？宗族社会里，名声是看不见的法律。君为臣纲，父为子纲，夫为妇纲。三纲一举，只欠十目。仁、义、礼、智、信、忠、勇、恭、和、平，十目一张，万事大吉。纲举目张，一张庞大的华丽的蜘蛛网一样的社会关系网自然形成。父子有亲，君臣有义，夫妇有别，长幼有序，朋友有信。多么井然有序，多么谨严周到。皇帝俨然稳坐中军帐的大蜘蛛，只需运筹帷幄之中，就可以决胜千里之外。州有州官，县有县衙，村有里长，家有族长。层层有眼线，环环皆相扣。哪里有风吹草动，还能瞒得了皇帝？除非皇帝脑子进水了，才酿得前有韩擒虎，后有陈丽华，夜夜《后庭花》，日日笙箫发，管他韩擒虎，还是韩擒猪，反正我死以后，管它洪水滔天？不然，伴君如伴虎，神龙见首不见尾，卧榻之侧，岂容他人酣睡？

因为如此，才赢得两千多年的铁桶江山，固若金汤，牢不可破。几经外族入侵，我自岿然不动。再骁勇善战不可一世的少数民族，遇上了汉族的儒家文化，还不是像暴雨泼在黄土上一样，稀释得无影无踪。请问，南北朝立住脚了吗？五代十国立住脚了吗？金辽西夏称心如意了吗？蒙古铁骑称心如意了吗？满族和汉族还有区别吗？封建皇权专制真的是男耕女织自给自足小农经济之下农耕文明社会的最佳的生产关系选择。难怪一经隋王朝改大汉以来的举孝廉制为科举制选拔人才，华夏精英像吃了春药似的茁壮成长风情万种，历经大唐三省（尚书省、中书省、行书省）六部（吏、户、礼、兵、刑、工）制的有效催情，终于将秦王朝创制的明君贤臣的封建中央集权制推向了珠穆朗玛峰似的贞观之治和开元盛世。那时的大唐可是地球上最繁荣富强文明发达的国家啊！堂堂中华，稳坐中原，敞开胸怀，任由四方来朝贺来学习。既便是因为安史之乱受到重创，一下子从大家闺秀慢慢地滑向小家碧玉，也踉踉跄跄走了一千多年。由小家碧玉两宋渐渐地沦落成烟花女子元明清，依然百足之虫死而不僵。可见小农经济滋养的专制政治之威力。两千多年，汉赋唐诗宋词元曲明清小说且不说，隶书草书行书楷书也不说，圆周率候风地动仪都不说，单就造纸术印刷术指南针和火药这四大发明，就吓得引领近现代文明的欧洲人目瞪口呆。

华夏两千多年的封建社会，生产力为什么没有质的飞跃呢？一个“二牛抬杠”，一抬就乐滋滋地抬了两千多年啊！我想，也许是先民日子太安逸舒服了。地大物博，人口稀少。他们仗着黄河滋润长江滋养，仗着长城庇护高原屏障，仗着渤海黄海东海南海的万丈深渊，仗着中央集权制的固若金汤，仗着小农经济的自给自足，仗着儒家文化的“润物细无声”，好一个安然无恙高枕无忧啊！一个四合院，就是一个小安乐窝。偌大的故宫，就是皇帝家的大安乐窝。富裕养懒汉，舒服生懈怠，安逸则无创造。做着天朝大国美梦，等着四方蛮夷朝贡，不屑于思考“再也不能这么过”的焦灼问题。造纸术印刷术传播四书五经，指南针看风水宝地，火药炼丹放鞭炮。男人阉割了伺候皇帝，女子脚裹了伺候男人。一切都为了享受，一切都为了舒服。太平盛世，歌舞升平，春风熏得国人醉，长把隐患当太平。

山不转来水在转

大明王朝的皇帝臣子布衣百姓，哪里知道“山不转来水在转，水不转来风在转，风不转来云在转，云不转来人在转”呢？郑和下西洋，只是为了夜郎自大善意夸耀。哥伦布、麦哲伦的环球冒险可不是一路为了看看美丽的风景。饱汉子哪里知道饿汉子的饥？欧罗巴的土地可没有黄河流域、恒河流域、尼罗河流域、两河流域的土地肥沃辽阔。穷则思变化，困则思拓展，自然之理也。

欧洲人被贫穷所迫，被狭窄所困，被神灵所桎梏，所以，人心思变，社会精英掀起了文艺复兴。中国的造纸术印刷术派上了大用场，启蒙的纸片如漫天的雪花，飘飘洒洒飞进寻常百姓家。大众的科学民主观念之水位骤然飙升。哥白尼怀疑地球是宇宙的中心，布鲁诺追随献出了生命，伽利略用望远镜做了证明。莎士比亚自编自导自演，播撒人文主义精神。达尔文鼓吹“优胜劣汰，适者生存”。康德说：“上帝可以信仰，但不可以相信。”费尔巴哈说：“人是人的上帝。”尼采说：“上帝死了，我是太阳！”

辽阔无垠的南美洲成了西班牙人和葡萄牙人的第二故乡，热情浪漫的拉丁民族跳着探戈和桑巴，喜把美洲当欧洲。玛雅人和印第安人，“故国不堪回首明月中”，“问君能有几多愁？恰似一江春水向东流”。风水轮流转，今日到欧洲。

瓦特发明了蒸汽机，沸腾的激情烧得英国人能固守巴掌大的岛屿？蒸汽机是生产力的一场划时代的革命，可喜可贺可歌可泣又可怕。劳动效率大大提高了，解放了人意味着闲置了人。人闲着总不是个办法，“人闲事出来，狗闲屁出来。”英格兰不养人，自有养人处。北美洲、大洋洲，多么辽阔的土地，多么肥美的土地。那可是风姿绰约的处女地！一个个不安分守己乐于冒险的英格兰人，踏上了一艘艘轮船，驰往梦想的乐园，编织着美丽的童话，挥洒着致富的传奇，将不服输的印第安人统统掀进了大西洋和太平洋。

蒸汽机发明了，纺织机转起来了，火车跑起来了，游轮吼起来了。中国的指南针派上了用场，英格兰人想去那里就去那里。钢铁炼制成功了，枪可以打了，炮可以轰了，坦克像乌龟一样可以爬行了。中国的火药派上了用场，欧洲人想打谁就打谁。水泥发明了，钢筋发明了，沥青发明了。楼房拔地而起，道路硬化如铁。欧洲的城市如雨后春笋，蒸蒸日上；欧洲的乡村如深秋荷塘，破落凋零。城市的陌生人社会逐渐取代了农村的熟悉人社会。陌生人交往，趋利避害，漠视名声，忽视道德，非契约无以约束，非法律无以制裁。欲践行契约，履行法律，非绝对权力让位于相对权力不可。蛇不说自己毒，人不说自己过。绝对权力绝对滋生腐败。

欧洲不知道怎么了，生产力像吃了春药的少女，青春萌动性感十足摇曳多姿。生产关系像没有性功能的老太监，老气横秋死气沉沉萎靡不振。于是二者发力角逐，结果是一个叫“资本主义”的少男取代“封建主义”老太监。这个叫“资本主义”的少男，据亚当·斯密的《国富论》描述，他有健壮的轮廓优美的骨骼，他有健硕的波涛汹涌的肌肉，他有市场经济的青春活力，他有民主政治的阳光动力。所以，一旦他取代了封建主义“老太监”，他会给少女般活力四射的生产力十分巨大的反作用力！

于是，英国科学家法拉第的电磁感应霍然出炉，欧洲工业革命如虎添翼，日新月异，鲲鹏展翅，抟扶摇直上九万里。

电发明了，玻璃发明了，塑料发明了。电灯亮起来了，电报发起来了，电话打起来了，收音机响起来了，电视机播起来了。信息传播快捷方便，吴承恩《西游记》播种的顺风耳千里眼的种子在欧美大地开花结果。

石油发掘了，橡胶发明了。汽车一日千里，飞机翱翔蓝天。《封神演义》中的雷震子穿越五千年，在大西洋和地中海的蓝天自由飞翔。导弹开花，氢弹开花，原子弹开花。宇宙飞船遨游太空，美国人做客月球，中国人嫦娥奔月玉兔蟾宫吴刚桂树的浪漫神话一夜之间被撕扯成一地鸡毛。

人类社会一下子来了个三级跳远，从农业文明到工业文明到电子文明又进入信息文明。瓦特的蒸汽机将煤还没有烧过瘾，神秘莫测的电就迫不及待地惹得人要小心翼翼。比尔·盖茨的微软电脑横空盖世没有几年，乔布斯的苹果手机又风靡全世界。真是“这世界变化快，不是中国人不明白”。

欧洲美洲澳洲翻天覆地日新月异三四百年，亚洲的中国干什么？中国？中国人舍不得五千多年创造的农耕文明之顶级辉煌，可是，又不甘心落后于欧美人三百多年创造的工业文明电子文明信息文明的惊艳美丽。心里酸酸地嘀咕："我们祖先比你们强多了！"但有多少人坦然正视今天许多方面不如人家？这都怪中国曾经太辉煌，放不下架子，拉不开面子。

"山不转来水在转，水不转来风在转，风不转来云在转，云不转来人在转。"

"不是我不明白，是这世界变化太快。"

祖宗之法不可变

变是唯一的不变。但是，这三百多年中国想变懒得变。然而，世界已经变了，中国不变也得变。于是，只好磨磨蹭蹭地变。为什么？上流社会既得名利舍不得重新分配。"天下熙熙，皆为利来；天下攘攘，皆为利往。"

欧洲人彻骨地意识到再也不能这样过，觉得告别祖祖辈辈赖以生存的土地蜕变成一个走南闯北的生意人是无上的荣耀，中国大明王朝繁华城市的子民，有的才羞羞答答在自己家庭作坊里搞一点手工小玩意儿，私下交易换几两碎银子花。遑论"商人"，遑论自由贸易，中国主流文化里是鄙夷生意人的。"商人重利轻别离"，商人唯利是图。在一个重义轻利的文明古国，社会对于人的身份定位，要么布衣百姓，要么父母官。十年寒窗苦，"学而优则仕"，乃许许多多读书人几辈子的人生理想。"朝为田舍郎，暮登天子堂。将相本无种，男儿当自强。"像范进一样，皓首穷经，至死不悔。死守在自家小四合院，劳作在自家二亩三分田，老婆孩子热炕头，享受大自然慷慨赋予的田园风光，很少有人想过有没有第三条路可走？既是想过，也是胎死腹中。当父母官的腐败成为一种悄无声息的时尚时，底层老百姓实实在在忍无可忍，就冒出一个叫李自成的"刁民"，振臂一呼，天下云集响应。崇祯皇帝惊呼，为什么不早一点收拾收拾那些崽卖爷田不心疼的贪官污吏？他不可能想到，杀贪官只是扬汤止沸；砍污吏只是隔靴搔痒。泱泱大明王朝，贪官如蚁，杀得了吗？况且，吃肥了的被杀，瘦的上来了，依旧梦寐以求地想吃肥。他更不可能想到，反贪肃腐，必须从政治体制上动大手术，标本兼治，釜底抽薪，水自然就难以沸腾。

这一切的一切，在吴三桂开关欢迎的十几万八旗子弟震耳欲聋喊杀声中，被洗涤得荡然无存。崇祯帝无可奈何花落去，挂在万岁山的一棵树上，在西风的飘零中，向他的不可一世的祖宗朱元璋独自言说着腐败没有办法的委屈。

从此，八旗子弟的佼佼者坐镇北京城。虽然这时的资本主义正一波又一波地席卷欧洲，但是，这个盘踞在中国东北白山黑水马背上的少数民族，带进关的不是人文主义精神，不是自由主义经济，不是民权主义政治，而是一点彪悍的新鲜满族血液。而且还不失自尊地将这股彪悍的野性血液悄无声息地注入中原大地封建专制的生产关系，较之于刚魂销九州的“明朝”，仅仅换了一个叫“清朝”的新瓶子而已，酒还是那壶专制世袭的封建主义老酒。显而易见的改变，莫过于所有清朝男人的额头，更加明亮光鲜。广袤的华夏大地，依然是男耕女织，自给自足。核心生产力依然是田园牧歌式的“二牛抬杠”。康熙帝的奋力一搏，就是六十年的励精图治铁腕主政，其神威波及乾隆皇帝，好一个“康乾盛世”！充分证明了封建皇权主义的优越性，何必跟到欧洲的屁股后面邯郸学步？何必热火朝天地搞工业文明？但是，对不起，金毛发白皮肤蓝眼珠的欧洲人，就是爱你没商量。有了巨轮大炮，长城算什么？东海南海都如履平地，没有想到吧？爱上你就赖上你，赖上你就黏着你，谁叫你“江山如此多娇”？你治理不好我来治理。地球共荣，大同世界。“一万年太久，只争朝夕。”

那好，咱打不过可忍得过。大好河山，宁给洋人，不给奴才。台湾给荷兰，香港给英格兰，澳门给葡萄牙，青岛给德意志，海参崴给俄罗斯。还不成吗？这广西边陲的没有见过大世面的洪秀全杨秀清一伙“长毛”又来捣乱，没有脑子的义和团也蠢蠢欲动，烦死了！烦死了！曾国藩，李鸿章，给这些“刁民”一点颜色看看！呵呵！太平天国，经不起打，还没有好好打，内窝子咬得长毛乱飞。义和团哪里是刀枪不入？八国联军的洋枪子弹一个一个钻进了他们波涛汹涌的肌肉里面不出来。大清帝国还是很有活力很有生命力的嘛！“同治中兴”又在洋毛子眼前炸了一朵绚丽的花。好好的，康有为梁启超两个“南国贼”，教唆着半脑子光绪帝玩什么戊戌变法？口口声声向洋毛子学习，洋毛子有什么可学习的？搞什么君主立宪制？君主就是君主，还立什么宪法制约？受制约的皇帝还叫皇帝吗？日本学习欧洲富强了，白种人刮目相看，那是洋毛子眼窝太浅。日本算什么？大清国正眼瞅都不瞅。左宗棠张之洞几个不是搞了好几个炼钢厂专门造枪造炮造船吗？李鸿章不是正建设北洋水师无敌舰队吗？袁世凯不也在天津小站勤勤恳恳练新兵吗？还要老佛爷怎么样？把龙椅让给谭嗣同？谭嗣同他爹也不过一个巡抚的命，谭嗣同就癞蛤蟆想吃天鹅肉？去，没用的奴才，把谭嗣同那几个死鬼给咱大清砍了！就在菜市口，那里看热闹的人多。去，没用的奴才，把炸死恩铭的恐怖分子徐锡麟的心肝炒着吃了，看他谁还敢玩亡命天涯？去，没用的奴才，把那个叫什么"秋风秋雨愁杀人"的秋瑾做了，一个妇道人家，怎么没有缠脚？满世界地疯跑，也没有个三从四德，她爹娘是怎么教养的？没有教养的东西！

呜呼！这就是清朝尾巴上的中国文明。既得利益集团，宁愿和外国贩卖鸦片的下三流的生意人媾和分红，也不愿意自上而下地改革赢得与时俱进的生产关系，引领生产力良性发展，与欧美高层次商人做国际贸易的阳光谈判。封建专制，肥了少数人，蒙了千万万人，亏了千万万人。难怪袁世凯做梦都想当皇帝，难怪张勋复辟竟然有那么多的粉丝，原来什么人说什么话，什么人想什么事。不是祖宗之法不可变，而是谁的帝国谁说了算。

变是唯一的不变

苍天有眼，天佑中华。孙中山身居高位，却时时处处为四万万同胞说话。"天下为公"，不是写在纸上，挂在嘴边，而是身体力行。孙先生是看见过世界的中国精英中的先行者。他懂天下大势，"世界潮流，浩浩汤汤，顺之则昌，逆之则亡。"先生在海外华侨中人脉特别广，如果他愿意，完全可以养尊处优，安享一个富家翁的生活情趣。拄着文明棍，戴一顶黑色礼帽，抽着正宗的古巴雪茄，翘着墨色的八字胡须，满世界地提着一把精致的剪刀剪个彩，做个慈善，乐哉悠哉！可是，"江山如画，一时多少豪杰。"先生良知上丢不下落后世故的华夏子孙，所以，审时度势，高瞻远瞩，开出了医治百病缠身的中国的两服苦口良药，一是"三民主义"，二是"五权宪法"。三民主义者，民族、民权、民生也。五权宪法者，行政权、立法权、司法权、考试权、监察权也。明眼人一看，就是一个渐进的政治民主过程，也是一个权力相互制约相互促进的科学宪政。先生痛心疾首的是中国人的“官本位”观念太顽固，当皇帝的瘾太疯狂。这都是曾经的权力没有受到科学制约导致的。如果官员不过是一个汽车司机，老百姓是车上买票坐车的乘客，乘客集体决定要求司机开到哪里，司机就开到哪里。老百姓期望官员怎么治理，官员就兢兢业业地怎么治理，国人的官瘾还那么疯狂吗？可惜，当时国民党只有理论，没有实力，眼睁睁看着袁世凯当了大总统，孙中山就实心实意心甘情愿地去建造中国的铁路。为了中国，先生甘愿做袁世凯这朵大红花的绿叶，的确显露了美利坚开国元首华盛顿的魅力风范。但是，他的这个愿望也难以实施。因为袁世凯的皇帝瘾犯了，革命党只好眼睁睁看着他做了洪宪皇帝。蔡锷忍无可忍，南国拔剑而起，天下云集响应。袁大总统恍然大悟，毕竟是民国，不是大清国了，可惜正月十五贴门神——迟了半个月。恼羞成怒，一命呜呼！

其时，中国生产力如何？唉！别提了。家里老是淘气，何谈生产力？中国和先进文明国家的距离进一步拉大。美国莱特兄弟“痴心妄想”的飞机都翱翔蓝天了，中国还遍地的牛拉犁铧，马拉木车，驴推石磨。看得见的文明，莫过于奴仆不再抬轿，男人不再阉割，女人不再裹脚，刽子手不再砍头，老百姓不再被打屁股。

孙中山的人生如果再延续二十年，中国的道路会怎样走下去呢？会不会以开阔的胸襟联共以后继续容共？那时的角逐尚停留在极少数的精英阶层，广袤的农村大地，老百姓依然过着平静淡然、知足常乐、虽不富裕却安分守己的日子。地大物博，人口又不太多。孙先生容共以后践行三民主义、五权宪法。是国民党执政，还是共产党执政？中国人民说了算。谁代表大多数人民的利益，谁自然赢得更多的选票，谁理所当然执政了。共产党当时也精英云集，和国民党相互竞争，相互比美，相互监督，相互制衡，相互进步，相互发展。“君子和而不同”，“君子周而不比”，中国文明自然就回暖升温。虽说一山不藏二虎，但一山可生活多虎。至于虎王，“山水轮流转，今日到我家。”老百姓说了算。

可惜，历史不可以假设。孙中山年过半百就匆匆而去，国民党群龙无首，经过几番激烈的角逐，蒋介石脱颖而出，继承了孙先生的遗志“三民主义”，牢记孙先生的遗愿“革命尚未成功，同志仍须努力”，但蒋校长有自己的打算，以强硬的姿态要践行“军政—训政—宪政”三部曲，改“家天下”为“党天下”。蒋介石将职业军人的执着和固执融为一体，彰显无遗。虽然谋划有余但却大略不足。“海纳百川，有容乃大。”“周公吐哺，天下归心。”“厚德载物，上善若水。”这些深奥的中国文化，蒋公没有融会贯通。他深受日本士官学校的精神影响，讨厌苏联列宁的布尔什维克主义，所以，“联俄联共，扶助农工”不过是给童年期的共产党人开出的一张空头支票。军阀打倒了，张学良“东北易帜”了，中国统一了，“整理党务案”出炉了，卸磨杀驴，清剿共产党人。华夏大地，民族复兴，文明回暖，又一次和历史擦肩而过，可惜！可惜！

共产党毕竟年轻，被国民党忽悠了一把，一肚子的委屈和愤慨。但是，势单力薄，要说法没说法，有冤无处申，有苦无处诉，咋办？他不找共产国际他找谁？于是，苏联成了中国共产党的娘家人。李大钊被张作霖绞杀，张作霖振振有词：“妈了个巴子，好好的中国汉子不做，和洋毛子眉来眼去干什么？汉奸，杀！”王明等二十八个布尔什维克从莫斯科学成归来，多么威风凛凛颐指气使啊！当时的毛润之又奈他们如何？只觉得“钦差大臣”满天飞。开口“城市暴动”，闭口“城市暴动”，毛泽东只好无语了。无语归无语，这是内部矛盾，国民党一次又一次“围剿”才是真要命啊！一打就是十年。这十年，已经不是极少数的精英在角逐。这十年，搅动了中国社会最敏感的神经源，那就是几千年的以男耕女织自给自足小农经济为温饱依靠的广袤农村。朱毛的红军虽然食不果腹，衣不蔽体，枪少枪栓，屋多漏雨，但是，底气十足，信心满满。何哉？“星星之火，可以燎原”嘛！毛泽东是从湖南湘潭县一个叫韶山村的山坳里走出来的。“恰同学少年，风华正茂。”动不动穿一双布鞋，带一把油纸伞，袭一身粗布长袍，留一头五五开向后飘逸的乌黑长发，行走在辽阔的农村大地。走家串户，乐此不疲。他太清楚中国农民性格特色了。隐忍是出了名的，但是，逼急了也反抗。兔子不急不咬人嘛。“哪里有压迫，哪里有反抗。”“为有牺牲多壮志，敢教日月换新天。”他太清楚中国农民最需要什么，无非就是赖以生存的土地嘛。所以红军要打土豪、分田地。

毛泽东又是一个对中国历史特别感兴趣的读书人。中国是一个农耕文明十分发达的国家，百分之九十的人依赖土地生活，不到百分之十的人高高在上，美其名曰“父母官”。这活像一锅飘着油花的水，只有将油花下面的水搅动了，才可以“长风破浪会有时，直挂云帆济沧海”。毛不关心欧罗巴发生的工业革命和资产阶级革命，也不关心美利坚发生的独立革命和资本主义如火如荼的建设，他甚至连身边的邻居日本明治维新以后多么日新月异地变化发展也满不在乎。他只对《共产党宣言》感兴趣，“全世界无产者，联合起来！”好！中国不缺贫下中农。他很喜欢《国际歌》的歌词，“起来，全世界受苦的人们！”听起来特别的激动人心。“从来就没有什么救世主，也不靠神仙皇帝，要创造人类的幸福，全靠我们自己。”听，枪杆子里面出政权，自己的事情自己干。“满腔的热血已经沸腾。”很富有号召力。“旧世界，打个落花流水……我们要做天下的主人。”多么痛快淋漓！“团结起来，到明天”，是的，只有工农团结，才有未来。“英特纳雄耐尔，就一定要实现”，多么卓越超凡的自信心。如此斗志昂扬的歌词，糅合天才的谱曲，低沉却毫不伤感，雄壮却毫不急躁。朗朗上口，令人激情澎湃、热血沸腾，传播的速度很快。这比中国历史上的“王侯将相，宁有种乎？”，“等贵贱，均贫富”，“替天行道，杀富济贫”，“均田免粮”等农民起义的口号具体形象，容易传播多了。中国人骨子里流淌着“不患穷而患不均”的血液，那么，打碎一个不公平的旧世界，建立一个没有剥削没有压迫的人人有耕田人人有饭吃人人有衣穿人人有房住的社会主义社会，进而奋斗到想要什么就有什么的共产主义社会，是多么的令人亢奋和陶醉啊！毛泽东还年轻，有的是时间和精力。“恰同学少年，风华正茂。书生意气，挥斥方遒。指点江山，激扬文字，粪土当年万户侯。”

可是，燃眉之急是如何艰难渡过国民党一浪高过一浪的“军政”冲击波。中国工农红军明智地选择了向西向北做遥远的跋涉，因为，中国的西部和西北部贫穷而又辽阔，不管是被接纳的程度还是可回旋的余地都大得多。果不其然，“红军不怕远征难，万水千山只等闲。五岭逶迤腾细浪，乌蒙磅礴走泥丸。金沙水拍云崖暖，大渡桥横铁索寒。更喜岷山千里雪，三军过后尽开颜。”长征不仅是宣言书宣传队播种机，而且还是一次意志和灵魂的沙里淘金。留下的是金子，流去的是沙子。能在陕北延安落脚的几乎全是中国共产党的精英。难怪当时全国青年到延安去成为时代的时尚。

不知天高地厚的日本军国主义真的被提前学来的欧美资本主义工业文明烧昏了骄傲的大脑，貌似深思熟虑实则冒冒失失地就生吞活剥了东北肥得流油的黑土地，人心不足蛇吞象，悍然肆无忌惮地横扫中国华北中原华东大好河山。岂不知，国民党被逼退大西南，共产党蜗居大西北，外族不十分挤压，两党针锋相对，你死我活，打得头破血流，尸体遍野。一旦外族猛力挤压，必定拥抱取暖，握手言和，调转枪口，一致对外。亲兄弟毕竟是亲兄弟，打断骨头连着筋。所以，日本军国主义绞尽脑汁推销的“大东亚共荣国”，不过一个一厢情愿的庞大的肥皂泡而已，即使没有大风吹，在亚洲的上空悬着悬着也就自爆了。蒋委员长的“一寸山河一寸血”，天下云集响应。毛泽东的《论持久战》，世人颔首赞许。日本兵即便是不撤回到那四个狭窄的岛屿上去，下场也好不到哪儿去。前车之覆，后车之鉴。元朝的蒙古族，清朝的满族，结局都如何呢？不是被赶走，就是被融合，欲做长长久久的统治，绝对没有可能。何哉？中国文化使然。中国文化，主流是偏水的文化，貌似柔顺，实则刚强。水至柔也，天下强者莫过于水。上善若水啊！日本骄傲的现代人怎么就忘记了他们的祖先在唐代是怎么谦虚地向中国人学习“水文化”来着？近代的中国，虽然缺乏科学精神民主制度，没有先进卓越的生产力，但是，积淀着像黄土高原一样厚重的文化依然树大根深啊！任何绵绵细雨，任何暴风骤雨，任何残酷冰雹，都毫不例外地被厚重的黄土悄无声息地稀释殆尽。日本军国主义又奈中华如何？不过八年厮杀，皆有死伤而已。

日本军队的彻底投降撤离，又一次将国民党和共产党推向了风口浪尖，何去何从，都是两党深思熟虑果断抉择的存亡问题了。最好是化干戈为玉帛，组建联合政府。请问，联合政府是走三民主义道路，还是走社会主义道路？这是一个大问题啊！

走三民主义，好是好，行政院、立法院、司法院、考试院、监察院，清一色的国民党的党员，民权何以保证？民生何以实现？全民普选，好是好，但是，这么多的县，这么多的乡，这么多的村，没有收音机，没有电视机，谁了解谁啊？候选人一个村一个乡一个县地进行施政演说，猴年马月才可以选出中国人民心满意足的总统呢？

走社会主义道路，将来人人有饭吃，人人有衣穿，人人有房住，人人有老婆。好是好，但是一个世纪的战争，打得要什么没有什么，何时才可以梦想成真呢？画饼充饥，望梅止渴，时间久了也就露馅了。坚持中国共产党执政，全国人民当家做主，民主人士协商议政，这共产党当家时间长了日子富裕了，难保就不腐败。腐败了桌子一拍骂起娘怎么办？到那时人民怎么当家做主？民主人士谁还敢嘴长？

桌面上无休无止地争论，好是好，但是，谁也说服不了谁，怎么办？战场上见高低。政治是思想的彰显，战争是政治的发酵。又要兵戎相见，中国人民好一个“烦”字了得！毛泽东好像胜券在握，“江山如此多娇，引无数英雄竞折腰。惜秦皇汉武，略输文采。唐宗宋祖，稍逊风骚。一代天骄，成吉思汗，只识弯弓射大雕。俱往矣，数风流人物，还看今朝。”《沁园春·雪》在重庆文人骚客之间传为美谈，毛的粉丝团与日俱增。令蒋介石和毛泽东都没有预料到的是，国共两党积累多年的怨仇，两三年就在战场上摆平了。毛踌躇满志，毫不拖泥带水。“钟山风雨起苍黄，百万雄师过大江。虎踞龙盘今胜昔，天翻地覆慨而慷。宜将胜勇追穷寇，不可沽名学霸王。天若有情天亦老，人间正道是沧桑。”中华人民共和国1949年在北京天安门庄严宣布成立，孙中山的三民主义只有被国民党踉踉跄跄地带到孤岛台湾去实践了。

社会主义中华人民共和国诞生伊始，绝大多数中国人民好喜欢。不高兴的自然有，那就是曾经漂在中国这锅水上面的一层油花儿——地富反坏右。不高兴归不高兴，但是，热火朝天的社会主义改造运动还是要积极参与的。共产党人的雄心壮志是干“前不见古人，后要见来者”的翻天覆地的大事业。“天上没有玉皇，地上没有龙王。我就是玉皇，我就是龙王。喝令三山五岳开道，我来了……”多么浪漫，多么摧枯拉朽。分散的土地合并了，自给自足的小农经济变成了生产互助农民合作社了。从传统的小农经济到初级合作社，从初级合作社到高级合作社，从高级合作社到人民公社，历时不到十年，跨越而过马克思规划展望的千年人类社会发展历程啊！“一万年太久，只争朝夕。”中国大地成了德国人马克思思想的试验田。生产关系可以任性地组合，但是，生产力是实实在在的，来不得半点主观臆断。社会主义的中华人民共和国，的确从理论上比欧美资本主义国家先进超前，但是，中国大地的生产力呢？工业革命了吗？电子革命了吗？工厂在哪里？城市在哪里？百分之八十几的中国人民依然离不开祖祖辈辈辛勤耕耘的土地。“鼓足干劲，力争上游，多快好省地建设社会主义。”像浪漫主义诗人吟诵的浪漫诗歌一样的建设方针政策，大炼出来的钢铁怎么会不是一堆又一堆牛屎坨坨呢？人民公社的小麦亩产几十万斤之新闻，一本正经地刊登在《人民日报》的头版头条。人民公社饲养的社会主义的猪必须大卡车才可以拉动，堂而皇之地刊登在《人民日报》的重要位置，真不知道笑掉了多少欧美帝国主义的资本家的前门牙。全国人民大跃进，全国人民都弱智？不，全国人民太狡猾！在安徒生的童话《皇帝的新装》里面，谁不夸赞皇帝的新装好漂亮好漂亮？突然，一个孩子说，皇帝什么也没有穿啊！所有的人是惊得目瞪口呆，还是羞得无地自容？

1959年的彭德怀良知犹存，忍无可忍，拍案而起。对不起！彭老总，是谁横刀立马？又是你彭大将军。叛徒、反革命，休息去吧。不受制约的权力竟然这样可怕，连常识都可以不守？中国人民艰苦奋斗，自力更生，自主研究出了导弹氢弹原子弹，在全世界挺直了腰板。是的，人再穷，做乞丐讨饭也要拿根打狗的棍。但是，中国人民没有被帝国主义的炮弹打死，却被共产主义人民公社的食堂活活饿死。不都是对生命的漠视不尊重吗？这有本质的区别吗？难道伟大的爱国主义就是宁愿被祖国活活地饿死，也不可以被帝国主义的导弹原子弹炸死？

人是铁，饭是钢，三天不吃饿得慌。七天断炊，就要死人。可惜，失去了相互制约的权力更加恣意浪漫。“雪压冬云白絮飞，万花纷谢一时稀。高天滚滚寒流急，大地微微暖气吹。独有英雄驱虎豹，更无豪杰怕熊罴。梅花欢喜漫天雪，冻死苍蝇未足奇。”受到了精英冷落的毛泽东以退为守，蓄势待发。

中国人太多，素质又不高，国土辽阔，民族复杂，地域差别大，信息太闭塞，搞一人一票民主普选，谁了解谁啊？这的确是事实，但是，核心问题是人太多。然而，当初火急火燎地打倒人口学专家马寅初干什么？虚心听取马寅初参政议政之节育人口的金玉良言，哪里有这么严重的人口问题？还不是权力太绝对，一策决错百年患啊！

中国地大物博，那么，分给农民一点土地，自己计划，自己耕耘，自己养活自己，有什么不好呢？几千年都是这样男耕女织自给自足过来的，湖南的“桃源经验”也可以吃饱肚子，为什么到了1966年骤然变成“资本主义的尾巴”了呢？“三十八年过去，弹指一挥间。可上九天揽月，可下五洋捉鳖。”老百姓温饱解决不了，上天揽月有什么用？下海捉鳖有什么用？莫不是“醉翁之意不在酒，在乎山水之间也”？“四海翻腾云水怒，五洲震荡风雷急。要扫除一切害人虫，全无敌。”对了，《炮打司令部——我的一张大字报》，不将中国文化大革命，以后还有害人虫。横扫一切牛鬼蛇神，千万不要忘记阶级斗争，阶级斗争是个纲，纲举目张。“毛主席万岁！万岁！万岁！万万岁！”祖国山河一片红，处处都跳“忠字舞”。“军民团结如一人，试看天下谁能敌？”赶英超美没意思，中国要解放全人类！1973年，林副主席的专机折戟温都尔汗，老人家低头沉思，这写进党章的最亲密战友革命事业的接班人原来也不靠谱！还有谁办事，老人家才放心呢？

茫茫神州，生产力丧失殆尽，大地一片苍凉，敢问中国文明，究竟路在何方？改革开放，改革开放。不改革，死路一条；不开放，一条死路。什么是真理的标准？实践是检验真理的唯一标准。什么是生产力？科学技术是第一生产力。何以兴中国？科教振兴中华。

“小平，您好！”当邓小平戴着美国西部一顶牛仔帽自信从容地出现在全世界各大媒体的头版头条时，中国真正意义上的现代化道路开始了。当邓小平胸有成竹地坐在日本磁悬浮列车上谈笑风生时，中国人大气地承认了和发达国家的真正差距。百废待兴，百废待兴，真的是百废待兴啊！为了寻求现代文明，骄傲而苦难重重的中华民族交的学费也太昂贵了。

让一部分人先富起来，然后带领大家共同富裕。裁军100万，怕什么？当今世界的两大主题是和平与发展。再不好好发展，韩国、台湾、香港和新加坡亚洲四小龙就跑到中国巨龙前面了。没有勤劳致富的路子？没关系，农村可以先包产到组，好了再包产到户，不信农民没有劳动积极性。不懂城市建设？没关系，可以搞几个经济特区。多看看多学学多想想，就会了。深圳算一个，离香港近；珠海算一个，离澳门近；厦门算一个，离台湾近；汕头也算一个，自然条件优越。同根同种同族同是龙的传人，他们能干好的事情，我们为什么干不好？等搞好了，把香港和澳门那两个丢失多年的孩子拎回来。不要紧，可以搞“一国两制”。大活人还能让尿憋死？香港回来了，舞照跳，马照跑，股照炒。澳门回来了，文明博彩，加强管理。至于台湾，不着急，“三民主义”统一不了中国，“一国两制”就要统一中国。等等，看看，不着急，看谁的光阴过得好。统一是迟早的事，中国大势，久分必合。后人比今人更有智慧，一定可以解决好。光发展珠江流域也不是社会主义，长江流域也要发展，黄河流域也要发展，黑龙江流域也要发展，中国西部更要好好发展。960万平方公里，全国一盘棋，不可以出问题。出了问题，老百姓不高兴，中国人民再不敢折腾了。不懂社会主义市场经济？上海浦东，朱镕基搞个试验田，摸着石头过河。过去了，老百姓说好，大家跟着过。欧美发达的资本主义国家四百年走过的路，中国不知道需要走多少年？不能慢，不能快。要稳要准要高瞻远瞩要多为后辈儿孙想想。不要再争论姓资还是姓社，社会主义也有市场经济，只要有利于生产力的发展，有利于改革开放，有利于绝大多数人民的利益，就放开手脚干。“黑猫白猫，抓住老鼠的都是好猫。”社会主义的根本任务，就是要大大地解放生产力发展生产力。

国企改革，砸了工人阶级的铁饭碗，但是真正解放了生产力。“朱嘴一张，工人下岗。”开始工人不理解，朱镕基未雨绸缪，即使前面有地雷阵，有万丈深渊，也要赴汤蹈火，在所不惜。等到股份责任有限公司上市转型盈利分红时，享受国企改革红利的工人恍然大悟，原来朱镕基还是为中国老百姓做了一点事的。中国的老百姓并不是混账得永远青红皂白不分，他们只是有点眼窝浅，一下子转不过弯儿，认识真理需要一个过程。

要么，孙中山怎么感慨“知难行易”呢？朱镕基虽然退了，但《朱镕基讲话实录》一上市就洛阳纸贵，常卖不衰。个中滋味，谁人咀嚼？“天地之间有杆秤，那秤砣就是老百姓。”自从加入了国际贸易组织，中国人民的智商在国际化的市场上磨炼磨炼，也就分得清青红皂白了。况且除了观看《新闻联播》，还时不时地游览网络世界，饱览世界旖旎风光，先进与落后还是可以看明白的。地球已经是地球村了，谁瞒得了谁？

理论是实践的先导。失去了理论的实践就好像航行在汪洋大海里的轮船没有了舵手。“大海航行靠舵手，万物生长靠太阳，雨露滋润禾苗长，干革命靠的是毛泽东思想。”那实实在在地搞建设靠什么？靠邓小平理论，靠“三个代表”，靠科学发展观。老百姓聚家过日子说：“吃不穷，穿不穷，打算不好一世穷。”足见做长远打算的掌柜子是多么举足轻重。由于几千年封建皇权思想“随风潜入夜，润物细无声”，所以，中国老百姓一根筋地神往高高在上的父母官。“君子之德风，小人之德草。”老百姓好像草一样是顺着官员的风跑。楚王好细腰，楚人多饿死。玄宗宠贵妃，唐人多肥女。不要指望官员都随地大小便了，还要禁止住老百姓随地吐痰。

欧美三百年跋涉过来的工业化电子化信息化曲折道路，改革开放的中国三十年跨越而过。欧美几代精英孜孜不倦发明创造的科学技术，中国拿过来用就行了。改革开放，改革开放，中国捡了多么大的便宜啊！“这世界变化快，不是我不明白。”变是唯一的不变。

我所感知的中国文明

我不知道我生活的这样的小县城在中国有多少，我不知道我生活水平的提高速度在全中国是个什么层次，但我自负地以为，我生活的小县城如果尚欠富裕文明，那整个中国就难吹嘘已经跻身于世界文明国度。

我记得清清楚楚，1975年的腊月，父亲交了家里喂了一年的过年猪，抱回来一块砖头一样大小的洋匣子，拧开开关会说话会唱样板戏，原来它就是收音机。那年过年，我们家虽然没有肉吃，但是一家人是多么的快乐啊！除夕之夜，全家人围着收音机听了半夜。

1978年冬天，我家的窑洞里通了电，腌菜的瓦缸狭缝里都亮光光的，我高兴得把明亮的电灯泡瞅了又瞅，一直瞅了半晚上。母亲开心地说："瓜子，赶紧睡，明晚上再瞅。"

1980年，我们村拉来了一台电磨子，从此，村北头那台磨了近百年的石磨子成了孩子们爬上爬下的"青石乐园"。

1981年的夏天，父亲买了一辆飞鸽牌自行车（是旧的，新的要凭票购买）。我一个下午就学会骑了，代价是崴了右脚。

1982年，合作社的生产队包产到组，我们26户农民合资买了一辆手扶拖拉机，这个叫"铁牛"的家伙终于可以风风光光地取代"二牛抬杠"了。送粪碾场也是好帮手。

1985年腊月，我们家买回来一台14英寸的百合花牌黑白电视机，自此，告别深更半夜跑到别人家看电视的历史。

1989年，我自己攒了一年的工资，买了一辆包链子的永久牌自行车和一台双鸥牌双缸洗衣机，作为我们结婚的全部家当，开心得像怒放的向日葵。

1993年春节，我家购得一台康佳牌21英寸的平面直角的彩色电视，没有遥控器。年复一年，就中央电视台的一个台的节目。

1997年，火车从我故乡东面的大山脚下轰轰地雄壮地穿过，许许多多农民看得傻了眼，小心翼翼地不敢靠近，据说就吸进车轨里去了。

2001年，我买了一款诺基亚手机，没事儿就捣鼓捣鼓，老盼望着别人打过来我接一接过过瘾。

2005年，我家买了一台清华同方牌的台式电脑，经常害怕儿子趴在上面捣鼓。

2006年，学校发一台联想牌笔记本电脑，因为多媒体教学设施进了教室。

2009年秋天，儿子上大学，我们的礼物是惠普牌笔记本手提电脑。儿子毫无谢意，因为上大学的孩子都有这玩意儿。

2012年，儿子多次鼓动我买一辆小轿车享受享受，我亦觉得"人生得意须尽欢，莫使金樽空对月"，买一辆就买一辆。我居住的城市汽车时代已哗然来临，凑个热闹，赶个时尚，蛮过瘾的。但是，我买车的理想终于没有得以临盆分娩。不为别的，只为开车上下班用的时间比徒步行走还多。城小车多，好一个“堵”字了得。我们的汽车文明在哪里？

2014年，我拿着一款金立牌智能手机，烦得没有地方可以装，记不起这是第几个玩过的手机了。今天我之所以爱手机，是因为闲了可以和西班牙读书的儿子聊微信。今天我之所以爱手机，是因为梦想有一天手指轻轻一摸，选我最欣赏满意的人民公仆。因为我真的十分讨厌手机上动不动就发来没商量的垃圾短信，说什么“纪委行风廉政建设已启动，欢迎你提供贪污腐败的线索，我们将为你保密”。保密什么？磊落的公民又不是做贼的。官员贪没贪，老百姓哪里知道？反贪局是诓闲传的？公检法是吃干饭的？诱惑老百姓打小报告玩小人伎俩干什么？还嫌中国人的君子风度丢失得不够？

我的梦想在发芽

世界真的小了，中国真的和世界融为一体了。我不知道我这三十年的生活水平在偌大的中国是什么生活水平？我也不知道我这三十年的发展速度在偌大的中国是什么发展速度？我生活的这样发展水准的城市，在中国有2000多个吧？我只是一厢情愿地希望，在13亿的中国人民中间，我处于中游偏下的状态。如此一来，中国就可以民主普选人民的公仆了，而不是老期盼自己不熟悉的官员是个清官是个父母官。这年头，清官是不靠谱的，父母官也指望不上。从来都没有神仙和玉皇，也没有什么救世主，一切文明都需要靠自己去争取。

有时候，我游走在偏僻荒凉的农村大地，看着无数的农民，“两鬓苍苍十指黑”，佝偻着艰苦的身躯，劳作在微薄的土地上，极少去想“再也不可以这样过”。凑近他们聊法治，聊民主，聊乔布斯，聊比尔·盖茨，聊西甲，聊NBA，他们似乎觉得这些与他们一毛钱的关系都没有，他们只需要别人画好了道路低着头跟着走就行了，何必操那么多的闲心，一副事不关己高高挂起的睿智狡黠。于是，他们搭讪着笑笑，尴尬地闪开，似乎我脑子进水了。我想，中国就是言论自由了，新闻自由了，结社组团自由了，公民普选公务员实施了，又有多少价值呢？中华民国的宋教仁，一腔热血，又换来了什么？

有时候，我穿梭于如雨后春笋般拔地而起的现代化城市，目睹成千上万的陌生人像搬家的蚂蚁一样匆匆忙忙地游动，就情不自禁地想，单凭道德诚信，谁又靠得住谁啊？那个曾经游刃有余地运作了几千年的农业文明下中央集权绝配儒家文化孵化而出的道德诚信，在自由的市场经济海洋里又有多少自我约束力呢？先放下庞大的行政事业单位熟人群体不说，单就企业公司的海量员工和游走在建楼修路工地上的农民工，恐怕有两三亿中国人民吧？他们既不同于固守在土地上的农民有熟人间的名声监督，也不同于固定在单位里正常上下班的市民有舆论的监督，他们是一群市场经济催生的游走在神州大地漂泊流浪的中国特色人民。像候鸟一样，哪儿可以生活就往哪儿迁徙。相互之间，萍水相逢，擦肩而过，没有永远的友谊，也没有永远的敌视，只有永远的利益。恪守道德的底线不过如履薄冰，法律的约束才是公平的呵护。而法律的公平约束何来？自然需要拥有权力的执法者。执法者何以做到法律面前人人平等？自然需要制约执法者的相对权力。相对权力何来？自然需要推进政治的民主进程。如何推进政治的民主进程？自然需要言论自由新闻自由结社自由组团自由。由此，社会就自觉地推到国家之上了，官员自自然然就变成了公务员，老百姓就自自然然真正的当家做主了。公务员是司机，老百姓是乘客，这正是孙中山当年的美好梦想。中华民国生产力没有达到，所以孙中山美梦化为泡影。今天的生产力发展到这个水准，可以考虑创造这样适合生产力发展的生产关系了。顺势而为，方为智者。请闭着眼睛想一想，这二十年中国建造了多少高楼大厦？修建了多少公路铁路？两三亿的农民工付出了多少勤劳和智慧？有的甚至父子两代人为城市盖楼修路，到了第三代还住不起城市的楼房，而中国有的官员十年就可以捞到几十套甚至上百套楼房，闲置着灌风落尘，锁眼生锈。你说，绝对的权力还有什么可以流连忘返的？

记得2009年的中秋，我和妻送儿子到北京，儿子坐机转巴黎去古巴留学，学习西班牙语。和儿子在北京转了几天，转着转着，我就悄悄地独自有点为自己的抉择不给力。北京都这么好了，何必要去拉丁美洲的加勒比海的弹丸小国古巴去留学？也许是留学基金委的公费留学的诱惑，也许到了一个纯西班牙语国家学习语言更好，也许……我实在寻找不出更美妙的理由了。我想象不出北京城究竟有多么的大？我们一起到外甥张建强打工的住地朝阳区，自作聪明的的哥为了多挣几个钱，把我们拉着九曲回肠地转了一个半小时才到达外甥的住地，洒脱地收费120元。妻要打举报电话，我说算了算了，反正是转着看风景嘛。我只觉得北京城大是大，但是太挤了太肥了。肥得像北京城的一些胖娃娃，严重的营养过剩。朝阳区外甥的住地又是那么街市不整，塑料袋摇曳多姿，和奥运村比起来就是判若天壤。

奥运村2008年刚刚风光无限过，其风姿绰约依然处处动人心弦。水立方鸟巢俨然镌刻成中华文明21世纪初的永久性美好的建筑标志。至今，我对当年和妻和儿子和外甥在辽阔的奥运村广场上“春风得意马蹄疾，一日看尽长安花”的傻劲儿记忆犹新。当时我对奥运村的设计创意深深地骄傲了一把。中国文明是如此的有品位！我为什么不规划儿子在国内上大学呢？那个海的那一边遥远的社会主义古巴小兄弟，据说还没有改革开放，卡斯特罗兄弟尚自我陶醉在中国上世纪80年代初的生活状态之中固执地坚持计划经济。古巴有什么值得中国留学生学习的呢？是西班牙语？是拉丁民族的热情浪漫？是雪茄朗姆酒？还是像中国海南岛一样的热带雨林风光？

欧美留学可能要好得多，但是价钱昂贵也是不争的事实。然而，中国的有钱人还是疯了似的送儿女漂洋过海去欧洲美洲澳洲读硕士读博士。近几年，读学士的，读高中的，读初中的也屡见不鲜。《新闻联播》老说亚非拉才是我们的好兄弟，但是中国人民老想方设法往欧洲北美洲大洋洲跑，为什么给政府不给面子呢？《新闻联播》说朝鲜是我们的铁杆小兄弟，但老百姓怎么情有独钟于韩国日本新加坡呢？我一直不明白这是什么原因，人民为什么这么给政府不给力？难道现代文明的真谛真的在欧盟美国澳大利亚新西兰和加拿大？那政府为什么不名正言顺地引领人民“师夷长技以制夷”呢？

我真的想不明白，高高在上的官员，把钱刷到美国的银行里，把老婆安放到加拿大的渥太华，把情人藏到澳大利亚的悉尼，把儿女送到英国的剑桥大学，却堂而皇之地教育老百姓“资本主义没有一个好东西”！突然有一天，东窗事发，“猎狐”行动开始，他们却“未雨绸缪”，早逍遥在万恶的资本主义国家里。

但是，我亲眼看见，1979年以来中华大地日新月异的发展和天翻地覆的变化。吃饭问题，一年一年地解决；穿衣问题，一个地区一个地区地解决。温饱以后，楼房如雨后春笋，拔地而起，屋舍俨然，鳞次栉比。建得楼房万万间，大庇天下百姓俱欢颜。虽然有的地方鼠目寸光揠苗助长，空荡荡的楼房，独向西风常说愁，枉将新城变鬼城；虽然有的豪宅别墅也愁嫁，未婚就成望门寡。但“安居乐业”也是看得见的。铁路，一年一年地延伸；公路，一个地方一个地方地修铺。四通八达，一日千里，纵横交错，并行不悖。坐地周游八万里，神州大地任尔去。尤其是乡村公路，阡陌交通，村村相连，南来北往，特产流通。尽管有的乡间小道，偷工减料，车来车往，翻江倒海，石散尘飞，但“路通村富”已是铁的事实。

人之欲望，无穷无尽。因为欲望，所以幸福；因为欲望，所以痛苦。吃、穿、住、性、行、健、美、娱、名、寿，欲望无止境，脚步永不停。人生就像攀登珠穆朗玛峰，一山更比一山高，一景更比一景好，“不到长城非好汉”，“无限风光在险峰”！禁欲，不行。硬堵，更不行。科学疏导，与时俱进，披荆斩棘，推陈出新，乃社会发展之自然规律。

一心一意谋发展，聚精会神搞建设。和谐社会，可持续发展。生产力越发展越快，财富越积累越多，土豪越“出类拔萃”越多，贪官越“鞠躬尽瘁”越多。

中国共产党的十八大落幕，反腐风暴骤然刮起。后浪推前浪，一浪强一浪。不是新官上任三把火，不是下车伊始一阵风。是摧枯拉朽，洗污涤垢。打“老虎”，抓铁有痕；扇“苍蝇”，踏石留印。高层如老中医把脉，摸准中国老百姓的“不患寡而患不均”的神经，大贪小贪，打个落花流水。

但是，我不明白，那些欲盖弥彰、原形毕露的官员要那么多钱干什么？动辄几十万，几百万，几千万，几万万……秦皇岛马超群暗藏的一亿多人民币发霉，煤炭司魏鹏远数钱的点钞机烧坏。贪污受贿记录一次又一次刷新，申请吉尼斯纪录稳操胜券。金银珠宝，爱不释手；名人字画，趋之若鹜；高档烟酒，喜欢成病。一拉几卡车，一堆一小山。贪官污吏们不如潇潇洒洒地开个“聚宝盆”豪奢超市，让孤陋寡闻的中国老百姓见见世面，但是，哪里敢？身份证越办越多，猪八戒三十六变望尘莫及，孙悟空七十二变自愧不如。住宅越购越阔，一套又一套，十套又百套。中华大地好辽阔，处处都有贪官窝。不是狡兔三窟，是贪鼠百洞。知音越遇越多，情人越换越靓，享尽天下美色，网尽人间红颜，白天官场琢磨，夜晚花下龌龊。日理万机，殚精竭虑，鞠躬尽瘁，死而后已。

前面贪，后面学；前面抓，后面藏。无数“老虎”萧萧下，不尽“老鼠”悄悄来。一锅沸腾的水，锅底的柴火不抽，一勺一勺地扬冷水，水温能正常吗？“标”之反腐，若扬汤止沸，薪不抽，火不灭，水依旧沸腾。“本”之防腐，釜底抽薪矣！

人心不足蛇吞象，自然使然，非人类一厢情愿。农业文明下的集权官员，较之于布衣百姓，名满利足，尚贪得无厌，何哉？人性使然。封建官员，吃有人参燕窝，穿有顶戴花翎，住有贵府豪宅，行有鸣锣开道，坐有八抬大轿，性有三妻四妾，玩有青楼歌伎，健有郎中名医，美有奴婢妆扮，谋有幕僚筹划，娱有伶人陪之，名有青史诱之，寿有神灵佑之，死了还可以树碑立传，“留取丹心照汗青”。尚前仆后继，贪腐不疲。

今天的公务员，吃不可以鱼翅熊掌，穿不可以名牌高档，住不可以别墅山庄，行不可以劳斯莱斯，性不可以二奶小三，健不可以特殊疗养，美不可以个性张扬，娱不可以足浴桑拿，乐不可以探戈桑巴，名不可以笼盖四野，寿不可以求神保佑，死了只可以去马克思那儿报到，骨灰一撒人没了。言为世范，行为楷模，毫不利己，专门利人，兢兢业业，老老实实，全心全意为人民服务。严要求，高标准。做一个高尚的人，一个纯粹的人，一个脱离了低级趣味的人。如此高大全，比圣人还圣人，没有了相互制约的权力，怎么不会伪善？怎么不会潜规则？怎么不会灰色收入？怎么不会“既想当婊子又想立牌坊”？

如果今天的官员，日日月月年年和无产阶级打交道，做一个一心一意去西天取真经的清心寡欲的唐三藏未尝不可。但是，改革开放三十年，科学技术迫使生产力突飞猛进，生产力迫使市场经济遍地开花，市场经济又孵化出了一个个束腰挺胸扬首翘臀披头散发描眉画唇回眸一笑百媚皆生的“妖精”——资产阶级，这百毒不进的唐三藏——可爱的人民公仆还守得住和尚的“贞节牌坊”么？

人之喜怒哀乐，幸福痛苦，皆因为比较而生。人生于俗世，莫过于追求一个心理平衡而已。官员之贪，开始可能为了钱。贪着贪着，人民币都没有地方藏了，还不是废纸一片片。再贪，不过就是一种比心气求平衡而已。试想，他们又不敢像富商巨贾一样堂堂正正体体面面潇潇洒洒地消费，要那么多钱干什么？

市场经济的生产力，还用集权政治的生产关系去一厢情愿地适应，莫不是削足适履？脚茁壮成长了，鞋就要与时俱进，为什么还要一意孤行地砍脚上的肉固执地去适应桎梏之鞋呢？是不是今天中国社会青春四射的生产力还不适合穿一双宽松舒服的自由民主之鞋呢？

是中国人口太多？日本台湾香港新加坡，人口不多吗？

是中国人的素质不高？不高才要灌输真正的民主思想，循序渐进地帮助提高啊！

是中国交通不顺畅？不是说中国拥有世界上最长的公路铁路了吗？这些年修建的还少吗？

是中国信息不发达？13亿多人的泱泱大国，家家有电视，户户有手机，信息还要怎么样才叫发达？

是中国传统的儒家文化乃“犬儒主义”文化？那台湾香港新加坡不也是儒家文化浸润出来的吗？

是中国地域差别太大？从西部到中部到东部，的确有一种穿越农业文明到工业文明到信息文明的历史纵深感。但是，没关系，东部带中部，中部带西部啊。

是中国城乡差距过大？据说，坚持不懈的城镇化，农民不到6亿了。再说，难道农民就等于素质不高？农民就只会拿脚投票？

是因为享受绝对权力的“老虎”的威风屁股不习惯让法律轻易触摸吧。改革的阻力重重，如果铁工资和铁交椅是改革的深水区，那么，中国人更要有壮士断腕的勇气和精神推行改革。否则，来到这个世上混，欠下的债迟早是要还的。反腐反腐，纪检委不如记者，记者不如小三，也不是一个长久之计啊！审美有疲劳，难道纪检委反腐就真的没有疲劳？如果纪检委乐此不疲，那么要反贪局公安局检察院法院干什么？批评和自我批评，批评和自我批评。惩前毖后，治病救人。有则改之，无则加勉。手中的剑掉进水里了，但是船却走了，在船帮子剑掉下去的地方用刀子刻一个记号干什么？难道船靠岸了，顺着记号还可以捞到剑？与时俱进，与时俱进，生产力发展了，生产关系一定要改变。生产关系自觉地适应生产力，解放生产力，发展生产力，这也是马克思主义的精髓。

“十个官员九个贪，一个不贪靠边站。”老百姓这样的口碑，还指望官员不贪？贪也是贪，不贪也是贪，还不如贪。逮住的倒霉蛋又有几个？

不适应生产力的生产关系，刻意期许旺盛的生产力迁就于它，就好像一个老太监过于迷信威权主义，强迫一个激情四射摇曳多姿的妙龄少女痴情于他一样，怕是黄粱美梦吧。指望一个“性”趣淡化的半老徐娘苦守着一个老太监还有可能，强迫一个妙龄少女痴情于老太监，岂不是贻笑大方？

一个生产力和世界接轨的社会，官员不甘于寒酸贫穷而消极怠工死气沉沉，比潜规则灰色收入而激情干事更可怕。如果激情贪腐有一些像沙尘暴的话，那么，消极怠工就太像雾霾了。

“大老虎”贪，老百姓瞠目结舌；山西塌方式贪，老百姓匪夷所思；秦皇岛科级干部小官巨贪，人民币1个多亿发霉了，三十几公斤黄灿灿的金子半两未用，六十几套住房成了望门寡，老百姓就无语了。这天天报道的贪污腐败新闻还叫新闻吗？于是，我拿起遥控器，点出了音乐台，陶醉在汪峰的《春天里》，陶醉在腾格尔的《天堂》里，陶醉在王菲的《传奇》里，“只因为在人群中多看了你一眼，再也没能忘掉你容颜。……想你时你在天边，想你时你在眼前……”我的情人，我的中国文明，你究竟是在天边，还是在眼前？我想将头一直钻进美妙的音乐世界里，就好像沙漠里的鸵鸟将头埋进沙漠里一样，任凭谁贪污了几万几十万几百万几千万几万万，与我何干？

2014年11月19日

曾经沧海难为水

“曾经沧海难为水”这句古诗我知道也有些年头了，但其真正的涵义好长一段时间我拿不准。拿不准就拿不准，中国古诗若汪洋大海，一句不知有何憾哉？况且此句的下句是“除却巫山不是云”，提“巫山”者必带“云雨”，“巫山云雨”乃中国人之可意会不可言传之意也。《红楼梦》中“贾宝玉初试云雨情”便是明证，贾二少爷和奴婢花袭人偷偷地好了一番，何曾给大观园的人民“言传”矣？

随着岁月的流逝，我也见了一点山河。见了黄河，就看不上我家乡的清水河；见了长江，就不再感叹黄河的辽阔。幸亏我至今还没有眺望过沧海，不然我就要发“曾经沧海难为水”的感慨了。我做梦都想去巫山饱览巫山云雨，可惜难以如愿以偿。故乡的黄土塬我爬过，可上了华山以后就不好意思再吹它的陡峭险峻；华山的俊美我侃过，登了黄山就闭上了嘴。从此，心领神会了“五岳归来不看山，黄山归来不看岳”的感叹。

可是，有多少人心领神会人生的“曾经沧海难为水”之心境呢？

陈世美中了状元，做了皇帝的驸马爷，娶了金枝玉叶，忘了糟糠之妻秦香莲。谁说“糟糠之妻不下堂”？

高加林进城当了报社的记者，城里的高干子女黄亚婷依前恋后，农村姑娘刘巧珍又在哪里？谁说贫贱之恋不可忘？

说什么卿卿我我，道什么海誓山盟，时间改变一切，空间改变一切。说什么忘恩负义，道什么喜新厌旧，都是眼界惹的祸！浩瀚宇宙，茫茫人海，好一个“曾经沧海难为水，除却巫山不是云”啊！国之古人，感受之真切，表意之深邃，的确了得。知其者谓其高山流水，不知其者谓其助纣为虐。高有高的苦，低有低的苦，心待足时情亦足。德行可以谴责，爱情却不可以绑架，怎一个难字了得。可惜没有《爱情法》，有了也没办法。

情难说，名利亦难说。

遥想当年太史公，仗着读了一肚子四书五经，走向朝堂，不住地念道：“吾爱吾皇，吾更爱真相！”豁出去要为李陵主持一个公道，没想到公道在特殊时间特殊环境就是个刺，由此伤了汉武大帝的脸恼了汉武大帝的神经，被皇权活活地拉出去顷刻间煽了。从此没有了男儿身，索性一心一意地做学问。皇皇一部《史记》，说尽天下英雄，提炼中心思想，乃“天下熙熙，皆为利来；天下攘攘，皆为利往。”

窃以为，除了“利”还应该有“名”，干脆说成“天下熙熙，皆为名利来；天下攘攘，皆为名利往”。此种感悟大清国的乾隆皇帝演绎得更加美妙绝伦。风流倜傥的乾隆皇帝不是喜欢下江南嘛，话说有一日，江南的天是蓝蓝的天，江南的人民好喜欢，乾隆皇帝也不可能不喜欢。捻须吟诵：“江南好，风景旧曾谙。日出江花红胜火，春来江水绿如蓝，能不忆江南？”近看百舸争流，远眺千帆竞发，顿时心潮澎湃，成就感呼呼呼地飙升，叹：“看我大清帝国，芸芸众生，乘船江上，南来北往，匆匆忙忙，忙什么忙？”

“喳！托万岁爷的福，他们为两个东西而忙。”一个奴才随即应声。

“为两样东西？有意思，说来给朕听听。”乾隆饶有兴趣。

“喳！报万岁爷，一为名，二为利。”奴才干脆利索。

“哈！哈！哈！……”乾隆爷愉快的笑声荡漾在蓝盈盈的一望无际的江面上。真不知道那个智慧的奴才的姓名，他的善于思考，他的善于高屋建瓴，羞煞了那些浑浑噩噩的皇帝。当然，乾隆帝懂。至于芸芸众生，要么真有不懂的，要么就是难得糊涂。

我的家乡西海固民间流传着这样的故事，我相信这故事是真的。上世纪80年代农村包产到户了，种起了责任田，遇上了风调雨顺，地里收成好，农民有白面馒头吃了，于是有空闲谝传。

“咱们一天有白面馒头吃了，美得很！”一农民说。

“就是，美得很！再嚼两个红辣子，上辣嘴唇子，下辣沟门子。”一农民抬杠。

“唉，你鞋口冒烟呢，还是个觉（脚）不着。邓小平一天才吃的啥么？”

“邓小平？邓小平顿顿吃的是油饼子。”

邓小平一天到底吃的是什么，我们不得而知，但是，可以肯定，邓小平绝对顿顿不是吃的油饼子。这个故事不能说嘲笑农民愚昧无知，只可以看出因为环境的限制，有些人凭借自己的感性认识理解不了另一些人的生活爱好这个客观事实。俗语说：“到什么山上唱什么歌”，这里面蕴含了多少哲理啊。

这一年来，中纪委掀起了摧枯拉朽式的反腐风暴，一个个“大老虎”应声落马，一个个“苍蝇”也闻风丧胆。但中国的老百姓依然有中国特色的理解和中国特色的幽默。不信？不妨一听。

“哎哟！给自己窝窝里弄了几百个亿，往哪里放去呢？”

“那么大的官当着呢，啥事情不得成？”

“啥事情不得成？为人不当官，当了官都一般。能弄上谁不弄冷着呢。”

“就是，不弄白不弄。蛇壮窟窿壮，不弄咋应酬？”

“管他呢！屁眼拉屎，尿吃的闲力。”

“牛把驴抵死，咱们是个放羊的。嘿嘿。”

“上面风风火火，下面偷偷摸摸。”

“腐败人人骂，因为腐败是后妈；腐败人人爱，因为腐败是亲大。”

“收100万叫受贿，收一条烟就不叫受贿？五十步笑百步。”

贪着贪着，就“曾经沧海难为水”了；收着收着，就“除却巫山不是云”了。眼界开阔了，心境就大了，胃口也就不可能小了，人民币也就不是人民币了。行贿受贿是什么？它是人与人之间相互比气，寻求一种心理平衡而已。

突然就记起西晋王朝在晋武帝司马炎的英明领导下，高官如火如荼地进行斗富大赛。晋武帝当然是大手笔，独领风骚。美丽绝伦的姬妾近万人，坐着公羊拉的车巡幸佳丽，公羊喜欢谁皇帝就宠信谁。这个创意，望尘莫及吧？太傅何曾每天饭钱一万钱，还矫情地说没有下筷子的地方。外戚王济用人奶喂猪，够档次吧？官僚石崇宴请，美女劝酒，酒尽则喜，酒不尽则杀美女，刺激不？官僚王恺爱上了石崇这一种调调，看红装艳裹，分外妖娆，美女如此多娇，引王恺英雄竞折腰。在皇帝老儿的摇旗呐喊下，死心塌地地与石崇试比富。王恺用饴糖刷锅，石崇用蜡烛当柴。王恺做紫丝布步障四十里，石崇做锦步障五十里。王恺摆出了皇帝赐的珊瑚树，石崇抡起铁如意“嘭”的一声给击得粉碎，然后，慢腾腾地摆出更高档更光彩夺目的珊瑚树六七株，让乡里娃娃王恺见见世面，还嬉皮笑脸地冲着王恺努努嘴，似乎在说：“那破玩意儿多得是，随便挑！”

在夜深人静的时候，我读着这些史书记载，不敢相信这是真的。我宁愿相信历史是任人打扮的小姑娘而已，但是，看了媒体接二连三地爆料，谁谁谁贪污的人民币在清点时烧坏了两三个点钞机，谁谁谁受贿的茅台酒中华烟拉了几卡车，谁谁谁的情人一百多个，有本人记的性交日记为证。我无意深恶痛绝这些官员的贪得无厌，我只是在想：是什么支撑得他们如此的肆无忌惮？人性如水，放任则波涛汹涌。“曾经沧海难为水，除却巫山不是云。”乃人性自然地延伸。清心寡欲的消极知足，社会还怎么发展？不受制约的权力绝对滋生腐败。摇曳多姿香气扑鼻的美女缠绵在你的怀里，有几个坐怀不乱的柳下惠？还是赖昌星琢磨得好：“不怕官员不下水，只怕官员没爱好。”而我们有些专家为什么将常识研究得如此深奥复杂？是为虎作伥，还是掩耳盗铃？

世人都说高处好，孰知高处不胜寒，下来更比上来难！上了那个道，就是那个道上的人。要不，江湖人叹：“人在江湖，身不由已！”因为一口气，所以要攀比；因为要攀比，所以“除却巫山不是云”；到头来，还不是为了寻求一个心理平衡。

易牙蒸了自己的亲骨肉给齐桓公尝鲜，还不是为了得到齐桓公的宠信。宠信了就可以为所欲为地玩了。玩着玩着就没意思了，于是，只好玩齐桓公。

赵高的劳什子不是被白白地阉割了吗？那可是男人的命根子。但是，长胡须的猛男混在后宫里，秦二世怎么会放心？没有了行货的赵高想方设法信在了秦二世的脑子里，于是，赵高就玩起了指鹿为马的游戏。赵高见的世面太大了，他不玩皇帝他玩什么有味儿？

韩信不想白白地钻了无赖混混的裤裆，所以他情愿给项羽当马前卒，但这马前卒有什么意思？于是，他钓了萧何这条大鱼，进而钓了刘邦这条吞舟之鱼。在这个辽阔的平台上，韩信华丽地游刃有余地旋转起来，如愿以偿地旋转成了齐王。杀狗的樊哙笑嘻嘻地想和他做儿女亲家，韩信已经“曾经沧海难为水”了，哪里瞧得起这个曾经杀狗宰猪的屠夫？轻蔑地一句：“虎子岂能娶犬女？”便将自己隐隐约约地埋进了吕雉摆的小女人的夺命阵。

当名门之后袁术指着一个红脸长髯手提青龙偃月刀的大汉怒吼“无名鼠辈，竟敢欺我帐下无人”时，关羽铁了心要“温酒斩华雄”。孰料英雄一出手，出手必伤人。斩颜良，诛文丑。过五关，斩六将，古城门外斩蔡阳。千里走单骑，气破周瑜的肚皮。一路走来，顺风顺水顺人情，华容道放了曹操一马。好一个“曾经沧海难为水”啊！不料，大意失荆州，狼狈走麦城，不败将军败在了陆逊这个无名小卒手下。早知如此，何必当时吹大话？孙权低声下气地给儿子求婚，关羽曰：“虎女岂能下嫁犬子？”他和韩信是一根筋上的人。

大清国的那个叫玄烨的屁男孩还没有能力亲政时，身经百战的鳌拜打死也不可能理解驰骋沙场的多尔衮仰天长叹泪洒衣襟的苍凉。突然，有一天，年仅十六的少年天子康熙帝在其奶奶孝庄皇太后游刃有余的导演下，开始对俯命大臣鳌中堂指手画脚颐指气使，鳌拜顿时觉得浑身的不自在，于是有了“除却皇帝不是人”的凄凉感。他笨拙地想，该赌一把了。结果输得精光，赔了桀骜不驯的老命。没有血染沙场，却陈尸庙堂。

雍正能在高手如云荆棘丛生的皇家大院屹立朝堂，年羹尧是鞍前马后提了头豁了命并肩战斗过的。战斗过就战斗过，急流勇退坐享清福吃香的喝辣的看美的藏好的不就得了，何苦摆出一副“曾经沧海难为水”的功高震主形象？原来刀光剑影惯了的大将军不习惯鸟语花香的年府大院，于是拥兵自重叫板君王。这样的年大将军不呜呼哀哉哪样的大将军呜呼哀哉？年羹尧至死也不明白他不过大清国棋盘上的一匹烈马一口炮灰一竿好车而已，雍正才是“田”字中闲庭信步运筹帷幄决胜千里的将帅。

林彪解放了建国了功成名就了养病不出了。什么娃娃军长，什么长征先锋突击队，什么红军大学校长，什么抗日名将，什么战无不胜攻无不克的第四野战军，什么从黑龙江一直打到海南岛，林总深居简出一字不提。他可能一直在潮湿的南国研究《淮阴侯列传》。突然，“东北王”高岗高大麻子赋闲在家，吃多了安眠药长眠不醒；突然，抗美援朝功臣国防部长彭大将军彭德怀庐山翻身落马；突然，林彪暗自庆幸老天赋予了他一个不敢见风不敢见雨不敢见阳光的孱弱多病的好身体。对于叱咤风云的林总而言，“除却国防部长就不是官”。如火如荼的“文化大革命”的暴风骤雨又扯开了林总“曾经沧海难为水”的愁结，瘦弱的林彪开始用瘦弱的手高高地举起伟大领袖的语录，高呼伟大领袖万岁万岁万万岁，一直呼到将林彪主席郑重其事地写进九大的党章里面。可是，距离他的伟大梦想半步之遥时，拙劣的政治表演将攻无不克战无不胜的常胜将军折戟到了内蒙古大草原的温都尔汗。

易牙、赵高，奸佞狡猾之人，不说也罢。

韩信、关羽、鳌拜、年羹尧、林彪诸人，狂也罢，妄也罢，野也罢，反也罢，“风流”总被雨打风吹去。但是，我们不可以回避的是，这些人都实实在在地在我们的历史中走过，而且都踏下了深深的脚印。得宠得势时，长袖善舞，笼盖朝野，气吞八荒。有多少人敢说他们“人心不足蛇吞象”？有多少人戏说他们“曾经沧海难为水”？人舌头是软的，嘴是扁的，什么好听说什么。然而，燕雀不懂雄鹰的苍凉，是雄鹰就命中注定蓝天翱翔；仓鼠不懂雄狮的胃口，是雄狮就命中注定草原驰骋。喜欢孤独思考的却孤独不败，孤独不败的却孤独求败。这些上帝娇惯坏了的宠儿，苦于没有对手，岂不知“螳螂捕蝉，黄雀在后”？但人类社会不应该是这个样子的。我不相信就创造不出来一个公正公平的竞争环境，了却枭雄“曾经沧海难为水，除却巫山不是云”的遗憾；何必让这些上帝的“宠儿”功成名就了，因为曾经沧海，功高震主，桀骜不驯，欲望膨胀，折翅官场？岂不知，一将功成万骨枯，一臣倒下千人苦啊！

2014年9月17日

记得的故事

岁月的流逝无情地冲刷着记忆的痕迹。年过不惑，记忆力便稀里哗啦地弱将下去，许多的人许多的事，转个身子就忘了。于是，为了求得心理平衡，我常常自言自语：男人过了四十，大脑就是个过水的池子，不很快地流出，何以很快地流进？记忆也拗不过新陈代谢。然而，在这太多的忘记中，几个常识性的故事，依然记忆犹新，无聊之际，反刍咀嚼，聊以自慰。

第三害

村子是一个依山傍海的村子，村民是一群老实巴交的村民，老虎是一只盘踞在山里的老虎，蛟龙是一条出没在海里的蛟龙，英雄是一个普普通通的村民，故事是一个颇为不幸的故事。

山里的老虎不可爱，动不动就咬伤人，动不动就吃羊牛。英雄只身上山打老虎，村长召集全村的男女老少，在村口的老柳树下，摆了九十九碗酒，点了九十九炷香，为英雄践行。英雄歃血为盟："不杀老虎不回村！"九天后，英雄凯旋，扛着一只被打得血肉模糊的大老虎，村长和全村的人同喝英雄的庆功酒，醉倒在家门口。

海里的蛟龙好歹毒，面目真狰狞，隔三差五活吞人。英雄帐前请缨，下海捉蛟龙。村长慷慨激昂："问村中谁是真正英雄？唯我打虎英雄！明日午时三刻，下海捉蛟龙。"英雄喝了十八碗女儿红，摔了第十九碗酒，威风凛凛向海不回头。九日后，英雄少了一只胳膊，斩获了蛟龙的头。全村的人醉倒了一片，村长家的狗都醉得不省人事。“英雄英雄！英雄英雄！英雄英雄！”整个村子含糊不清的呐喊声此伏彼起。

从此全村太平。

第二年，英雄锒铛入狱。村长曰：“他居功自傲，祸害一方，酗酒闹事，强奸民女，实属村里的第三害。”村民曰：“是的，他红得连一盆火一样，烤得我们不敢靠近。”

第三年，民女出嫁，其男人说：“我的娘子的确还是个处女。”

哎呀哦！我孙子的帽子

河是不怎么汹涌澎湃的河，但足以淹死老太婆年幼的孙子。老太婆是不怎么衰老的老太婆，但的确不具备救她掉进河里的孙子的能力。然而，河水汤汤，暗流涌动，老太婆的孙子正在河里忽出忽没地挣扎。“哎呀哦！我的孙子！快来救我的孙子！”老太婆呼天抢地。突然，飞奔过来一个瘦小的男人，“扑通”一声跳进河里，扑腾扑腾向落水孙子游去。孙子被瘦小的男人一只胳膊夹上了岸（因为他只有一只胳膊），丢进老太婆的怀里，老太婆喊：“孙子！我的孙子！”孙子吐了一口水，哼了一声“嗯……”老太婆破涕为笑。突然，不见了孙子的帽子，远望还漂在河里，老太婆喊：“哎呀哦！帽子！我孙子的帽子！”

和欧阳做邻居

伊一次子夜回家，在明亮的路灯下。

伊心情不错，蹬着高跟鞋，跨着玲珑精致的美洲鳄鱼皮包，摇曳在光滑平整的青石板铺就的马路上。伊没有什么可怕的，繁华的城市，子夜的路灯下，有的是闲散的人。突然，伊的鳄鱼皮包不翼而飞，等伊反应过来，伊只是死死地拽着皮包的跨带，皮包的肉体已然死死地抢在一个男子的怀里。伊遭劫了。劫匪恶狠狠地猛拽，伊舍生忘死地死死揪住。伊头发散了，高跟鞋掉了，伊顾不了风姿绰约，伊要皮包。因为皮包里有银行卡、医疗卡、身份证、U盘、手机、口红、眉笔和3000元现金。突然，冲上来一个男人，大吼一声：“猪眼瞎了！抢我老婆的包？”劫匪怔了一下，似乎觉得男人见义勇为得天经地义，松了手，一个鹞子翻身，上了旁边的一辆摩托车，呜的一声扬长而去。伊穿了高跟鞋，问她“老公”的电话号码，“老公”悄然离去。

伊见不上那个“冒牌的老公”，伊记住了他的情。伊决定将这一份情化作春风，传递给和她一样急需救助的人。生活中不是缺少急需救助的人，而是缺少一颗救助的心。伊有了一颗救助的心，急需救助的人就纷至沓来。

公交车上，伊安然静坐，渐渐的乘客越来越多，挤得密不透风。伊一侧目，见一男子的手游蛇似的探进一少女的皮包，少女浑然不觉。伊忽地起立，挤近少女的屁股，偷偷地用劲捏了一把少女滚圆的屁股。少女转头目逼那贼，“有病？”贼讪讪而笑，一收手，少女的粉红色的苹果手机掉在了地上。少女弯腰捡起来，目送了伊一个“谢谢”。到站了，伊下车，贼下车，少女亦下车。贼潇洒地给伊招手离别，伊木在那儿，屁股热乎乎的，一摸，有血，原来贼下车时顺手用剃须刀轻轻地划了伊柔软的屁股。少女用胶带粘贴了伊划破的牛仔裤屁股处的小口子，说：“对不起！连累您了！谢谢！谢谢！我叫欧阳，您贵姓？”“没什么！没什么！你走吧。”伊沉浸在救助人的无尚幸福之中，充满了被人感激的自豪感。

救助人的壮丽日子一下子归于平淡，平淡的日子就这样平淡地过着。在平淡的日子，伊常常给朋友同事讲述伊被假老公救助的惊心动魄的一幕。讲得多了，朋友同事难免觉得伊的故事就像一个泡泡糖咀嚼了许多遍，没有味道了。但是，他们都议论纷纷，伊是一个知恩感恩的人。

一天，伊去参加一个盛大的售房促销活动，没有想到这个城市这么小。伊见了欧阳少女，伊还见了她的假老公。凑巧的是伊遇到了一个选择题，欧阳少女对门有一单元楼未预订，伊的假老公对门有一单元楼未预订。伊觉得都很好，售楼小姐说：“您随便订，都一样。”伊说：“订这一套，和欧阳做邻居，投缘！”

谁还要我呢

村里人都说，她是这十里八乡拔了梢子的俊俏女子，不知道嫁侯爷，还是嫁王爷？她是那么的聪慧，岂能不知自己的天生丽质？但是，她并不是心高气傲得非侯爷王爷不嫁。她心里有底线，嫁个家境殷实的俊朗上进的有情有义的男人就行了。皇帝的女子不愁嫁，俊俏的女子也不愁嫁。所以，她心静如水地待字闺中，等待那替殷实人家提婚的红娘。等啊不见，等啊不见。

村里有个混混，和另一个混混打赌，说那俊俏女子非嫁给他不可。村里的混混权当他放了个屁，风吹过也就过了，谁还当回事呢？突然，有一天，那个混混鬼鬼祟祟地给一个混混说："我看见了一个村里最大的秘密，不可以给任何人说出去——你知我知，天知地知——村长喝醉酒在玉米地里强奸了村里最俊俏的女子。"

不出半个月，村里人远远地见了女子或窃窃私语或唉声叹气。不出一个月，十里八乡的人，饶有趣味地咀嚼着村长玉米地里强奸女子的撩人魂魄的细枝末叶。传言像春天的风，吹开了人们好奇心的芳草嫩芽，在阳光的抚摸下，疯狂地拔节吐翠。

村长说："天知道。"

女子说："放他娘的屁！"

村民说："看来是真的，处女怎么会像泼妇一样骂人呢？"

一年，无人提婚。

两年，无人提婚。

三年，有人提婚来了，求婚的不是别人，就是那个打赌说女子非他不嫁的混混。

村民说："鲜花插在狗屎上了。"

女子说："谁还要我呢？"

女子嫁给了混混，混混说："我媳妇真的是黄花闺女，村长是冤枉的。"

我不厌其烦地叙述这些听来的故事，不仅仅是因为开心，还是因为夜深人静的时候，在黑暗中看到了人性中最柔弱的一面。

比如，越是英雄身边的人，就越是妒火中烧。

比如，兔死狗烹，鸟尽弓藏。

比如，人心没有底，要了孙子要帽子。

比如，嘴里说的是要感恩于人，心里在乎的是人感恩于己。

比如，积毁销骨，众口铄金。

比如，破罐子破摔。

面对人性中最柔弱的一面，我不像文学狂人李敖，振振有词地说：“我了解的人越多，越觉得狗是多么可爱。”我只是觉得，人性中最柔弱的一面看清楚，就明白人类为什么动不动犯傻犯浑。知道了犯傻犯浑的原因，匹配以相克的良性制度，人类社会就好看多了。然而，多少人忽视人类社会的常识，为了自己的利益，编织一些漂亮的神话，大言不惭地骗不了自己骗别人。比如，安徒生童话《皇帝的新装》里面，有个牛气哄哄的皇帝，大家众口一词地赞美，皇帝穿得好漂亮好漂亮，只有一个孩子说，皇帝什么也没有穿。

2015年1月9日

别这样学习雷锋精神好不好

我提着书稿出出进进于三个打印部，享受着货比三家的惬意。期待的酸涩是他们的，挑拣的甜蜜是我的。因为近40万字的书稿调印费也是颇有魅力的。毕竟耗时不到30分钟，净赚200元。反正闲着也是闲着，谁叫这小县城里打印部遍地开花呢？我品尝的就是“顾客即上帝”这个味儿。经过一番说说笑笑的比较权衡，我潇洒地决定一家叫“墨香四季”的打印部光荣中标。因为这“墨香四季”的名字怡人，老板亦经得起欣赏，虽然半老徐娘却风姿绰约。三家的价钱差不多，为什么不这样选择呢？

天阴沉沉的，风有些冷，但我的心情格外温暖晴朗。老板娘的动作甚是娴熟，插盘、排版、调印，优雅自如，游刃有余。400多页的书稿调了200多页了，蓦地，对面小学传来了“同学们！课外活动时间到了，请走出教室，快乐地活动”的清脆悦耳的下课声音。一根烟的工夫，八九岁的小学生挤了打印部满满一地。如雨后春笋似的，探头探脑，叽叽喳喳。这个风姿绰约的老板娘不可能超生了这么多吧？我欲开个玩笑，老板娘望我莞尔一笑，示意不要大惊小怪，千万别亮出我是老师的底牌，唯恐惊飞了这一群小麻雀。

“阿姨！给我调一份。”

“阿姨！给我也调一份。”

“阿姨！给我调一份和他不一样的。”

“阿姨！这一份不行，和她怎么一样的，我们是一个班的。”

"阿姨！谢谢！"

"阿姨！调两份，还有我妹妹的。"

"阿姨！"

"阿姨！"

"阿姨！"

……

一边是我的书稿不紧不慢地一页一页地往出飘着，一边是小学生们要的神秘的东西一片一片像雪花似的往出飞着。井水不犯河水，并行不悖，摇曳多姿。这不觉挑逗起了我的好奇心，开心地一探究竟。哈哈！原来明天是学习雷锋宣传日，调的全是网上现成的学习雷锋的丰富多彩的样报。凡所应有，无所不有。一份份五彩缤纷的样报仿佛魔术师口里抽出来的彩带，绵延悠长，取之不尽，出之不竭。多么好的网络世界！善解人意，体贴入微，你需要什么就有什么。雷锋叔叔的点点滴滴的好人好事好像汩汩的清澈泉水源源不断地流了出来，滋润着祖国的未来，滋润着教育的花朵。我们的教育需要雷锋，雷锋需要宣传，宣传需要板报，板报需要小学生的样报。小学生太忙了，电脑闲着，既然闲着，那就救小学生于水深火热之中。一元一元的零花钱用到了刀刃上，物质食粮让位于精神食粮，雷锋叔叔的精神滋润祖国的未来幸福地茁壮成长。信息时代的美丽就在于不怕你不知道，就怕你不知道怎么选择。一个人创意的样报一千个人坐享其成，一个人越来越聪明，一千个人也越来越聪明吗？难怪我们是制造大国，就是不容易跨越到创造强国。我们的模仿抄袭能力是实实在在习以为常地从娃娃扎扎实实抓起的。雷锋不可以不学，板报不可以不办，样报不可以不从网上原原本本地下载。你好我好，双赢共利，同贺同喜。陶醉在模仿抄袭的春风里，不久的将来，瑞典斯德哥尔摩皇家学院的诺贝尔奖的领奖台上一定昂首站立着不少黑头发黑眼睛黄皮肤的亚洲人。他们不是韩国人，也不是日本人，他们一定是龙的传人——中国人。

雷锋同志地下有灵，请高抬贵手，给社会主义精神文明办公室的领导求个情，放祖国的未来一马，别这样学习雷锋同志的精神好不好？

2014年3月4日

我和蚊子的战争

地球上令人憧憬的美好地方多了，但是中国宁夏的西海固地区绝对沾不上边。请问：西海固有什么令人流连忘返的呢？除了黄土塬还是黄土塬，但是，有一点是叫人惬意的，就是蚊子少。历史上政府曾经大张旗鼓地除“四害”，蚊子首当其冲，当然还有苍蝇、老鼠和麻雀。大凡有人类居住的地方，一般就有苍蝇老鼠和麻雀伴随生存，可是不一定就有蚊子存在。十分严寒的地方我没有去过，所以不清楚那里有没有蚊子，但是，西海固算不上寒冷的地方，蚊子却很少，想来十分寒冷的地方是没有蚊子的。我一直想不明白当时政府为什么要将可爱的麻雀列为中国人民的死敌。突然有一天，我饿得要死，就恍然大悟政府视麻雀为死敌的良苦用心，那年代饿疯的麻雀和饿晕的人民争食啊！

我一想到西海固的蚊子少，就不由自主地开心。看着从海南、云南、厦门、重庆、长沙、西安、北京旅游回来的熟人一边津津有味地侃美好的见闻，一边瘙痒难忍地抓异地蚊子亲吻的红印，我真为作为一个西海固人偷偷地乐。生在西海固，一不怕水灾，二不怕炙晒，三不怕冻死，四不怕蚊子，五不怕雾霾，西海固的天是蓝蓝的天，西海固的人民好喜欢！生在西海固，何乐而不为？

我三十岁以前，对蚊子几乎没有记忆。可能是一直生活在没有污染的纯洁乡村之因，可能是那些年西海固蚊子本身就稀缺之因，反正就是对蚊子没有感性的认识。仅仅有一次，是我十五岁那年，秋雨过后，夕阳西下，我正蹲在辽阔的野草地上，舒舒服服地给大地输送固体肥料，突然，光亮的屁股奇痒难忍，于是排泄戛然而止，提起裤子，落荒而逃。我还以为是一种有毒的草反戈一击呢，后来尽管明白是蚊子叮的，但就是没有看见那蚊子长什么样子。

对蚊子近距离地认识还是2001年进城以后的事。那时固原城日渐发展，污染也日渐明显。比如，清水河变成了臭水河，小西湖变成了浊水湖，城市阴暗之处垃圾肆虐，苍蝇成群，蚊子怎么可以甘拜下风呢？我居住的小区恰好濒临小西湖，于是，和蚊子的战争渐渐频繁起来。高居五楼，蚊子何以能飞上来？但人家就是莫名其妙地飞上来了，而且还不请自来，从关得严严实实的门窗隐身穿越。首先从心理上战胜了我，给我一个措手不及，意想不到。记得那次酣战，蚊子攻击的主要对象不是我，它运用的战术是避强击弱，声东击西。蚊子先是在我住的东边的屋子嗡嗡嗡地狂叫，没有等我操起灭蚊板就逃之夭夭。于是我惬意地阅读一本《读者》杂志。不一会儿，我悄悄掀开儿子住的西屋的门帘，侦察儿子是不是和外甥认真看书，结果，看见儿子和外甥正在聚精会神地下五子棋。一会儿儿子从自已脸上打一下，一会儿外甥从自己的脖子上打一下。两个小家伙玩什么把戏呢？凑近一看，啊！一群蚊子飞舞在两个孩子的周围快乐地哼哼唧唧地歌唱，孩子玩得入迷，竟然浑然不觉？我勃然大怒，这群狗蚊子，也太不道德了，凌弱怕强，算什么东西！操起《读者》杂志，啪啪啪几下，蚊子一个个毙命在血泊之中，可惜糟践了我洁白的墙壁和崭新的杂志，顿时“祖国山河点点红”。但不管怎么说，我还是大获全胜，打得痛快淋漓，赢得酣畅淋漓，以后几天我都是高枕无忧酣然入梦。

以后的若干年，在每年的炎炎夏季里，蚊子动不动就来拜访我，有时我被蚊子欺负得鼻肿脸肿眼皮肿，肿得狼狈不堪。因为蚊子们越来越聪明了，不玩阳的了，玩阴的了。白天对我秋毫无犯，夜晚明亮的灯光下对我相敬如宾。我累了刚刚睡下，蚊子耐着性子不来打扰我。等我累得一塌糊涂拉了灯在漆黑的夜里酣然入梦，蚊子就嘻唰唰嘻唰唰地光顾了。吻我咬我吸我的血。我突然醒来，蚊子高奏凯歌，扬长而去。我分明听到它唱着胜利的歌谣："嗡嗡嗡地我飞走了，不要你一丝肥肉，只带走你一点点鲜血。其实你并没有吃亏，失去的是一点点鲜血，得到的是一块块瘙痒不堪的肉楞。嗡嗡嗡地我飞走了，明天晚上我还会再来……"一个赳赳武夫斗不过渺渺弱弱的臭蚊子？于是我心领神会了伊索寓言《蚊子和狮子的故事》，我开始启动了一系列防蚊灭蚊的工程，安装纱窗，造灭蚊板，买蚊香，买灭蚊器。如此常抓不懈，蚊子尽管知趣得退了，但蚊子经济也风生水起。

在风和日丽的日子，我不想将窗户捂得严严实实，我甚至连透明的纱窗都觉得"终嫌隔一层"，所以会哗地推开，让灿烂的阳光毫无遮拦地洒进来。但是，到了晚上，我惬意地躺在满是阳光味儿的沙发上呼吸着阳光味儿的空气，观看着《人与自然》精彩的电视节目时，不知何时偷偷溜进来的蚊子就开始热情似火地和我交流，嗡嗡嗡嗡嗡嗡地说个不停，我听不懂它究竟说的是什么。

一会儿，好像在喃喃自语："我很饿，我很饿，我想吃你。"

"那你就吃一点吧，反正你提前打了招呼。"我也无所谓。

一会儿又好像振振有词："你死有余辜，你死有余辜，你吃喝嫖赌，无所不为，所以我要吃你。"

"他妈的，你真卑鄙，你想吃我就吃得了，何必吃我先来污蔑我？我在哪儿吃喝嫖赌了？欲加之罪，何患无辞？蚊子真的和苍蝇是一丘之貉，苍蝇拉了屎，一旦飞起来，就嗡嗡嗡地倾诉，那地方太脏了，不愿意再落在那儿。"我怒发冲冠。

不走运的是，有一天晚上，我欣赏着被点燃的黝黑黝黑的蚊香缭绕着袅袅青烟，遐想着所有的蚊子顷刻间成了孤魂野鬼，而聪明的人类舒舒服服地酣然入梦了。不知不觉就进入了美好的睡眠世界。第二天早晨醒来一看，黑色的蚊香已变成洁白的香灰，米黄色的床头柜面也烧黑了两个圆圆的圈。阿弥陀佛！阿弥陀佛！幸亏没有"星星之火，可以燎原"！

记不清哪一年的哪一天，一个同事说，这叮人的蚊子都是母蚊子，雄性蚊子都吸食花草树木的美味汁液去了。甚觉这母蚊子也实实在在地没有出息，冒着这么大的风险，吸吮一点点动物的臭血，划不来。尤其是冒犯了无比狡猾的人类，逼迫人发明创造了蚊香，以香诱惑，蚊命灭之，何苦呢？再说了，遇到个执着的人，叮人家一口，人家揭屋撕窗也要打死你，划得来吗？还听人说，蚊子千辛万苦不怕牺牲吸吮动物一点点鲜血，哼哼唧唧唱着唱着就呜呼哀哉了，为什么呢？吸吮的鲜血慢慢地凝固了，不消化，活活地胀死了呗。如果这传说是真的，我真的佩服大自然的神妙造化，多行不义必自毙啊。人也真的太糊涂，明明知道蚊子吸吮了人的血会胀死的，为什么还要咬牙切齿地讨还血债打死那小小的生灵呢？

回味着这些似真似假的传说，我不禁想起蚊子的点点好来。就是去年在我最郁闷的时候，一个人孤独地舔舐着被专制掩护下的文明人戕害的伤口，在漫漫长夜里，辗转反侧，难以入眠，静静地聆听着妻子和儿子天真善良的呼吸。心烦常恨夏夜长啊！突然，就有蚊子不期造访，嗡嗡嗡嗡嗡嗡地说着什么，我认认真真地倾听，蚊子似乎说："想开一点，想开一点，人生没有过不去的坎儿。不要郁闷，不要郁闷，郁闷是一天，开心也是一天。把你死了，别人还给不活了？"于是，我善意地摇摇头，无意伤害它，只是拽了拽我已经僵硬的思维，深刻地感觉到我还有继续活下去的必要性。于是，摸出一根黑硬的古巴雪茄，在黑暗中划着一根火柴，点燃，默默地吸着吸着……

2014年9月29日

西海固的雪

我不知道地球的哪个地方此时也在雪花飘飘，但我切切实实地感觉到我是被挟裹在西海固的漫天风雪之中了。狂暴的西北风肆意地撕扯着妩媚的雪花，歇斯底里地摔到我的脸上，凉冰冰的惬意。间或有一瓣无处躲藏的娇媚的雪花，倏地就钻进了我温暖的脖颈，我怜香惜玉似的予以呵护，蓦地一凉，她竟然香消吾体魂断吾颈。这妖娆的雨的精魂浸润于我的骨肉，使我仿佛喝醉了酒似的飘飘欲仙。生活在西海固的冬天，最欣喜若狂的事儿莫过于久久的干燥，片雪不下，不下片雪，突然，漫天雪花随风舞了。毕竟长长的一个冬天皆晴空湛蓝干燥无比，狂妄的西北风肆无忌惮地吹，暴虐的细菌和病毒得意扬扬地横冲直撞所向披靡，流行性感冒席卷了贫瘠的乡村和丑陋的城市。我的嗓子接二连三地像火燎似的干燥，像羽毛骚扰似的痒痒。没有鼻涕没有喷嚏没有痰，只剩下没完没了的咳嗽。喜阴的咳嗽夜半三更折磨得我一粒又一粒地吃甘草片，可惜都无济于事，剧烈的咳嗽震得我头皮发麻。下一场鹅毛大雪多好啊！雪是西海固冬日细菌和病毒最厉害的杀手，雪是西海固冬日流行性感冒最好的良药，雪是西海固子民冬日干渴的心灵最滋润的甘露。终于下雪了下雪了，我终于裹在漫天风雪里了，看见成群结队的细菌和病毒被鹅毛大雪挟裹而去，恶狠狠地摔在树上摔在楼房上摔在电线杆上摔在起伏不平的大地上，瞪着狰狞的眼睛做垂死的挣扎。于是，我兴高采烈地踩着踢踏舞步伐，任性于琼露玉浆之上，那“咯吱！咯吱！咯吱！”的声音，莫非就是细菌和病毒求饶的呻吟？

西海固的雪，就是这么任性就是这么嘚瑟就是这么狂妄得不知天高地厚。晴朗朗的天，碧空如洗，不知道哪里堆集而来的云，越堆越厚越堆越厚，黑乎乎的，汹涌澎湃在头上，使人担心突然掉下来一块把黄土地砸一个大坑。蓦地，黑黑的云再也浮游不动，于是就跌落而下，散落成漫天的雨滴，下滑下滑，和干燥的空气擦扯出美丽的雪花，摇曳着芭蕾舞的舞姿，漫天飘飞。遭遇了执拗倔强的风，则张扬成霹雳舞和抽筋舞的舞姿了。管他是什么舞姿，只要落到地上就好。那飘飘洒洒的雪花可是纯纯粹粹的雪花，没有水分，没有微尘，晶莹剔透，冰清玉洁，风姿绰约，神韵犹存。一瓣两瓣，十瓣百瓣，千瓣万瓣，亿瓣亿亿瓣……漫天飞舞，洋洋洒洒，覆盖了山川，打扮了农舍，粉饰了高楼，乔装了大厦，滋润了西海固子民冬天的梦。

雪天的西海固娇美绝伦。“千里冰封，万里雪飘。”我怀疑柳宗元的“孤舟蓑笠翁，独钓寒江雪”的自然世界的客观性了。何以雪花飘飘，尚可在江中独钓？哦！那一定是南国的雪天。我不再怀疑杜牧的“窗含西岭千秋雪，门泊东吴万里船”的水雪一色了，那毕竟是南国的水雪交融的丽景啊。西海固的雪天是地地道道的“千里冰封，万里雪飘”，干脆，利索，豪爽，毫不拖泥带水，多阳刚之美而少阴柔之姿。痛痛快快的一场鹅毛大雪，的确是“山舞银蛇，原驰蜡象”，但是，何来“忽如一夜春风来，千树万树梨花开”呢？西海固的树多是挺拔的白杨树和枝条瘦骨嶙峋的杏树柳树。秋风起黄河，落叶满六盘。一个漫长的冬天，叶落枝枯，树们冻得瑟瑟发抖，浑身上上下下瘦了一圈又一圈，哪里有魅力吸引得漫天的妩媚雪花缠缠绵绵？“忽如一夜春风来，千树万树梨花开。”那是什么样的树诱惑得雪花开满枝头啊？雪天的西海固，乡村唯余莽莽，城市欲盖弥彰。所以，如果你来西海固，冬天雪满六盘大地，你就到乡村去。好一片白茫茫大地真干净！虽然飘雪的天是灰蒙蒙的天，但是，脚下踩的却是晶莹剔透的银光闪闪的白浪起起伏伏的“天”。那银光闪闪的世界会撩拨了你的眼，故而戴一副墨镜亦是你明智的选择。但是，墨镜遮挡了刺目的白光，却丝毫不影响你阅读银白的山川农舍。黄昏将至，雪花飘飘，炊烟袅袅，田地茫茫，圈羊咩咩，屋舍隐隐约约，看银装素裹，分外妖娆。西海固的城市，大雪天你就别出去了。要么一个人孤独地待在家里，被温柔的暖气抚摸着抚摸着，有一搭没一搭地看着蹩脚的电视剧，消消停停地喝几两“六盘雪”，迷迷糊糊地遥控器一丢，倒在沙发里梦游六盘山去得了。要么凑两三个谝得来的狗友，天南海北地侃个唾沫星子乱溅，口干舌燥之际，喝几杯固原杨郎最便宜的纯糜子酿的金糜子酒，迷迷糊糊了，拿一副扑克牌，糊里糊涂地“捉几回麻子”，赢几个小钱，屁股一拍，走，吃荞面搅团去。见天地依然白茫茫一片，踏着琼露玉浆，漫天的雪花也掩饰不住森立砖墙和雷同楼房的呆板丑陋。幸好龌龊的垃圾变成了洁白的雪堆，银光的雪街上尚摇曳着几个披红戴绿的婀娜多姿的姑娘，也不枉费了这多情的漫天飞雪。

于是，就叹服起《红楼梦》里曹雪芹的雪地审美和《水浒传》里施耐庵的雪地审美。银雪无边无际，贾宝玉披着红色的斗篷，乌丝剃得净光，圆头闪闪亮亮。待贾政坐在船上细看时，宝玉跪地三拜，起立，转身，渐行渐远，红色的斗篷越来越小越来越小，最终小成红色的一点，白茫茫留下一片大地多干净。白雪茫茫一点红，大气晶莹凄美。《水浒传》里的“林教头风雪山神庙”更是美得发抖。一笔“那雪下得正紧”就一发而不可收住。漫天风雪漫天搅，引得林冲发狂飙。挥洒一身武艺于茫茫雪地，释放一腔怒火于呼呼烈风。手舞花枪系红缨，风掣雪花满地银。橙色酒葫芦满地滚，花枪一杆如蛇走龙行，贼人血溅暴风骤雪中。这是一个血腥的画面，也是一个唯美的画面。虽是人血有腥味，但是，贼头落地，一股英雄气在雪天纵横驰骋，岂不快哉！

名著神游，应笑我多情。回到西海固，回到西海固的雪。西海固的雪，干脆利索执拗倔强豪爽大气，毫不矫揉造作毫不拖泥带水。虽面目狰狞却心底良善，不拆房不折树不塞门不埋人不冻死牛羊。这是常态，但也有例外。我就清清楚楚地记得有一年的农历九月份，山川尚绿，树叶尚茂。突然，整整一个晚上，鹅毛大雪铺天盖地而来。清晨，旭日东升，晴空朗朗，大地一片茫茫。雪没人膝，万籁俱寂，屋舍压塌，树木摧折。耐不住寂寞的人们，提一根哨棒，踯躅于茫茫雪地里，见一个黑黑的小小圆窟窿，蹑手蹑脚地戳将进去，突地就冒出一只膘肥体壮的兔子来，哪里跳跃得起？轻轻的一哨棒，兔子呜呼哀哉，提回来泼一点烧酒胡麻油炒了香香地吃……

哦！西海固的雪，塞北的雪。

2015年2月1日

雁过何以要留声

妻说："今天给你带了一个好东西！"她不过故弄玄虚罢了，平平淡淡的日子，能有什么好东西？

"在哪儿？"我还是好奇地问。在这平平淡淡的日子里，我依然憧憬冒出一个意想不到的惊喜，刺激一下日渐麻木的神经。

"鞋柜上呢。"妻忍俊不禁。

鞋柜上果然放着一个白色的塑料袋，里面装着几页雪白的纸。

"是谁写给寡人的情书？"我戏谑。

"是你哥！"妻朗然开笑。

"我哥？嘿嘿。"我边笑边解开塑料袋取出来扫视。原来是我哥平时编的一些顺口溜，整整齐齐地打印在三页雪白的16K大小的纸上。

"送给我欣赏的？"我调侃。

"不，是听说你出了一本35万字的叫《桃李牧歌》的书，激动。前天把他的作品也捎给大姐转给我，请你给发表。"妻一本正经地告诉我。

"发表？在哪儿发表？这个水平也可以发表？"我莫名其妙，顿觉十分开心。

"人家去年春节乡村农民大联欢时，在镇上都登台表演了，台下一片叫好声，好得很！你别狗眼不识泰山。"妻扬扬得意。

"好，好，我狗眼不识泰山。我哥还不是吃饱了撑得慌，叨叨个顺口溜消化呢。没有见过六盘山见了六盘山说高的人，还一定要人家上过青藏高原的人也说六盘山高吗？”我话如泉涌，真觉得这是一个有意思的话题。

至于我哥的“文学作品”好不好，我不想爱屋及乌徇私言美，实录如下，群众的眼睛是雪亮的，各位高手浏览浏览，就真相大白了。

“打竹板，笑连天，同致富，共筑美丽的中国梦。竹板一响啪啪啪，我把政策夸一夸。观众同志要记下，中央领导有计划，给人民指出了，走上科学现代化。党中央真伟大，2013年召开十八大，十三亿人民听了笑哈哈。农村城市党中央真英明，给人民指明了致富门，人民听了喜盈盈。中央出了个包青天，勤俭节约打贪官。贪官拿的是黑心钱，贪官拿的是人民的钱，贪官拿的是人民的血汗钱，坚决打倒大贪官。拒绝公款摆宴席，拒绝公款买车送香烟。不管你官有多大，老虎苍蝇一起打，看他害怕不害怕。原州区有计划，每天宣传十八大，全区人民听了心里乐开了花。区委书记带头干，乡党委书记跑在前。省下的钱支援农业大发展，家家户户四合院，老弱病残看病住院不花钱。六十岁给的是养老钱，盖房给的是危房钱，养牛养羊给的是补贴钱，种地给的是柴油化肥钱，山里给的是退耕还林钱，唱歌演戏给的是文艺钱，这样的钱那样的钱，乐得人民笑开颜。好的政策说不完，大家拍手乐翻天。我给咱再说一遍，打竹板响连天……”请允许我跳跃性地实录，“中华文明五千年，传承文明任在肩……早看太阳当空照，花儿对着我们笑，笑看彩旗迎风飘，春风吹来党的政策好……绿树环绕花儿香，景色宜人心欢畅，栋栋高楼排排站，宽敞明亮有安全……八仙过海各显神通，唱唱歌儿跳跳舞，唱一段秦腔和眉户。高高兴兴度一生……中国梦，百年梦，国泰民安复兴梦。复兴梦，振兴梦，都是我们的奋斗梦。奋斗梦，富强梦，共筑伟大的中国梦……黄河养育中华魂，闪闪光辉映蓝天。来年我们再相会，山美水美人更美。和谐社会喜开颜，小康社会同步走，中国之梦会实现会实现会实现！”

“哎呀！你哥和你是亲兄弟，咋文风迥然不同呢？一个紧跟形势，一个傲然独立。”妻喜上眉梢。

“我哥传递正能量，有什么不好？”我喜不自胜。其实，我更多的是觉得吾兄童心尚存，纯朴天真，知足自乐，高唱赞歌，别无用心，哪里像无视真理而一味奉承吹捧强权的别有用心的为虎作伥的时尚御用文人呢！吾兄不过这几年年过花甲，儿女顺事，温饱无忧，欲释放一点自己内心的感受而已。三句好话当饭吃，领导都喜欢听好的，他有登“大雅之堂”的愿望，自然要认认真真地编写中听的民间顺口溜了。

突然，我想起了赵树理的小说《李有才板话》的通俗朴实和天真幽默。中国民间不缺乏这样的人才，只是村长无视他们的存在罢了。几亿农民，经过三十几年的包产到户，自力更生，艰苦奋斗，解决了吃，解决了穿，解决了住，解决了性。现在，他们茫然地站在抽象的“小康社会”的大门上不停地东张西望，政府如何引领他们进行精神文明建设，是一个隐形但又必须解决的中国问题。吃不饱的农民的确不难管理，动脑子让他们吃饱，就皇恩浩荡。麻烦的是吃饱了的老百姓去干什么？管子曰：“仓廪实而知礼节。”但是，饱暖思淫欲，也是世人皆知的事实啊！“淫”者，淫乱也。“欲”者，欲望也。关于淫乱，这些年的吃喝嫖赌坑蒙拐骗偷盗抢劫，大众都知道，我就不用啰唆。至于欲望，高层疏之导之，我以为利国利民利自己。比如，人民大众的发言权、知情权、表决权、选举权、被选举权，皆迫在眉睫，“一百年太久，只争朝夕”。

沐浴着改革开放的东风，我生命的树鲜花烂漫，如今已结出了吃穿住行性五大果实，但我依然不满足，身边的人异口同声地批评我：“人心不足蛇吞象！”可我有什么办法，不开心就是不开心。因为，当我百无聊赖时，一直觉得生命的前方还有什么妖精诱惑我。她究竟是何方妖精呢？这么魅力无穷，光芒四射？使我“不见复关，涕泣连连。即见复关，载笑载言”。我想来想去，就是一个叫“尊严”的妖精在折磨着我。温饱以后，人的全部尊严就在于思想！而思想的传递，莫过于言说和写作。领导讲话，有百姓洗耳恭听；老师讲课，有学生侧耳聆听；歌星歌唱，有大众尖叫欢呼；作家写作，有读者捧场阅读；普普通通的平民布衣呢？他们的思想，谁来在乎？总不能天天耳鬓厮磨，给老公老婆唠唠叨叨吧？话说三遍比屎还臭，儿女哪里有时间有心情倾听？看来，宋丹丹的“有人花钱按摩，有人花钱雇我陪人唠嗑”也不是江湖幽默。

放眼宇宙，近观自然，天上飞的，地上走的，皆有言说的天性。这言说的声音里，或发情求偶，或呼朋引伴，或开心歌唱，或悲伤哀鸣，或发怒咆哮，或乐不自禁，或喜临报春，或道别南归……

君不见，“关关雎鸠，在河之洲”。君不见，“两岸猿声啼不住，轻舟已过万重山”。君不见，“两个黄鹂鸣翠柳，一行白鹭上青天”。君不见，“鹅鹅鹅，曲项向天歌”。君不见，虎啸山林震百兽，狮吼草原抖威风。君不见，猿哭险岭释郁闷，狼嚎雪地觅知音。君不见，二月家猫越墙叫，三月叫驴满川嚎。君不见，布谷新春村村叫，鸿雁深秋对对鸣。君不见，墨黑的乌鸦叫红了嘴，痴情的杜鹃啼出了血。君不见，学舌的鹦鹉句句巧，会说的八哥惹人笑。君不见，白杨树上鹊报喜，屋檐底下燕说福。君不见，日月星辰竞璀璨，万种禽兽说自由。禽犹如此，兽犹如此，何况人乎！食色，禽性也；食色，兽性也；食色，人性也。自由地吼叫，自由地歌唱，禽兽之性也；自由地言说，自由地写作，人类之性也。“沉默呵，沉默呵！不在沉默中爆发，就在沉默中灭亡。”鲁迅先生当年是有些烈火金刚嫉恶如仇，但是，温和的胡适先生为什么当年也说“宁鸣而死，不默而生”呢？难道是耸人听闻哗众取宠？还是知识分子的表演作秀？不，“雁过留声，人过留名”。雁过何以要留声，天性使然；人过何以要留名，天性使然。聪明绝顶的钱钟书，字默存，但是，一本《围城》，全是诙谐调侃语，还不是鸣不平嘛。不平则鸣，“路见不平一声吼！该出手时就出手！”多么荡气回肠！多么痛快淋漓啊！

中国相声界有个大师叫马三立，其形象之抽象，大家都见过，自不必说，但是，其取名毫不抽象，秃子头上的虱子，明摆着的，就是“立德立功，立言”的意思。这“立言”在古代其实专指的就是写作。你想，说得再好，一股风刮得什么也没有了。欲“留取丹心照汗青”，就必须篆刻在兽骨上，镌刻在竹简上，书写在锦帛上，挥洒在宣纸上。那时候，又没有留声机录音机收音机电视机，更没有电脑和手机。欲满足名垂青史的愿望，不靠写作靠什么？所以，孔子著《论语》，屈原赋《离骚》，孙子修《兵法》，司马迁写《史记》，李白“笔落惊风雨，诗成泣鬼神”，东坡“但愿人长久，千里共婵娟”，龚自珍“九州生气恃风雷，万马齐喑究可哀。我劝天公重抖擞，不拘一格降人才”，曹雪芹“满纸荒唐言，一把辛酸泪。都云作者痴，谁解其中味”，全都是似诉平生不得志，说尽心中无限事。反刍生前事，留得身后名。

附庸风雅，歌功颂德，乃上帝偷偷注射给人类的兴奋剂，任何人都难以免俗。闪视一下当下各路明星各路高官各路巨贾的出书热，你就茅塞顿开了。各路“英雄豪杰”争先恐后风风火火地写书出书，让普通老百姓打死也想不明白：他们都风光无限名扬四海了，还害怕天下人不知吗？电视上天天闪亮登场，网络上频频惊艳曝光，手机上时时被大众摸来摸去，收音机里有他们滔滔不绝的说教，MP5里有他们摄人魂魄的歌唱。但是，他们就是仿佛担心天下人不了解他们，于是，就一溜风地写书出书。好像只有写几本书，被唯利是图的出版商满世界地吹，才有了永垂不朽的感觉。似乎曾经的上电视，触网络，进手机，仅仅只是和名望谈恋爱一样。只有出几本书，才算是和名望实实在在地性交了几回，深感无边的满足和幸福。赶紧写赶紧写，赶紧出版，赶紧发行。“文章千古事，风雨十年人。”说不上，哪一天一不小心阎王爷看上了，还不是“风流总被雨打风吹去”。于是，你追我赶，你方唱罢我登场，竟把书市做了游乐场。你时尚我时尚，南山的猴子，一个手淫大家都手淫，谁不手淫谁性无能。实话实说，各路“英雄豪杰”的书，我也拜读得不少，但是，“雁过留声”的，寥寥无几。就语言的精妙，就见识的精到，就感觉的愉悦，除了朱镕基的书，就是白岩松和柴静的书。其余的，满怀希望而看，满怀失望而弃。就好像和一个漂亮的情人幽会一样，亲吻了拥抱了，突然发现她浑身的没有品位。于是，大发感慨，尔等何必写书？不写书尚可以远观，写了书，则不可以近玩也。尔等怎么不知，看一本书就是零距离地瞅一个人啊！天下高官巨贾影视明星电视节目主持人，不会写书的千万别写了。官大不一定书大，钱多不一定书多，长得俊不一定书写得俊。流行的不一定经典，经典的不一定流行。百年才鉴有用书，另有多少是垃圾！嗨！也难怪名人要出书，多少读者藏奴性，自己哪里有主心骨？帕斯卡说：“人类的全部尊严就在于思想。”然而，喜欢人民听话的政府要人民有思想干什么？追风和盲从不是更好吗？说生活娱乐的书，比比皆是；谈生活技巧的书，堆积如山；究生活智慧的书，寥寥无几。闪电时代，闪电文化，令人眼花缭乱，目不暇接，然而多是肥皂泡沫，经不起时间的考验，更留不下长久的痕迹。

思来想去，“雁过何以留声”，这留的“声”应当不是一般的“声”，它必须是人的智慧的结晶。否则，这“声”就风行水上，路过也就好了，何必绞尽脑汁地变成铅字，诱人蒙人惑人害人呢？

2015年1月15日

因为噎

距离2015新年之际发生于上海外滩陈毅广场踩踏事件已过十天了，善良的人夺取了善良的人鲜活的生命，准确数是多少个，我说不清，但这不能证明我不善良，只是过于健忘，信口开河报个死亡数字也不严肃。可惜我不是上海人，不然，我现在就到事发地献一束菊花，一来表达我对逝者的缅怀，二来提醒广大市民不可以赶时髦集中献花上电视以后就全然忘却。痛苦是逝者亲人的，对他人或许无多大影响。幸好《中国声音》的一个焦点自由谈节目还记得这件事，当然旧事重提的诱因是上海市人民政府昨天郑重其事地出台的一个通知，通知三令五申强调，取消上海市的一些大型集体活动，哪怕是若干年来雷打不动的传统节日下的大型集体庆祝活动。原因很单纯，就是未雨绸缪，防患于未然，杜绝2015新年发生的踩踏悲剧再次上演，敬请广大市民理解。

其时，我正坐在我家的阳台上，一边晒太阳，一边听收音机里几位特邀嘉宾和主持人聊这事儿。听着听着，我就有些不爽。一个男嘉宾似乎是政府的托儿，口口声声说可以理解可以理解，政府也有难处。我“啪”的一声就关了收音机，让他一直“可以理解”去吧。人最害怕换位思考，如果他是大型集体庆祝活动的经纪人，他能“可以理解”吗？我这个人占理的事情锱铢必较，如果我是大型集体活动的法定经纪人，胶带封了我的嘴我也不能理解。创意筹划组织一次高规格高水平高质量的集体活动那不是小孩子过家家，说散伙就散伙的。钱！谁给我补偿钱？声誉！谁给我挽回声誉？发这样一个通知，比放一个屁还容易，还让老百姓活不活？直接经济损失几十万、几百万、几千万啊！“问君能有几多愁？恰似一江春水向东流。”我坐电梯上十八层楼去，干什么？跳楼啊！为什么？活不成了。高处的哪里知道低处的苦？要么，咱就上法庭，凭什么政治行为就可以随随便便地强奸经济行为？如果是政府买单的大型公益活动，政府爱怎么取消就怎么取消，反正花的是政府的大头钱。我一个老百姓，大不了没地方看热闹了，窝在家里打几圈麻将，运气好了还赢几百元喝酒钱呢。如果是老百姓做东的大型商业活动，谁来赔偿损失？政府补贴行了吧？补多少？补多了政府不干，补少了老百姓不爽，咋办？再说了，政府哪里来的那么多零花钱？难道是因为纳税的人头太多吗？退一万步想，踩踏了已经踩踏了，人死不可以复活，痛定思痛，引以为戒，未雨绸缪，筹划组织好，让生者开开心心安安全全地活动不就得了嘛。何苦风声鹤唳，草木皆兵，四面楚歌，人人自危呢？“沉舟侧畔千帆过，病树前头万木春。”听听古人，多么睿智，多么潇洒。因噎废食，求得一劳永逸，好是好，也不是执政为民的法子啊！

一通“无边落木萧萧下”之后，我的愤青思维回归于一泓清潭，翻开《现代汉语成语词典》，看“因噎废食”的解释：“噎，食物堵塞食管。废，因为吃饭被噎过，便停止进食。比喻遭到一点挫折，连该干的事都不敢干。语出《吕氏春秋·荡兵》：‘夫有以噎死者，欲禁天下之食，悖’。”我看了有什么用？吃的是地沟油，操的是中南海的心。应该看的是上海市政府的智囊团，看了以后说不定他们会集体后悔，原来他们集全体常委之智慧一起玩的这个因为一次踩踏事件而禁止一些大型集体活动的把戏不时尚，早在中国春秋战国就有吕不韦组织他的门客玩了，这个游戏名字就叫“因噎废食”。不同的是，吕不韦们的态度是嘲笑批评，上海精英们的态度是学习模仿。我不知道是谁赋予精英们的权力？说禁止就禁止？运筹帷幄，举重若轻啊！一次大型活动，筹划组织实施科学到位了，即便是人倒霉鬼吹灯，放屁砸了脚后跟，老百姓也是可以理解的。闯了祸，死了人，上司看在眼里，记在心里，实事求是，妥善处理，何苦对自己的执政能力那么不自信，因噎废食呢？

其实，我们有因噎废食的传统惯性，堪称“国粹”的就是太监制度。金碧辉煌的皇宫不可以没有如花似玉成百上千的美女啊，春意融融的皇宫不可以没有俯首帖耳端茶递酒的男人啊。但是，美女如云，风华正茂，含苞待放，如饥似渴，皇帝皇子能宠幸得过来？这游走殿前宫后的臭男人心里再忠心耿耿，肉体未必就那么听话。一不小心，见了美女，擦枪走火，乱了龙种，可不是开玩笑。不用这些臭男人，不得成；用这些臭男人，不放心。怎么办？好办！骟了他们，一劳永逸矣。这骟了男人进皇宫的思维一旦发明，就一下子成了定式，再没有皇帝来个发散思维，想一想，男人不骟行走于后宫朝堂会是一副什么样子的灿烂前程？

1911年以后，太监成了历史的特殊遗产，被尘封于中国历史尴尬愚昧的档案库里，永难在生活中死灰复燃。活着的太监很是自惭形秽得可怜，成了现实社会人们好奇观赏的怪物。自此，中国人民满怀智者对人之生理尊重的骄傲跨域近七十年，顺乎天理，自由生育。没想到，进入20世纪80年代，大夫的手术刀又一次伸向了育龄妇女的下腹，无可奈何地计划生育。乡村干部没有剧本地制造着一个又一个计划生育的难以预料的啼笑皆非的悲喜剧。为什么？因为人太多。一刀子下去，OK！夫妻再水乳交融，也只开花不结果。计划生育，一劳永逸，省事是省事，但是，慢慢的，独生子女的问题越来越彰显，失独老人的问题越来越严重。违背自然规律，欠下的迟早要还的。计划生育的基本国策没有错啊？是的，此时看没有错，但是，建国以后北大校长马寅初冒死谏言计划生育的时候，高层为什么骄傲得充耳不闻？为什么不让中国人民优生优育两三胎呢？早知如此，何必当初？因为打赢了一场史无前例的人民战争，就骄傲得放开手脚养娃娃。娃娃养多了长大没有什么消费，就大刀阔斧雷厉风行地收缩政策，“一对夫妇只生一个好”！老百姓老百姓，“身世浮沉雨打萍”，枉说心酸与东风。

中国老百姓，也不枉政府“因噎废食”地潜移默化。他们自有自己的老实巴交和庸俗狡猾。尽管是民间的笑话，但说来无不诙谐睿智。不知道其他地方有没有此版本故事，西海固民间妇孺皆知。说的是一个叫张仁的男人，娶了一个倾乡倾村的媳妇。所有的活计张仁跑着做，媳妇养在深屋，房门不出，大门不迈。尽管如此，张仁依然出远门干活心里跳得慌，咋了？不放心媳妇。于是，灵机一动，有了！每次出门前给媳妇的美丽处贴一张封条“张仁封”，不就一劳永逸了吗？可是，这一日，张仁回家，查看媳妇美丽处，只有“长二寸”三个字啊？不对，分明有男人在此美丽的地方辛勤耕耘过了，不然，怎么连长短都丈量得清清楚楚？庸俗狡猾的张仁哪里愿意发散式地联想这封条中间被液体湿开，右边的封条上不就是“长二寸”三个字吗？显然，此笑话乃民间的老百姓嘲笑小心眼爱吃醋男人的诙谐睿智笑话，但是，仕途的蹩脚官员之于太厉害的老百姓何尝不用张仁管老婆春情荡漾这一绝招？他们不得民心，就辖制民身。笑话百出，还自鸣得意。

前两年，媒体报道，某某某学校的男教师，猥亵女学生；某某某学校的男教师，诱奸女学生；某某某学校的男教师，强暴女学生。一瞬间，春风吹，战鼓擂，如今世界谁信谁。原来教授是禽兽，误把“眼镜蛇”当好人。善良的妈妈谆谆教诲女儿：“轻易不要和男老师说话，有问题要到人多处问男老师。”教育部顺应民意，一台政令霍然推出。其余的我忘了，有一条刻骨铭心，曰：“禁止男教师单独和女学生在办公室谈话”。我当时怒发冲冠，奶奶的，中国这么多男教师，几个成了嫖客，所有的都快成了嫖客了？不然，打这预防针干什么？这不是欺负人吗？干脆，教育部上书国务院，为确保中国所有女学生的人身安全，把所有的男教师阉割算了。难道还嫌弃中国的男教师精神不阳痿？堂而皇之地因噎废食雪上加霜？否则，就是琢磨这一条禁令的官员做了一个黄粱美梦，“反正我上面有禁令在先，至于有的教师明知故犯，别来找我麻烦，我可提前将身上的火刨干净了。倒些柴油饮驴，驴不喝是驴的事，我是把心尽到了”。

2015年1月19日

有多少建设是重复建设

中国是一个历史非常悠久的文明古国，这使我这个历史迷徜徉在自信满满的教科书里，着实骄傲得意了二十几年。二十几年后，我有了几个辛苦钱，烧得在家里有点坐不住了，于是就有了花钱行万里路的叫花子放不住隔夜食的蠢蠢欲动。甚觉不行万里路，读破万卷书也枉然。在这后二十几年里，勤俭节约地走马观花了银川、兰州、西安、天水、宝鸡、北京、天津、桂林、贵阳、厦门、南昌、武夷山。我蓦地发现，我们的文明只是写在纸上，傲然矗立在大地上的文明寥寥无几。我亲眼所见的，银川有破破烂烂的马鸿逵的四姨太的西花园，兰州有锈迹斑斑的跨黄河大桥，西安有念佛诵经的大雁塔和给死人助威的兵马俑以及供美人洗澡的华清池，北京有皇帝家活着享受的四合院故宫和皇帝家死了安享的十三陵以及皇帝家吃喝玩乐声色犬马的颐和园和圆明园。还有长城，那是皇帝家保国护家以求万世太平的长长的院墙；还有天坛，那是皇帝家祈求上天赐福延寿的寺庙。天水有伏羲庙，南昌有滕王阁，天津有基督教的教堂。至于宝鸡桂林贵阳厦门武夷山，彰显古代文明的建筑我什么也没有看见。于是，我就钻牛角尖，承载着华夏文明的实实在在的大地上矗立的建筑物都哪里去了？博物馆整整齐齐陈列的几乎都是埋在地下的墓地里的陪葬品。书写在纸上的文明是需要想象的文明，镶嵌在大地上的文明才是可以触摸的文明。难道是中原大地黄土高原没有石料，难以造就像古希腊古罗马宏伟壮丽美轮美奂的石质文明？那长江以南石头遍地啊！难道是“楚人一举，可怜焦土”的壮举一演再演，“覆压三百余里”的阿房宫愤怒间“樯橹灰飞烟灭”？难道是孙大麻子的军事演习瞒天过海，珠宝累累的清东陵顷刻间遍地开花？但没有烧没有炸的也可以保留至今啊！然而，我们似乎习惯了把文明写在纸上说在嘴上唱在歌里，不习惯把文明镌刻在大地上践行在行动里传承在历史中。我们与时俱进披荆斩棘推陈出新，我们多么善于破坏旧建筑而不善于建设新建筑啊！

有多少建设不是重复建设？都江堰、赵州桥、卢沟桥、大运河、北京故宫……有多少建设不过是重复建设？未央宫、阿房宫、大明宫、铜雀台、南京总统府……

不是重复的建设，我们引以为豪把酒临风；是重复建设的，我们作何说辞？

远的不说，近一百年来高瞻远瞩精心建造于大地上的承载着华夏文明展望着华夏未来的建筑有多少呢？是中山陵？是毛主席纪念堂？是颐和园？是人民大会堂？是三门峡水库？是三峡大坝？是鸟巢？是东方明珠？滚滚长江东逝水，浪花淘尽沙子，留下的是闪闪发光的金子。时间会证明一切。

我的家乡在大西北西海固清水河畔一个普通的村庄里，我不知道神州大地上这样的自然村有多少，但我知道中国目前也是个农村大国，我还知道我们村今天一座古老的建筑也没有。曾经最早的建筑可以追溯到中华民国二十二年张姓人家苦心积虑用黄土筑造的土堡子，比张贤亮打造的镇北堡要阔气一些，可惜在“文革”的“破四旧”中张家堡子轰然被炸。至于全村的文物，我印象有一台石磨子和一台石碾子及一口锈迹斑斑的庙里的钟。1981年包产到户了，磨盘被一户人家抬去砌了驴槽，碾盘被另一户人家抬去砌了猪圈，至于青色的碾滚子，不知埋在哪里了，几千年以后谁挖出来谁发大财。只有那口锈迹斑斑的钟如今风光无限，小心翼翼地吊在村子雷祖庙的大门口，初一求神也敲，十五还愿也敲，以此保佑全村人平安无事。我们曾经灿烂的农耕文明在这里是根本触摸不到的，扑入眼帘的是各自为阵杂乱无章匆匆忙忙的新农村建设。每家的院子越来越阔，大家走的路越来越窄。我不知道朴实的农民奔向小康社会了，家家有了小轿车，是不是要顶在头上进门？要么家家的院墙又要拆，不然，民风就要淳朴到真正的路不拾遗。网上浏览了欧洲有些国家农村的建设格局，良田无垠，道路畅通，屋舍俨然，错落有致，绿草莹莹，栅栏青青，鸡鸣犬吠，燕翔鸽飞。我想，如此桃花源，挤进城市干什么？我也再无意嘲笑中国农民的小农意识，心里不由自主地问，中国的父母官都在日理万机地忙什么？人世间官员最大的腐败莫过于长远规划的不科学不到位不精彩。“一将不智，累死千军”啊！

“若要富，先修路。”

“若要奔小康，柏油路先进庄。”

“修路修路，造福桑梓。”

“建桥建桥，功在千秋。”

多么振奋人心的宣传，用鲜艳的朱漆工工整整地书写在农村的洁白的高墙上，赫然入目，熠熠生辉。青灰色的水泥路蜿蜒曲折地爬进了我朴实的老家，我每一次回家，都幸福地迈着矫健的步伐，铮亮铮亮的黑皮鞋一尘不染。啊！农村的天，是蓝蓝的天，农村的人们好喜欢！我可爱的故乡，你记着，将来载入村史的建筑，莫过于这条蜿蜒曲折质量上乘的青灰色的水泥路了。若要奔小康，水泥路先进庄！其他的一切，都是浮云。这是谁负责的工程，应该立碑说明。于是，我联想，新农村建设就是好，这么好的水泥路走进中国大地的每一个村子，中国的农民将不再满身浮土双脚尘了。等到农业现代化，一个农民经营百千亩地，地球上的人谁还敢把中国农民当农民？但以后我的眼睛告诉我的大脑，我兴高采烈的脑子进水了。我目睹有的村庄的水泥路不到一年，裂缝过寸，面损如刨，到处是“粉身碎骨浑不怕，要留龌龊在人间”的冷冰冰的丑陋不堪的石子儿。我亲眼目睹有的村庄的黑油油的柏油路不再黑油油，千窝百坑，翻江倒海，面朝蓝天，诉说着被超重的大车肆无忌惮地强暴蹂躏的痛苦无奈。我目睹用劣质的砖竖立着铺就的红砖路千疮百孔伤痕累累，问知情者，说：“一是砖太烂，二是车太重，三是有贼偷，四是马上又要拆了打水泥路。”中国的纳税人真多！建了拆，拆了建，循环往复，乐此不疲。

俗话说："有理走遍天下，无理寸步难行。"但我的钱财紧紧地束缚着我的脚步，我似乎相信"有钱走遍天下，无钱寸步难行"了。没有人民币支持我走遍华夏大地的角角落落，所以我坚信我是一个坐井观天的人，对乡村文明建设的评头论足仅仅是瞎子摸象的妄说，但我真的没有假说，这使我的良心十分安宁。我至今没有见过一个叫我流连忘返的村子，聆听到和谐优美的田园交响曲，由衷地默念："这儿就是我的家。"我不觉得我的要求过分，人生的目的就是为了追求美好和幸福。中国又是一个农村大国，实实在在地一点一点地将农村建设得魅力无穷幸福无比，有什么不好呢？何必为了一个五年计划轰轰烈烈匆匆忙忙地玩形象建设？官升不了不要紧，粉饰的豆腐渣工程就像雪地里埋死人，总有雪化的日子。一代人实实在在地建设不好，只要科学地规划好，不要埋下重复建设隐患，一代又一代的人一点一点地建设下去，坚信会有桃花源的赏心悦目。莫非我们是穷怕了，梦想一蹴而就？

我居住的城市日新月异，不是我不明白，这城市真的变化快。二十几年时间，城市的面积扩散了三十几倍。自然是住宅区居多，但百分之四十的楼房是面对春风常说愁。城市已经从县飙升到市，市长比县长动听得多。但我顽固地认为，这个城市就好像一个嚼得没有了味道的泡泡糖被急匆匆地拉薄拉长，其实内容还是那么一点。有些建筑刚刚开工我就和朋友打赌半年以后要拆，朋友讥笑我吃的是地沟油，操的是中南海的心，但事实胜于讥笑，半年后那雄心勃勃的建筑果然阳痿了灰不溜秋地拆了，赢来的二斤二锅头醉得我口吐莲花。于是，我开始意淫市委书记的金銮宝座，可惜没有竞选，不然我面对媒体面对市民的演讲词都准备好了。我不骗老百姓，我的演讲词只有一句话："规划的失败是最大的腐败！"看哪个老百姓还不尥蹶子选我这个愣头青。当年戈尔巴乔夫老老实实地说，我们总是跑在市场的后面，所以，苏联的神话破灭了。我不明白我们老是面对全世界的人民说，我们的老先人比你们强多了，但是，我们为什么老是前赴后继地拆老先人的建设。是老先人没有创造好，还是我们要创新？有时我眼睁睁地看着才建成不到十年的高楼被挖掘机气势汹汹地挖平，我偷偷地想，这楼少说也得1000万才造成吧，这钱如果用到我们村，盖100座漂漂亮亮的大上房没有问题啊。于是，就感叹可惜可惜，一朋友朗声损我："你是要麻雀的，人家是要鹰的，你懂什么？"

我是一个闲着没事就要溜达的人，我溜达遍了城市的角角落落，看不见一座古老的建筑。好不容易被一面高高的古城墙挡住了，青色的巨砖爬满了苔藓，我似乎欣赏到了曾经的文明，待我细细品味时，城墙上的一个警察问："想进来吗？"嘿！原来是座监狱。在这个城市，别说百年，连五十年的建筑都荡然无存。它们哪里去了？拆了。我也知道那都是清一色的土木结构的建筑，经不起风吹日晒火烧雨淋小地震。据说古城墙可都是明代的青砖包的，但在"深挖洞，广积粮，备战备荒为人民"时代，不计其数的青砖从地上搬到了地下，箍了四通八达的地道。美帝国主义没有来，青砖也没有再重见天日。今天，观赏了山西平遥古城的固原人，无不讥讽："把那是个啥古城嘛，我们的老古城比那强多了。"但我们的老古城在哪里呢？

游走在这个城市，目不暇接的是近二十几年雨后春笋般拔地而起的一座座高楼大厦。我不知道全国这么大规模的城市有多少，但我的眼睛告诉我几乎是千城一面。造城的过程大同小异，风风火火地拆，匆匆忙忙地建。游走在这些城市，仿佛聆听的是没有个性单调重复的歇斯底里的摇滚乐。西方的一位哲人说："音乐是流动的建筑，建筑是凝固的音乐。"这让我们面对自己的城市很尴尬很费解。这些年，我看到的只是满眼的房子，看不到建筑。我不想说城市的面子建设，因为我们是非常非常看重面子的，城市的面子有于丹那样的教授赞美就够啦。我只想发出一点城市的里子啊城市的下水道啊什么的不和谐的噪音，惹得热爱我们城市的人白我两眼。

城市的里子那是铁定要拆的，没有人会和我赌输赢。但是，城市的里子依然都在热火朝天偷偷摸摸兵贵神速地建设。城管拆了市民建，市民建了城管拆。游击战游击战，敌来我停，敌走我建，就是为了几个钱。房子越盖越高，院子越砌越大，路越留越窄，脏水越泼越多，臭水越流越长，垃圾越倒越像山，苍蝇越飞越热闹，蚊子越飞越疯狂。怎一个龌龊了得！谁叫政府当初没有运筹帷幄决胜千里规划好？现在强征强拆，那再过五年十年二十年，又要拆怎么办？不信，拿出半个世纪前的城市建筑给市民看看！

为了城市的面子，连城市的里子都顾不过来规划，何谈城市下面的地沟？地沟算什么？城市是一个人，地沟就是大动脉。危言耸听！既然是大动脉，包在里面看不见，列在这个五年计划里面干什么？本届官员这一届干下来，还不知道在哪里去“卧云”，为什么要在这里“下雨”？

多亏这里的冬天寒冷，不然，一年四季，劳动人民都要热火朝天地揭城市的皮，抽城市的筋。“请绕道而行，城市建设给您带来不便，请谅解！”如此的牌子，就好像热恋的情人一样，“一日不见如隔三秋”。

这一月上旬，农民工喜笑颜开，挖街一尺，埋电信光缆，埋好，铺好。

这一月下旬，农民工喜笑颜开，挖街一尺，埋移动光缆，埋好，铺好。

下一月上旬，农民工兴高采烈，挖街一尺，埋路灯电缆，埋好，铺好。

下一月下旬，农民工兴高采烈，挖街一尺，埋公交站点提示牌电缆，埋好，铺好。

下下一月，农民工挥汗如雨，挖街三尺，埋天然气管道，埋好，铺好。

下下下一月，挖掘机掘街六尺，埋上水管道，埋好，铺好。

下下下下一月，挖掘机掘地六尺，埋下水管道，埋好，铺好。

好不容易，市民能穿净一双鞋了，突然，挖掘机掘地一丈，埋供暖管道，埋好，铺好。

整整半年啊！高瞻远瞩的官员真的是天天月月全心全意为人民服务？

突然，有一段时间，电视上连续报道，兰州城市饮用水严重污染问题，青岛地沟爆炸问题，南方几个城市排水不畅问题，将城市建设的长远规划推向了风口浪尖。我看见电视上的画面，天降大雨，城市就地起水，市民蹚水而行，小轿车漂在水上像乒乓球，下水口反冲起巨型的水柱，马虎人一不小心被卷进下水道无影无踪，莫名其妙失踪的几个人再也找不到，消防官兵抗洪抢险冲在最前线奋不顾身，领导亲临一线指挥若定。我双眼湿润，感慨水火无情人有情啊！尤其是那些二十上下的消防兵，和我的儿子一样大小，他们的父母最好不要守在电视机前目不转睛地看，否则，那该有多么提心吊胆啊！谁家养儿育女不想平安无事？可是，当听到记者深度分析到英国伦敦和法国巴黎以及青岛德国人的地下建筑时，我不禁想到，城市最大的败笔是规划的不负责任。明明知道会出现那样的恶果，却感觉良好不未雨绸缪地做科学长远的规划建设。老百姓聚家过日子都知道“天晴修水路，无事早活人”，“吃不穷，穿不穷，规划不到位一世穷”。一个城市的父母官就不知道天晴修水路？给鬼说鬼都不信。但中国的老百姓相信，因为官员飞黄腾达和老百姓没有一毛钱的关系，只要上面的领导看上就行，谁可以给官员投反对票呢？试想，哪个官员把老百姓当个菜？伦敦和巴黎的官员可没有那个豹子胆，他们不尽职尽责未雨绸缪地把地沟建设成旅游胜地，他们赶紧到那个河滩洗石头擦鼻涕去。至于伦敦巴黎这两座世界美丽的大城市的地沟宽三米高三米，已经用了二三百年，“我自岿然不动”！管你什么缆什么管，美丽的地沟皆敞开胸怀，热烈拥抱，保证并行不悖，畅通无阻。因为，只要你出钱交了开口费，谁会和钱有仇呢？这样的传奇，打死有些中国人也不相信；因为，他们已经习惯了辛辛苦苦地重复建设，在肮脏龌龊的地沟一年四季爬上爬下，反正中国又不缺少几个廉价的农民工。关于德国人在中国青岛的地沟建设得好，有的中国人更想不通，德国鬼子怎么在殖民地会如此兢兢业业地防患于未然呢？也许德国盛产哲学家，德国鬼子严谨认真负责任被哲学化，习惯成自然了。

2014年9月6日

这一次小感冒

这时乃下午7点，在中国大西北的西海固，黑色的夜已悄然降临一个多小时了。我躺在柔软的沙发里咀嚼着夜的静谧和孤独，蓦地，全城此起彼伏的鞭炮声惹得我心里颇不宁静。我不知道这是一个什么样的节日，给了这寂寥的山城一个喧嚣放肆的理由。公历2014年12月27日，平安夜？不是。农历2014年十一月初六，没有什么节日啊。管他呢，就让这全城的寒冷的空气在嘹亮的鞭炮声中热闹一阵子吧。但是，热闹是他们的，我什么也没有。我还在享受流行性感冒赐予我的无边无际的干咳嗽。是的，就是干咳嗽，痛苦不堪的干咳嗽！我还没有"老吾老以及人之老，幼吾幼以及人之幼"的崇高精神境界，推己及人地去关心许许多多流行感冒的老人和孩子，因为人家有人家的亲人关心。我只是本能地想起了我的年过八十的父母他们可好，还有我的儿子，远在西班牙的南部的一个城市读书，冬季也很寒冷，感冒了如果像我这样干咳嗽，的确不好受。前一个月儿子就感冒了一次，不轻，多亏了一个同寝室的西班牙五十几岁的警察叔叔的悉心照顾，才得以饮食无忧无虑，及时康复，正常上课。西班牙的天是蓝蓝的天，中国的留学生好喜欢。

我不知道是人的通性，还是本人的私性，反正我平常很少多情地关心他人。除非我痛苦的时日，不管是生理上的还是心理上的，都会自然而然地联想到亲人朋友熟悉的人陌生的人全世界的人的同样的痛苦。比如现在，一个小小的流行性感冒引起的干咳嗽就迫使我动了真情，惦念起我以外的人来。我自信我的体质蛮不错的，年过四十五了，老天爷眷顾，对医院是非常陌生的。除了去看望病人偶尔光顾医院，从来没有赖在医院等待健康人看望我的不良记录。即使连感冒这样的家常便病，也与我极少沾边。曾经一度我羡慕起感冒了，清凉凉的鼻涕连绵不断，一个接着一个响亮的阔气的大喷嚏振聋发聩，引来他人的良久注目。浑身无力，大汗淋漓，“喀……喀……喀……”地咳嗽不止，享受着周围人的不痛不痒的轻淡的关心问候。那是怎样的生命体验呢？况且，一次同事闲聊，曰：医学研究证明，一个正常的人一年必须感冒一次才算健康，如果几年都不打个喷嚏发个烧，那就有麻烦。怎么？不病则已，一病不起。放屁放屁，这明明是咒我嘛。后来一想，人家亦言之有理，感冒就是排毒嘛，一个好几年都不感冒的人，体内的毒也不好排泄啊。感冒感冒，这个疾病的小情人还是要招惹的。

今年，终于赶上了流行性感冒，可喜可贺。西海固这鬼天气，入冬以来，片雪未飘，整日里冷风飕飕地吹啊吹，空气都干燥得划一根火柴就能点燃似的，感觉一伸手就可以抓一大把病毒。教室里咳嗽声喷嚏声吸鼻涕声此起彼伏连绵不断，俨然一曲慷慨悲壮的感冒交响曲了。我守了两个小时的晚自习，聆听了120分钟的感冒交响曲，快哉快哉！这世上没有免费的午餐，却有免费的音乐。偌大的教室，三个偌大的暖气片，八十个学生八十个肉热器，好一个温暖的中国北方的肉烤箱啊！烧得我大汗淋漓，铃声一响，闪出教室，寒风凛冽，星光灿烂，哼着《小苹果》，健步于固原城的大街小巷。回家躺在柔软的床上，再哼《小苹果》，咦！不对劲啊！嗓子痒痒得难受，好像有羽毛在骚扰。不会是感冒了吧？不会，咱这“钢铁公司”，小小的感冒病毒休想侵袭。第二天，还痒，难受，于是咳嗽。可是没有鼻涕，不打喷嚏，也不发烧啊。妻来电话，我应声，妻说：“好像感冒了？”没有啊。妻说：“谁还规定了你不能感冒？明明感冒了，声音都嘶哑了，药吃上！”吃药干什么？哪个男人一感冒就吃药呢？抗抗就过了。一天，咳嗽；两天，咳嗽；三天，继续咳嗽。他妈的，一根筋地干咳嗽。无论如何伴随着清凉凉的鼻涕，连绵不断的喷嚏，含情脉脉的发烧多好。偏偏就是干咳嗽，一点痰都没有，哪怕是浓度小一点儿的痰也证明没有白感冒啊！

于是，我怀疑不是真感冒，顶着卷地狂风，钻进一豪华药品超市。曰："买药！"

"买什么药？"一白发苍苍的坐诊老大夫模样的男人和颜悦色地问道。

"干咳嗽！"

"有痰吗？"

"没有。没鼻涕，连喷嚏都不打。"

"流行性感冒，没问题。小梁，给取些……取些……取些……几样子搭配上吃去。"药的名字我一样也没有听清楚。

于是，柜台里面闪将出来一个叫"小梁"的妩媚女子满面春风地向我飘然而来，我的嗓子不由自主地加剧了痒痒的频率，没出息地像打机关枪似的干咳嗽。

"哎呀哦，感冒得太厉害了！给，这是……这是……这是……"我依然没有听明白药的名字，但是她的关心我感冒的温度的确传递到了我的浑身，使我霎时烧将起来。但是，摇了摇头，尚算清醒，于是，就斩钉截铁地朗然曰："我拿两盒子这个药就可以了，那些就算了，我抵抗能力强着呢。"

见她讪讪地立在那儿，我蓦地就觉得自己连葛朗台一样的吝啬，爱钱不爱命，也讪讪地走出超市。突然，就隐隐约约地听到她在背后说："医疗卡上那么多的钱，舍不得几个钱吃药。"心里一下子就平衡了释然了，OK！"轻轻地我走了，就是不带走那些多余的治感冒的药。"

回到家就吃了药，但还是干咳嗽，什么"药到病除"？夸大其词而已。于是，我默默地为药分子呐喊加油，扩散！扩散！扩散到我的嗓子这儿来，杀死那些痒痒的病毒，统统杀死那些痒痒的病毒，一个也不要留，一个也不要留。

急匆匆地跑到学校，进教室站在讲台上，讲庄子的《逍遥游》，但是，我的嗓子一点儿也逍遥不起来。"喀……喀……喀……"说两句就咳嗽，说两句就咳嗽。开始所有的学生皆不约而同鸦雀无声地带着感动的同情听我讲听我咳嗽，但听着听着，耐心差的学生就忍受不住了，释放出尴尬的厌倦情绪来。我心领神会，戛然而止。怎么可以将自己的咳嗽含情脉脉地强加给学生呢？下一节课请病假，在家养着。至于钱嘛，让学校扣去。至于课嘛，自然有老师上。这世上，离了谁地球都会转的。

但是，在这几十年的大会小会中，我们已经习惯了比我们感冒时的干咳嗽还难听的讲话和报告，枯燥，乏味，空洞，虚假，啰唆，冗长，狐假虎威，装腔作势。我不知道这样连鼻涕喷嚏发烧都没有的干咳嗽似的讲话和报告为什么还老是摆出一副舍我其谁的臭架子呢？难道这个国家离了那些臭狗屎我们真的就不能好好种白菜了吗？

2014年12月27日

中国墙的联想

地球上原本没有墙，只有坦荡荡的水和平坦坦的草原以及赤裸裸的山。尽管人常说，隔山不算隔，隔水才算隔，但是，山不转来水在转，水不转来云在转，云不转来人在转，没有爬不过去的山，没有蹚不过去的河。心有多远，梦有多远。梦有多远，路就有多远。哥伦布没有走通的路，麦哲伦走通了。地球的确是圆的，可以从起点走啊走啊又走到起点。飞禽也筑巢，用以避暑御寒休憩自保和繁衍后代。走兽也刨洞，用以避暑御寒休憩自保和繁衍后代。那么，人呢？达尔文斩钉截铁地说，人是从走兽猿猴长期进化而来的。物竞天择，适者生存，不适者被淘汰。于是，欧洲大地上开始了肆无忌惮的优胜劣汰的血雨腥风运动，几千万苍生魂飞九霄云外。人真的是从猿猴进化而来的吗？那大猩猩为什么还是大猩猩？我不愿意相信中国美丽的神话里女娲造人的粗枝大叶，我也不愿意相信西方神话里上帝造出的亚当和夏娃在伊甸园偷吃禁果的甜蜜忧愁；我只是无聊的时候望着夜晚深邃莫测的苍穹白痴一样地臆想，人就是人，是大自然老早老早就创意造化好了的。世事变迁，沧海桑田，繁衍不断，生生不息啊！我的财富束缚了我的双脚，我没有亲眼目睹过遥远地方的人类建筑，我只是坐井观天式地咀嚼我眼睛所曾经见到过的人类建筑，不停地遐想乌鸦给我这个井底之蛙描绘的辽阔无垠的美丽天空。

在那个遥远的遥远的时代，华夏的先民也是穴居通婚，茹毛饮血。

既然是“穴居”，那一定无所谓“墙”了。“穴”者，依傍地势而生的洞也。穴居通婚，茹毛饮血，不过为了避暑御寒休憩自保繁衍后代而自然结成的生物群体矣。高贵的哺乳动物也无非是一群只知道其母，却不知其父的类似猿猴的不分你我的生灵。墙的产生一定是伴随着分出你我的意识萌生。面对可以喂养牛羊的草地，这是你的，那是我的。面对可以滋养糜谷的土地，这是你的，那是我的。面对可以愉悦身心的异性，这是你的，那是我的。得到的想永远地拥有，得不到的想尽快地拥有。于是，争抢开始了，保护开始了。墙是保护拥有的真实存在，墙是保护拥有的心灵慰藉，墙是自私自利的形象具体生动的表征，墙是裹脚不前保守自闭的窠臼绳索。江河湖海是大自然赋予的柔顺软弱难以逾越的墙，崇山峻岭是大自然赋予的刚强坚硬难以逾越的墙。炎黄子孙依恋在黄河两岸，牛拉犁耕，手摇车纺，自给自足，生生不息。往西有连绵不断的高高的高原做天然屏障，往南有一望无际的大海，往东有无边无垠的海洋，往北有什么？有一拨又一拨还没有被黄河文明熏陶的游牧民族的马蹄声声尘飞扬铁骑赳赳刀枪鸣。可是，再难也难不倒发明创造了造纸术印刷术指南针和火药的绝顶聪明的中国人，别看他们被儒家文化浸润得彬彬有礼、斯斯文文、安安静静。但是，水来土掩，兵来将挡，铁骑飞奔有城墙。赵长城，燕长城，秦长城，明长城，一个比一个悠长，一个比一个坚固，活生生的一条条巨龙，蜿蜒盘旋于北中国的崇山峻岭。其实，这就是地地道道的华夏民族的“国”之墙，骄傲地横亘在那里，矗立于凛冽的朔风之中，不无鄙夷地说：“瞧！我们都是文明人，你们那么野蛮，只有向我们来朝贺的份儿！”那么，华夏民族的“家”之墙呢？我没有去过中原大地上的河南安阳，所以我缺少对夏商之墙的一厢情愿的联想。渭河两岸的宝鸡我去过，但是，我没有看到周朝的直观的墙。也许，两座郁郁葱葱的青山夹着一条混混沌沌的渭河，就是天然的安安全全的墙了。洛阳开封南京，我都没有去过，但是，我可以想象大宋赵匡胤家的墙和三国孙权家的墙。请问，他们家的墙和西安刘邦李世民家的墙，北京朱元璋和爱新觉罗家的墙有什么本质的区别吗？我想，没有，真的没有本质的区别。都一样地浸泡在浓浓的儒家文化里，做着一世二世百世千世的天朝美梦，意淫着“溥天之下，莫非王土；率土之滨，莫非王臣”的皇家乐章，虎踞龙盘于高深莫测的城墙之中，玩着神龙见首不见尾的游戏，朗声诵读着《论语》，悄悄揣着《厚黑学》，好像握着遥控器，调节着黄河上下大江南北的每一根神经，高瞻远瞩，举重若轻，运筹帷幄，决胜千里。

我曾经徜徉于西安古城墙下整整一天，也不过对它的风致走马观花式地浏览而已。再想象一下大汉的未央宫和大唐的大明宫神秘莫测繁花似锦，对“侯门深似海”的比喻不禁豁然开朗。那一天，我爬上高高的城墙，极目四望，处处林立的高楼大厦无情地切断了我延伸的眼光，我看不到古老的城墙的整体轮廓，但我可以想象，那是多么高大、厚实、坚固、雄伟、壮阔、气派、美丽啊！城墙城墙，这是多么具有中国特色的建筑啊！正是在这静态的城墙文化里孕育了举世辉煌无比灿烂的农耕文明。自给自足，衣食无忧的炎黄子孙，挥毫泼洒着夸大其词的雄伟汉赋，恣意抒发着天马行空的瑰丽唐诗。华夏文明被淋漓尽致地推向了世界的珠穆朗玛峰。突然，我听到了蓝天白云下传来的嗡嗡响声，我知道是现代文明标志的飞机在潇洒地从我的头顶流畅地滑过。蓦地，我脚下的巍巍峨峨的城墙是那么的自惭形秽。连同城墙脚下的像自己女人一样缠绵环绕不离不弃的护城河也羞愧得无地自流、含羞默默、清光闪闪。也难怪，夫贵妇荣嘛。试想，再威严坚固的城墙，再幽深宽阔的护城河，在日新月异的工业文明衍生出来的坚船利炮和飞机导弹面前，又能奈人家几何啊？古老宁静的墙的文明没有被神弓铁骑马蹄声声的游牧文明踩踏得支离破碎，却在蒸汽机吼出来的工业文明面前手足无措一筹莫展甚而狼狈逃窜。工业文明主宰的世界是开放的世界，你不想打开城门热烈欢迎，人家都要杀气腾腾地登门拜访。在北京的圆明园，我寻找不到威严坚固的城墙的蛛丝马迹，扑入我的眼帘的除了残垣断壁还是残垣断壁。我知道这里曾经发生过什么，千说万说，就是墙的文明和船的文明的针锋相对的对决，不用说，静的文明败给了动的文明。文明的天朝帝国“以不变应万变”的金科玉律，不灵啊！听着清朝遗老呼天抢地的痛哭：“祖宗之法不可变！”我不想再坚信刻舟求剑是个寓言故事而已。将京师大学堂改名北京大学，将四书五经砸个稀巴烂，将大刀长矛换成坚船利炮，都不过是扬汤止沸作秀忽悠换汤不换药而已，北洋水师还不是被日本海军“谈笑间，樯橹灰飞烟灭”？我们的执牛耳者习惯了肆无忌惮地忽悠愚弱的贱民，将新瓶装老酒的魔术要得摇曳多姿天衣无缝。我们不缺少伦理道德的华夏文明之魂，那曾经浸润了举世闻名的辉煌灿烂的农耕文明。我们稀罕的是工业文明催生的西方社会与时俱进的权力相互制约的科学体制。皇帝一家坐庄，宗法制的豪门大户为虎作伥，小农男耕女织，自给自足，田园牧歌式的太平盛世一去不复返了。

沿着北京故宫的城墙，我默默地踯躅着，这是一座多大的皇帝家的中国特色标准四合院啊！庭院深深深几许，神龙见首不见尾。整整五百多年，这里面住的不是朱元璋的子孙后代就是努尔哈赤的后代子孙，剩下的除了无名无姓的美女就是不是男人的太监。请问，这样的高墙深院还有什么实用的价值？我清楚我花钱进来是为了观赏中国古代一个完整的豪华精致的建筑群。这里就是夕阳西下的农耕文明的承载者明朝和清朝的心脏驻地。以此地为圆心发散辐射出去的北京城，正在以开放的姿态拥抱世界上一切有价值的文明。环顾中南海四面的红墙，看不见里面的亭台楼阁，绿树莹莹，碧草青青，湖光涟涟，荷叶田田。哪里像美国的白宫韩国的青瓦台英国的唐宁街，豁然开朗得一览无余。八达岭长城五大洲的人民络绎不绝，但那不过是在观赏古老厚重美丽的中国独特的风景而已，谁还希望长城有什么实实在在的实用价值呢？奥运村的鸟巢淡定从容地屹立于蓝天白云之下，风自由地穿过，阳光自由地洒下，没有了墙的感觉，但还残留着墙的味道。整个鸟巢是一个巨大的和大自然隔而未隔界而未界的蛋壳。水立方则捂得严严实实，前后左右上上下下都封闭得春光难泻。你不买门票就别妄想窥见水立方里面的精彩无限。

一百多年了，多少龙的传人先知先觉者苦心孤诣地想和世界上先进的现代文明（如工业文明、电子文明、信息文明）握手言欢，但是，我们墙的文明老是不甘寂寞地拖拽着后腿。尽管智慧的人都清楚，未来的地球是一个没有围墙的地球，返璞归真乃事物发展到极致的自然规律。中国的先哲就曾经掷地有声地说：“域民不以封疆之界，固国不以山溪之险，威天下不以兵革之利。”仁之所至，人之所至矣。曾经戒备森严虎视眈眈的欧罗巴不是打破了重重壁垒了吗？我坚信华夏大地终于有一天会是一个没有围墙的舒畅的乐园。山西的乔家大院只是一个供游人观光游览的典雅考究的北中国农村殷实人家的大院而已；宁夏的镇北堡也不过古装影视剧采风拍摄的胜地罢了；福建的围堡尽管还生活着少数民族，但周边的老百姓谁又愿意模仿筑造呢？墙的文明虽然那么熠熠生辉，但那毕竟是曾经的文明。我们不可以恋恋不舍地抱着算盘不屑一顾地说：“计算机算什么？”我们更不可以守着活字印刷术，摸都不愿意摸一下手提笔记本。

不管是工业文明电子文明还是信息文明，都不需要深挖洞高筑墙称大王了。动不动绿色长城，动不动钢铁长城，好像我们被人打怕了，面无表情地要拒人于千里之外。邓小平一针见血地说，和平与发展是现代社会的两大主题。一辆高级的小轿车就轻轻松松地将几十个不同地域的国家紧紧地连在一起，一荣俱荣，一损俱损。谁脑子进水了，老是磨刀霍霍向猪羊。现代文明渴望的是五湖四海的地球人民敞开胸怀，张开翅膀，平等自由地翱翔。因为信息文明的无孔不入，地球有多大？地球不过一个小小的地球村而已。森严壁垒的围墙难道不是相形见绌自惭形秽四面楚歌草木皆兵的象征吗？夜郎自大地傻坐在自己并不富裕文明的家里，意淫着要解放谁解放谁，臆想着谁有多坏谁有多坏，尔后吓得胆小怕事的老婆孩子齐心协力地拥护着他，引得别有用心的奸妄逆子心怀鬼胎地奉迎着他，他甜蜜蜜笑嘻嘻地享受着无能的土皇帝的乐趣，也是天下的一大幸福之事？

我百无聊赖之际，常常游走在我生活的小城市的角角落落。我是多么热爱我的小城市啊！小城市没有水灾没有暴晒没有雾霾。虽然建造的太多高楼大厦都是一个样子，但我还是低下头来细心地倾听这一曲又一曲凝固的音乐。但是，最让我看不上眼的，到处都是面目狰狞森严壁垒的围墙。如果是淳朴的黄土筑起的高墙，也倒罢了。它们日久天长，因为寂寞，会不由自主地生长出密密麻麻的绿莹莹的苔藓植物，使得生硬呆板的墙活泼生动不少。可是，今天的墙，清一色的是僵硬的砖块砌成的，上面寸草不生。美观一点的，大不了用水泥轻轻地刮一遍。看着有的墙头上破碎的玻璃丛生肮脏的粪便晒着懒洋洋的太阳（以此办法来防贼），我不由自主地恶心。这个中国的三线城市，为什么要横七竖八地砌这么多森严壁垒的围墙呢？既霸占空间又遮挡视野，何苦呢？这似乎是一个十分幼稚的问题。

单位与单位之间泾渭分明啊！一家与一家之间产权清楚啊！严防盗贼如履平地啊！生活在里面安全放心啊！我不得不老老实实地承认，我们这个文明古国，到今天还依然自私之心戒备之心防人之心生龙活虎地存在。什么毫不利己专门利人，什么门不上锁路不拾遗，只是聪明人憧憬的海市蜃楼罢了。到西海固的广阔农村大地去看看，一家一家砖墙高耸，大门紧闭，庭院深深深几许，黄狗汪汪汪几声。间或有人家没有围墙，那不是“柴门闻犬吠，风雪夜归人”，也不是“黄四娘家花满蹊，千朵万朵压枝低”，也不是“开轩面场圃，把酒话桑麻”，那是因为什么？是因为没有钱买砖砌墙。

改革开放三十多年了，我们凭借勤劳的双手聪慧的大脑，积累了不少的财富，温饱基本上解决，但为什么墙越砌越多？难道我们真的太留恋曾经带给我们无限自豪的墙的文明吗？不愿意接受荡着船儿看大海，坐着飞机望蓝天的海洋文明？可是，信息时代不是你愿意不愿意的问题，而是你别无选择地要面向大海，春暖花开。除非你像朝鲜民主主义人民共和国一样，反正我就这样，谁又能把我怎么样？老百姓穿着清一色的深色服装，不约而同地分秒不差地举手表决金正恩当选最高伟大领袖。

朦胧派诗人的骄子顾城说：“你看我时很远，/你看云时很近。”这个天才式的诗人，和高贵的诗歌那么水乳交融，却难以捅破和自己妻子之间那堵坚硬厚实的墙，落得个两败俱伤，同赴黄泉。

诚信不足、戒备有余的中国人，看得见的墙说推倒就可以推倒，但是，看不见的累积在心灵之中的墙，什么时候才可以荡然无存呢？出门的时候要锁好门，放自行车的时候要锁好自行车，停小汽车的时候要锁好小汽车。银行的折子要设密码，银行卡要设密码，电脑要设密码，手机要设密码。爱心要有防线，爱情要有防线。倒地的老人轻易不敢扶，梁祝的爱情轻易不要相信。问世间“信”为何物？直教人难以践行。

“害人之心不可有，防人之心不可无。”“见人先说三分话，莫要全抛一片心。”这些墙的文明的金科玉律，被不厌其烦地传了一代又一代，依然是中国人护身的法宝。曾经看过一个关于荷兰这个小国家饶有兴趣的报道，说在荷兰，你的自行车如果不见了，你尽管放心，过几天就完璧归赵。为什么？因为，荷兰没有人偷自行车，不过图新鲜，临时骑你自行车玩玩，只可惜你认不出来人家放下的自行车，要不然，你尽管潇潇洒洒地骑走他的自行车。这个报道真实不真实，我有些怀疑，如果是真的，那岂不是我们向往了多少年的共产主义社会吗？路不偷车，按需所骑，悠哉乐哉！我都记不清我们住在这个小城市丢了多少辆自行车。其中有几辆，你一个转身就不翼而飞。

我生活的小区并不大，周边紧密相连的六个小区更小。平时小猫小狗都自由自在地随随便便乱跑，谁也搞不清楚是哪个小区的。一声悠长的“破烂换钱……”一声悦耳的“磨刀磨剪子来……”各小区皆声声入耳。即便是哪一个小区的小两口吵架，这个小区也听得真真切切。但是，就是有横七竖八丑陋不堪的砖墙面目狰狞地横在小区与小区之间，风吹不通，光晒不畅，人行不便。光门房子就盖了六个，看门的师傅八九个。遇上下水阻塞，上水不通，暖气不畅，互相扯皮，互相掣肘，怎一个“烦”字了得！曾听说英国的在野党议员无聊得没有什么事儿可干，专等下雨天以后，吹毛求疵地观察，看街面上哪个地方有个窝窝积水了，于是，就抓住执政党没有全心全意为人民服务的大辫子而不依不饶。我真的忍俊不禁，觉得英国人真的是吃饱了撑得慌。但是，看着这么多的墙把小区的人民隔得心怀叵测甚至有人居心不良，我无可奈何地想，那么多的公务员，怎么就没有人专门调节管理这些事儿呢？

2014年12月25日

饥饿的故事

当周围的人因为怕肥而忙于运动的当下，我却享受着再吃也不可能肥的优越感常常躺在沙发里看非洲人民饥饿的故事。那是怎样的被饥饿折磨的画面啊！麻秆一样的腿，麻秆一样的胳膊，竹枝一样的十指，一把就可以捏住的细长细长的脖子上面挑着一颗硕大无比的黑炭般的脑袋，间或转动着两颗墨黑的眼珠，闪露出两排雪白的牙齿，滑稽地证明那个黑娃娃还活着。但活着也就只是活着，恬不知耻的苍蝇肆无忌惮地在一丝不挂的身上狂吻他也浑然不觉。间或有大口大口吞吃洁白面包的孩子，纷至沓来的苍蝇也吃得不亦乐乎。于是，我就抑制不住矫情的同情心催生的泪液在眼眶里滴溜溜地打转，由衷地觉得我们是多么的幸福啊！改革开放三十年，艰苦奋斗，自力更生，安居无忧，吃穿不愁，闲来无事，看看电视，聊聊QQ，玩玩微信，谝谝闲传，人民的幸福比蜜甜。比欧风美雨，我们欠时尚；较非洲难民，我们好幸福。饥饿的故事，之于我们，不过是一个传说。虽然，中国的西部山区也有人民忍饥挨饿，但那尚在可以忍得住的范围，不至于将人饿得薄薄的皮尴尬地包着坚硬的骨头。真不知道那些非洲阔绰的总统黑光灿灿的金脸上面生长的是不是人皮？老百姓都饿成那样了，他们还有闲情逸致披着假民主的外衣干着贪污腐败的龌龊勾当。其实，非洲的土地并不贫瘠，只是人民有一些懒惰。人民懒惰的国家怎么说政府也难辞其咎。

一路想着，就想起来了中国的1960年。中国的1960年，是一个颇有意味的年份，真可谓“成也萧何，败也萧何”。千千万万的中国人，因为1960年而幸福；千千万万的中国人，因为1960年而痛苦。当有人糟蹋粮食浪费饭菜时，我不计其数地听到这样的警告：“唉！把你娃娃生到1960年早就饿死了。”尔后，说话人的脸上荡漾着因和1960年比较而产生的难以抑制的满足感和幸福感。然而，中国人都知道，就是这个给无数中国人从反面带来幸福感的1960年，曾经令多少中国人痛苦不堪谈之色变。是的，就是这个1960年。官方的解释是，三年自然灾害，加上给苏联还债，祸不单行，雪上加霜，弄得民不聊生，饿殍遍地。但是，老百姓的心里有老百姓的一杆秤。在权力支撑的话语权牵强附会解释背后人民有人民沉默的记忆。比如，我生活的中国大西北西海固那个十分普通的村子，就有他们关于饥饿的集体无意识记忆。他们别无用心，只是作为人世的稀罕，在平素的淡然交谈中，惊艳地叙述着一个又一个发生在1960年关于饥饿的故事。

我出生于1969年，见证不了1960年的事，但是，从村民像喝凉水一样淡然的叙述中，我坚信饥饿的故事是真发生过，而且就在我们村子里。

第一个故事发生在我们大队第三生产队。那一年，没有什么自然灾害。那一年，风调雨顺，厚重的黄土地是那么的松软，一场小雨淅淅沥沥地飘洒而过，潮润的黄土被光滑的犁铧一层层流畅地翻过，男人们苍凉地吆喝着倔强的瘦驴，女人们忙不迭声地往松土里点着洋芋种子。不远处生产队队长鹞子似的眼睛扫视着每一个点洋芋种子的劳动妇女，不是赏色，而是害怕饥不择食的女人边点边吃，尽管那干瘪的洋芋种子是用草木灰搅拌了的。她们的眼光如兔子似的逡巡一下队长，猴子一样的机敏，将粘有草木灰的洋芋种子胡乱地在粗布衣襟上几擦，麻利地就送进了饥肠辘辘的肚里……这是中国1960年的一个多么富有讽刺意味的画面啊！然而，有一个劳动妇女没有偷吃，她一直老老实实忙忙碌碌地一个一个地点生产队的洋芋种子。不是她不饿，是因为她不敢。她是富农的婆子，重点监护的对象。散工了，队长拦住了这个富农婆子，胸有成竹地叫一个贫下中农的妇女解开富农婆子的破旧的红布裤带，伸手一摸，裤裆里几十块洋芋种子……富农婆子木然，队长默然，所有的人哑然。第二天，停工开会，所有的人都到了，一个人没有到，队长派人去叫，她还是没有来，她吊在了自己家后院里的一棵枯瘦的大柳树上，一身破旧的黑色粗布衣服洗得干干净净，努力地睁着双眼绝望地看着她的六个饿得皮包骨头的孩子……她就是那个富农婆子，那个因为扯心着孩子的饥饿偷了几块洋芋种子的富农婆子。

第二个关于饥饿的故事发生在我们村，好像是1959年吃食堂那会儿。我不知道各家各户砸没有砸他们自己家的锅灶，反正生产队的大食堂热火朝天地开起来了是一定的。中秋的风懒洋洋地吹着，饥饿的黄狗满村子游荡，憧憬着有一泡热气腾腾的人屎吃。但是，吃不上饭的人民大便也是稀缺的。毕竟是传统的中秋节，生产队还是开会决定炸一些油饼。食堂的大师忙得不亦乐乎，冒着热气的油饼一个一个从欢快的油锅里捡出来了。突然，一只脏兮兮的黑手悄无声息地伸向了生产队的一个热气腾腾的油饼，倏地抓去就逃之夭夭。五六个大师急中生智，撂下手中的活计，理直气壮地追赶那个抢了公家的一个油饼的愣头愣脑后生。那后生边跑边吃，眼看就要被追上了，突然，那后生将剩下的残缺不全的油饼猫腰捣进地里，一个大师冲上去猫腰正要拾起来，蓦地，一脸的恶心呕吐样儿。大家聚目一看，油饼原来捣进了一泡狗屎里了。大师们悻悻而返，生产队损失了一个油饼，那后生却吃到了一顿难得的饱饭。因为，追的人走了，后生又抓起那个残缺不全的沾满狗屎油饼，狼吞虎咽地吃了。那后生的阶级成分是恶霸地主。我“身世浮沉雨打萍”的中国人民，老子享的福非要儿子受苦来偿还？一个饥饿的人，一个饥饿的故事。

第三个饥饿的故事……我不想说了。

2015年1月15日

话说公厕

和十年前相比，山城固原大了，靓了，街道宽了，楼房多了。酒店，餐厅，美容院，如雨后春笋，红红火火林立大街小巷。没听说谁兜里有钱在山城固原不能潇洒地吃喝一回。然而，跑遍固原城，能找到几个像样的公厕呢？这就给进城的人造成了关键时刻的不轻松。难怪一个头一次进城的老实巴交乡下人抱怨："这啥鬼地方嘛？一泡尿胀得人牙疼呢么。"

的确，在山城，吃喝的地方多不胜数，可供拉撒的公厕屈指可数，外乡人能找到得更是少得可怜。公厕少，对城市居民无伤大雅，拉撒在自家的马桶，不是很轻松吗？可对外乡人，就有伤文雅了。看他们一个个猫着腰红着脸夹着屁股尴尬找厕所的样子，你就会深刻地理解什么叫"燃眉之急"。如果他们连一泡尿胀急了都不易找到公厕去轻松，他们会由衷地赞美山城的美丽和文明吗？在山城，容易找到的可方便的"屎角"，又偏偏是一些触目惊心的"死角"。而"死角文化"又足以使每一个略识文字的人心惊肉跳。"此地严禁大小便，违者罚款50元。""此地大小便，猪狗不如！""抬起驴头看看，这里是人大小便的地方吗？"……初来乍到山城的人，没有领略到山城的文明，先受到这些"死角文化"的熏陶。出现这些"死角"除了其他一些因素外，不能不考虑公厕太少的因素。

中央电视台前两年报道过这样一则新闻：一个山里娃跑到城市，尿胀急了找不到厕所，冲进一高级宾馆，不知道WC就是厕所，撒尿于一痰盂，恰被一小姐撞见，误认为山里娃耍流氓。治安人员把他抓起来不放，导致山里娃精神失常，神经兮兮。到底是老实的山里娃玷污了城市的文明，还是城市的文明忽视了山里娃的老实？

人们总是喜欢谈“吃喝”的痛快，却不屑提及“拉撒”的轻松。一提到公厕就想到臭气冲天，臊气逼人。事实上，固原城的一些公厕确实不尽人意，臭臊味儿自不必说，光是那些“厕所文化”就叫人羞于启齿。

厕所不应是一个文明城市的污点和伤疤，它应是一个文明城市的靓点和标志。如果还羞于提及自己的公厕，那是在无言地承认自己的城市还不够文明。我们要敢于直击自己的公厕不卫生不文明，有了这份勇气和责任，这个城市就走上了通向文明跑道的起点。

对固原城来说，不但应在适当位置增加厕所数量，比如，在政府街和中山街合适的地方该建两个公厕。而且，应制定一个《公厕文明公约》，使其收费合理，管理科学，环境洁净优雅。要彻底扫除“厕所文化”。为什么不能在公厕的墙壁上，装上优美的山水画和情趣高雅的书法作品呢？

1998年1月9日

不再自由

擦着一根火柴，点燃一支蓝色过滤嘴白沙香烟，键盘上笨重地摁出“不再自由”，于是就触上了互联网，一个叫“无为北林”的网民正笨手愚脑地跌进天罗地网。六十秒摁不出十个汉字，脑瘫。但是，本网民以为，已经很给网络面子了，油然生出童子观光柳巷烟花的无奈。童子惜辞碧玉地，烟花三月下扬州。试问，偌大的地球，何以浓缩成地球村，被告当是互联网。中国成语“天网恢恢，疏而不漏”，玄机竟在这里？龙的传人流毒无穷地聪明。比尔·盖茨的席卷地球的信息技术革命，不过是在超越时空的天网主义的英明指导下进行的。地球自转也好，公转也好，也转不出天网，正如有无边想象力的孙悟空永远跳不出如来佛的手心。天可敬，地可畏。无法无天，好，见鬼去吧。

憧憬自由，贪恋轻松，渴求享受，是人的天性。创造发明是人摆脱束缚、辞别苦累、向往美好的意识表征。

火着了，熟食来了，嘴不能随便吃了；巢筑了，温暖有了，门不能随便进了；犁有了，男耕女织了，大伙不能一起过了；蒸汽机有了，火车开了，脚不能随便走了；织布机响了，手不能随便摇了；电有了，灯火通明了，秉烛夜游，“共剪西窗烛”，“醉里挑灯看剑”少了；电脑有了，地球成村了，足不出户，晓知天下，近在对门，形同路人。发明带来了自由，也留下了束缚。

电脑电脑，人脑呢？互联网互联网，明明是网，不自由，也快快乐乐地往里钻。

网聊好啊！有“苔痕上阶绿，草色入帘青。谈笑有鸿儒，往来无白丁”的意境？有“松下问童子，言师采药去。云深不知处，只在此山中”的向往？

网恋好啊！有“不见复关，泣涕连连；既见复关，载笑载言”的忧喜？有“月上柳梢头，人约黄昏后”的期待？有“一日不见，如隔三秋”的煎熬？有“衣带渐宽终不悔，为伊消得人憔悴”的减肥妙招？

网种好啊！有“采菊东篱下，悠然见南山”的闲散？有“稻花香里说丰年，听取蛙声一片”的喜悦？有“墙角数枝梅，凌寒独自开。遥知不是雪，为有暗香来”的沁人心脾？有“红豆生南国，春来发几枝。愿君多采撷，此物最相思”的眷恋？

网偷好啊！起早贪黑，夜以继日，废寝忘食，坚忍不拔，忘我偷菜，天昏地黑。

网上游戏好啊！千奇百怪，引人入胜，魂牵梦绕，神经兮兮。

网上性教育好啊！少年犯中，好奇偷窥，以身试法的不少。

网络真好，像烟花女子，开门一笑百媚生。大家闺秀的电视算什么？网络给成年人带来了方便、快捷和娱乐；给未成年人带来了网聊、游戏和偷窥。网络就是好，所以触网，少一些自由，少一些时间吹风、淋雨、澡雪、赏月、晒太阳，少一些时间闲转、看书、呆想、写毛笔字。

网络真好。大家一根筋地跟着网络跑，谁也不用思考。

2010年5月8日

关于“办证”

我生活在大西北六盘山脚下一座城市里，估计这样规模的城市中国有两千多。张承志的《走过西海固》触摸过它贫瘠的肌肤，但他毕竟是一个过客而已，只知其一，未知其二。西海固山大沟深的农村的确偏僻、贫瘠、荒凉。至于城市，和中国好些同等规模的城市没有什么两样，我甚至觉得比西部有的同等城市好。这座城市的贫穷仅仅落了个名而已，其实是偷肥子。可是，哭穷是有甜头的，先哭的先喂奶，喂者也有优越感和愉悦感以及成就感，两全其美的事儿，自然哭者愿哭，喂者愿喂，其乐融融。但长期因为哭而扶贫的温柔隐患，就滋养了老百姓的懒惰之心而淡漠了老百姓的自强不息的锐气。尤其是这十几年，因为国家的同情扶贫款源源不断，市容市貌日新月异，像一个没有气质内涵的姑娘老想着换什么新衣服，抹什么化妆品，变什么发型。市民生活其中，“随风潜入夜，润物细无声。”比如，年轻人的穿着打扮，紧跟明星的流行时尚，可惜打扮来打扮去，就是一身的少文化。少文化就少文化，不养别人的眼，但也不害别人的眼啊。不像乱涂乱画的“办证”，后面还明目张胆地涂写清楚手机号码。流行起来，咬住山城不放松，不知身后谁宽容？

“办证”流行了十年，还叫流行吗？或许该叫经典了。记得前些年央视的一个王牌栏目报道了一个饶有兴趣的节目《城市里的“牛皮癣”》，揭露的是一个较发达城市的乱涂乱画现象。就是这个“办证”，比人身上的“牛皮癣”还可恶。一夜之间，我生活的城市也流行起来了，大街小巷，引人注目的地方到处是“办证”“办证”“办证”，赛过雨后春笋之势，城管也不屑一顾，任其自生自灭。市民觉得好玩，有需求者就投石问路，拨动了“办证”的神秘的手机号码。哪知一拨就通，一通就办，有求必应，凡所应有，无所不有。高中、大学、硕士、博士毕业证都有，乡级、县级、市级、省级、国家级荣誉证书都有，结婚证、离婚证、身份证都有。一手交钱，一手交证。可解决了“卑鄙者”的燃眉之急啊，拿着办好的假证和“高尚者”理直气壮地决一雌雄，于是，“高尚成了高尚者的墓志铭”。

看来，城市的“牛皮癣”一定要治疗。有一次，电视上开了个药方，某个城市喷射“一喷净”。我欢呼雀跃，“办证”死期到矣。可惜，我生活的城市好像买不到宣传的“一喷净”。不知是警察，还是城管，天天在风雨无阻地用刀子刮，用铲子铲，用刷子刷。人人捂个大口罩，好像做了见不得人的事儿的是他们一样。有时政府也发动学生满街满巷地刮铲刷。一次，我带的学生还齐声唱“嘻唰唰嘻唰唰嘻唰唰嘻唰唰……拿了我的给我送回来，吃了我的给我吐出来。”我莫名其妙，问一学生什么意思？学生说：“不知辛苦为谁甜？”为谁甜？“为刷‘办证’的甜。”我越发莫名其妙。难道真的“水至清则无鱼”？存在的就是合理的？城市就该害“牛皮癣”？

近几年，“办证”越铲越多，有星星之火，可以燎原态势。顺着这一产业，发展衍生的产业异军突起。“黑车”“枪支”“迷药”“白面”“贷款”“手机窃听卡”“打炮”“求缘”“包小姐”……黑色、粗壮、潦草、肆无忌惮的笔体横行城市的每一个角落。连我居住的单元楼过道的洁白墙壁都被轮奸了。邪花渐欲迷人眼，不知何人失马蹄？从字面意思来看，“白面”“贷款”“打炮”不好理解。做白面馒头的白面还需这样宣传？贷款还需要这样广告？穷人贷款难于上青天啊。打炮？那是炮兵的专业，其他人学了也没有用啊？一次，一朋友的小孩子问我：“叔叔，打炮是什么意思？”我说：“问你爸去。”事后，我谦虚地问了江湖上的几个人，证实“打炮”与嫖娼密切，“贷款”是长飞毛腿的钱，“白面”

不是这白面，是那“白面”。了不得了！连那“白面”都敢飞扬跋扈地乱广告？是逗城管玩，还是挑逗人民警察玩？不，城管专门责任到人，铲，但铲不完；刮，但刮不完；刷，但刷不完。白天刷不尽，黑夜涂又生。

这不由得让我想到了老鼠。20世纪90年代，城乡到处是老鼠。粮仓、菜窖、灶台、炕脚、书箱、衣柜、面缸、被窝、田间、地头、餐厅、宾馆、阳台、下水道……有人的地方就有老鼠，没有人的地方也有老鼠。于是，老鼠药丰富多样，堆积成山，叫买叫卖，好不热闹。靠叫卖老鼠药在十里八乡成名的贩子也不在少数，想不通喝了老鼠药毒死的人也很多。喜鹊、猫头鹰绝迹，狗、猫形单影孤。老鼠药越生产越多，老鼠越毒越多，越毒越大，越毒越聪明。传说有的地方大老鼠把婴儿都啃吃了，有的地方大老鼠比猫还大，两个老鼠压住一只猫就轮奸了。至于聪明，更是了不得，一颗鸡蛋，一个老鼠仰面一抱，一个老鼠用牙将尾巴一咬，就“一二一”地拽走了。我家的一只大狼狗，威武凶猛，英姿飒爽，聪明可爱，看见老鼠就汪汪汪地叫。可惜，我们把它拴着，害怕它吃了毒死的老鼠也一命呜呼。不然，凭借它的疾恶如仇，一定活捉不少老鼠。不幸的是，它有一天突然哗然倒地，痛苦地抽搐，顷刻毙命。原来，一只狡猾的老鼠吃了老鼠药，知道自己活不成了，就挣扎着摇摆到狗跟前，同归于尽。唉！我可爱的大狼狗，我怎么给你去抱仇？发明最了不起的老鼠药，毒死天下所有的老鼠？当然，凭我的智商，不可能发明了不起的老鼠药，自然老鼠还是那么多。

2003年，老鼠突然少了，我莫名其妙。后来听说是因为老鼠药绝迹了，国家严峻法令，关闭生产老鼠药的工厂。后来，见猫“咪咪咪”地叫，好不容易，侦察到老鼠的匿藏地，等待等待，好不容易等待到一只老鼠，舍不得吃，拨过来拨过去地玩，玩够了就咪西咪西了。

其实，“办证”不过过街的老鼠而已，刮啊铲啊刷啊，“一喷净”啊，不过老鼠药罢了。破坏了生态平衡，再好再多的老鼠药也是隔靴抓痒，无济于事。要抓老鼠需要真正的猫出动，要清除城市的“牛皮癣”，需要什么？大家都清楚。

2012年5月12日

当腐败遇上了水

不知道西海固今年的雨为什么这么多，南风一吹，乌云如墨，雨水淋淋。老百姓说，是前些年朱镕基总理高瞻远瞩，用心良苦，退耕还林还草，再造一个山川秀美的大西北的功劳。你想啊，树多了，草多了，太阳一晒，水蒸气上去了，凝结得重了，就掉下来了，不就是雨嘛。我不知道老百姓琢磨得对不对，但我觉得老百姓联想得太好了。人在做，天在看，瓜子头上有个天。西海固再贫瘠再落后，西海固的老百姓再善良再愚昧，有了未雨绸缪的领路人，有了天的怜悯，雨还是要下的，山川还是会绿的。比如今年，放眼六盘大地，玉米郁郁葱葱，土豆繁茂硕大，向日葵喜气洋洋，老百姓的脸上皱纹也舒展了许多，谢风谢雨谢天谢地。然而，生活在城里的有的人却不喜欢雨水丰沛。尽管一场酣畅淋漓的雨，可以给脏兮兮的城市痛痛快快地洗一个天然的澡，但是雨过天晴，城里人讨厌车轮子从乡村带进城的泥土，太阳一晒，车辆飞扬跋扈地窜过，尘土肆无忌惮地飞扬，煞是扫兴。更有甚者，对好雨无感恩之心，反倒有抱怨之意。的确，天公亦难做。

一天，大雨滂沱，我一个人撑着一把破旧的油纸伞，徜徉在机动车往来穿梭的大街上，自然遇不上一个结着愁怨的丁香一样的姑娘。间或，碰上一个吃了兴奋剂的司机，"唰"的一声，从身边风驰电掣而过，奉献给我一身的臭污水，我只好望车兴叹。正巧，一个男人也陪我望雨兴叹：

“我的天爷，少下一点吧！”我不好意思问他为何作此长叹，但是，我看见了他面前铺的人行道塌陷了一个大大的黑洞，张着偌大的嘴，贪婪地畅饮老天赐予的雨水。谁叫他天晴的时候不老老实实地夯实了再铺地板砖呢？质检的官员喂一点甜头就默不作声了，天是可以糊弄过去的吗？水是多么廉洁的监督员啊！

我上班必经的大道，平阔黝黑，坚固如石，因为它是政府为老百姓造福的形象工程。历时半年，胜利竣工，灿烂的阳光下，鲜花簇拥，花炮齐鸣，领导神采奕奕。可是，雨一场又一场，不给坚固如石的阳光大道一点面子，温柔地撕开了一个长长的口子，清水污水臭水争先恐后地往进钻。不几天，一个椭圆大洞，张口笑天。包工头雷厉风行，一夜之间塌陷变坦途，恢复了平阔黝黑的模样。可又一场暴雨，又原形毕露，血盆大口，有过之而无不及。这一次，没有人理会了。用沥青油路的说，再油也是闲的，埋暖管的没有夯实。埋暖管的说，我们夯得比石头还实，是埋清水管的没有夯实。埋清水管的说，埋清水管能挖多深一点沟，明明是埋污水管的没有夯实嘛。埋污水管的说，谁都脱不了干系，埋电缆的也有责任。领导說，责任重于泰山，质量就是生命，瞒得了老百姓，瞒得了水吗？

真的，水是瞒不过的。天下柔者，莫过于水；天下刚者，莫过于水；天下公者，莫过于水。水会和谁过不去呢？都江堰不是好好的吗？浇灌良田几千年啊，浇灌良田几万顷啊，惠及百姓千千万啊。赵州桥不是安然无恙吗？车如流水马如龙，毫发无损；洪水汹涌，岿然不动。卢沟桥不是还有“卢沟晓月”吗？当年，炮火连天也泰然自若，雨水又奈它何？九江堤坝，不堪一击，朱镕基说：“王八蛋工程！”都是腐败惹的祸。

2012年10月9日

当乡村的朴实遇上城市的冷漠

晚饭后，乘着黄昏的夜色，徜徉在一条正在翻修的大街上。经常生活在城市，脚下不是柏油路，就是水泥路，要么就是石地板和木地板，很少踩着原汁原味的土地，接不上地气，失去了和地球的交流沟通。是土地养育了万物，养育了人类。是城市的美丽诱惑着向往美丽的人们络绎不绝地来到城市，从此和土地隔离。城市的美丽离不开对地球地掠夺，于是，人们为了成功，恩将仇报，开始了合法不合道的对地球的践踏挖掘。法是人为的，道是自然的。这条翻修的大街，柏油、水泥和步道砖已经被铲过，裸露出原始的土地。平时，孩子三五成群地情不自禁地玩要，修路的安保人员赶也赶不跑，父母拽也拽不回去。看着他们满脸黄土、满身泥巴、喜笑颜开的快乐样子，我不禁问，城市的玩具比不过自然的土地给孩子带给的乐趣吗？按照孩子的天然兴趣，人类最终走向的伊甸园应该还是大自然，返璞归真，从哪儿来回哪儿去。

近些年我就有这个强烈的愿望，思念原汁原味的土地犹如思念一个红颜知己。有时，有一种口渴难耐的难受感，于是就一个人骑一辆破自行车，茫无目的地逃离这个城市。逃啊逃啊，头上的天辽阔了，白云自由自在了。前后左右一望，除了黄土塬，还是黄土塬，于是，就不渴了。丢下自行车，逃离还有城市味道的沥青公路，提着一双皮鞋随随便便地走啊走……走着走着，听到了无名鸟的歌唱，看到了蜻蜓的滑翔，闻到了青草的气息，就一屁股坐下，便觉自己是个心旷神怡的动物。不一会儿，一些小昆虫就热情地来拜访，尤其是蚂蚁，眷恋在身上，爬过来爬过去不想离去。夕阳西下的时候，我会毅然回到城市里，浑身洋溢着会过情人的窃喜。

今晚的黄昏，踩着裸露的土地，有一种望梅止渴的惬意。突然，一个声音飘过来，“你吃馍馍吗？”顺着声音望过去，是一个农村少妇，我不认识她啊。“谢谢！不吃，不吃，你吃，你吃。”我忙不迭声地用城市的热情回馈了乡村的朴实，相信那个农村少妇那一瞬间不会以为她来到这个城市是多余的，因为我看见了她满足的羞涩的纯朴笑容。不知怎么的，错过她的一刹那，我禁不住鼻子酸楚。黄昏了，我是吃饱了在转悠着消化。她呢？坐在一个椭圆的黄土圪垯上，膝盖上搁置着一把铁锹，劳动后休息（我常常见修路的劳动人民劳动到晚上11点），右手拿着一块白面馍馍，津津有味地吃着，看得出来，那是她自己在家里蒸的。她裹着一块素雅的头巾，呵护着掩饰不住的俊俏脸庞。从坐着的曲线轮廓上，可以想象她身段的美丽。她的脸上竟然没有任何化妆品的蛛丝马迹。在这个物欲横流的时代，她是如此的娴静，如一潭清水。没有因为乡村的朴实落后而自卑怯意，没有因为生活贫穷而掩饰不住的精神萎靡，没有因为羡慕城市的灯红酒绿而刻意涂抹的风尘痕迹，没有因为嫉妒城市的纸醉金迷而有意放肆的痞女挑剔。她的身上依旧洋溢着我曾经带过的有的农村女学生的大方自然朴实腼腆和自强不息的气息，所以，我不禁为她赞叹。她的这种坚守，也许不可能融入城市，左右逢源，风情万种，但我相信，她的这种生命气息会滋润她的子女健康良好地成长。上帝让她失去了什么，也会让她得到什么。

行文至此，你看到的不是题目《当乡村的朴实遇到城市的冷漠》的意思，恰好是“当乡村的朴实遇到城市的理解”的吹嘘。我无意把自己说得那么善良，但我没有虚情假意。

我亦曾经冷漠地浇过乡村的朴实的一盆凉水。那是在2009年的9月份，在北京的飞机场候机大厅，送儿子前往古巴学习西班牙语，中国的留学生都统一开始上飞机前的安检，父母望到的是一个个孩子的背影。我的眼睛是很男人的，都禁不住鼻子一酸，眼泪就稀里哗啦。其实没有不泪流满面的家长，谁叫今天中国的家长都面对一个孩子呢。我和宁夏固原的一个姓李的家长说：“明天这时候就到巴黎了吧。”其实就是想找个话题，转移一下情感。姓李的家长是个女的，她哽咽着不接我的话茬。突然，一个农民模样的中年男人热情地凑过来，问：“你是宁夏固原哪里的？我是新疆的，我老家在固原，我女儿也是去……”我的脸部肌肉一下子僵硬起来，不予理会，他讪讪地走开。我出远门遇到过几次类似的异地认老乡的精彩表演，所以不想再倾听他的没有新鲜感的讲述，无非是异地受困，借两个钱，回家一定奉还的老三篇。可是，一转眼，见那中年农民也在偷偷地抹眼泪，我顿时后悔不迭。他真是送女儿去古巴留学的家长啊。一个农民，在西海固贫瘠的土地上难以维持家计，辗转上了新疆，这在故乡是常见的。勤勤恳恳劳作，不仅解决了吃穿住行，还供给孩子考上了公派留学，这是相当优秀的农民兄弟。他以女儿的出类拔萃为生命自豪的支点，用农民朴实的杠杆撬起说话的勇气，想和我这个知识分子攀个老乡，都被我冷漠地拒之千里。这对一个和土地相濡以沫半辈子的男人的自尊心地打击是不言而喻的。我想主动走过去和他说几句，但是，脚跟没有拔起来，因为这样的矫揉造作已经没有意义。我是农村长大的，中国的农民不需要这样的歉意。他们因为远离官场的谄媚，好些人都直来直去，很有骨气。哪里像我们这些单位里混的人花花肠子满身奴气？

从乡村到城市，我是一个耳闻目睹的践行者。在乡村，你一天尽管遇不上几个人，但每一个人都认识，见了面打个招呼问个好，是习以为常的礼节，比较熟的聊聊天也非常的惬意。在城市，你一天要遇上不计其数的人，但认识的没有几个，打招呼的更少，能敞开胸怀谈笑风生的凤毛麟角。这种反差现象，我曾经归罪于城市的人太多，多则生厌生烦嘛。但是，我住的小区的人际关系现实否定了我的判断。小区住户有160户，相当于一个大村的住户。长住的过120家，近40家的流动户。我已经住了12年，多的见了面都认识，知道同住一个生活区，但是，见了面都是认识的陌生人，心照不宣，擦肩而过，面无表情，气质非凡。即便是同一个单元的12户，我只和对门的邻居熟。这并不证明我人际关系差，我问过混杂居住区的朋友同事，绝大多数都这样。有朋友戏谑：“太热情了，别人会以为你黄鼠狼给鸡拜年——不安好心。”这使我恍然大悟，城市的冷漠，是因为个别别有用心的人太“热情”。一朝被“热情”，十年要冷漠。但是，这不是城市冷漠的科学理由。我常常想，城市是个比乡村愉快幸福的美好地方，否则，依照人类趋利避害的天性，城市就不可能诞生发展。既然诞生发展了，那为什么城市的冷漠反不如乡村的温暖呢？我以为，我们抱怨的城市还不是真正意义上的城市，不过是城市的雏形而已，也可以叫作“雏城”。虽然中国是四大文明古国，但那只能说明中国是一个农耕文明管理经验炉火纯青的国家，至于城市文明的管理经验和教训，中国还是个小学生。中国的经典传统文化都是乡村文化，城市还没有经典的城市文化，有的只是流行风。比如，一个村子里面的人，不管是男人女人，大人小孩，都有道德底线，都有廉耻心。谁家闺女卖淫，那是很丢人的，几辈子人抬不起头。谁家儿子吸毒，全族人没有面子，老是被人指指点点。长期以来自觉形成的有利于人幸福生活的良好习惯不就是一种乡村文化吗？但是，城市大家都清楚，它是一锅大杂烩，四面八方、五湖四海的人会聚而来，而且，每一个人都带着欲望。城市的发展，其实每一天都伴随着每一个人的实现欲望的良心交换和恶性碰撞。除了亲戚朋友同事熟人，其他人又都不认识，所以只要避开认识人的眼睛，人性的弱点就很容易赤裸上阵。比如，身强力壮的小伙子当街捏着镊子嬉皮笑脸地偷一个少妇的钱，路灯下两位风度翩翩的男子汉骑着飞车抢人群中一少女的背包，打扮得花枝招展的美女霓虹灯前向你飞媚眼，摇摇晃晃的醉汉提着酒瓶子朝电线杆丧心病狂地砸去……这些风景在一个村庄是不可能观赏到的。为什么？村庄有约定俗成的道德底线，而城市没有。城市必须有一把科学公平刚硬有效的尺子，一视同仁地丈量每一个自由的人的自由。没有规则的自由是放纵的，没有自由的规则是狰狞的。孜孜不倦一如既往身体力行这一点，城市慢慢就酿造出一种醇香的城市文化美酒，生活在城市的人就可以把酒临风、心旷神怡、其喜洋洋者矣。让更多的农村人融入城市，创造城市，美丽城市，享受城市。

否则，就一直有乡村的朴实被城市冷漠的故事重复上演。

前不久，听说了一个杀人事件。道听途说的版本很多，但是，我还是倾向一个律师的说辞，他说他的一个律师同行接手了这个杀人案件的辩诉。一个二十几岁的小伙子，夺取了三个花季少女的生命。小伙子和她们竟然素不相识。不是劫财，不是劫色，不是报怨，是找一个心理平衡，一个农村文化和城市做派的强性焊接的心理平衡。一个朴实的农村小伙子，进城修理铡草机，多付了修理费，郁闷。黄昏时分，去医院看望亲戚，被拒之门外，郁闷。买了几瓶啤酒，喝了很长时间闷酒，郁闷。一个人坐在街巷旁边的水泥台子上解酒，郁闷。酒瓶立在脚前，三个少女闪过来，一个把酒瓶踢倒了，郁闷。踢倒了却不道歉，奚落农村的小伙子没有见过世面，郁闷。撂一句“姑奶奶有的是钱”就飘然而去，郁闷。农村的朴实遭遇了城市的冷漠，郁闷。那好，咱农村的“情为重”文化就和你城市的“钱是爷”做派来个强性焊接。城市的妹妹你飘然而去，留下我农村的哥哥枉受委屈。对不起，妹妹你大胆地往前走，莫回头，哥哥我默默地尾随你走。进了妹妹的门，要了妹妹的小命，消了哥哥的郁闷，划伤了哥哥的粗手。去医院包扎伤口，回农村继续喂牛。警察包围了黄土墙打的院子，破门而入。没关系，小伙子给牛添上青草，乖乖跟警察叔叔走。死到临头了，大碗喝了酒，和阎王握个手，再过二十年，不该出手时还是要出手，谁叫你城里人把乡下人不当人？

2012年7月6日

摧枯拉朽

黎明时分，屋子不再漆黑，妻问："外面不知冷不冷？""一定很冷，穿厚一点。"我提醒。妻前面去学校，我后面去学校。走近住宅楼门，一股寒气迎面扑来，但院子里并没有风，一片的宁静清明，天十分的蓝，空气冰冷干净，一尘不染。地上也像水洗过似的，尘土和树叶都静静地蜷缩在角角落落，被冰霜封住了。

噢！可爱可畏的老天爷。我们生活的院子，一个月了，换暖气管，沙子、水泥、石子、尘土、树叶、纸屑，狼藉满地。出进一脚土，风起满身灰。近两天快竣工了，没有了沙子、水泥、石子，但尘土飞扬，树叶乱窜，打扫卫生的天天扫也扫不尽。尘土天天有，树叶天天落。都11月3号了，暖和得像三月小阳春，苍蝇快乐地飞，蚊子快乐地飞，蜘蛛快乐地拉着丝荡秋千。天气预报天天说，冷空气来了，冷空气来了，但就是不见来。

突然，昨天黄昏，土黄色的西北风尥着蹶子遮天盖城地来了，顷刻灌满了大街小巷。畅通的大街狂风呼啸而过，幸运地躲过了肆无忌惮的洗劫，卷起一地的枯叶纸屑扬长而去。拥挤的小巷被狂风撕得支离破碎，广告牌声嘶力竭地嚎叫，树上的枯叶一扫而光，店面的门帘拉直了扯向天，男人的长发狂魔疯舞，女人的裙子拼命抵抗，自行车一辆辆仰面朝天瑟缩不已。我躺在五楼的客厅沙发上，听着《草原牧歌》，看着狂风厮打着窗户，但就是撕不破进不来，气得在楼角呜呜地号啕大哭，哭去吧！尽情地号啕大哭去吧！这是一个多么性感的天气啊！我不由自主地深感刺激兴奋。可爱的老天爷，肮脏的城市被你一扫而净；可畏的老天爷，天天的暖洋洋，竟然是欲擒故纵！看那些苍蝇蚊子蜘蛛还嘚瑟不嘚瑟？8点时分，透过玻璃，我想看怒不可遏的老天爷怎样耍威风。哈哈！雪花飘飘，满地飞舞。打开窗户，已经闻不到尘土的味道，是美丽的雪花飞吻脸颊的清凉。狂风依然肆虐，但有了雪花的滋润，已让人深感老天爷的侠骨柔情。“无情未必真豪杰，怜子如何不丈夫。”子夜了，我睡在床上，聆听着狂风呜呜的号叫，不知不觉，酣然入梦。

借着这份喜悦，走在去学校的路上，我似乎有些心旷神怡了。见街上有的行人猫着腰，筒着手，夹着屁股，嘴里“嘻！嘻！”地抱怨着天气一下子就寒风刺骨了。我深深地吸了几口清新冰凉的空气，悄悄地感谢老天爷，多么英明啊！该发怒时就发怒。一夜之间，狂风刮了，尘土扬了，雪花飘了，枯叶揪了，落叶扫了，劣质的广告牌撕了，怯懦的人嘲笑了，嘚瑟的美女警告了，风流的帅哥敲打了。神秘兮兮的西北风，疯狂而来，平静而去，摧枯拉朽，急流勇退，恰到好处。

看着满街的清洁工，笑意盈盈，轻轻松松地收拾着被大风扫到一起的一大堆一大堆的树叶垃圾和尘土。我狐疑，他们为什么反而高兴呢？噢！树上的枯叶，与其姑息牵就地天天飘零，还不如摧枯拉朽地一夜之间揪个精光。可畏可敬的老天爷！

2012年11月3日

熬中药

深秋的黄昏，天气已很凉了。杏树的叶子已经泛红，没有风，凛然地挑在枝上，风来了，便懒懒地打几个旋儿飘下，在地上簌簌地响。天上的星星渐渐地多了，月亮却只有一弯，泛着淡淡的光。院子的夜色不浓也不淡，反衬得熬药的火苗十分的耀眼，划破了夜的寂寞，温暖了夜的冰凉。其时，横立起三页砖，口开向风吹来的一方，上面搁了熬药的笨重的砂锅，放了草药，倒了下雨时盛的水。破一些木柴，锅底下架起火，风就势吹来，慢慢地，慢慢地，雨水便翻腾起来，冒起白色的气。院子里弥漫着草药的芳香，找一页宣纸，盖到药锅上，药的芳香依然弥漫，宣纸却湿了圆圆的锅口径大小的一个圈。一家人坐着小木凳，围着熬药的砂锅，有一句没一句地闲聊，不时地添一两根木柴，拨一拨火苗，调一调火候。病人也高兴得有一句没一句地闲聊，病已是好了一半。听水的声音，药已是熬好了，倒进一大白瓷碗里，慢慢地凉着，凉着凉着就可以喝了，啊！好苦啊。但病人还是高高兴兴地喝下去，因为，过两天病就轻了。熬剩的药渣倒在青青的石板上，圆的，扁的，长的，短的，硬的，软的，光滑的，粗糙的，笨壮的，精细的，形状各异。有草根，有草茎，有草叶，有花瓣，有果实，丰富多样。太阳一晒，还散发着芳香，羊闻到了，就跑过来吃。一次两次赶不走。

这是二三十年前农村小院熬草药的意境了，近十年已很少见。科技发达了，人们一步一步远离了大自然，享受着便捷、快速、干净、幸福，立竿见影，一蹴而就，药到病除。

药锅放在呼呼燃烧的火炉上，一会儿沸腾了，添点水；一会儿沸腾了，取下来凉凉；一会儿忙着干其他活儿忘了，一闻，草药已经烧焦了。于是，再添点水。

煤气灶熬草药，多快啊！呼呼呼地火苗喷涌而出，哗哗哗地水就滚了。火苗调小一点，蓝色的火苗舔着锅底，锅里发出刺刺的声音，屋里弥漫着草药味儿。好难闻啊！于是，火调大一些，呼呼呼地燃烧，不一会儿，药熬好了，凉一凉，闭着气，一仰头，咕咕地就喝下去了。匆匆忙忙地跑着去赚钱。

电磁炉上砂锅不启动，怎么办？草药倒进配套的电炒锅里好了。电源一开，好快啊！锅里的草药手之舞之，足之蹈之，激情澎湃，万马奔腾。电源一关，偃旗息鼓，万马齐喑。连药味儿也没有闻到，就煮好了。凉一凉，喝！

病人太忙了，一切为了病人的方便，药店的服务员将草药用粉药机粉碎成细末，装进精美的塑料袋，携带方便，吃起来也方便，像吃炒面一样随便吃。

唉，像吃炒面一样，呛了怎么办？干脆药店熬好，将药水装进塑料袋，让病人像喝牛奶一样慢慢地喝，多好！

草药不用慢慢地煎熬了，要快要快要快。“冬虫夏草，如今可以含着吃。”为什么冬天是虫，夏天是草呢？不知道。没必要知道，闪电时代嘛。

2012年4月6日

看歌

虽然立春一个多月了，但固原还是乍暖还寒。今天，温暖的太阳，蓝蓝的天，我惬意地在街上转悠，见新时代广场一个人圈，围得水泄不通，于是，好奇地凑了上去。突然，一股臭气蒸腾而起，所以就退后几步，远远地观看。希望人圈松散一点，扩大一点，空气流通一点，呼吸新鲜一点，但这一切都是痴心妄想。人圈越围越紧，越围越小。围观者只顾自己大饱眼福，伸长了脖子，撅起了屁股，像钉子一样往人肉桶里钉，不时地互相埋怨着，拥挤着。难道不能想象圈子大一点看的人更多一点，圈子松一点人更舒服一点吗？不，是大家都觉察到了自己是中华人民共和国中不可复制的一员的重要性，而没有自己不过只是一员公民的自觉意识。

伸长脖子紧紧围观的壮观，法律无暇顾及。突然，见人圈往外松动了一下，接着向前围得更紧更小了。似乎听到恳求的声音："各位父老乡亲，请稍微往后退一点，场子大一点，演得好一点，看的人多一点，谢谢了，谢谢了。"于是就听到电子琴的弹奏，接着便听到一男中音和着节拍唱。哦！原来又是残疾人在卖唱。这几年街上常常见。去年寒冬腊月，一残疾人，失去了双腿，坐在轮椅上，录制好的音乐伴奏，在雪花飘飘的寒风中如泣如诉："流浪的人在外想念你，亲爱的妈妈。流浪的脚步走遍天涯，没有一个家。冬天的风啊夹着雪花，把我的泪吹下。走啊走啊走啊走，走过了多少年华……"围观的人稀稀拉拉，经过的人有看一眼就紧走几步一闪而过的，有孩子想看母亲猛地悄悄一拽离开的，有驻足倾听轻轻放一两元纸币的，有潇洒地丢了钱像主人施恩于佣人后扬长而去的，不一而足。当然，歌子唱得并不好听，但纸箱里还是丢满了小面值的人民币。我也丢了两元，残疾人立即点头道谢，自己同情弱者的幸福感油然而生。想着曾经的这一幕，我想，眼前一定还是一残疾人卖唱吧，反正看不见，干脆离开。

蓦地，一声"呀啦索，那就是青藏高原……"紧紧地拽住了我。那不是求助的挣命的勉强演唱，那是自然流淌的天籁之音。高高的蓝天，悠游的白云，暖暖的春风，和谐的伴奏，忘情的歌唱，这哪里是街头卖唱求助？这俨然一场露天歌唱表演啊！于是，我不由自主地又一次挤上去看个究竟。弹琴伴奏的是一个老头儿，满头银发，可惜谢顶了。十指像着了魔，跳跃流动，潇洒自如，酣畅淋漓。他似乎喝醉了，头、身子、腿、脚全随着音乐流动跳跃。根根银发也醉了，和着节拍在抖动。歌唱的是一个中年男人，着一身黑色西服，洁净典雅。贴着头皮的两三毫米黑发，精神抖擞。他似乎没怎么用劲，像随便说话一样，但声音浑厚时如幽谷钟声，高亢时如骏马嘶鸣，婉转时如泉咽冰窟。说不出的美，直往人骨头里面浸。他边唱边走动，每一个动作都是歌唱的自然需要，毫不猥琐，毫不张扬。如风摆杨柳，动静自若，流畅洒脱。他似乎一直在笑，歌唱是他的快乐，歌唱是他的生命。地上放一纸箱，空的，零零星星的有人往里面丢一两元的纸币，更多的人挤着看热闹。我真的受不了，就挤出人圈，远远地站着看。

"边唱边走着呢，腿好好的，还要钱？"

"怕是残疾人吧？"

"抱一天砖吃住钱也够了，唱两首歌还要钱？"

"又不是歌星。"

听着人们议论纷纷，我还是觉得人家唱得很好，于是，挤进去往纸箱放了5元钱，一下子，觉得浑身像遭了锋芒，自己成了异类。我都挤出来远远地站着，还有几双眼睛好奇地瞅我。

闲人像黄蜂一样挤着听歌，我悠闲地远远地站着看他们。蓝的天，白的云，挤的人，美的歌，生活是多么惬意啊！

“又不是明星。还要钱？有人听，就抬举你了。”

我又一次听到了这个声音。于是，又想起了去年的一次看热闹。那是近10个人的团队，租用了露天舞台，演唱的其实只有一个帅哥，其余的全是美女。帅哥穿戴得花里胡哨，新潮前卫；美女打扮得花枝招展，妖艳性感。帅哥一会儿柔情似水，千妩百媚；美女就翩翩起舞，矫揉造作。帅哥一会儿豪情万丈，阳气冲天；美女就胸波翻滚，张牙舞爪。看着看着，就为他们惋惜，没有真唱功，搞这些花架子干什么？但有一伶牙俐嘴、巧舌如簧的美女不时地隆重介绍，帅男乃《星光大道》某年某月的周冠军，大驾光临，山城人民乐福不浅啦！激动得台下的痴男怨女不时地山呼海叫，似乎奴才见到了主子，心甘情愿地奉献着爱心。不一会儿，偌大的聚宝箱就钱满为患了。但面对眼前这个唱功不错的中年男子，人们为什么无动于衷呢？难道仅仅因为他是潇洒的健康人？不，在他的身上，有的人既体验不到做主子的欣喜，也感觉不到当奴才的熨帖，自然就一毛不拔了。至于“街头歌唱也是一种体面的行为艺术”，人人皆应该以公民之心平等待之，如此的意识，在茫茫神州，有的人脑中尚是一片空白。

2012年3月1日

半夜鸡叫

不知道是哪里的一声鸡叫惊醒了我。在这清灵的夜里，我很惬意，一点儿也不生气。“鸡鸣枕上”的空灵使我彻骨彻肺地感到人生的毫无意义。在这万籁俱寂的深深的黑夜，躺在床上的我究竟是什么呢？是一条冬眠的蛇，还是一只倦了的蜘蛛？和耳边嗡嗡嗡地歌唱的这只蚊子又有什么区别呢？这只蚊子是想用迷人的歌唱迷住我，好酣畅淋漓地吸吮我殷红的鲜血，还是想倾诉它忧伤的烦恼？也许它什么也不想，只是想打扰我的寂寞。但是，我并不寂寞，我的思绪在热闹地踯躅，活着的人这也不得成，那也不得成；这也不得够，那也不得够。睡着了，就暂时地够了；死了，就永远地够了。活着的最终结果不是死吗？每个人都不可避免地走向坟墓，只是在走向坟墓的路上，演绎着不一样的喜怒哀乐罢了。而这喜怒哀乐的滋生都是因为比较所生，比较是因为追求一个心理平衡吧。比如，黑夜里的我一个人躺在床上，顿生空灵，也无风雨也无晴。但是，黎明即起，走进滚滚红尘，融入芸芸众生，高低不平，波澜起伏，喜怒哀乐，随景而生，随情而起，岂是禅心能左右的？自然界的丛林法则又上演了。但是，人毕竟很高贵啊！所以，一定要尽力而为，祈求践行高尚是高尚者的通行证，卑鄙是卑鄙者的墓志铭。

“喔……喔……喔……”嘹亮的鸡叫声又一次穿透夜的寂静，来到枕边，在这个喧闹的城市，鸡叫声是多么的寂静！这是谁家的鸡叫声呢？

噢！对了，是一楼那个老婆子养的那只雪白的小公鸡吧？但那还小啊，这么快就学会打鸣了？

记不清几个月前了，楼下哭声雷动，不知道是什么事引起如此惨烈的哭声，好像是老婆子的哭声，又好像是老头子的哭声。升温的好奇心促使我关注这样的哭声，一连几天，什么信息也没有，同住一栋楼，但是从来都是只见面不打招呼，谁又好意思打听别人的事情？

有一天，办公室同事闲聊，一同事说，固原城前几天一个人吊死了，建设银行的，中年妇女。早晨，她的同事一开门，哇！一个大活人吊死了。于是，大家就十分关心这死人的起因了。不同版本的传说最后趋于一致，因为单位结账催款，她偏偏放给一个开餐厅的小混混一百多万，生意烂了，人蒸发了。她一时上火，个性又十分的好强好面子，不愿意天晴雪消黑炭原形毕露，所以，就义于单位的办公室。

几个同事情不自禁地义愤填膺，将其一竿子扫进了贪污腐败的垃圾坑。我一直觉得这是一个良知未灭的公务员，还有浓烈的羞耻之心，向死而生。她应该活着，还不起钱，走进监狱，还得起亲人朋友的人情债吧。但是，她毕竟走了，走了就什么也说不成了，人生大不了一死，一死百了。

突然有一天，妻回家说："你知道建设银行吊死的那个女人是谁吗？""不知道啊！""就是一楼那个老婆子的女儿，我们办公室一老师班里某女生的妈妈。"啊！这个城市原来这么小！原来楼下那惨烈的哭声，办公室同事的闲聊，妻子说的某女生的妈妈，同出一个事情。我们已经习以为常了这种城市的冷漠。

从此以后，我开始多看一楼那个老婆子的言谈举止，我没有怜悯地去观察她，她也不需要一个熟悉的陌生人的同情。大家各过各的日子，多见面不说话，同住一个单元楼又怎么样了呢？大多数的中国城市人都在过着这种生活啊！虽然声音相闻，却不相往来。她似乎频繁地在院子里开始转了，头发一下子全白了，是没有再染，还是就那么一夜之间白了呢？但明显地掉得十分厉害，头顶几乎看见头皮了。她见人十分的爱说话。我多次看见她拉着院子里不同的老婆子的手没完没了地说，她在诉说什么呢？是祥林嫂诉说她的阿毛吧，因为我见她眼里常常噙满了泪水，倾听的也泪流满面，这滋润着人情的特殊的液体啊！终于有一天，没有人再心甘情愿地聆听她的诉说了，她开始抱着一只雪白的小鸡，她的四五岁的小孙子形影不离地跟在屁股后面屁颠屁颠。一个老婆子，一只雪白的小鸡，一个掉着鼻涕的小男孩，这是多么温情的画面。没有想到，那只小公鸡已经开始打鸣了。在这个喧嚣的城市，在这个漆黑的夜晚。

我拉开窗帘，想看看城市的夜晚是不是真实。没有灯光，只有寂静的黑，这是一个真实的夜晚，但我望不见夜空的星星。高楼林立，我看到的天，只有一条狭窄的黑线，黑线上拥挤着几颗能数得清的小星星，我不知道它们叫什么名字。这使我想起来了康德的话："位我上者，灿烂星空；道德律令，在我心中。"养育着我们的城市，到处没有窗户，我们在哪儿仰望灿烂的星空？这不由得叫我十分怀念我故乡的夜空了，但为了生活工作，奔波于拥挤的城市，已经回不到那片辽阔深邃温暖的夜空去了。但我依然清晰地记着，小时候鸡叫三遍的时候，我们就踏上了上学的小径，村里的狗吠此起彼伏，辽阔的天幕撒满了明亮的星星。我们不喜欢北斗七星，我们知道学校在南还是在北，我们最关心东方那三颗排在一条线上的亮晶晶的星星了，它们不停地眨着眼睛提醒我们，别玩了，别玩了，快迟到了。

2012年11月3日

支锅的黑石头

也许是上天有意的恩赐，下着秋雨一样痛快淋漓的春雨，今春的庄稼不止于旱死。坐在席殊书屋的书山籍海，和老板兴致勃勃地闲侃。老板说，他相信有神鬼，比如我们闲聊，神就在听，鬼就在看。他也相信人是神造化的，不是猿猴进化的。人是多么的高贵啊，人应该由衷地感谢神。我亦赞叹人是多么的高贵啊，我不同意神就在听我们闲聊。如果真是这样，哪人还敢开口吗？我坚信达尔文的进化论，人是优胜劣汰自然选择过来的。他说，我在学校学的知识太多，不懂生活，怎么学得连神都不相信了？我觉得比他的境界高，由针锋相对地争论滑向被动地聆听。他酣畅淋漓地讲了一个故事。远在唐代，一次行军造饭，士兵见支锅的黑石头慢慢地烧燃了，末了变成白色的灰末。报告给将军，将军和军师密谈，军师建议设坛祭奠神灵，谢谢上苍恩赐黑石头燃烧，造饭迅速成功，兵贵神速，黑石头燃烧是吉兆。于是，虔诚地掩埋了所有的黑石头，拔寨进攻，所向披靡，旗开得胜。其实，专家考证，黑石头就是今天的煤炭。古人并不是愚笨得没有发现，而是敬畏神灵，舍不得用而已。今天的人肆无忌惮地挖掘煤炭，张狂什么？小心神灵忍无可忍，报复！他的这番危言耸听，应该给山西的黑心煤老板说去，我又没有开私人煤矿。

他的黑石头故事科学性有多高，我没有兴趣追查，但故事的趣味性一下子俘虏了我。中国古代人聪明过人，敬天爱物。发现煤炭是一种好燃料，敬而不用，掩埋呵护起来，还给地下神灵。因为，那时的森林多多，足够用了。若挖地烧炭，贪得无厌，地神生气了，唆使火神烧光森林怎么办？老虎那么厉害，吃饱了也就不会再穷追猛扑一只梅花鹿。野驴那么性欲强盛，也不会压住一头母驴，占着几头母驴。人有什么狂妄的？仗着有个好脑子，就无神无天，为所欲为？古书上记载得明明白白，绝不涸泽而渔，绝不围林捕猎，绝不关网捉鸟。短兵相接，白发白须者绝不血刃。逃兵追过五十步就不可以再追了。为什么？敬天畏神，天要活，地要活，人要活，飞禽走兽也要活。一切的一切，神灵眼睁睁地看着。如果，黑石头那时候就乱挖滥烧，今天掘地千尺也闻不到煤炭的臭屁，小煤窑还能动不动塌方了埋几十个农民工？煤黑子哪里还可以时不时玩个瓦斯爆炸？

中国有四大发明，提到造纸术印刷术，我们着实骄傲得手舞足蹈。提到指南针和火药，就埋头不好意思了，像个做错了事的小孩子似的。不错，中国人用指南针看风水埋死人；欧洲人用指南针定方向，环球航行，寻找掠夺宝藏。中国人用火药炼仙丹，飘飘欲仙，造鞭炮迎喜神送瘟神；欧洲人用火药制造枪炮，轰开别国的大门为所欲为。但这不可以就此证明中国人愚蠢窝囊。中国人只是相信神灵，追求天地人和谐共处。中国人妙用指南针，活着把庭院搭建得错落有致，井井有条，和大自然和谐相处；死了八卦一块风水宝地，寿终正寝，心安理得，还是和大自然和谐共处。这难道错了吗？郑和几次利用指南针下西洋交朋友，中国的茶叶瓷器丝绸传遍了五湖四海。难道要郑和用坚船满载着枪炮，给世界各国人民带去弥漫的硝烟，满目的残垣断壁？我坚信，中国人一定可以先欧洲人成功地制造出枪炮，只是中国人清清楚楚知道这东西不是个好东西，出于敬天佑人才自觉地搁置放弃。采用今天一个时尚的术语，就是要恪守科学伦理。爱因斯坦因为相对论成了原子弹的科学理论基础，差一点没有把肠子悔断。试想，今天的核问题害得全世界人民多苦啊！耗费人类的聪明才智和宝贵财富暂且不说，单观赏几个拥有核弹头国家的做派，就有些滑稽可憎。他们时时刻刻提高警惕，虎视眈眈，利用高科技监测技术像高空盘旋的鹰搜寻大地上的兔子一样搜寻着全球的风吹草动。电视打开，不是伊朗核问题，就是朝鲜核问题。再换个台，又是以色列核问题、巴基斯坦核问题。

真的希望神灵快快生气，念个咒语，全世界的核弹头统统地就地变成肥沃的臭狗屎，纯绿色的臭狗屎，撒到田地里滋长纯绿色的谷子糜子和麦子。省得什么狗屁导弹氢弹原子弹，年年月月搅和全世界人民敬天爱人的好心情。全世界的科学家真不应该将聪明才智耗费在这些东西上面。这些弹好像给某个国家保障了相对的安全，但弹可以给人民降临幸福吗？不，看看现代化的战争画面就一清二楚了。是人亲手创造出来的坏东西在面无表情地残忍地摧毁着高贵的人类。但愿有神灵，教训教训不知天高地厚的人们，乖乖地和大自然和谐共处。

西方的弱肉强食的丛林法则虽然在物质层面给他们带来了实用主义的尽情享受，但是却诱惑性地无情地将世界带上了一个恶性竞争的狭窄跑道，而且越跑越快，想慢都慢不下来，几乎不可能停下来。尽管智慧的人眼睁睁地看着大量创造一些用于人类相互伤害的坏东西是违背科学伦理的，但物欲横流，谁落后谁就有可能被欺负。尽管有些国家有些地方大批粗制滥造一些东西是没有必要甚至是过剩有害的，但只有物欲刺激，人们才可以可怜地体验到活着的兴奋。真正的幸福是人和大自然的和谐共处，而非正常的物欲刺激所得的幸福，无异于运动员服了兴奋剂后的亢奋，等同于阳痿早泄男人吃了伟哥后的歇斯底里。一味的图腾崇拜豪车豪宅豪机豪舰豪弹就能搞定宇宙？就能给人们带来幸福的思维？人的脸上的确应该洋溢一些谦虚的笑容，学习一点天人合一的思想，让地球不要感冒，健健康康悠然自得地绕着太阳转。发展中的国家也不要像盲目的瞎子跟上扬土，害怕落后于发达的国家就要挨打，于是为了强壮自己的国家，疯狂掠夺天地，肆意无序地挖金挖银挖铜挖铁挖煤炭挖石油，瘦了地球，污了清水，染了空气，害了自己。尽管，费尔巴哈说，人是人的上帝，但我以为人毕竟是人，上帝毕竟是上帝。再愚蠢的上帝也比最聪明的人聪明。人一开口，上帝就笑了。尼采说，上帝死了，我是上帝。尼采伟岸的身躯崇高得疯了。希特勒喧嚣，纳粹是德国人的上帝，日耳曼是全世界的上帝。德国人疯了，犹太人遭殃了，欧洲感冒了，全世界都咳嗽起来了。但德国还是那么大，不是东西德统一，会更小。地球上每一个国家的生存都是天地有意而为之，循道而行，一天比一天美好就了不得了。你看，冰雹、台风、泥石流、地震、海啸、龙卷风、各种各样花样翻新层出不穷的疾病，动不动就逗你玩一下。天灾都够人类受了，还搞什么人祸？怎么可以为达目的，不择手段，揠苗助长，一蹴而就呢？你一下子舒服了，别人还受得了吗？所有的事都叫我们做了，我们的后人干什么？

可燃烧的黑石头，古代的中国人没有用，除了敬天的信念外，我想还有悯人的情怀。肆意地挖掘煤炭，地表破坏，植被摧毁，树木砍伐，河水染黑，地神失去了美丽的容颜，直接影响人的好心情。古代人或许会想，有木材烧火取暖就知足了，得陇望蜀、贪得无厌干什么？子子孙孙还要生活嘛，保护好让该用的时候用。可惜聪明绝顶的现代人，却有意无意地践踏这个朴素的天道。每年媒体报道，大大小小的煤矿死几百号人，不正在透露地神生气了吗？可惜，丢了性命的是无辜的老百姓，罪魁祸首躺在井上的洋房里安然无恙。他们应当心太多的冤魂来索命。触及这个话题，你不能不羡慕嫉妒日本人。那么多人，踩在脚下的四个弹丸之岛，有多少家底，人家内阁掐着指头算了又算，所以，就老老实实，悄无声息地奉行可持续发展战略。环保志愿者漂洋过海千里迢迢到中国沙化地上一本正经地栽树，政府进口他国的木头科学地烧成木炭储藏在海里。日本人累不累啊？没办法，这就是小地大国的奥妙。说到日本，突然就想起来欧洲的一个更小的弹丸之国——瑞士。前几天看电视，我的一个朋友不理解瑞士一个地区全民公决的结果。说的是一个地区，青山环绕，溪流淙淙，鱼翔浅底，鸟语花香，人民安居乐业，虽然几代人长期乐居，但不到一百家。突然，有一天，地质勘查出地下储藏特别丰富的金矿。政府内部分为两派，开采还是不开采？举棋不定，争执不下。于是，谁的地盘谁做主，请当地居民全民投票公决。统计结果，一边倒地不开采，就是不开采。咨询原因，怕政府补贴不好？不是。糟蹋了一山的好风景？不是。那是什么？对不起，瑞士人说，我们现在够用，有美景赏心悦目就行了，至于金灿灿的金子，留给我们的后辈儿女该用的时候再用。聪明的瑞士人，聪明得和我们中国老祖宗一样。

2012年6月1日

有多少奶粉是孩子敢喝的

甘肃的一个地方几个婴幼儿因肾结石而夭折了，查其病因，三鹿奶粉难逃其咎。媒体一曝光，凡奶制品皆岌岌可危，如履薄冰。拉网式的大质检结果，令国人瞠目结舌，不可思议。怎么？连蒙牛、伊利，欲强壮一个民族的品牌公司也炮制假货，对三聚氰胺情有独钟？三聚氰胺是好东西啊！用一用，蛋白含量提高了，天然牛奶用量少了，利润有了，肾结石的隐患也种下了。请问，有多少奶粉是孩子敢喝的？于是，全国人民愤怒了，街头巷尾，酒吧茶馆，居家上班，议论纷纷，深恶痛绝，骂声不绝。谁不骂上两句谁就不关心国计民生，谁就不忧国忧民，谁就不反腐倡廉，谁就没有良知和正义感。

说实在的，我选择了沉默，静听人们的愤慨。

“他妈的，可恶！黑手伸到了婴儿的肾上，干的是断子绝孙的勾当。”

“纯粹不是东西，谁来偿还幼儿的生命？”

“杀！先杀三鹿的老板，再让倪萍道歉，为什么为黑奶粉做广告？追回所有的广告费，再罚款。”

“为什么奥运会上给老外喝的是好的？出口的也是好的？”

“孩子到医院肾检连队都排不上。”

“蒙牛、伊利，也是水货。”

“好的没几个。”

好一个“好的没几个”！那么，中国之大，奶制品公司之多，世界少有了。那么多的员工还能上班吗？公司倒了，他们依靠什么？一夜之间，负债累累，有跳楼的老板吗？如果有，谁来为他们收尸？媒体报道，养奶牛的都已经开始成批地杀奶牛了。我想，他们有的在杀奶牛时泪湿眼眶，多么可怕的生态连锁反应！杀谁来儆百呢？三鹿的老板？蒙牛的总裁？公司的科技调配员？政府部门的质检员？厂家的推销员？超市的营业员？这已不是一个简单的违法犯罪问题了。为什么等烧饼焦了才兴师动众地追查是谁把火烧得太旺了？这是一起国民集体无意识习惯冷漠的事件，太多的人难逃其咎。难道公司的官员、技术员、普通员工不清楚三聚氰胺为何物？难道政府部门的质检人员不明白三聚氰胺为何物？那为什么铤而走险、明知故犯呢？因为，大家都清楚一个潜在的规则：不添加三聚氰胺，蛋白含量就提不高；蛋白含量提不高，质检就不达标；质检不达标，就进入不了市场；进入不了市场，哪里有利润可言？

那为什么不用纯牛奶提高蛋白含量呢？可以啊，只是，只是……人家都加三聚氰胺这玩意儿，你用纯牛奶？成本太高，折本卖啊？员工喝西北风？公司怎么发展？大家都这样，法不责众。比如，十字路口，有十个人，九人闯了红灯，安然无恙，站着的一个还能无动于衷吗？假的多了，就可以以假乱真。提起腐败，大家皆深恶痛绝，可是，当腐败向我们暗送秋波时，你还会柳下惠坐怀不乱？我们习惯了指责他人而原谅自已。这两天，有的人一边卖着掺假的纯胡麻油，掺假的辣椒粉，掺假的蜂蜜，一边理直气壮地骂着三鹿的老板。在一家书店里，老板义愤填膺地给我数落着掺假奶粉是坏了良心，但是，店里的书，光盘一半是盗版的。他在干什么？也许他认为盗版书不会毒死人，但低级趣味的书是慢性毒药，杀人不见血啊！当有人愤怒地指责三鹿时，也应冷静地反刍一句古语：五十步笑百步。当妓女成了妓女的通行证时，处女还能守身多久？

2008年9月22日

一千多亩的微灌技术设备

我的老家在六盘山脚下清水河畔一个普通的村庄，东依厚实的黄土塬，西傍干涸的清水河，几百年来孜孜不倦平整的黄土地还算宽阔，人均两亩多一点。单看人的生活方式，这十几年已经从电子时代跨越发展到信息数字时代了。家家都看着大彩电，青壮年都带着手机。但是种地耕作的方式还是典型的农耕时代，各种各的地，各过各的日子。男人犁地送粪浇水训斥不听话的孩子，女人做饭洗衣打扫庭院拉扯膝下儿女。各司其职，各干其事，阴阳互补，并行不悖，其忙匆匆，其乐融融。如果硬要说农业现代化，就是大块平阔的土地由手扶拖拉机来耕种，小块土地和陡坡地还是必须二牛抬杠才可以耕种得叫农民心里踏实。至于农民的形象，我看不出他们有多大的变化。手还是粗糙得和松树皮一样，男人的脸粗黑发亮，苦太重的背也驼了，一双手又大又粗又厚实又满是老茧，生气了一巴掌能扇死一只城里人养的小宠物狗。女人的手尚柔润一点，但掩饰不住的厚大，下地干活老把头用纱巾缠得严严实实，像伊朗的女人似的。但西海固的风和阳光对她们的脸并不迁就，肆无忌惮地吹啊晒啊，终于还是让它们落于粗黑。她们只好用便宜的化妆品遮掩遮掩，倒显得欲盖弥彰颇不自然。多了一分求美的矫揉，少了许多天然的朴素。男人女人反倒不如80年代90年代闲散，因为，他们追求的东西多了。四门八窗，瓷砖铺地，宽敞明亮的砖木结构大上房。红砖砌的庭院，水泥打铺的地，阔气精美的大门楼子。摩托车小汽车大学生，都是他们梦寐以求的追求啊。于是，一边匆匆忙忙地种地，一边匆匆忙忙地打工，怎一个苦字了得！

我老家的人民绝大多数是勤劳的，在城镇化的浪潮中，也有进了城见了世面的个别农民，突然恍然大悟似的，不想种地吃苦了，干起了空中抓着吃的营生，结果也没有出人头地，灰溜溜地趾高气扬地落在了村里的黄土地上，喋喋不休地说着城里人的坏话，成天幸福得笑嘻嘻的，似乎洋气了不少。

这几年，新农村建设的春风吹绿了老家的地面，激动得我隔一段时间就屁颠屁颠往回跑。进村的弯弯曲曲主干道被水泥打铺得平整厚实，就是窄了一点，两辆小汽车不容易错道而行。谁家又愿意让出自家的土地拓宽大家走的道路呢？自来水也压到了家家的灶房。大部分土地一年内政府投资种上了枸杞树，美好的未来是打造六盘大地枸杞生态园。最叫我津津乐道的是，前年春天，几千亩的枸杞林引进了以色列旱地农业微灌技术。春天的土地刚刚解冻，挖掘机就在黄土地上兴高采烈地纵横开挖，黄土的芳香弥漫了整个村庄。村里的好些人都不知道要干什么。一天，一辆一辆的大卡车开进村子，卸下了堆积如山的粗细不一的黑色的胶皮管子。粗的有小伙子的小腿粗，细的有小姑娘的手腕细。原来，要给所有的枸杞林配置以色列的农业微灌技术。以色列在哪儿？农民并不关心，农民关心的是听说以色列在沙漠里种庄稼，浇水就像给病人打吊针一样，那叫滴灌。种的西红柿树长得大得和苹果树似的，一树能结一万多个西红柿。咱村里再说还是黄土，微灌技术一配置，枸杞少说一树也摘一万颗。全村的农民劳动积极性可高了，热火朝天地大干微灌农业事业，粗壮的管子深埋在地下一米，细软的管子整整齐齐地摆放在枸杞地里，纵横交错，井井有条，套接紧密，美观养眼，赏心悦目。胜利竣工，农民进地劳动，步步小心，脚脚留意，深怕一不小心，一脚踹了细软的管子，破坏了微灌农业技术。夏天来了，枸杞树叶翠嫩碧绿，枸杞挂满枝头，点点艳红，红绿相衬，煞是养眼。成片成片的枸杞林，放眼望去，看万川红遍，绿林尽染。云游蓝天，鸟唱枝头。大路上停了一溜儿高级的小轿车，田间流动着一群西装革履的城市人，其中一个一手插在腰间，一手沉稳地挥舞着指点江山。一天后，我看本地新闻联播，某某市某某镇某某村，深入贯彻执行党的新农村建设政策，为了更好地推行传统农业的转型，构建万亩枸杞生态园，政府特别投资全面配置农业微灌技术设备……同步电视画面是万川红遍，绿林尽染，黑色的胶管井井有条，领导挥舞着手不停地指点着江山。

今年春天，我回到家，见院里长长地躺着一段两丈长的小胳膊粗壮的黑色管子，莫明其妙。问母亲，母亲说："就是前年枸杞地里摆放的浇水用的胶管，白白地打搅了两年地，一次也没有用。机井的主人嫌太省水，划不来开井供水。水库买来的水，地头又没有装水泵，水喷不出来。再说，枸杞林的空闲地农民还想种点蔬菜，豆角之类的。犁地、锄草、收割，胶管挡着缠着，太麻烦了。去年，有些胆子大的就偷偷地把胶管拉着交了破烂了。今年开春，不好送土粪，于是一哄子就抢了，咱们地里都抢光了，这一根是你堂弟给咱们拽回来的。"呜呼！如此浅显的真理专家怎么就脑子进水了呢？决策者怎么就盲目上马了呢？还上电视广而告之，难道就不汗颜吗？几千亩的农业微灌技术现代化设备啊！也许这样的面子工程就是为了上一下电视。可是，劳民伤财是小事，阴在老百姓心头的却是一块黑疤。也许老百姓压根儿觉得与自己无关，反正他们又没有掏腰包。至于是纳税人，早已经"理智"得麻木不仁了，所以他们心安理得，心平气和，相安无事。像我这样的感叹，倒是没事找事吃闲力。

十年前，我看《焦点访谈》报道燕赵大地的一个县，轰轰烈烈地学习以色列的沙地农业微灌技术，大片大片的果园地里埋满了纵横交错的铁管，结果微灌了半年，水不出来了。原来，此地是红胶泥土，将管眼全温柔地糊弄住了，又是铁管，见水生锈，锈则碎烂，烂则渗水，于是泡汤。问责结果，是领导太专家，不理专家的科学建议和善良阻挠。我看了半信半疑，哪儿有那样蠢的决策者？今天亲自体验，有何顿悟，敢情是权令智昏。前几天，看《新闻1+1》，报道江南某城，开辟一千多亩城边缘上好的农耕地，打造全世界城市标本园林，高薪招标全世界顶尖的建筑艺术家创意构建，胜利竣工之时，全城狂欢，领导潇洒地提着精致的剪刀，优雅地微笑，剪着长长的红飘带，台下万众载歌载舞，蓝天飘满了五颜六色的雪花。结果，好景不长，广阔无垠的园林，门前冷落车马稀，世界各地的建筑标本成为半老徐娘，两鬓染霜，浑身皱皱巴巴，无游人问津，有尿急屎急者紧紧张张而来，轻轻松松而去。原因是集体决策估计不足，城市迅猛发展的潮头偏离了这个地方，所以，凄凄惨惨戚戚。

真不知道相似的理由还会创造多少？但中国老百姓口袋里的钱是数得清楚的，有的还捉襟见肘。

2012年5月25日

一个标志性购物广场的政治经济联想

展现在本市人民眼前的客观存在的购物广场哪里还是六年前主观梦想中的标志性购物广场？杂乱无章，参差不齐。千篇一律的钢筋水泥楼，高的高低的低，骑的骆驼拉的鸡。没有花香，没有树绿，没有草碧，没有停车的空地。哪里还有穿梭其中，休闲购物的心旷神怡？暖管常翻埋，污水管常挖修，地板砖斑驳淋漓，垃圾自由炫耀。市民徜徉其中，心安理得，习以为常，毫不感慨六年前的宏伟蓝图。

六年前的这里，可不是什么购物广场，它是本市的天心地胆，一百多亩的良田，滋养着本市的中枢神经机关——市委市政府市人大市政协。高高的围墙，青苔斑驳；参天的松柏，器宇轩昂；矗立的大楼，雍容华贵；宽阔的院门，警卫森严。这一切都平添了院内的严肃端庄古幽神秘。门前的一条街宽阔平整，一尘不染，百年的槐树，郁郁苍苍，美其名曰：政府街。平时车水马龙，人来人往，车来车去，并行不悖。春节锣鼓喧天，龙飞狮舞，人山人海，给领导们大拜年。六年前的一天，突然，挖掘机、碎锤机、铲车、吊车，络绎不绝，鱼贯而入。不到一个月的时间，楼房不翼而飞，古树另寻新欢，大院夷为平地，巨幅广告昂首街边，扯天扯地，大肆宣传，人民政府为了打造一个全市人民标志性的购物广场，忍疼割爱，舍弃繁花似锦地，依依不舍地搬到了荒无人烟的新区。这一百多亩的天心地胆已经公开招标，以本市地王之价拍卖给了声誉如日中天的开发商，进入市场经济良性运作。政府恪守裁判之责任，不尽球员之义务，更不插手教练之权力。

于是，豪华别致的招商楼里，天下熙熙，皆为利来，天下攘攘，皆为利往。商贾聚集，大款如云。美女回眸含笑，激情解说；顾客络绎不绝，细心打问。广场巨型蓝图，历历在目。哇！一站式休闲购物广场，楼高不过两层，路窄不少于八米。虽然参差不齐，却错落有致；虽然钢筋水泥，却摇曳多姿。杨柳依依，松柏竞翠，雨打梧桐，蝶戏槐花，绿草莹莹，百花争妍，喷泉缕缕，游鱼痴痴。乃顾客购物的天堂，老人转悠的福地，儿童玩耍的乐园。行人自由徜徉，小车井然停驻。购物、旅游、餐饮、娱乐，一站式将城市文明进行到底。旺！旺！旺！黄金旺铺，尽在疯狂预约抢购中。

一年过去了，不见庐山真面目，只因身在墙外中。高高的临时围墙，高傲地横在那儿，阻隔了热火朝天的建筑热情，却阻挡不住机器的震天轰鸣。墙上的醒目红色标语诉说着这个巨无霸的购物广场“会当凌绝顶”的阔气。“绿色的广场，休闲的城。”“一城即成，人民的购物尽在其中，人民的幸福尽在其中。”尽管有机器的噪音，骚扰着市民的心情，但美丽的憧憬消融了烦躁的心情。全市人民拭目以待，这个新生儿的诞生。两年过去了，不见庐山真面目，普通的市民都漠不关心了，各穿各的衣服，各吃各的饭。这个一站式的购物广场好像被嚼了几天的口香糖，索然无味了，谁再津津乐道，就有些土得掉渣了，所以时尚的市民无人提及。只有那些梦想发财的投资者继续念念不忘津津乐道，他们成了天上的风筝，购物广场是放风筝的人。三年快过去了，围墙拆了，市民看到的广场，不像是一个揭了盖头的新娘，倒像是一个半老徐娘。失望之后，纷纷开始嚼着酥软的舌头。

怎么？顾头不顾尾了？烂尾楼！

形象也不过如此，尽管楼高不过两层，但是，百楼一面，没有可看的。

哇！还承诺街窄不少八米呢，连小车都开不过去。

街面还凑合，用瓷砖铺了。

广场地标有创意，七色广场，好，赤橙黄绿青蓝紫，七根弯弯曲曲的柱子直绕蓝天，谁持彩练当空舞？啊！下面是一个鱼池。清水喷蓝天，洒落鱼池中。鱼翔浅底，人乐其中。鱼池的周围还培育了如茵绿草，惬意！

怎么半途而废了？

开发商跑了，是裸商，跑到加拿大渥太华小三那儿去了，跟着的是二奶，家里的是老婆。

大把的钱不赚，跑了干什么？

一期投资的五十亩两层楼太昂贵，卖不出去，钱成了死水了，没有了流动资金，不跑等死？

到银行贷款啊？

靠山突然东窗事发了。

那怎么办？

等啊。耗着呗。集体规划，集体负责。

第四个年头来了，没有动静。竣工的商品房陆陆续续地开始营业，谁愿意将砸进去的钱变成死钱呢？

第五年的春天来了，机器开始高高兴兴地轰鸣，不是建，而是拆。拆了建成不到两年的近十亩地上拔地而起的两层商品房。它们被太阳还没有晒热，为什么又要拆呢？原来又来了一个开发公司，它能妙手回春？它将如何塑造剩下的土地？是继承遗志，还是改弦更张？全市的市民又有了新的话题，又有了新的梦想。自此，休闲的时光不再无聊，见面的熟人不再尴尬。想在这个嚼得没有了味道的口香糖身上再嚼出一点异样的味道来。

果然，这个乏味的口香糖终于有了异样的味道。拆过的土地上半年就拔地而起一幢六层高的庞大楼群。又过了一年，一幢近二十层高的摩天大楼直插云霄，全市的市民翘首远望，啊！这真是本市独一无二的最高的标志性购物大厦啊！市民们无不自豪，似乎终于有了自高自大的实实在在的实物了。可是，大楼的下面竟然没有停车的空间。绿草莹莹，百花斗艳，杨柳依依，松柏苍翠，早已不是憧憬的蓝图，因为，那个美轮美奂的赤橙黄绿青蓝紫的广场地标，已经面目全非，千疮百孔。市民太喜欢那些五颜六色的小巧玲珑的瓷片了，小心翼翼地剥削下来珍藏在家里欣赏。至于，拆了建，建了又拆，拆了又建的劳工费财，开发商携巨款逍遥加拿大渥太华，谁又关心那干什么呢？真正的关心者，是那些又琢磨着在摩天大楼里想发财的投资者，手中钱敢不敢试水？四层以上的“写字楼”是什么意思？本城太多的市民还不明其义。下面的商品楼也不好说，连个停车的空间都没有，也算未雨绸缪的时尚购物天堂？

2013年1月11日

那个人不是你

说两件目睹耳闻之事。一是身边的同事，进医院看病，大夫说没有病，只是失眠，失眠也是病啊。他白天还好，愤世嫉俗，针砭时弊，骂假骂恶骂丑骂闯红灯骂随地吐痰骂随地大小便骂黄钟尽弃瓦缶齐鸣骂卑鄙是卑鄙者通行证骂高尚是高尚者的墓志铭。骂着骂着骂上瘾了骂得夜里睡不着觉了，把烦恼留给了自己，将痛快留给了别人。

另一个是电视上看到的，一个青年男人，在公交车上吐了痰，引起了公愤，大家群起而用唾沫攻之，进而斥责他滚下去。他谈笑自如，振振有词："傻逼！有丑才有美，我不吐痰，谁反衬你们行为美？傻逼！我不脏言恶语，谁反衬你们语言美？感谢老子都来不及哩。"

不知道我的那个失眠的同事看到了这个报道没有？如果看到了，失眠会悄悄地离他而去了吧。水至清则无鱼，人至察则无徒，何必为那些假恶丑过度地烦恼？让假恶丑存在去吧！只是那个践行假恶丑的人不是你就OK了。

公交车上吐痰的青年男人，听了我对同事的这番言语，意下如何？

《道德经》云："天下皆知美之为美，斯恶已；皆知善之为善，斯不善已。有无相生，难易相成，长短相形，高下相盈，音声相和，前后相随。"什么恶啊假啊丑啊难啊短啊下啊后啊这些令人不喜欢的东西出现，都是因为人知道了什么是善啊真啊美啊易啊长啊高啊前啊的缘故。时至今天，其他动物知道吗？不知道吧。

比如，常常看见大街小巷跑着一群愉快幸福小巧玲珑的狗，没有肥瘦美丑之嫌，没有高低贵贱之分，跑过来，跑过去，仅仅因为争食抢性，方有了喜怒哀乐。吃饱了，不知道继续占有；性交了，不吃醋另一只继续性交。人类观看，不觉其丑；人类不观看，不觉其美。随性为之，顺其自然。偶尔，一只被车撞死，其他的也不知道它们还幸运地活着。

比如，看《动物世界》，见成群结伙的野狗和一只孤苦伶仃的狮子争食，实在令人义愤填膺、怒不可遏。英武健壮的狮子辛辛苦苦捕获的野牛，竟然被一群丑陋猥琐的野狗死皮赖脸地争来抢去，真是岂有此理！但是，狮子知道它是正义的吗？它护食是站在道德的制高点吗？野狗知道它多么丑陋多么猥琐吗？知道它不劳而获坐享其成的可耻吗？它们共同的意识，就是饿了要吃，吃饱了就不吃了。什么美丑善恶正义邪恶，一无所知。

因为动物如此，人也可以如此吗？当然不可以。老子不是说了可以嘛：“是以圣人处无为之事，行不言之教。”所以有道的人以无为的态度来处理世事，实行“不言”的教导。“万物作而不为始”，万物兴起而不造作事端。我想，身处礼崩乐溃的春秋战国之际，老子眼睁睁耳闻目睹人类都穷奢极欲了，以此洞明世事之言为熊熊燃烧的欲火降温吧。他心底真正的期望应该是“生而不有，为而不恃，功成而弗居。夫唯弗居，是以不去”。生养了万物而不据为己有，帮助了万物而不自恃己能，建立了功业而不居功自傲，所以才不会失去功绩。这不正好说明当时人们时尚流行据为己有居功自傲吗？老子之大慈悲可见一斑。

人类怎么可以和动物一样呢？天地间尽管存在的都是合乎“道”的，但是，人类的繁衍发展当是向着美好的方向慢慢前行，哪怕不美好的事物再阻挠纠缠。人类社会的诞生成长就好像一个人的出生成长一样，因为美的诱惑应该不断地吸美纳新。比如，一个刚刚会坐的孩子，面前放了一块蛋糕，自己又拉了一泡屎，不可以因为屎是客观存在的，就顺其自然，孩子喜欢抓着吃屎就让他抓着吃去好了。人类社会成长亦是如此，一代又一代的人告诉下一代人，屎不是吃的，蛋糕才是可以吃的。但是，因为认识的短视，“道可道，非常道”之因，有的人就认为屎是可以吃的。比如，赵高指鹿为马，觊觎皇位。希特勒坚信“谎言越大相信的人越多”，领袖的魅力就是“把天堂说成地狱，把地狱说成天堂”。中国1958年“大跃进”，一亩田可以盛产十几万斤。诸如此类的假恶丑，可以流行一时，却不可以经典一世。为什么呢？因为有亚里士多德这样的人说：“吾爱吾师，吾更爱真理。”曹雪芹这样的人喟叹：“假作真时真亦假，无为有处有还无。”北岛这样的人愤怒：“卑鄙是卑鄙者的通行证，高尚是高尚者的墓志铭。”即便是黑夜给了人黑色的眼睛，但是还是有那么多的人在执着地寻求光明；即便是没有假恶丑就没有真善美，但是卑鄙无耻地玩着假恶丑的那个人绝对不是你。

2013年1月5日

年的日子

年的日子是满满的，家家户户就像吹胀了的气球，绚丽多彩。谁叫除夕是长长的一年的尾巴，中国人习惯了尾巴一定要圆圆满满，所以，流浪的脚步走遍天涯，除夕也要回到家。有钱没钱，回到家里，欢欢喜喜过大年。一年四季，春种夏长，秋收冬藏，即使穷了一年，也不可以穷三天。哪三天？大年三十、大年初一、大年初二。吃最可口的饭菜，穿最漂亮的衣服，住最干净的房子，开最悦目的车子，玩最舒心的游戏。年的味道满满的浓浓的，化也化不开了，于是，初三时人们开始流动起来，走走亲戚，访访朋友，见了面，什么也不问，就问“过年好！”。富裕起来的中国人追求时尚，觉得“过年好”俗旧，不问了，因为他们一年三百六十天，天天过的是贫穷人家年的日子，大有若无，品尝不到年的味道，所以说过年没意思。我依然坚守着见面问“过年好”的习惯，因为在握许多人手的瞬间，分明感觉到一双过年的热乎乎的手。他们长长地辛苦了一年，放肆地享受几天激动几天，有什么不好呢？中国高层所谓的“中国梦”，我想就是让勤劳的中国人天天能过上“年”的日子，而且见了面真心地问一声“过年好！”和谐和谐，不就是人人有饭吃，人人有话说嘛。没有饭吃，不好！有了饭吃，没有话说很不好！年之于缺吃少穿的人，是一个吃饱穿暖的喜悦；年之于丰衣足食的人，是一个大快朵颐的借口；年之于酒池肉林的人，是一个消遣无聊的理由。年不过是一年中的一天，但是，不同的人都一定有不同的向往，这无数的向往需要一个聚集点歇歇脚，于是这一天就成了“年”。年其实是一种最美好的憧憬！过年真好。

老百姓说，年是过给孩子的。这话多么有味道啊！这四年的年味道淡了许多，不是我不热爱生活，而是儿子在古巴留学，没有寒假，回不了国。于是，不知不觉地，每年的年就来了，我和妻坐在沙发上有一眼没一眼地看春节联欢晚会，晚会还没有结束，我就呼呼大睡。等到子夜辞旧迎新的钟声敲响，扯天扯地的鞭炮震耳欲聋，妻动员我放鞭炮，我才蓦然清醒。喜欢放鞭炮的儿子在古巴晒中午12点的太阳呢，我不放谁放？雷人的是，今年除夕夜，收到儿子一个短信：“攒着，好好攒着，四年没给压岁钱了，明年回国，新账老账一起算。”哈哈，我的中国年。

我老家在农村，这些年不知道年的味道浓不浓。我小时候，年的味道可了不得。还没有到腊月，才交上头九，我们就一天一天地盼望着过年了。年的概念并不抽象模糊，具体形象得很。交上九，家家户户就未雨绸缪，剪五颜六色的窗花，花鸟虫鱼，福寿禄祥，无所不剪。腊八吃了迷糊粥，就计划杀一天一天喂大的过年猪，猪杀了美美地吃肉，猪头挂在屋檐下祈求来年风调雨顺，猪尿脬揉了又揉吹大了满村子炫耀，猪鬃猪毛猪肠子交给供销社换几块钱，买鞭炮买香表买年画买写春联的红纸。腊月二十三，烙碗口大的干粮，请灶神，供灶神，“上天言好事，回宫降吉祥。”二十四，屋里屋外，清扫干净；二十五，庭前院后，焕然一新。二十六，石碾石磨，榨油磨面。二十七，炭火蒸馒头。二十八，胡麻油炸油饼。二十九，土窖里掏萝卜，井水洗萝卜，开水煮萝卜。煮过萝卜的水洗脚，疗冻疮。三十早上，贴年画，贴窗花，贴春联，印纸钱，吃荞面搅团。中午，扁豆菜芽炒猪肉臊子下长面吃。下午，吆喝着聚集到先人坟头烧纸，放鞭炮请先人回家过年。晚上，蘸上咸咸的粗盐啃猪骨头，分花生分核桃分糖果。因为兄弟姐妹多，一个人只能分几个，所以就揣在兜里舍不得享用。四姐老担心我偷她的糖，于是晚上睡觉连衣服也不敢脱。有一年，初一早上起来一看，糖没有了，硬说我偷吃了，我当然不认。找来找去，找不着。一翻衣兜，硬邦邦一片，原来糖融化了，因为除夕晚上炕太烧了。初一早上，剥葱捣蒜，剁馅子，包饺子，煮饺子，吃饺子，谁吃出来馅子里面藏的硬币谁是掌柜子。穿新衣服新鞋子新袜子，赶着驴子骡子马牛羊到村口迎喜神。全村男女老少，倾巢出动，人头攒动，熙熙攘攘，吵吵闹闹，锣鼓喧天，鞭炮齐鸣，驴子骡子尥蹶子，牛和羊撒欢子。骏马满川跑，喜鹊枝头叫，年推向了高潮。喜神迎回家，给牛羊驴马吃最好的草料，猫狗鸡也要盛情款待。六畜慢慢地享用美食，不叫不吵不闹。人干什么？抽烟喝酒吼秦腔，“折牛拐子”（西海固老百姓的一种花花牌游戏）玩扑克。香火不断，敬神不停，烟雾缭绕，香雾弥漫。这就是大年初一啊！大年初二，照旧。初三，开始走亲戚串家亲。初七是“人七”，那里也不去，坐家里享福。初九是“上九”，社火动弹了，十里八村，锣鼓喧天，鞭炮齐鸣。耍狮子的，摇船的，踩高跷的，走村串户，热热闹闹，不亦乐乎。十五又掀起一个小高潮，闹元宵，吊花灯，放花炮。二十三，燎疳，家家门前火焰山。享受的孽根扯不断，大火烧醒备耕田。年终于过完了。

我故乡的年曾经就是这样过的，不知道中国其他地方的年曾经怎么过？今天又怎么过？回味咀嚼故乡的年，不觉就动起了嘴，动着动着，就有了口水。回望故乡的年，活像是一篇美丽的小说，情节充满了诱惑，有发生，有发展，有高潮，有落潮。尤其在衣食不保的年代，年近似于神话了。因为没有，所以向往；因为向往，所以美好。故乡的年是未圆的月，故乡的年是未开的花。人生之美好，在花未全开月未满盈之时；年的美好，在盼望年而年没有到来之际。

如果天天的日子像过年，那就没有年了。所以，常常听到城里人叹息“过年没意思”。城里的年渐已沾染上了杂文小说的味道，夹在钢筋混凝土的高楼大厦间，马不停蹄地驰骋在柏油路上追名逐利，忙着忙着就冷不丁地到了除夕夜，餐馆里订一桌年夜饭，莫名其妙地吃一顿，急急忙忙赶回家，躺在沙发里吹毛求疵地鉴赏春晚。左一个“没意思”，右一个“没意思”，好像春晚是给他一个人办的。还没有赏心悦目，子夜钟声骤响，窗外炮声震天，自己也助纣为虐，放一串响炮，辞旧迎新，官运亨通，财源滚滚。初一睡到九十点，慢悠悠起来漱洗完毕，拎两瓶五粮液，给领导拜年去。过年过年，就是找一个送礼的机会嘛。

真想知道香港澳门台湾新加坡以及遍及世界的华人怎么过年，他们的年是一篇赏心悦目的散文，还是一首心旷神怡的诗？

2013年3月2日

年 画

快四十年了，还记得那年画，那一年是1973年。

二奶家有一孔窑洞，深阔而光滑，冬天温暖如春，夏天凉爽如秋。我常去和五、六个兄弟姐妹玩，那时四、五岁的光景，童年的日子填满了快乐，尽管常常吃不饱。刚过了年吧，见光滑纯朴的泥墙上贴了一幅花花绿绿人手画的年画，一小块一小块地组合在一起。每一块上面都有一个雪白的长长胡须的老头儿，驼着背，鬼鬼祟祟的样子，很好笑。我问二奶，老头儿是驼背吗？二奶说，他是孔老二，应夹着尾巴做人。年画的名字叫《丧家犬孔老二》。一个大一点的堂哥教我们玩拍拍手，“我看你牙，白刷刷，象孔老二的脚指甲。”不小心，我跌下炕，后脑勺撞到木门墩上，血流不止。二奶急了，拐着小脚，从窑掌的木箱里摸了一瓶药，在伤口敷了一点雪白的粉面，血顿时止住了，头彻骨的凉爽舒服。二奶鬼鬼祟祟地叮嘱，千万别说出去那雪白的粉面。那是云南白药，是二爷活着时弄的，二爷曾经做过国民党旅部的少将参谋。至今还记着那光滑的泥墙，孔老二的年画，殷红的鲜血，洁白的云南白药，二奶那可怜兮兮的三寸金莲神态。那是一幅大写意的童年国画啊！

印在脑海的第二幅年画是《红灯记》，那是在奶奶住的窑洞的泥墙上。1975年的样子，冬天，下了厚厚的雪，窑洞里更加温暖。我们吃着烧焦的土豆，跳啊跳啊，用指头指着李玉和高高举起的红灯，吓得地主婆子奶奶拽着我们的后衣襟，拽着拽着，前襟的纽扣都绷了。于是，我们就摸李铁梅的红头绳扎的又黑又粗的大辫子，奶奶松了一口气，说，不要紧，你们摸摸吧。到今天，又黑又粗又长的大辫子，扎一根红红的红头绳，仍然是我心中美得不可言语的画面。那个黑，那个红，多么的中国姑娘啊！

第三幅是《毛主席万寿无疆》。可惜那幅年画没有保存下来，前两天在书画市场转悠，要价500元，画名就是《毛主席万寿无疆》。蓝蓝的天空下，是一望无际的蓝蓝的大海，毛泽东主席站在大海边，和蔼地笑着，着一身浅灰色的笔挺的中山装，戴一顶浅灰色的没有装饰的解放帽。不知是哪位大师画的，时间是1975年。这幅年画当时才一角二分钱。腊月，父亲杀了过年猪，我和弟弟提了猪毛，猪肠子交给了供销社，换了两元钱，倒了二斤醋，称了三斤盐，买了一串鞭炮，买了一幅中堂年画《毛主席万寿无疆》。那一年，我和弟弟的过年衣服就是母亲看着画上毛主席的中山装一针一线做的。我记得清楚，快过年了，母亲坐在炕上，开开心心地一针一线地缝，我在地上用清水擦洗中堂《毛主席万寿无疆》下的大方桌。不时地母亲还跳下炕，举目细细地看毛主席的中山装的样子和走针，尤其是四个衣兜，母亲看了一遍又一遍，一遍又一遍。我把大方桌擦了一遍又一遍，一遍又一遍。那种温馨，我现在还能感觉到。

《红楼梦》里，我最早“认识”的是刘姥姥，她是一个“欢得了不得的地主老婆子”，我至今是这个印象，多年来看了几遍《红楼梦》，此印象也难以改变。“欢得了不得的地主老婆子”，这个定义是当年奶奶下的。当时是1978年，奶奶家的墙上贴了一大幅年画，叫《刘姥姥三进大观园》。横四小幅，竖四小幅，一共十六幅小画，全是花花绿绿、漂漂亮亮、嘻嘻哈哈的美丽姑娘，所以摇摇晃晃、醉醉歪歪、皱皱巴巴的刘姥姥就格外引人注目了。其时，我已认得字了，看画下面的小黑字，大概知道年画的意思。可是，奶奶在一边不停地解释：“这个老婆子欢得了不得！”说话时，她笑得连牙都没有了。我现在想，奶奶当年可能在刘姥姥的身上看到了她的影子，奶奶是一个乐观的人，好心的人。但她跟了爷爷，爷爷是地主，她就是地主婆子。她活着的时候并没有享多少福，但却很乐观，很善良。新中国成立后，村里十个孩子，九个是她亲手接生的，唯一的报酬就是孩子满月时请她吃一顿饭。她离开这个世界时也不知道刘姥姥其实是乡下一贫穷的种地人，不是一个“欢得了不得的地主老婆子”。唉，我纯朴善良的奶奶呀。

在没有看过《水浒传》以前，我就对一百零八将倒背如流，连他们的样子我都记忆犹新，这缘于1983年的一幅年画。今天想起真不容易，哪是哪个大师一笔一笔画出来的啊？栩栩如生，惟妙惟肖。一幅大大的年画《梁山一百单八将》就贴在我睡觉的脚下的墙上，每天晚上睡觉前都和弟弟玩谁厉害。我用手压住英雄的姓名和绰号，他只看画像说是谁；他用手压住英雄的姓名和绰号，我只看画像说是谁。当然，每次都是我厉害。弟弟不服气，用火柴棍把黑旋风李逵的鼻子戳了一个小小的洞，我一下子就发现了，从此，不让他看这一百零八将。我记不起来，那幅年画后来哪里去了，如果在，是无价之宝啊！在这个浮躁的社会，谁还会为孩子一笔一笔画那样的年画呢？况且连姓名也不留。

1987年，我买了一幅年画，是一幅横幅的书法作品，草书。父亲问，啥意思？我说，我也认不得。父亲说，贴到你房里去。没办法，第二天，又去买年画。是一幅中堂，中间是大写意的山水国画，两边配一副行书对联：“崇山做寿年年高，大海为福日日深。”回到家一挂，死活找不到上联“崇山做寿年年高”了。可能捎在自行车后面，没注意丢了。返回在原路上去找，哪里找得到？咋办？都腊月二十九了，再买也没处买了。就硬着头皮自己写了“崇山作寿年年高”几个软笔字，搭配上挂在墙上。正月里亲戚来了，有的就好奇地问，怎么左右联的字不一样啊？羞得我无地自容。于是，就有了好好学习写毛笔字的想法。将自己买的那幅横幅草书字请教于人，原来是唐代诗人韦应物的《滁州西涧》：“可怜幽草涧边生，上有黄鹂深树鸣。春潮带雨晚来急，野渡无人舟自横。”

这二十年，科学技术日新月异，手工的年画少之又少，铺天盖地的是影星、歌星、体育明星的大幅精美摄影，当然，也少不了青山绿水，名胜古迹的逼真摄影，但是，再高超的摄影也只是照抄而已，再拙劣的绘画也浸透着人的性情。今年春节我回家乡，走进一堂弟的大上房，啊，红砖红瓦，宽敞明亮，落地门窗，光洁墙壁，时尚家具，摩登音响，一应俱全。

一丈见方的大中堂扑面而来，梅红木质边框精美装潢。堂弟说，花了三千元。可惜，山水画和书法都是从电脑里调出来放大的。堂弟问："好不好？"我说"好！好！"没有说"不好！不好！"因为，堂弟说，方圆老百姓都流行这个，几家子商店专门做这个，还要提前预订，红火得很。

呵呵！在这个复制抄袭的时代，纯手工的年画，在哪儿？

2012年3月31日

世界末日断想

我的家乡在西海固，地处大西北偏僻之地，是中国有名的穷乡僻壤，但是，关于2012年12月21日世界末日之说，妇孺皆知，家喻户晓。这的确是信息化的丰功，全球化的伟绩。

明天就是世界末日了，我努力地搜寻着未尝试的心愿，想来想去，是赶紧向心仪的红颜知己表白。孔子说："五十而知天命"，我虽距离五十还有几年，但世界末日到了，迫使我必须知天命。人生一世，草木一秋，还追求什么呢？念过书，上过大学，谈过恋爱，结了婚，养育了儿子，儿子考上了大学，像我的影子一样又要走我走过的路。升官嘛，不喜欢低头；发财嘛，不愿意撒谎；搞学术嘛，又忘不了升官发财。你说，都年过四十了，还能干什么？乘身体健康，有点积蓄，尚散发着一点成熟男人的魅力，不妨潇洒地风花雪月一回。避免老得蹒跚不前了，想浪漫都心有余力不足了。媒体上不是常常报道大大小小的官员只要腐败就一定和多名异性有染吗？女官员也不甘落后，一心一意向武则天和慈禧太后学习，动不动七八个身强力壮的男司机男秘书男保镖鞍前马后地伺候。食色，性也。中国有厚重的传统文化做后盾，没关系的。皇帝花心，龙戏凤；官员花心，官爱民；老百姓花心，胡骚轻。花心是一样的，名声不同而已。色性的问题，几千年了，中外智者绞尽脑汁，始终没有解决好。解决好了，人人都清心寡欲，柳下惠坐怀不乱，人类也就不繁衍不发展了。异性之间，一方是另一方的兴奋剂。至于谁和谁兴奋，兴奋到什么程度，的确是人性和兽性很关键的区别。比如，一同事说，近日网上传言，浙江一校车司机伙同朋友轮奸了一幼女；印度一伙社会混混在公交车上轮奸了一女大学生，围殴其男友，还将二人抛下车，扬长而去。足见人失去人性后兽性的可怕。但比起中国历史上有的皇帝，尚逊色多了，后宫佳丽百千万，什么时候高兴就什么时候兴奋，气象可谓大矣！但却不允许身边存在一个真男人，不遗余力地将一个个男人阉割成太监，可见，独裁温床上的人性也是靠不住的。

人是政治动物，在通向权力巅峰的道路上是没有世界末日的。叙利亚狼烟四起，政府军和反动派打得如痴如醉。巴沙尔风度翩翩，坚强如钢，亲吻着权力的脚趾甲也心旷神怡。他执着地认定他的执政者的面孔依然英俊潇洒新鲜耐看，叙利亚人民怎么就产生审美疲劳了呢？

朝鲜有惊无险地渡过了最高权力的惊涛骇浪，青年才俊金正恩荣任最高领导人，青春的形象令中国年过半百的处级干部惭愧不已。金日成广场山呼拥护，人民双手挥舞，高度统一。军界显要李英浩黯然落马。金正恩继承了父亲金正日的"先军政治"遗志，一次又一次坚忍不拔地将"光明星"卫星送向了茫茫无际的太空。韩国人仔细地研究了打捞上来的卫星残片，说是用来发洲际弹道导弹用的，射程可以达到美国的西海岸。真的各国之间礼尚往来地送导弹，世界末日真不远了。

奥巴马才不管世界末日呢，为了过足总统瘾，风神潇洒地到处演讲。你不服气也没有办法，他那热烈的嘴唇，激动的舌头，让感性的美利坚民众不是哭就是笑。罗姆尼也不让风头，得理不饶人，总统辩论会上，风度翩翩，咄咄逼人，让高手奥巴马只有招架之功而无还手之力。如火如荼的大选之后，美国人又一次选择了奥巴马，奥巴马感激不尽，罗姆尼潇洒败北，离开的是竞争的背影，留下的是真心的祝福。身边的朋友说，美国政要真会演戏，给人民开的是空头支票。我也附和其意，但是，之后的美国校园枪击小学生案骤发，媒体及时详尽报道，连任总统奥巴马亲临现场，安慰民众时，泪流满面，真真切切。同一时段，中国也发生一校园砍杀案，小学生虽然没有被砍死，但也都惊魂未定，痛苦不堪。只见网络疯传，不见官方电视画面详尽报道，更不要奢求当地政府官员亲临现场安慰受害民众了。据说，凶手是想在世界末日来临之前曝得大名，于是就砍杀起小学生来，可笑，可怕。

日本的鹰派政要安倍晋三以高票当选首相了，中国人是紧一口气呢，还是松一口气呢？管他呢，只要中国人齐心协力把中国的事儿干漂亮，谁当选都不可能坐井观天闭门造车。在全球化时代，任何国家一定要和邻居交往。虽说战争是政治的延伸，但是，外交却是妥协的艺术。钓鱼岛，钓鱼岛，日本社会激烈竞选出来的任何一个首相，都不是半脑子，人家会明智对待的。国际上没有永远的敌人，只有永远的利益。发展是硬道理，自强是真本事。即便明天是世界末日，今天也要自强不息。“天行健，君子以自强不息；地势坤，君子以厚德载物。”中国先人的智慧就是高。

距离世界末日仅仅剩几天了，在寒冷的冬天，韩国人民还热情似火地为心中的总统投票。这神圣的一票，是投给朴正熙的女儿朴槿惠呢，还是投给寒门才俊文在寅呢？媒体报道中，韩国普普通通的一家四口人上演了现代民主的大戏。两个儿子想投给文在寅，父母想投给朴槿惠。父母劝儿子站到他们的行列中来，儿子是拿定主意，无动于衷。父母只好叹息，在政治民主面前，父母之命显得多么微不足道啊！这一幕，看得我目瞪口呆——韩国厉害。大选结果，朴槿惠赢了。但我觉得，文在寅虽败犹荣，落后不到一个百分点，而且不到最后一分钟，难分伯仲。这样的规则，不服不由你。由此，我理解了萨科齐败下阵来，耸耸肩送了奥朗德一句“祝你好运”！普京再次以微弱优势当选俄罗斯总统，竟然泪流满面。真正的政治民主是多么激动人心啊！

2012年12月21日，是不是世界末日？玛雅人最有发言权。墨西哥科学家于是以谣言东道主的姿态发言了，不可能，不可能，开玩笑，开玩笑而已。所以，查韦斯信心百倍地又赴古巴根除癌细胞去了，他才不相信世界末日呢。虽然癌症是世界性的不死之仇敌，但查韦斯宁愿相信钢铁一样的意志会感动上帝，健全他的身体，延续他的生命。为委内瑞拉人民带来幸福的查韦斯不会有世界末日的。但他赴古巴治疗癌症之前再三叮咛，如果他治疗无果，请副总统接替总统一职，就不像现代民主的和谐之音了。

查韦斯的这一决定，对委内瑞拉人民来说是福音，还是愁音？民主政治真正地上了科学的轨道，偌大的一个国家，不怕后继无人的，江山代有才人出，各领风骚七八年。执政者千万不敢自恋，离了你地球就不转了。请问，你有多少智慧，七八年还不够你挥洒？再美的领导人，时间长了，人民也有个审美疲劳啊！古巴的卡斯特罗兄弟算是智慧老人了吧，兄弟二人双双年过八十，久经沙场，历尽政坛，励精图治，老骥伏枥，壮心不已。但是，古巴人民依旧吃不好，穿不好，住不好，行不好。打个公用电话要等一半个小时，手机是奢侈品，笔记本电脑是高档品。盖楼房拉几车砖，一放就是两三年还不见动静。留学生的公寓动不动就停水、停电、停空调。食堂饭菜天天凑合，你爱吃不吃。留学生的手机、相机、钱包莫名其妙不翼而飞见怪不怪。你不能说卡斯特罗兄弟不厉害，而是比他们更厉害的古巴杰出人才上不来。改革，改革，与时俱进，与时俱进，不要刻舟求剑，不要守株待兔，才是社会蒸蒸日上的正道。

中国的十八大也胜利召开了，七常委的精英领导集体也站在人民面前了，国外的贺电也络绎不绝地来过了，十八大的精神宣讲团也宣讲了，习近平参观《复兴之路》提出“中国梦”了，广州之行发表继续改革讲话了，领导要转变作风了，视察出行要轻车简从了，各省的腐败高官也纷纷落马了，贪官的日子看来不好过了，老百姓的日子会越来越好了，世界末日不过是无聊人的无聊游戏了，怎一个爽字了得。

再看看身边，星星还是那个星星，月亮还是那个月亮，会来事不会干事的星星还变成了月亮。看星星，看月亮的，舒舒服服，唠唠叨叨地晒着太阳。于是，又想，12月21日到了，最想做什么呢？找个心仪的人表白。唉，连我这样清心寡欲的人都有非分之想，足见科学规则对于当代人的重要性。法制绝不等于法治，人治之风行，你就不要惊诧古代皇帝的追求：天下美色尽享，天下男人尽阉割成太监。

2012年12月20日

他们不过是一群孩子

我忘不了那个画面，虽然已经两个月了。

今天，走在街上，迎面的一个胖胖的姑娘向我微笑，我以为她认错人了，所以对她面无表情。她还向我微笑，我表情非常严肃，因为我已经老奸巨猾了，疑心她是以色诱钱，引我上钩。蓦地，见她像个受委屈的孩子似的面容，突然，猛地记起，的确在哪儿见过她，可是一下子记不起来。努力地记啊记，噢！记起来了，五个月前在本市的精神病医院见过她。

那一天，真的是风和日丽，又是礼拜天，我买了一箱子牛奶，坐公交车去本市精神病医院，看望一个亲戚。前两天母亲说，那个亲戚到处乱跑，没有办法，家人将她又送进了医院。母亲去看望了，怪可怜的。我想，也好，换一个环境，换一种心情，也许会好起来的。精神病医院嘛，一定是抬头见蓝天白云，低头看花草树木；下有蚂蚁潇洒走，上有鸟雀绿树鸣。虽然生活于本城十几年了，但还不知道精神病医院在哪儿，所以是兴致勃勃地边问边前往。售票员一声“精神病医院的请下车！”我立即走下车，怎么？没有院子？这么小？只有三层楼？不是吧？但是，挂着一个白底黑字的牌子，“××市精神病医院”几个大字，赫然入目。

楼房的底层是大夫办公用的，我一问，说女病人在二楼，男病人在三楼。精神病人怎么不见阳光？在楼房里？上了二楼，一面大面积的铁门堵在我面前，我以为走错了，又去问，一值班的不耐烦地说：“敲，敲，敲铁门。”上去一敲，果然有人应声：“看谁？”我报了所看的人姓名，门哗地开了。我刚进，门又哗地锁了。我回头看冷冰冰的铁门，一护士冷冰冰地提醒：“有的病人乘机往出跑！”我恍然大悟。“牛奶，拿过来，先存放，允许病人喝的时候再喝。”那个护士又提醒我。一下子，二十几个精神病人的眼光齐刷刷地瞅着我，老太婆、半老徐娘、少妇、少女都有。我倒有些窘，眼光闪闪烁烁。突然，一个胖胖的姑娘迎上来了，善意绵绵，笑语盈盈，说她知道我看望的病人住在哪个病室。我说：“你是这儿的值班护士？”她说不是，是病人。她怎么会是病人？我心里嘀咕。姑娘走在前，我跟在后面。楼道两米宽，三四十米长，没有阳光，没有花草，没有鸟叫。二三十个病人开始游动，从这一面游走到那一面，又从那一面游走到这一面。循环往复，一秒也不停息。看着这个画面，突然，我想起来了初中学习过的捷克斯洛伐克的作家伏契可的《二六七号牢房》，虽然这样的联想很对不起医院的领导，但《二六七号牢房》的开篇的确是这样写的：“从门到窗子是七步，从窗子到门也是七步。”老师还特别强调，这种修辞手法叫回环。从此，我对回环这种修辞体会特别深刻，所以，就不由自主地联想起来了。精神病本身就想不开的居多，这么狭小的空间，怎么环境治疗？

每一个城市，的确应该建一所宽敞的天地人和谐的精神病医院的。精神病患者是一个城市的弱者，他们的发病不是一朝一夕的原因导致，有主观的因素，一定少不了客观的因素。他们这个群体，不客气一点说，是一个社会的病灶。精神病患者的多寡灵敏地显示着这个社会的发展健康不健康。一个科学发展的社会，一定不会忽视这个角落。节省几笔因为昏庸之官武断决策的重复建设的惊人资金，建一所人文关怀的像样的精神病医院是可以的。

我的那个亲戚其实也没有病，说严重些也就是个“想不通”。她的思维如果紧跟“时尚潮流”，也不至于把人因为想不通而想得神经兮兮。你想，丈夫吃不愁，穿不愁，住不愁，还有几个闲钱，干什么？好上了一个小情人嘛。那好，州官可以放火，就让他放去吧。咱百姓点盏煤油灯，照亮儿孙的前程，也是一种快乐风流。花花世界，人生苦短，快乐一天算一天啊。睁一只眼闭一只眼，糊里糊涂过吧。男人本身就是喜新厌旧的高级动物，自古以来就有寻花问柳的“传统”。皇帝嫖风龙戏凤，当官的嫖风官爱民，老百姓嫖风胡骚轻，区别不过如此而已。可惜，我的亲戚还没有这么世故，人情没有练达，世事没有洞明，像个长不大的孩子一样，口口声声控诉自己的男人为什么会变了心？说好的牵着手慢慢地将黑发变成白发，中途怎么就变卦了呢？就绞尽脑汁地想啊想，还是想不通，于是就仰天长笑出门去，吾辈岂是龌龊人？到处乱跑，见了交警就敬礼，儿女阻挡不了父亲的热爱生活，就只好将母亲送进精神病医院了。

我陷入了我的亲戚患精神病的历程，一抬头，八九个精神病人围住了我。我担心其中的一个如果病突然犯了，一下子扑上来，两下子撕破我的脸怎么办？于是，我用狼一样的眼光逼视了她们一圈，她们一个个像做错了事的小孩子似的，讪讪地离开了。其中两个，退了几步，停下，目不转睛地瞅我，眼光清纯得仍然像个小孩子，看着我，似乎看着她们心中一片蔚蓝的天空，我不由自主地泪流满面。原来，她们不过是一群孩子！（当然，先天性的精神遗传病不是我所说的话题，科学的遗传病必须科学地治疗。）在这个日新月异伴随着光怪陆离的时代，她们适应的节拍慢了许多。她们无情地长大了，但执拗地眷恋着童年。面对物欲横流、出尔反尔、卑躬屈膝、朝三暮四的污浊之流，还一如既往地怀念曾经的无邪童年的心灵之湖。想不通，想不通，永远地想不通，于是，生活只好将她们抛弃，成了正常人眼中的精神病人。

我为了验证我不是一厢情愿的自作聪明，就随便问了一个大夫，大夫说：“大多数都是因为个性太强。”个性太强，其实就是性格太倔强，个性过于鲜明啊！面对物欲横流衍生的许多现象，她们毅然决然地选择了决绝，放弃了卑躬屈膝地去适应。她们不神经兮兮，谁神经兮兮？难道让那些口是心非，朝秦暮楚，忘恩负义，见风使舵，见钱眼开，见官舌软，人前人话、鬼前鬼话的“识时务者”神经兮兮不成？

我只想离开这个地方，这不是舒缓精神压力的地方，紧锁的铁大门，不透风，不透阳光。三十几米长的楼道，一群长不大的孩子，走过来，走过去；走过去，走过来。几个身着脏兮兮的白大褂的护士，一会儿打个呵欠，一会丢个小盹。没有蓝天白云，没有花草树木，没有鸟语蝶舞，没有赏心悦目，没有心旷神怡。多亏她们都已经有病，不然，没有神经病的也会圈出神经病。我出去要做的第一件事，就是劝说亲戚的儿女把我的亲戚赶快接出去，哪怕他们说我没事找事也好。

“叔叔，能把您的手机用一下吗？”那个胖胖的姑娘羞涩地请求我。这一种姑娘的羞涩之美，在正常人的圈子里，我很少看见了。这是一个妖女、媚女、超女、辣女、野蛮女流行的时代，羞涩，矜持，都是老实的代名词了。

“我今天忘带手机了，真的！”我敞开我的衣服请她看。

“不要给病人，出了事谁负责？”一个护士公事公办的样子。

“好，我没有手机。”我很遵守纪律地回答。

护士走了，那个胖胖的姑娘写了一个纸条塞给我，悄悄地说：“这是我爸爸的手机号，让他接我出去，我好了。”

我是个自由人，我出来了，拨通了胖胖的姑娘的爸爸的手机号码，她爸爸说：“个性强得很，我这个女儿个性强得很。长不大，就是长不大。苏州大学都毕业三年了，工作不如意，辞了。女婿变心了，离了。不迁就，不迁就啊！让在医院再待几天，把性子磨磨再说。”

“待几天”是几天？“性子磨磨”是磨什么性子？难道高尚的人只有适应卑鄙的现象才有路可走？我不愿相信。

今天，我在大街上偶然碰见胖胖的姑娘，虽然因为我的健忘和狡猾冷漠了她，但见她春风满面、彬彬有礼、不卑不亢的英姿，我想，她是在这个丰富多彩伴随着光怪陆离的世界找到了一条适合她自己走的道路吧。

2012年6月5日

为人民服务

每一个人都是一本书，上帝无时不在阅读。

我一有空儿就在这个城市的大街小巷溜达，同事见得多了，笑我闲来溜达大街上，色眼迷离寻翠花。“翠花，上酸菜！”我也笑眯眯地认了，寻翠花就寻翠花，秀色可餐嘛。有时我发愣：读书是读，读人也是读，何尝不可呢？生活在城里的每一个人都是一本书，我遇上了都想读一读。当然我不是上帝，但我阅读他们是愉快的幸福的。这免费阅读的便宜不占白不占，尤其是摇曳多姿的少女，风姿绰约的少妇，一天多“读”几个，我的血液循环能加快几天。看天天蓝，看水水清，吃嘛嘛香。

但是，裹挟到上学放学的洪流中，我就远远没有那么洒脱。车如黄蜂人如蚁，红灯亮起蝗虫聚。我骑了一辆自行车也调节不出好心情，那些活像狗发情期紧紧连在一起的大大小小花花绿绿的机动车不知有多窝火？也好，谁教他们在牙长一段路上开着小轿车迎来送往他们的小太阳呢？非得要开小轿车接送，让小太阳蹦蹦跳跳地来，蹦蹦跳跳地回去，多好啊！我就不信，天天都有人贩子拐卖儿童？那不是羞死警察叔叔了吗？

上学放学这幕人流高峰期的风景让人着实不敢恭维，况且，今天的中小学生的穿着又是高度的千篇一律，近看远看，天下乌鸦一般黑。看不出胖瘦，分不清男女，不容易认出谁是谁，这不免打击了我的好奇心和爱美心。有时，小郁闷油然而生。有一天，我眼前蓦地一亮，快感顿生：“为人民服务”？是的，“为人民服务”。标准的毛体书法，令人心醉的那种红，“为人民服务”五个大字赫然印在令人倍感亲切的军绿色的帆布书包上。背这个书包的是一个穿着黑蓝色标准校服的虎背熊腰的男生，其时，他的福体正压在一辆小巧玲珑的自行车上，猫着熊腰，往前窜着，特立独行的军用书包像摆钟一样在宽阔肥沃的虎背上左右摇摆着。远远望去，好像五颗闪闪的红星一字排开跳跃着。于是，我的耳际响起了一首旋律特别熟悉的儿歌：“红星闪闪放光彩，红星灿灿暖胸怀，红星是咱工农的心，党的光辉照万代……”

这样的书包，算不上新颖别致，只是在今天，物以稀为奇而已。翠绿的帆布，舞动着鲜红的草体的书法，美感十足，在清一色的书包大军中，难免有鹤立鸡群的味道。但在上世纪六七十年代，就见多不羡了。我念小学时，老背着这样的书包，上面是七个毛泽东的草书字“红军不怕远征难”。同学也背着这样的书包，有的印着“知识青年上山下乡”，有的印着“社会主义好”，有的印着“一颗红心两种准备”，有的印着“一颗红心向着党”，更多的还是印着“为人民服务”。其实，那个年代大家的一颗红心都是向着党的，人民公仆也是为人民服务的。老百姓能看到的干部穿的衣服到处打着补丁，至于是作秀不作秀，好像没有人关心，但刘青山张子善被人民政府就地正法是铁的事实。

我们公社的书记，有一天被揪到了大会的主席台上，穿着几块大补丁的中山装，大背头低低地埋在怀里，没有脸面对人民群众。听大人们说，他的错误不小，不仅挪用了公家的几十斤通用粮票，还搞了个给公社干部做饭的破鞋，因为他是老光棍。这样的公社书记能及时地揪出来接受人民群众的斗争洗礼，至少给人民群众一个说法，谁不为人民服务谁就是这个下场。人民自然是一颗红心向着党了。当然，我不是怀念这种越过法律程序批斗官员大会的优越性。但这种形式至少给人民群众传递一个明确的信息，广大的劳动人民，你们鼓足干劲，力争上游，好好干，这样的国家蛀虫出现一个政府会收拾一个，政府将“为人民服务”一定要进行到底。

为了检验人类可以共享的真理，孙中山一代人漂洋过海，栉风沐雨，天下为公，三民主义，五权宪法，身体力行，无怨无悔。因为，他们让这个冰封的古老的大地上一部分人明白探索实践工业文明的欧美人怎么生活。

为了检验人类可以共享的真理，毛泽东一代人植根农村，枪林弹雨，无所畏惧，激扬文字，指点江山，为人民服务，缔造新中国，在所不惜。因为，他们让这个还踯躅在农耕文明美梦里的东方大国一部分人明白，站不直的穷人，富人是瞧不起的。

邓小平一代人面向世界，憧憬未来，包产到户，企业股份，有利于最广大人民群众的利益，问心无愧。因为，他们让包围在电子文明的超级农业大国的大部分老百姓明白，吃穿住行美丽不起来，光笔直地站在那儿，人家会忍俊不禁的。

近二十年来，偌大的地球被互联网缩小得好像一个足球了，哪个国家的政要名流巨贾打一个喷嚏，地球人都知道。所以，负重拼搏，与时俱进，代表最广大人民群众的利益，无疑是时代的主旋律。

一个世纪以来，为人民消得先知先觉者憔悴，衣带渐宽终不悔。蓦然回首，治国法宝还是五个字“为人民服务”。

但是，市场化的经济浪潮正在冲击着每一个中国人。市场经济的一个特点，就是没有你要不到的，只有你想不到的。因为利益的驱使，市场可以满足人的一切欲望。人是高级动物，没有欲望是不可以想象的。因为欲望，所以幸福；因为欲望，所以痛苦。欲望是把双刃剑，大脑健全的人都深有体会。严格要求人民公仆全心全意为人民服务可以，但是，主观苛求人民公仆实心实意的清心寡欲就有些客观的牵强人意。主观的胳膊拧不过客观的大腿，这是唯物辩证法使然。

试想，一个县委书记，他在全心全意地为人民服务，但和商界巨贾正常的工作交往中有所见有所闻岂能没有所想？巨贾吃的是鱼翅，他吃的是什么？巨贾喝的是茅台，他喝的是什么？巨贾抽的是中华，他抽的是什么？巨贾穿的是优衣库，他穿的是什么？巨贾住的是别墅，他住的是什么？巨贾开的是法拉利，他开的是什么？巨贾带的是名媛，他带的是什么？巨贾打的是高尔夫球，他打的是什么？巨贾提把金剪刀到处剪彩，他提把剪刀剪什么？巨贾媒体上频频亮相，他在哪儿亮相？

如果地球上只有一个人，那这个人一定没有欲望没有喜怒哀乐，淡定得比和尚还和尚。人生是逃避不了的一世比较，生活中的喜怒哀乐都是因为比较而产生的，比较不以人的意志而消失。尿急了，难受！找个地方撒了，好舒服啊！身上本不痒，有个人一搔，其他地方就痒起来了。全是因为比较啊！

人类的愉快感幸福感多来自经过比较后他人不如自己而自然产生的。看到一个人走着走着，一不小心，一个狗吃屎，你会忍不住地笑，为什么？他没有你走得好啊。一个朋友不小心当着美女的面放了个响屁，你忍俊不禁，为什么？朋友丢了人，你没有丢人嘛。亲戚生病了，你去看望，大大方方地拎着慰问品，心平气和地安慰，为什么？病人痛苦你健康啊。同事不幸离世，你心甘情愿地搭情吊唁，虽然伤感但不痛苦，为什么？他去了阴世，你还在阳世。大街上残疾人乞讨，你慷慨解囊，给钱的一瞬间幸福感来了，为什么？你比他强。丑角为什么令人开心？丑角老动脑筋丢人现眼嘛。

人生的确是一种向往，向往什么？向往愉快幸福。比如，一个县委书记也是人，不是特殊材料制造成的。人所共有的七情六欲喜怒哀乐县委书记都有，他当官也是为了追求愉快和幸福的。那么，他的愉快幸福从何而来呢？逃不出和周围人的比较。比较什么呢？逃不出吃、穿、住、行、性、健、安、美、娱、名、寿这些俗世的客观存在。至于权力和金钱，只是为了表现这些内容而衍生出来的外在表现形式而已。二者是在人类慢慢成长发展过程中因为需要而不得不产生的附加物，它们是人类的化妆品，作用是让一部分人更俊更美。权钱本身没有错误，更谈不上罪恶。错误和罪恶都是附着在人身上滋生的。

这个县委书记左右一比较，不对啊！我付出这么多，怎么和人家一比较就这么不如人呢？郁闷！得想一点办法。是的，是该想一点办法了。但工资表上那一点死工资要像人家一样吃穿住行潇洒起来，囊中羞涩，囊中羞涩啊。于是，他开始像小马过河一样边涉水边琢磨：松鼠说河水很深，会淹死的；老牛说，河水很浅，安然无恙。到底谁说得对呢？还是自己试一试吧。一次，两次……迎来送往，觥筹交错，明修栈道，暗度陈仓，没事儿啊！你有所求，我有所需，礼尚往来，不过中国人的人情交往嘛。没有事儿，没有事儿的。如果有事的话，人大、政协、纪检委、公检法，为什么一直没有人弹劾啊？唉！怎么说双规就双规了呢？昨天还是改革弄潮儿，今天怎么就成了贪污受贿犯。怪事儿，还有人比我手更长心更黑，怎么就安然无恙？媒体竟然还要曝光？公检法“三驾马车”一起上，逮捕，公审，判刑，身败名裂，什么事儿吗？说得轻巧，叫我忏悔，叫我一身正气，两袖清风，莫贪污，莫受贿，莫腐败，全心全意为人民服务，屁话，一个风情万种的美女，在男人眼前摇曳多姿，那男人能无动于衷？那男人是太监吗？当初为什么不盯着我，制止我，弹劾我，将我的欲望掐死在摇篮里？想当年，金戈铁马，气吞万里如虎。看今日，晚节不保，挥泪间，樯橹灰飞烟灭。往事不堪回首，问君能有几多愁，恰似一江春水向东流。

几千年的农耕文明社会，家族政权绞尽脑汁地想点子，要求官员恪守“当官不为民做主，不如回家卖红薯”的通俗易懂的从政信条，为此，可以说是“上穷碧落下黄泉”，机关算尽，费尽聪明。比如，发饷银，戴官帽。娶美妻，纳娇妾。坐轿子，住官府。挂红灯，书大姓。立传记，赠谥号。悬御匾，赐黄马甲。步步击中人性的软肋，胳肢胳肢官老爷的痒痒处，他们总会笑的，总会“为人民服务”的。再加上科举考试前几十年的四书五经的熏陶浸染，中了举的老爷身浮宦海，只要不想淹死，他们的道德自律性都特别高。尽管有小贪小占的，但是老百姓都可以接受，所以，一个王朝短则一百多年，长则二三百年，更长的达七八百年。至于像严嵩和珅那样的巨贪，都是皇帝睁一只眼闭一只眼逗着玩出来的。但是，当王朝的贪污腐败一旦蔚然成风，没有科学的制度降温时，因为自激而自杀的钟声也就不远了（自激就好像西门庆为了逍遥吃性药，自杀就好像西门庆吞服性药后美死在潘金莲的肚皮上）。

近日，购得凤凰周刊文丛推出的《中国贪官录》一书，浏览2000—2010年250位贪官档案。一朋友看见书放在茶几上，开口要借，我直言拒绝。朋友不高兴，我说，看了你一定怵目惊心，尔后几天不开心。朋友好奇地问为什么，我给他做了条分缕析的漫谈。

第一，不能多增加一个对官员不信任的公民。多增加一个不信任官员的公民，就极有可能多激化一个称职的官员蜕变成一个贪官。试想，一个官员身处“洪洞县里无好人”的民愤环境做官，他能洁身自好吗？反正你们认为“天下乌鸦一般黑”嘛，本官不黑也是黑，黑也是黑，那为什么不黑呢？不黑白不黑。

我奶奶说过一个她们娘家的故事，说有个姑娘太俊了，俊得十里八村没有人敢提亲，这姑娘就在娘家一天一天耗着。有一个小混混看着怪可惜的，但苦于没有办法接近。于是，有一天，村里人递着眼神悄悄地嘀咕什么，好事者一打听，哇！小混混把俊女子强奸了。不可能！绝对不可能！俊女子家里人说：“呸！看他那个尿样儿，闻我女子的屁去吧！”一个月，村里人坚持这么说。三个月，村里人坚持这么说。一年后，邻村人也坚持这么说。有一天，俊女子找到了小混混，说：“你把我要了吧。”小混混说：“谣言是我放出去的。”俊女子说：“反正我已经被人说烂了。”是的，有的官员就是从“反正我已经被人说烂了”开始变质的。试想，他们连保持名节的幸福感都被莫名其妙地剥削了，他们还坚守什么？

这就是一个老鼠害了一锅汤。有的老百姓才不管那个老鼠已经被双规了，这锅汤不会再污染了，这锅汤就是香喷喷的汤。好话难出门，瞎话摇了铃，喜欢盲从的老百姓说风就是雨，人言可畏，众口铄金。身正不怕影子斜，顶天立地，经得起冷风冷雨的钢铁战士有多少？谁教老鼠跑进汤锅里呢？老百姓的责问也不是说吹毛求疵。

是的，任何社会形式都不可能杜绝腐败，这个道理很多人明白。水至清则无鱼，人至察则无徒。再美丽的孔雀身上也生虱子，除非你时时刻刻清扫。但是身上虱子生得多了不痒痒就不好了。

第二，看了这本书，大开眼界，对小腐败的憎恨一下子阳痿了，对大腐败的认识升华了。几万，几十万，哪里叫贪啊！几百万也没意思，要玩就玩大的，贪他个几千万。要么干脆玩心肌梗塞，破亿。发给全国人民也一个人一毛三分钱呢，比较有响声。至于享受美女，西门庆羞死了，薛蟠那个呆子跳崖去。向隋炀帝同志看齐，向唐玄宗同志学习。三妻四妾领不到结婚证，没关系，认个七小姑八大姨，关心关心群众还是可以的；比不上唐玄宗后宫佳丽千千万，搞她个一百单八妹还是有魅力的。性交快感的心得体会还是应该记录的，不然怀孕了生产了不是龙种是杂种可不是要当冤大头了吗？这一锤子的买卖不是折本了吗？咱好歹也是一把手，全才，高智商，怎么能做折本的买卖？古时候的龙戏凤是太监专门记日记的，咱没有太监，关心妇女同志的美好过程就只好劳驾自己的双手了。

恨腐败是全国人民的流行病。做人千万千万要低调，衣服要旧一点，布鞋要手工的，自行车要到处响的，说话要口吃一点，表情要木讷一点，见人要羞涩一点，“横眉冷对千夫指，俯首甘为孺子牛”要逼真一点，全心全意为人民服务要妇孺皆知一点。有一天，后院起火，东窗事发，妇人娃娃瞠目结舌，“抓错人了吧？”她们哪里知道“大愚若智”“大贪若廉”？

听着我的唠叨，朋友不耐烦了，紧逼道：“快说你的认识怎么升华了？”我说：“一、看到了腐败的多样性。比如，集体决策失误，拆了建，建了拆，劳民伤财，比起个人的贪财泡妞，有过之而无不及。二、看到了腐败的汉奸性。人在中国，钱在美国，老婆在魁北克，二奶在渥太华，小三在新西兰，儿子在剑桥，女儿在早稻田。贪污受贿的钱都不肯让960万平方公里土地上的人民群众消费，这不是汉奸是什么？人民群众还继续沉默吗？三、看到了腐败的教唆性。既然不能最大程度的从源头上遏制腐败，让有膨胀欲望的官员不想腐败不能腐败不敢腐败。媒体上还是少系列报道一些，一来省得有的老奸巨猾的官员心领神会顿悟反侦探伎俩。二来省得玷污了善良天真的老百姓的心灵，让他们淳朴地开开心心地在自己的小天地里生活着。再说了，一个女子和毛头小伙子眉目传情时，睁一只眼闭一只眼，娃娃怀上了，快生产了，刮宫流产又有多大的价值意义？能吓唬住继续想眉目传情上床睡觉的大胆女子吗？四、看到了腐败的懈怠性。一个官员的腐化堕落是小事情，充其量就好像一箱子苹果，里面坏了一个，把它抓出来丢进垃圾箱得了，但是，造成的负面影响不可估量，看热闹的老百姓懈怠不作为怎么办？生产力可要受影响的。五、看到了腐败的无趣性。因为官员的腐化堕落，一边当婊子，一边立牌坊，人民提官就嫌脏。像庄子一样，宁将曳尾于涂中；像陶渊明一样，不为五斗米折腰；像李白一样，安能摧眉折腰事权贵。高智商人才徘徊在权力的边缘地带，发牢骚说风凉话，不屑于奉献聪明智慧，甚至徐庶进曹营——一言不发，这可是人才资源的白白浪费。由于不能‘海阔凭鱼跃，天高任鸟飞’地自由公平竞争，让身在其位的人民公仆，想为人民服务，能为人民服务，敢为人民服务，导致男人之于官，就好像对于妓女一样，嘴里肮肮脏脏地骂着，心里贼溜溜地惦念着，耗费了太多的琢磨人的阴谋，浪费了太多的做事的阳谋，失去了像运动场上公平竞争带来的愉快和乐趣，使得原本最有观赏性竞争性趣味性和最能激发人性荷尔蒙的政坛，死气沉沉，了然无趣。”

2012年6月22日

我尊敬的城市

我尊敬的城市，应该有高瞻远瞩、运筹帷幄、决胜百年的科学且艺术的规划。科学显示其继承和发扬人类城市文明史的共性，艺术张扬其特立独行与众不同的个性。来到这个城市的外面人不仅赞叹：啊！这是我们文明人的城市！而且惊叹：啊！这就是人家的城市文明！

可惜，我生活的城市看不到五十年前的建筑，五十年前多是木质建筑，经不起风吹日晒雨淋雪压，更经不住大火的焚烧，所以丧失殆尽。可是，城市的西北角矗立着砖包的高高城墙，硕大的青砖，笨重天真，苔藓斑斑，巍峨厚重。上面拉了钢丝网做了天然的监狱。据说，这是明朝筑起的城墙，四四方方，绵延几百里。筑城墙用的瓦刀珍藏在博物馆，一个精壮的小伙子单手也提不起。那是一个冷兵器时代的军事要塞，可惜，曾经沧海的见证被“深挖洞，广积粮”的大运动夷为平地，艰难地拆下来的砖全部箍了深不可测蜿蜒盘旋的地道。结果，敌人一个也没有来，厚重的青砖却深埋地下永不见天日。如果，明代的老城墙保存下来，修葺如故，那外面来旅游观光的还不羡慕嫉妒死？可惜，这样的眼光人们没有，于是，饱受外面人的不屑一顾也就习以为常。这个城市的规划、造型、风格、气质和品位不过是许多城市的鹦鹉学舌而已，况且比人家又小气了许多，怎么指望人家瞧得上眼呢？人云亦云的犯贱是瞧不起的根本原因。你敢瞧不起大连吗？你敢瞧不起丽江吗？你敢瞧不起周庄吗？你敢瞧不起镇北堡吗?

我尊敬的城市，应该有一个中心点，以此点为中心可以向外从容自如地无边无际地发散。遇山敬山，遇水敬水，遇湖敬湖，遇树敬树，顺势而建，随缘而居，与天地和谐共处，相敬如宾，鱼水相恋。凌空蓝天，俯视城市，就好像清潭丢一石子溅起美丽自然的涟漪……一圈一圈，荡漾扩展，让人赏心悦目，流连忘返。

可喜，我生活的城市，中间一条清水河从南向北缓缓流过，东西两边堆叠着起伏不平的黄土塬。水升华了城的灵气，塬积淀了城的仁义。智者乐水，仁着乐山。头枕青山，脚浴清水，各求其爱，各得其所。二十年前，火车轨如蛇一样从东面的山脚下顺势蜿蜒游过，至今仍然如此。八年前，高速公路骄傲地穿越城西南的边缘，孰料想，城突飞猛进地扩延，今天的高速公路成了横穿城的心脏的杠杆，制约城的发展，影响城的美观，搬迁要费多少钱?要流多少汗?清水河两岸，笨石堆砌，顺势蜿蜒，河水清清，绿草莹莹，白杨挺挺，绿柳弯弯。可惜，水臭而看不到鱼翔浅底鸟戏水面的景观。河边垃圾堆积如山，蚊蝇密集翩跹。新型的建筑依地势而建，开发商因为利润而高瞻远瞩，极力迎合市民的胃口。古雁岭封山育林，松柏苍翠，杨柳竞姿，野桃含笑，山杏放歌，石径逶迤而伸，百鸟婉转而鸣。山一程，水一程，市民含笑踏歌行。可惜，城市没有了中心，搅乱了年轮，为了利益，频频向开发商屈服，老一点的建筑，哪儿地价发飙哪儿拆。开发商只着眼局部的漂亮，不谋划全城的美丽。人民的公仆呢?

我尊敬的城市，就好像尊敬一个健美的人，不愿意这个人的大动脉老是割开缝合，缝合割开。一座城市的地沟之神圣绝不亚于一个人的大动脉之神圣。城市的地沟必须有纵横百年的规划，至于建造，走在地面建筑的前面就行了。城市的地沟，宽敞不亚于地铁，美丽可逊色于地铁。巡查维修的通行车来去自如，畅通无阻。不管是清水管、浊水管、暖管，还是电缆、光缆，不管是中国移动的、中国联通的，还是中国铁通的，好！欢迎各路神仙光临本城市地沟，保证您赏心悦目，畅通无阻，想换则换，想修则修。不过，对不起，请交进沟费。何其方便，何其省钱，何其潇洒。

可惜，我生活的城市，没有远期规划的地沟，也没有近期建造的地沟。一年四季，春夏秋冬，挖了埋，埋了挖；再挖再埋，再埋再挖。甚至一月之内挖三次，车走车路，马走马路，互不干涉，互不吃亏，互不占便宜。上旬是中国移动挖埋，中旬是中国联通挖埋，下旬是中国铁通挖埋。你方挖罢我登场，街头变换公司旗。“今日挖路麻烦您，埋好管道方便您。”“今日挖路麻烦您，埋好线缆方便您。”到底苦了谁，肥了谁，低头看地，抬头看天就恍然大悟。我不止一次地看见掏地沟的农民工挥汗如雨，我不止一次地遇到钻地沟的农民工满面臭泥十指黑，我不止一次地被下水道的臭气熏得晕头转向，我不止一次地眼睛湿润害怕人看见说我犯神经，我不止一次地感叹一将不智累死千军。是一次性科学规划的地沟工程合理开销多？还是年年挖埋挖埋的浪费多？傻子也知道。至于麻烦不麻烦，只要不脑残，就能感觉到。只可惜，我们已经习惯了面子工程，不喜欢里子工程；习惯了五年工程十年工程，不喜欢百年工程。

我尊敬的城市，应该是这个城市的历史的一张脸。从城市的中心沿着一条街往外徜徉，可以欣赏城市的童年、少年、青年、中年。当然，城市不应该有垂暮的老年，它应该拥有美好的未来。就好像一棵树，它的年轮是向外一圈一圈的，只要这棵树营养丰富，根深叶茂，蒸蒸日上，茁壮成长。

可惜，我生活的城市没有昨天，只有今天，我不知道它有没有明天。五十年前的建筑丧失殆尽，今天的建筑千篇一律，一览无遗。建筑是凝固的音乐，看着这个城市的建筑，我听不到《高山流水》，听不到《彩云追月》，听不到《春江花月夜》，听不到《命运交响曲》。它为什么只钟爱一种建筑模式？再美的美女也有看厌的时候，可惜了建筑工人的挥汗如雨。“横看成岭侧成峰，远近高低各不同。不识庐山真面目，只缘身在此山中”方是城市的艺术真谛。这个城市与时俱进，力求新鲜，把老一点的建筑粉刷一新，把老一点的街面拆了重铺，看上去真的就像半老徐娘矫揉造作地涂脂抹粉。老了就老了，老了可以风姿绰约，老了可以银发沧桑。留一点古老的精美建筑可以让时尚流行的建筑找到曾经的经典。一个没有根的城市是一个飘着的城市，是一群没有文化的钢筋混凝土的堆积。我相信城市要成长，就必须新陈代谢，但我怀疑拆除一个旧城市才能拆出一个新城市的言论。人不能不认祖先，城市不能不留一些过去的容颜。

我尊敬的城市，应该把百分之二十到三十的土地让给花草树木虫鱼飞鸟。春天来了，小草偷偷地发芽；夏天来了，知了淘气地嘶叫；秋天来了，红叶妩媚地飞旋；冬天来了，雪花婀娜地翩跹。儿童“意欲扑鸣蝉，忽然闭口立”，老人“夕阳无限好，只因近枫林”，情侣“月上树梢头，人约黄昏后”，英雄“欲知松高洁，待到雪化时”。

可惜，我生活的城市，高楼林立，柏油路延伸，休闲绿地不到城市面积的百分之一。一年四季，寒来暑往，只感觉到空气的冷暖，耳闻目睹不到花草树木虫鱼飞鸟传递的信息。中年人来也匆匆，去也匆匆，无暇顾及大自然的美丽恩赐，郁闷了憋急了灯红酒绿地吼几声卡拉OK。老年人呢？小孩子呢？谁也没有权力剥夺他们亲近大自然的权利。城市生活的一点甜头就可以麻醉他们和大自然水乳交融的神经？其实，人类的许多快乐都离不开大自然的赋予，网上人们疯了似的种菜偷菜就是铁证。人们从农村奋斗到城市是为了追求幸福，但是，生活在城市，满眼的高楼大厦，满眼的黑漆漆的柏油路并不意味着幸福。那么，我们正在如火如荼建设的楼房柏油路还算真正的城市吗？我深深地怀疑。我憧憬的城市应该城市中点缀着田园风光。楼房工厂，让人们创造财富。芳草萋萋，落英缤纷，鱼游浅底，燕翔蓝天，鸽落人肩，让人们享受生活。我甚至痴想，今天的城市没有必要如火如荼地建设，日新月异地变化。高瞻远瞩的科学规划，一步一步地创意，一步一步地建造，一天一天地欣赏，一天一天地幸福，不是很惬意吗？免得火急火燎上马的形象工程，过不了三五年就要拆；免得云里雾里招标的面子工程，装模作样地折腾了几年，还是个烂尾楼；免得只喜欢盖楼修路，不知道种树种草。该我们做的事儿我们做，该子孙做的事儿子孙做，我们抢着做了，子孙闲得只知道遛狗怎么办？

我尊敬的城市，应该没有黑色的涂笔轮奸雪白的墙壁，什么“办证”“假币”“迷药”“枪支”“黑车”“包小姐”“手机窃听卡”乱七八糟黑不溜秋威猛无比地丰富呈现。城市的老鼠必须由城市的猫来收拾，食物链破坏了，再高级的老鼠药也毒不完老鼠。而且越毒越多，因为猫都给老鼠做伴娘去了。怎么能指望无偷无抢、路不拾遗呢？

我尊敬的城市，应该开豪华小汽车的人尊敬每一个行走的人，不要“哗”地飞驰而过，溅步行的人一身臭泥，步行的人恶狠狠地甩一句“我日你妈！”。

我尊敬的城市，应该听到“乌拉，乌拉”的声音，拥挤的人群闪开一条大道，扬长而去的不是救护车，就是消防车，而不是几辆警车开道，紧随其后的是一辆分量极重的高级小轿车。

我尊敬的城市，在郁郁苍苍的树荫下，有人拉着小提琴，是那种如痴如醉地陶醉在琴声中的人。人们驻足观看，他无动于衷；有人给他放钱，他头倚在小提琴上，优雅地摇头。原来，他是一个民间音乐人，只想提升这个城市的品位。

我尊敬的城市，在凛冽的寒风中，有失去双腿的人拉着二胡，似乎是《二泉映月》，虽然他拉得不是那么标准动听，但路过的人都伸手在自己兜里找小钱，然后，小心翼翼地放进收钱的旧纸箱里。

我尊敬的城市，不应该是拆了建，建了拆。这要劳多少民，伤多少财啊！

2012年5月19日

我熟悉的一座小城镇

我知道，中国当下的潮流是城镇化，如火如荼的城镇化。也许是“土气”怕了，梦想多快好省地摔掉“农业大国”的帽子，来个华丽的转身，潇洒地跻身“工业文明”大国。目前，投身城市建设的农民大军超过两亿了，城市人口在近几年要过半，跳跃七亿大关，为世界的工业文明做出卓越的贡献。如果农民拥入城市就算城市化，如果钢筋混凝土的高楼拥挤不堪雨后春笋般的拔地林立就算城市化，如果黑油油的道路一天天迅速得像蛇一样地延伸就算城市化，那中国真的快成了发达的工业文明城市国家了。

我不知道我熟悉的这座小城镇全国有多少，但是，我太清楚这座小城镇的城镇化的过程。她是在一年之内闪电式的被城镇化了，让我回去有“乃不知有汉，无论魏晋”的隔世之感。似乎觉得这个小城镇急着要嫁人，一夜之间化妆打扮得花枝招展漂漂亮亮，像个小姐似的，昨日的素面朝天纯朴自然之村姑模样荡然无存。当地的农民都兴高采烈，憧憬着不知有多少风流倜傥的公子少爷屈尊光临与之珠联璧合喜结伉俪，“在天愿作比翼鸟，在地愿为连理枝。”

我的一个农民堂哥就给我吹得天花乱坠。“多好啊！我们也是市民了，省得城里人再叫我们‘乡里棒’，一天光知道上土炕。全是公家投资啊，东西8条10米宽3000米长的大道，全是混凝土打的。平平的，光光的，上面能擀面啊！南北3条街道，5000米，还宽，还长。两边都绿化了，松树、柏树、槐树、杨树、柳树，还有法国梧桐树。路灯也和城里的一样，高高的白杆，到了晚上，和白天一样，灯火辉煌，灯火辉煌啊！自来水也有，龙头一拧，想用多少就用多少，想几时用就几时用，消了毒的，喝了不拉肚子。原来小学背后那个涝坝，记得吗？不是老淹死人嘛，现在修建成公园了。只是名字不好听：‘农民公园’，土。涝坝边上建了一个‘烈士纪念碑’，烈士就是万家堡子那个万老爷的大儿子，说是红军24军的军长，二十几岁牺牲的。塑的铜像比本人高大得多。卫生院翻建，小学扩建，中学扩建。听说马上建一个幼儿园，是一个发了大财的故乡能人捐的钱。160万，了得吗？发了发了，太有钱了，那不是和你是初中同学吗？我可怜得钱不多，在往北数第三条街的中间盖了二层楼，16万啊！本来计划盖一层就对了，只有9万元嘛。没有办法，公家统一要求，全部两层，青砖青瓦白缝子，仿明清建筑。所有的街道两边都盖了两层楼，密密麻麻的，真像垒起的麻将牌，齐刷刷的，好招商引资嘛。还好，娃他舅舅投资了7万元，盖好了，洋气得很。明年开个百货超市，几年就赚回来了。就算贷不上款，租出去，光租金几年也就把本收回来了。”

我不想倾听他的滔滔不绝。一来他的唾沫如雨，我的脸都快被洗了。二来他的侃侃而谈夹杂了巧舌如簧的开发商的游说，山西骡子学驴叫——南腔北调。三来我生就的一个榆木疙瘩生于忧患的猪脑子。我对故乡的小城镇化保持冷静的等待，我毕竟读的书比他们多。所以，我说：“明年再说吧。”他不高兴，以为我动了嫉妒之心，还把他当“乡里棒”。他的神情告诉我，他们不会再上土炕了，他们要摇身一变成正儿八经的城市市民，睡席梦思洋床了。

我其实非常地怀念曾经的故乡，这正应了“围城”现象，城外的人想挤进城，城里的人想逃出城。我不敢流露这个意思，我怕我的农民兄弟笑我哄他们开心。我久居城市二十几年想念农村，站着说话不腰疼？我并不是说不向往城市，我真的觉得我们的城市不是真正的城市，这个城市留给我的除了高楼和柏油路，就是灯红酒绿和满街窜的机动车。我感觉不到城市的可爱和文明。我的故乡就美丽多了，有蓝天白云，有绿树碧草，有纯朴的黄土，有原始的作坊酿着糜子酒，有原始的车间铸造烤箱火炉子，有美丽的传说杨郎的故事。杨郎者，乃大宋大将军杨继业的八个儿子安营扎寨的地方也。固原北川，从南向北延伸，有头营、二营、三营、四营、五营、六营、七营和八营，整整八个村庄，传说就是杨家八兄弟各自镇守的八个营。近几年还培育了几万亩的枸杞林，养殖了成千上万头奶牛。如果，非要城镇化不可，那就道法自然，敬天爱人，公正而有原则地引领支持酿酒业、铸造业、奶牛养殖业、枸杞种植业。因为这些硬实力民间都有了一定的基础，而且名声已远扬大西北，只需资金输入，创意提升得了。只有地方的才是全国的。如果创造提升得好，一定可以拉动这一方经济科学发展。软实力也有的是，远有杨继业的八个儿子镇守的八个营，近有红军24军的军长赫光的故居万家堡子，何愁没有可挖掘的文化？可惜，人们不打这些有地方特色的牌，一窝蜂地随大流。好像南山的猴，一个手淫都手淫。争先恐后地上演时尚版的东施效颦邯郸学步。所谓小城镇建设，无非就是好像要打麻将了，整整齐齐地垒了几排钢筋混凝土的长城，一个个张着血盆大口，等待劳动人民都来开超市，都来开餐馆，都来开美容美发店。那么，请问谁来买单？脑残都明白的常识，决策者竟然一无所知，好善良的农民。

今年冬天，我回故乡，又看见了我的那个堂哥，他沉默得有些麻木，满身油渍烟火色，两鬓苍苍十指黑。他的确实现了要居住城市的梦想，尽管这是个快餐式的小城镇，但毕竟是城市。有楼房，有水泥路，有路灯，有自来水，有餐馆，有美发店。他也一个华丽地转身由农民变成了市民，但我怎么看他都活像效颦的东施，满脸的苦相，丑陋得有些狰狞了。他开始阴一声阳一声地给我倾诉他的苦处。“你看，这是人住的烂地方吗？没有暖气，烧个火炉子，这么大的房，冻得连鼻涕都夹不住。雪白的房，几个月就烟熏火燎得黑不溜秋的了。炉灰也没有地方倒，脏死了。尿没有地方尿，屎没有地方拉，脏水没有地方倒，垃圾没有地方放，公共厕所三伏天臭死人，三九天滑倒绊死人。垃圾堆得连山一样，大风一刮塑料袋缠死人。借钱开了个超市，一溜排都开超市，鬼都不进来。十几万的欠账，愁死人了。想养个牛啊羊啊猪啊的都没有地方，连种点自已吃的菜的土地都没有。没有办法，开了个油坊，又不赚钱，还不如当个农民。嘿嘿，我还砸进去的少，有砸进去一半百万的呢。现在这些房连本钱都买不回来。麻雀都不选窝，天天灌西北风。百分之九十的房是空的，里面尘土灌满了，外面看起来美得很。”

我望着一排一排整整齐齐的楼房，青砖青瓦，雪白勾缝，交相辉映，相得益彰；我望着一条一条平平整整的街道，纵横交错，并行不悖，光滑鲜亮，舒展开阔；我望着一行一行漂漂亮亮的路灯，亭亭玉立，标致无比，茕茕孑立，形影相吊。突然想起了“江山如画，一时多少豪杰”，可是，请问这些豪杰，楼房为什么十之有八是灌西北风呢？街上为什么空空如也呢？什么时候这里才可以门庭若市、商贾云集？我不知道全国这样的小城镇还有没有在如火如荼地建设？如果有，请慢一点，盲目的“多快好省”，鼠目寸光的老百姓高兴得跟了风，热火朝天建设好的楼房派不上用场，那真的是有苦说不出。

2012年5月23日

小伙计为什么那么高兴

已是夕阳落尽的冬日，飘着零零星星的雪花，街上的灯次第地亮了，灯红酒绿得繁花似锦。我就这样一个人在冰冷的水泥路上踱着，想着我的父母，他们都年过八十了，住在老家的黄土院子里，干干净净，与世无争，种着点青菜，种着点玉米，种几棵杏树，身体还算健康，谢天谢地。想着我的儿子，在加勒比海的岛国古巴哈瓦那大学学习西班牙语，不觉已经四年，再学习一年就毕业了。听说古巴自然风景如诗如画，人民的生活却不咋的，饭量大的留学生老吃不饱。儿子饭量大，又喜欢打篮球，自然吃不饱了。我似乎想不到妻子，谁叫她和我朝夕相处呢！如此想着，不觉踱进了席殊书屋，书架满满，琳琅满目，丰富多彩。只两三个学生静静地阅读。噢，还有老板养的一只小巧玲珑的纯白色的狗兴高采烈地和每一个阅读者打招呼。我随意浏览了新到的一些书，老板说，来，咱俩喝一会儿茶。于是，我们就喝茶，有一句没一句地聊着。话题无非是今天读书的人少了，人们都喝酒玩赌KTV去了，人们都忙于升官发财去了，人们都寻求幸福生活去了，但是，人们大多不幸福不高兴。我说，为什么？他说，记得小时候一直很快乐。有一天早晨起床，见炕上躺着5元钱，悄悄地捋展捋平，夹进一本破旧的书里面，偷偷地藏好，心里那个高兴啊，就别提了。过了一天，父亲没有追究；过了两天，父亲没有追究；过了五天十天，父亲还是没有追究。于是，心里就放心了，开始盘算5元钱买什么买什么买什么。盘算着盘算着，话也少了，笑也少了，沉默寡言了，郁郁寡欢了。母亲说，这孩子怎么了？父亲说，没有什么，过两天就好了。母亲说，你说好了就好了？父亲说，就是，我说好了就好了。

有一天晚上，下了一尺厚的雪，寒风呼呼地吹，不大的屋子里，火炉子呼呼地扯，一家人围着火炉，听父亲说古今。从前，一个员外，雇了一个小伙计，员外沉默寡言，小伙计喜笑颜开。有一年年关，员外盘算这盘算那，这也不得成，那也不得成，越发沉默寡言，惹得老婆也闷闷不乐。老婆忍不住地说，我们要地有地，要房有房，要粮有粮，要银子有银子，要儿女有儿女，还不如人家一个小伙计活得自在。你看人家小伙计，要啥没啥，一天到晚，扫院打水，喂牛喂羊，碾米磨面，不是笑，就是唱，多高兴啊！员外说，后天他就不笑不唱了。老婆说，你是神仙？说人家不笑不唱人家就不笑不唱了？第二天，员外乘小伙计磨面休息，顺手给麦子里面塞了一块金元宝就离开了。小伙计继续磨面，一刨麦子，哎！金元宝！于是，悄悄地藏起来了。第三天，果然，不笑了也不唱了，心不在焉地干着活，好像盘算着什么。老婆对员外说，哎呀！神了！小伙计真的不笑了也不唱了。员外说，后天，他就又开始笑了唱了。老婆说，说你神你还成仙咧。第二天晚上，员外到小伙计屋里，说，我想试一下你干活的细心程度，麦子里放了一块金元宝，见了吗？小伙计说，见了啊。取出来给了员外。员外立即赏了他二两银子。第三天，老婆说，小伙计笑得唱得更欢了，老死鬼，你成神仙了。

哈！哈！哈！在这个飘着雪花的夜晚，我笑得如此的舒心。席殊书屋的老板也沉浸在对他父亲的深深怀念中。幸福地笑着说，第二天，他就把夹在破旧的书里面的5元钱交给了父亲，父亲笑得十分灿烂，他也从此快快乐乐，无牵无挂。但是，我蓦地就想起来了“欲望”之于人的苦乐，每一个人都生活在欲望之中，因为欲望，所以痛苦；因为欲望，所以幸福。可惜的是，在我们的身边，为什么那么多的人，因为欲望而生无边无际的痛苦呢？

2012年11月26日

向四川的农民工致敬

已然是中国西北山城固原的暮秋，女人的衣服摇曳着季节的变化。除此，似乎无以彰显已是深秋的景致。冷冷的风窜过大街小巷，撕卷了许多古槐的黄叶，扑落在黝黑的沥青路上，泼洒出天然的大写意国画，冲击着我对这个呆板城市的不屑一顾。是的，这个城市还是有季节的，枯叶是暮秋的元素，彰显着与寒风搏击的顽强。

踩着枯黄的树叶，我和妻走进一个重庆川菜馆。里面坐无空椅，因为每每花10元钱就可以美美吃一碗盖浇饭，所以，食客络绎不绝。其时，尚有两空椅子，我和妻倏然而坐，悠然慢等香喷喷的红烧肉盖浇饭一会儿热喷喷地上来。

蓦地，听闻几个四川口音的声音喧哗，即刻就站了一地的四川农民工。几个男的，蓬头乱发，满面灰尘十指黑，满身黄土一脚泥。三个女的，虽然一头的轻尘，却掩饰不住秀发天然的滑顺。虽然一身的粗布宽衣，却掩饰不住显山露水的美丽。坐着的本地食客，有几个皱眉抽嘴角，显出一脸的不屑。这些农民工，如此的风尘仆仆，还如此的喜气洋洋？其中的一个美女终于决定将饭菜打包，摩登而去。一农民工就势坦然入座，若无其事。不时地食客一个一个酒足饭饱后离去，农民工一个一个落座叫菜叫饭，喜笑颜开，相互打趣。男的将廉价的白酒倒进水杯子里，或自斟自饮，或举杯对饮，酒香怡人。女的笑语盈盈，暗香浮动。可是，还有三四个站着，我和妻迅捷地吃完，一碗紫菜汤没有享受，悄然离去。妻说：“四川人真的了不起！”我附和：“真的，四川人不得了，劳累了一天，还神采奕奕，喜气洋洋，男的满面灰尘不掩英豪之气，女的轻尘满面难掩水灵秀气。”妻问：“为什么？”我提炼：“气质使然。气质，懂吗？就是流自己的汗，吃自己的饭，忙忙碌碌，坦坦荡荡矣。”

过了两天，我开始留意这些四川的农民工了。他们就在附近的工地上建造22层的高楼大厦（是这个城市目前海拔最高的建筑）。寒风萧瑟之中，他们依然挥汗如雨，起早贪黑。有时晚上11点了，还在明亮的灯光下劳动。虽然没有建设社会主义高楼大厦的崇高理想，但为了多挣几个钱养家糊口，早一天走向小康，丝毫不影响他们汗流浃背的劳动热情。有时，阳光明媚的蓝天下，我徜徉于花花世界之中，注视着物欲横流的滚滚红尘，仰头远望22层的高楼，那些农民工的身影清晰可见，尤其是年轻的女农民工的身影，更是引人注目。我常常龌龊地联想，有那样的曲线，有那样的脸蛋，有那样的眉眼，有那样的风韵，有那样的气质，为什么要风吹日晒灰尘拂面粗粮淡菜呢？我生活的城市，到处是摇曳多姿的妖姿，到处是风姿绰约的媚态，到处是终南捷径的骚轻，到处是顺手牵羊的艳影。妖女是妖女的通行证，淑女是淑女的墓志铭。这些美丽的四川打工妹，为什么要坚守心中那份对勤劳贤淑的执着呢？是“巴山蜀水凄凉地”的磨砺，还是青山清水有情人的水乳交融？

妻子说：“你没有去过四川，去了你就明白了。那石山石壁，直上直下，峭壁无路，不勤劳吃苦，怎么活下来啊？”

“噢，蜀道之难难于上青天。地灵人杰，人杰地灵。”我若有所思，“但是，河南乃中原大地，沃土一望无际，为什么人民广场日近黄昏，窃窃传销者，尽是河南口音？”

妻无言以对，自言自语：“又不是所有的河南人。”

“百分之一的河南人都了不得了，一个人撒米，一群人都拾不及。你看那些女的，一尘不染，花枝招展，风光富态，优哉游哉。传销的魅力大了，一本万利。”

“愧对了那些勤劳踏实的四川农民工。”妻自言自语。

“不，向勤劳美丽的四川农民工致敬！”

流自己的汗，吃自己的饭，忙忙碌碌，坦坦荡荡。呜呼！高尚会成为高尚者的通行证，我坚信。

秋风依然萧瑟，四川的农民工依然挥汗如雨……

2012年10月18日

小区里的惠民工程

见小区的各显眼处贴有“好消息”，橘黄色纸张黑体字，阳光照耀，熠熠生辉，煞是引人注目。浏览一番，原来是争取来的“惠民工程”，冬季来临，要换时尚的暖管。什么？换暖管？暖管，上水管，下水管才换了不到三年啊？新型材料更新换代这么快？三年前，小区每家收钱3000元，彻底解决了地沟问题，安装了新潮的暖管水管，沟顶用高质量的钢筋混凝土密封，上面货车来往也安然无恙，竣工之际，鞭炮齐鸣，小区人民欢欣鼓舞，后顾之忧从此绝矣。怎么？才三年暖管就淘汰了？换就换吧，反正小区人民又不掏钱，不过走路不方便，停车不方便罢了。

金秋九月，阳光还十分的热情，洒到安静的小区，男女老少，出出进进，其乐融融。突然有一天，惠民工程队开进了小区，锯石机呜呜呜地轰鸣不已，钻石机嘟嘟嘟地遥相呼应，顷刻之间，小区吵成了一窝蜂。农民工废寝忘食地工作，为心中的工钱而奋斗不息。午休成了痴心妄想，夜幕降临了，都《焦点访谈》了，楼下的噪音还肆意打扰。一天，五天，十天。工程进程慢若蜗牛爬行，蠕动了不到五米。不是农民工不努力，而是钢筋混凝土实在太不给面子，固若金汤，牢不可破。和一农民工闲聊：“这么慢一天能挣几个钱？”“不管他，咱钻一天100元。”农民工淡定自如。

中秋节那一天，一辆重型碎石锤爬进来了，轰隆轰隆以坚忍不拔的韧劲战斗了一天，200米的地沟口终于被肆无忌惮地撕破，破烂不堪地张开，敞向蓝天，愤愤不平。“机械化就是了不得。”“机械化就是厉害。”小区的人们议论纷纷，目睹了碎石锤强暴地沟的好戏。

时值国庆放假，待在家里吵得慌，于是对妻说：“走天水麦积山转转，反正吵得不行。”四五天后回来，估计会安静一点。于是便去了。的确，从天水回来安静多了。但院里已经没有自行车穿行的空隙了，只有脚走的间隙。到处堆放着暖管，牛腰似的粗壮，通体黝黑，10米多长，结实无比。三分之一的暖管已经舒舒服服地卧在了地沟里，几个电焊工正在夜以继日地焊接。喷射的火花，强烈地刺激着满院的孩子，像服了兴奋剂似的活蹦乱跳。

有一天上午，阳光依旧明媚，但焊接的火花并不灿烂。工人偃旗息鼓，软软地躺在暖管上舒舒服服地晒太阳。一群人围在一起吵成了一锅粥。

“一进一出，明明两个暖管，怎么成了四个暖管？”

“就是，怎么多出了两个管子？奘得连牛腰一样，把地沟塞得满满的，连藏屁的地方也没有。”

“把上水管、下水管死死地压到下面，难道给强奸死吗？坏了怎么修？烂了怎么换？”

“上水管连豆腐一样，好几处都漏水呢，你们乘此机会换一下。下水管，有两处也好像烂了，你们看，没有烂，地沟里哪里来的臭污水？”一个干活的农民工说。

“他妈的，才换了不到三年，就烂了？偷工减料！”

“老狗记起陈干屎了，先说这多出来的两个奘管子。怎么回事？”

“怎么回事？你们不知道？政府决定给小区安装一个扬水转换站啊。给你们小区供暖，给周围的也供啊。”一个施工的小工头解释。

“给他们娶媳妇，叫我们当伴娘，也不能把上水管下水管都压到下面啊。惠民工程，狗屁！害民工程。”

“那是领导的事，我们只负责施工。”

“叫领导来！”

“叫领导来！”

“领导已经来过了，咱小区的领导已经同意了，就这样施工，谁再挡，耽误了工期，吃不了兜着走。”

“怪了，污水管不解决，封盖顶的时候全部来挡，大家的事儿大家挡。”

“对，大家的事儿大家挡。不信上面的好经由这些歪嘴子和尚随便念。”

聆听着人民的吵吵闹闹，我在想，伟大的英明的方丈为什么就用了一些歪嘴子和尚呢？如果谁当方丈由广大人民说了算，和尚还敢歪着嘴念经吗？伟大的英明的方丈还敢用歪嘴子和尚吗？惠民工程还有可能演变成扰民工程害民工程吗？古人云：一将不智，累死千军。今天看，一官不智，老百姓也轻松不到哪儿去。

2012年10月12日

猴年的春晚如果还这样

期待2015年（农历乙未羊年）的春晚，有如血气方刚的小伙子期待一位新颖别致的新娘，兴奋忐忑而好奇。媒体的前期宣传亦恰到好处，花未全开月未圆，犹抱琵琶半遮面。不同于往年，不同于往年。哈文导演，哈文导演。欲说还休，欲说还休。艺术者，先有继承，方有创新也。为什么不同于往年呢？有趣！原来央视约法三章：一、有不良社会影响的艺人一概不用。二、必须要节俭朴素，拒绝奢华之风。三、一定要传递正能量，彰显中国元素。呵呵！春晚都三十有一年矣，走过的漫漫长路，原来是亦步亦趋于不良的艺人混入其中极尽奢华之风甚至有些媚俗有些媚外。值此反腐倡廉的暴风骤雨之际，是该将春晚丢进社会主义核心价值观的清澈碧潭里面洗涤了又洗涤的时候了，不然，染有尘渣的春晚“随风潜入夜，润物细无声”，潜移默化了淳朴善良的中国老百姓可不是好玩的。黄海波，媚嫖，别上；赵本山，媚俗，别上；尹相杰，媚毒，别上；芮成钢，媚官，别上；汤灿，媚权，别上。高富帅的，可上可不上；白富美的，可上可不上。高大上的，没问题，上。2015年的春晚俨然成了全中国艺人道德素质的试金石了。我要上春晚，我要上春晚，选上者，高大上；选不上者，你懂的。

记得小时候看秦腔剧《三滴血》，一个五台县的糊涂县官发明创造了一套“滴血认亲”的断案绝招，屡试不爽。他上演“滴血认亲”大剧之前，像一只蚊子咬人之前一样，先哼一支小曲作为咬你的理由，浪漫得可以。“衙役们，给老爷拿一根针，端一盆水，放在堂口。真金不怕火烧炼，亲娃不怕做实验。来来来！两人的血滴在水中，粘连粘连是为亲骨肉。两人的血滴在水中，不粘连不粘连，哪里是亲骨肉？”看过《三滴血》的人都知道，这县太爷心并不坏，但是好心干坏事的糊涂人多的是。他断的冤案也不少。先不说这“滴血认亲”有没有科学依据，就是有，这冬天的血分子懒惰，夏天的血分子活跃，也是常识啊！县太爷为什么就犯糊涂呢？

艺术和德行的辩证关系，是不是互为正比例地相生相长，我无语评说。但是，我模糊记得，柳永是青楼常客，杜牧是扬州浪子；嵇康的《广陵散》是挑战司马专制，金圣叹的脑壳是因为歪评《水浒》砍掉；毕加索是采花大盗，凡·高是癫狂疯子；小仲马是大仲马野生的，拜伦雪莱喜欢美女都是疯狂的；霍菲利尔德的耳朵被泰森咬掉，马拉多纳情有独钟于罂粟精华。不凡是艺人都无行，但确实有的旷世奇才真的放浪形骸狂傲不羁啊！如果他们天才的挥洒带给人民无尽的艺术享受，谁还在乎他们德行的小瑕疵呢？再说了，“婊子无情，艺人无行。”不也是中国老百姓豁达释然的口头禅嘛。

收住，收住，还是扯春晚，再扯就有人何以看我两眼了。春晚是全世界华人年终的一道精神大餐，这说辞都俗气得影响人食欲了。那么，春晚是什么呢？春晚是社会主义核心道德价值观集中浸润的主阵地，太蔚为壮观了。那么，究竟什么是春晚？如果，调子拔得太高，连导演哈文都难以侃侃而谈吧。窃以为，春晚就是春晚，穿越时空，跨越地域，和巴西的狂欢节，西班牙的斗牛节没有什么本质的区别。说白了，春晚就是为了一个“乐”字。要不怎么叫“春节联欢晚会”呢。如果，觉得外国人的节日行为不好理解的话，中华大地形象生动的节日亦有的是。比如，大西南傣族人民的泼水节，只要是清澈的纯净水，不管你用什么泼，你就尽情地泼好了，没有哪个二愣子给你翻白眼。为什么？一年就这么一次，卸下浑身的疲劳和烦恼，玩的就是一个乐呵嘛。春晚何尝不是如此呢？尤其是勤劳朴实善良的中国老百姓，这些年过得也不容易。虽然解决了温饱，但是，搭乘着时代的列车，人心都是向上的。家家为了比他家早一天奔向小康社会，为了赚钱赚钱多赚钱，随波逐流，背井离乡，栉风沐雨，到处奔波，忍气吞声，好不容易到了年关，公司的老板捏着揣着，放了几天瘦假。于是，蚂蚁搬家似的，争着，抢着，挤着，骂着，被偷着，窝着，坐着，站着，列车地板上蜷着，过道处缩着。匆匆忙忙，风尘仆仆，背着包包，拽着箱箱，兴高采烈地赶回家。不就是为了大年三十晚上一家人团团圆圆高高兴大碗喝酒大块吃肉整盒子抽烟乐乐呵呵观看个春节联欢晚会吗？难道有什么不妥？还是有些打不住粮食沉不住气太得意忘形了？中国的老百姓够矜持了，看看巴西的狂欢节，你就知道什么是得意忘形。中国的老百姓够文静了，看看西班牙的斗牛节，你就领教了什么叫狂放淋漓。难道要中国的老百姓除夕之夜集体去跳踢踏舞？还是大年三十晚上啸聚在一起大家都斗鸡？华夏民族就是华夏民族，好静，好文质彬彬。

说个实话，一部分先富豪起来的中国人都不过年了。为什么？他们觉得过年没意思！春节逃离别墅逃离豪宅，去度假去旅游去和美丽的大自然水乳交融。窝在家里等着看春晚，憋屈！过年了，过年了，富人往外跑，穷人往家跑。是的，只有那些忙忙碌碌奔小康的中国人才乐乐呵呵地回家过年。年是什么？年是平常日子的飙升和发酵。一年三百六十天，大年三十、大年初一、大年初二这三天年的精彩和以往平常日子比起来，就好像飞上夜幕的礼花，“嗖”地一声，先是平淡无奇了无精彩，等啊等，等啊等，“啪！啪！啪！”“啪！啪！啪！”在高远的夜空礼花开始激情昂扬五彩缤纷地绽放。年的精彩，多么像礼花的绽放啊！可是，在这之前皆需要默默地平凡地等待等待……富豪之人，何以觉得年的无趣？因为大有若无。天天过着普通人民的年的日子，还叫年吗？也只有普普通通的人民，才盼望着，盼望着，腊八粥喝了，年的好日子就要来了。年来到，年来到，家家户户哈哈笑。“千门万户曈曈日，总把新桃换旧符。”歌剧《白毛女》里面，雇农杨白劳除夕夜顶着鹅毛大雪唱：“人家的闺女有花戴，你爹我钱少不能买。扯上了二尺红头绳，我给我喜儿扎起来，哎扎起来。”年对于喜儿，就是二尺红头绳。

其实，中国20世纪70年代，偏居大西北宁夏西海固地区的人民也是非常贫穷的。记得那时正是我天天盼望过年的年龄，年之于我，就是穿一身新衣服，吃油饼，分到几个洋糖和几个核桃。十分节俭的父亲给我家羊圈里点的都是煤油灯。剩下的意义，就是什么农活也不干，美美地要三天。父亲说，三天年没有大小，所以我试探着可以和他开玩笑。父亲也不生气，只是嘿嘿地笑。这常常叫我思忖起一年之中三天年的日子就好像一生之中新婚的三天大喜日子一样，男女老少可以没有大小地酣畅淋漓地玩。呜呼！这样的好日子谁不憧憬呢？

2015年，是中国人的羊年，羊年是个吉祥年。儿子远在西班牙回不来，只有我和妻卸下一年的疲劳和烦恼，一边包饺子，一边耐心地等待春节联欢晚会。憧憬着导演沙里淘金的艺人颇有品位的新颖别致的大联欢，自然地将这一份新春的快乐如东风一样吹遍神州大地，传遍七大洲四大洋，高兴着华人的高兴，快乐着人类的快乐。夜晚8点整，春晚如约而至。三十二年来，春晚这个中华儿女风华绝代的老情人朴素淡雅地如约而至。殊不知，有多少华人精神抖擞地欣赏着她？难怪导演的压力越来越大，主持人的压力越来越大，演员的压力越来越大。只有观众越来越轻松，谁叫今天的娱乐方式那么花样翻新？春晚不留爷，自有留爷处。哪里像20世纪八九十年代，春晚是全国人民除夕夜包办的媳妇。看也得看，不看也得看。

哗！哗！哗！哗！哗！哗！朱军、董卿亮相，朴素；康辉、撒贝宁、李思思亮相，朴素；老毕、小尼、朱迅亮相，朴素。节俭朴素！节俭朴素！会场布置，舞台设计、灯光设计皆节俭朴素。OK！言而有信，拒绝奢华之风，为国家勤俭节约了多少人民币啊？看着看着，我竟然提不起精神来。再看妻子，已经抱着手机不亦乐乎地要微信，乐不可支地抢红包，丢下我这个老土非要盯着春晚看出个乐趣和品位来。嗨！看着看着，我怀疑我的审美情趣太弱势，为什么不能乐呵起来，不能赏心悦目心旷神怡起来？太不给春晚面子了。如果几个主持人和演员能看到我蔫不拉几的样子，表演的自信心一定都跑到爪哇国里去了。幸好主持人久经沙场，字正腔圆，口齿清晰，眉目传情。各路演员也竭尽全力，倾心表演，吹拉弹唱，样样卖力。但怎么看都好像癞蛤蟆支桌子——硬撑着。那舞台，那灯光，那道具，那着装，那化妆，那发型，那舞美，那配乐，那……好一个朴素造作了得！恍若时光倒退了二十年，在观看上世纪90年代初的春节联欢晚会。勤俭节约没有错，但是朴素造作却是装穷卖乖。与时俱进，推陈出新。时代进步了，春晚的创意设计怎么不能与时俱进推陈出新呢？况且，春晚还是老百姓追求时尚的风向标呢。想当年，蒋大为一身洁白的西装，骏马奔驰保边疆，折服了多少摩登青年？想当年，张明敏一身青灰的唐装，澎湃着中华的声音，唤回了多少华人的自尊？想当年，费翔一身黑色的燕尾服，燃烧了观众的心窝，迷倒了多少含苞待放的少女？那英的“山沟沟”，毛阿敏的蝴蝶飞进我窗口，其姿态，其神韵，其唱腔，其着装打扮，莫不是华夏女子的时尚标兵。请问，哪级政府刻意号召学习过？百姓心里藏一杆秤，耳不聋，眼不瞎，心不实，政治的对错，有时候的确分不清，但是，艺术的美不美，还是可以感觉出来的。别以为老百姓没有艺术细胞，随便就可以糊弄。没有踢过足球，谁还没有看过踢足球？春晚的矛盾，就是全球华人向往艺术日渐提高的审美水平和导演等演职人员逡巡政治日渐平庸的创意激情。每一个挤上春晚舞台的艺人，都是一架上好的钢琴，至于究竟能弹奏出什么样的音乐，全看导演的创意水平。老百姓的艺术水准都茁壮成长成情窦初开的少女了，春晚的创意却褪变得像老太监一样，哪里还有魅力吸引观赏的情欲？是谁让导演思维蜕变得如此太监，做梦都希望天下的欣赏水平变阳痿？晚会晚会，要的就是一个灯光的创意设计。月中嫦娥灯下戏，梦里情人雾里花。朦朦胧胧，闪闪烁烁，欲见不见，心摇神晃，不美也觉得美。那么大的导演，岂能不明白？害得主持人和演员就像脱光了衣服晾晒在灯光执着不变的舞台上，兴奋不起来，何谈淋漓尽致地超常发挥？正常表演就已经烧高香了。灯光和配乐完美地结合，是演员的兴奋剂。忘了的词也会唱，不带劲也疯狂。“有了妩媚的灯光，请问台下的观众，你看我是谁？”

科学的目的是探究对不对，艺术的目的是表达美不美。春晚显然主要表达的是美不美。美了人民就乐呵，不美人民乐呵什么？我硬着头皮看了三个多小时，发现许多的演员“似曾相识燕归来”。曾几何时，他们在《星光大道》《梦想星搭档》《歌声嘹亮》《中国好声音》《中华情》中酣畅淋漓的表现，激动得我热泪盈眶。为什么春晚这么高端大气上档次的舞台，竟然表现平平，“泯然众人矣”？我左看右看前看后看，若有所思。原来，2015年的春晚主要表达的是对不对的意思。把2014年精神文明办公室没有解决好的问题，公检法没有解决好的问题，纪检委没有解决好的问题，一鞭子都甩到春晚这个大舞台上，借各路神仙演员的言说歌咏吹拉弹跳来艺术地解决。悉心对照社会主义道德核心价值观的标准，无言地问，对不对啊，对不对？人多理不怪，全国人民评评理。老百姓评什么理？一个贪官一贪就是几个亿，一台春晚放开花能花几个亿？好钢用在刀刃上，值矣！有的贪官污吏，纪检委都没有办法，老百姓有什么办法？拿到春晚来说什么事儿？和老百姓有什么关系？治不了贪官污吏，把春晚造作得这么朴素，给老百姓撒什么气？一年能看几个春晚？如果“先天下之忧而忧”，拿贪污腐败没有办法，OK！一人一票选举，你看贪官还贪不贪？春晚肩负起了反腐倡廉的重任，难怪演员不能随时随地地自由发挥。圈子画好了，走出去就是野路子，不是媚俗，就是媚丑，谁敢“过年得意须尽欢，莫使金樽空对月”呢？

打了一个哈欠，点上一根烟，想好好地吐几个烟圈，歇歇僵硬的脖子，提提看春晚的萎靡不振的士气。突然，我的梦中情人女歌手吕薇闪亮登场，着一袭干红色的扫地旗袍，娉婷而歌，叫我豁然开朗，叫我心摇神晃。可是，听着听着，就只剩下一句歌词了：“把心交给你”“把心交给你”……这么聪明的女歌手，把自己的心交给谁呢？我的胃酸突然倒流，我的梦中情人是吕薇，吕薇的梦中情人又是谁？心交出去了，人还怎么活？心是自己的，交给谁都不靠谱。自由是自己的，只有好好争取，自己才是自己。只有个人的自由才有集体的自由。一群奴才，加起来还是奴才。

看着看着，我躺在沙发里“梦游天姥吟留别”了。突然，窗外震耳欲聋的花炮声把我又拽回到春晚。子夜的钟声敲响，2014年甩在了脑后，2015年——中华儿女的羊年吉祥而至。全世界的华人没问题都长了一岁。羊年，羊年，属羊的儿女，爸爸会给你一个红裤带，妈妈会给你几个红裤头。吉祥如意！吉祥如意！超长的四个小时联欢，我没有看见一个漂泊在世界各地的华侨华人的身影，也许是我打了瞌睡。没错，只有民族的，才是世界的。但是，关起门来办民族的春晚也不见得可以走向世界。尽管不少华侨华人“海上生明月，天涯共此时”，和我们一起看中国中央电视台的春节联欢晚会。然而，宽广的包容的心态才是改革开放的心态。

羊年的春晚就这样了，明年猴年的春晚如果还这样，我干什么呢？我认认真真学习打麻将。管他“美人卷珠帘，深坐颦蛾眉。但见泪痕湿，不知心恨谁”。

2015年农历大年初一

更喜欢她的容颜

——走过2015年宁夏中考语文监考

监考是在山城固原的一个小学，依然是浓云密布，烟雨迷蒙。凉风掠过，可惜了轻柔曼妙摇曳多姿的裙纱，但这个小学的女教师依然洁净素雅英姿飒爽，如此冲淡了老男人监考的无奈和寂寥。一个一个春风得意地跟在她们后面，气宇轩昂地不失男子汉大丈夫的高贵尊严。呵呵！一年容易又中考，老师又要煎熬了！

比之于高考，6月27日只有半天的培训会，谢天谢地！28日上午考语文，没见警车，没见发电车，没见电子屏蔽车，平和！没有考生指纹验证，没有考卷条形码粘贴，没有巡视的窗外晃动，顿觉中考比高考轻松素雅而洒脱。俗语说“黄山归来不看岳”，自然高考归来不看中考了？但我喜欢看中考这样朴素淡然的容颜。

之于一个国家，大型的考试就是一次才能文明素质的大阅兵，是人民学习浸润熏陶优质文化科学的绝佳机会。因为个别不守诚信的人害得所有正直的人四面楚歌草木皆兵，是不是得不偿失？当诚信的锁链被卑鄙的锤子有恃无恐地砸得稀里哗啦时，死守严防又有多少意义？科学公正的规则让胆敢妄想作弊的付出高昂的代价，请问还有多少不诚信的蠢蠢欲动？文明发达的地方高等学府之学士硕士博士都一分一分实事求是地往过考，中考高考之日，提心吊胆地偷100分又有多少价值？大学的老师和学生那么轻松，中学的老师和学生为什么这么辛苦？既然是高等学府，何以不能严进严出？教育之目的，是使受教育者素质越提越高，为什么高考的比中考的棘手？难道大的反不如小的诚信？

中考大戏，铁定的是语文拉开序幕唱头戏。题卷的漂亮不漂亮，肯定会影响后面几出戏的欣赏。作文自然是主戏中的主角，有魅力没魅力，彰显命题者的水平。前几天，我曾鞭挞过河南高考作文材料的水平高得不接地气。今天宁夏的作文材料是不是又给我拔箭射击的缝隙？窗外细雨蒙蒙，室内鸦雀无声，考生屏住呼吸，主监妙手轻启，试卷仿佛新娘，盖头哗然拽下，容颜尽收眼底。怎么了？曾经又密又长的试卷为什么突然哗变成一册轻巧素雅的题卷？小小的创意改变竟然给人这么多的惊喜和温暖！准确地说，今年的试卷应该叫题册。十六开见方，试题整三页。接三页空白，作文随你写。封面加封底，总共才八页。合则成薄册，开则为舒卷。纸墨香弥漫，发收皆方便。做也不麻烦，查阅更简单。给人方便，怎么能叫人不点赞？

昔日何其多。为什么不改革？鲁迅先生说，国民之劣根性在于死守着一座黑屋子大家一起黑，突然有人想凿壁放一线光进来，大家说不要不要，一起黑惯了！是真的吗？我不信。今年的宁夏中考试题，是谁的小创意给了我们大方便呢？我把酒临风唱赞歌。但是，相对于题册的高颜值，我更喜欢作文材料的容颜。是谁的妙手轻轻一弹将千万考生的心弦拨动？我抑制不住心涛波涌，有一点醉眼蒙眬。静默是考试的琴瑟，思考是心灵的自由。我看见灵感袭来的考生下笔就写作文，十几分钟就一挥而就。好的作文材料就是考生生活记忆的兴奋剂，猛一看材料，“笔落惊风雨，诗成泣鬼神。”“无边落木萧萧下，不尽长江滚滚来。”让考生便秘的作文材料实乃自鸣得意的愚蠢游戏。看看2015年的宁夏中考作文材料吧！青春岁月，我们走过学校的教室、操场、图书馆……我们走过远方的高山、原野、村庄……我们走过青春的懵懂、快乐、梦想……这些真实的经历留给我们多少所见所闻所思和所感啊！请以“走过____”为题，写一篇500字以上的作文。体裁不限，诗歌除外。我瞄了一眼就刻骨铭心于她的容颜。秀色可餐，反刍回味，绵长悠远。学校的教室、操场、图书馆……尚荡漾在每一个考生的心间，一张张熟悉的面孔活灵活现，一本本书还流淌在眼前。远方的高山、原野、村庄……也曾令人流连忘返。碧的树，绿的草，美的花，清的水，纯朴的农民，哪一个不是考生的爱恋？青春的懵懂、快乐、梦想……谁没有青春的酸辣苦甜？谁没有青春的张扬梦想？材料是一个字一个字斟酌出的诗的语言！连标点符号都无言地送给考生温暖。如果“教室、操场、图书馆、高山、原野、村庄、懵懂、快乐、梦想”考生都无言可谈，对不起！你随便聊聊你走过的最难忘的趣谈。材料是循序渐进逐渐放远，从身边到大自然到梦想情感。青春的成长莫不如此，人生的脚步莫不如此！这是一个多么人性的材料啊！是那样的接地气。看着考生奋笔疾书，听窗外好雨淋淋。天若有情天亦好，柳枝婆娑风妖娆。望一眼大街上等待农村考生的农民，风尘仆仆，眼光淡定，我看见了辽阔的大地，闻到了泥土的气息。

2015年6月28日晚

网上疯传“老爷好！老爷好！”

从不在意固原的天蓝不蓝，因为固原的天一直那么蓝着。外面的人煽情惊讶于固原天的蓝，是因为他们头上的天不蓝了。于是，颇感生活在固原的惬意。当蓝天都成为他们的奢望，我们还憧憬他们的什么？于是，在我心灵滋生苔藓的日子，我常常择一块高地，迎风盘膝，双眼迷离，任毒热的阳光肆无忌惮地在我浑身搏击。我睁不开迷离的双眼，不是因为阳光太热烈，而是天一往情深的蓝，蓝得逼我的眼。

此时我就盘膝于山城固原山地森林公园古雁岭的一个制高点，任蓝天云散云聚，看岭间叶展叶卷。听雀鸟千回百转，瞅蚂蚁开心乱窜。风过山岭万树吟，鹊唱枝头无人应。突然，手机“滴铃铃……滴铃铃……”打碎了山野之宁静，传来了都市之噪音。我仿佛一只风筝，被如线的手机，拽捏在尘世的琐事中。禁不住好奇心的瘙痒，摸开了欢呼跳跃的微信，蓝天下埋头扫视。呵呵！又是那个“老爷好！老爷好！”的帖子。藏獒藏獒不得了，鹦鹉不如八哥巧。二哥变成老婆了，三哥小妹顶替了。谁人厉害谁见了？关键是要队站好。此帖已是热剩饭，今日自然不新鲜。帖老珠黄容光惭，何以现在还疯传？洒家自娱且自乐，各位看官尚莫名其妙。不急，原文搬来，诸君品尝。

老婆要出国旅游，让小妹帮忙看家，临走前特别交代：家里的藏獒随便逗，别惹鹦鹉。

之后，小妹怎么逗藏獒，藏獒都不咬人。小妹心想：藏獒都这样，这鹦鹉也就一破鸟，能把我怎样？遂逗鹦鹉玩。结果，鹦鹉开口说话：咬她！

藏獒扑上……

小妹，享年二十七……

评：当今社会，最牛逼的不是厉害的人，而是能调动“资源”的人。因为你永远不知道他们后面站着谁！

老婆旅游回来，带回一个八哥。到家一看此情景，悲痛欲绝，遂问鹦鹉怎么回事？鹦鹉说出事情的原因，老婆恼羞成怒，对藏獒说：干了它！

鹦鹉卒，年一岁半……

评：当今最牛逼的不是最厉害的人，也不是嘴巴犀利的人，而是弄清楚谁是你真正的主人！

鹦鹉死后，八哥取代了它的位置。藏獒不明白其中原因，问八哥：每次都是我咬死他们，为什么主人从不把我干掉呢？

八哥说了两个字：忠诚。

评:这个平台最厉害的人，恰恰是最忠诚于主人的那个人！

又过了很多年，老婆出远门，叫爸爸过来替她看家，临走照样安排：藏獒随便逗，千万别惹八哥。

爸爸好奇，遂逗八哥。但怎么逗八哥就只说一句：老爷好！老爷好！

藏獒不解又问八哥：为什么这次你不让咬他？

八哥指着藏獒：你不知道鹦鹉是怎么死的吗？

评:千万不能站错队啊！站错队是要丢命的！

读后感：精辟，太生动了，太形象了。应用于实践，价值无比！

记得一个月前初见此文，情节一样，人物有变。旧文是“二哥出门旅游，叫三哥看家。”此文翻新成“老婆出门旅游，叫小妹看家。”更显得色彩斑斓激增看点。

当时是一个老同学微信于我，我点赞回音：“此文有趣，可惜少个题目，不妨就叫《藏獒是一只开悟了八哥谄媚之道的忠诚的狗》。”老同学立即抛来《诗经》一句：“关关雎鸠，在河之洲。窈窕淑女，君子好逑。”看似莫名其妙，但我知其底细。他不过一个年近五十依然愤青的犟牛而已，哪里有“老爷好！老爷好！”的精彩人生？

之后的二次搭理，似乎是一个阴雨霏霏的日子，臭味相投的文学嗜好者发来戏谑:“八哥善言，君当何如？”吾速闪回信:“三哥不如鹦鹉，鹦鹉不如藏獒，藏獒不如八哥，因为八哥会喊‘老爷好！老爷好’！”臭友朗然大笑，连发六朵玫瑰。

正当此帖传得没了滋味像咀嚼透了的口香糖似的被闲人决然唾弃之时，一个同事又趣味盎然地传到了群里，淡然浏览，发声调侃:“趣味犹在，取个题目：《让老实人透不过气来的官场现形记》！”同事飞来傲然翘首的三个大拇指。其之意，明则点赞，暗则谢解围之美意。因为其乃上司，群里发此帖，醉翁之意何在？莫不是暗示大家皆呼“老爷好！老爷好！”？果真如此，岂不是蹈火自焚？国之人，心里虽多想“当不了孙子成不了爷”，但嘴里一定唾曰“狗！狗！”。也难怪百姓犬儒，绝对权力面前，不“狗”何以成“狼”？

亚里士多德理直气壮:“吾爱吾师，吾更爱真理！”我们先辈金玉之言:“识时务者为俊杰。”

萨特斩钉截铁:“他人即地狱！”我们百姓淡然闷声:“跟上狼吃肉，跟上狗吃屎。”

物理学有个共鸣现象，大家都知道。一个帖子能传了又传，一定是遇上了知音，亦是共鸣。至于这共鸣是有感于“的确如此”，还是有感于“不该如此”，就见仁见智，不得而知了。一千个读者，就有一千个哈姆雷特；一千个网民，就有一千个鹦鹉藏獒和八哥。我只是噤若寒蝉于“站错队是要丢命”的恐怖。权力的不透明，难见真的人！尽呼“老爷好！老爷好！”，一群人跟上一个人山呼海唱好是好，但是，领唱的曲子唱歪了呢？

希特勒当年“纳粹！纳粹！”，理性的德国人不是也异口同声地“纳粹好！纳粹好！”吗？好到哪里去了，地球人都知道。

千年的文明古国，不是也曾经山摇地动的“吾皇万岁！万岁！万岁！万万岁！”吗？可喊到辛亥革命怎么就喊不下去了呢？

皇帝的新衣服好漂亮好漂亮好好漂亮！“好漂亮”得皇帝裸游了一大

圈没有人敢说一丝不挂。

“‘文化大革命’好！就是好来就是好就是好！”队是站对了，但是，“文化大革命”好不好，好成了什么样子，全世界人民都知道……

呜呼！不联想了，想多了费脑子，还没人上银子。但礼尚往来的礼仪尚需恪守。望一望西落的太阳，看一眼山前的流云，回朋友一个微信：“费尔巴哈说，人是人的上帝！”

2015年7月18日

为什么总是在“亡羊”以后说“补牢”

清晨点击腾讯新闻，见有一条《湖北电梯事故头七儿子找妈妈》的新闻标题，于是点开浏览，方知“电梯吃人”已一周。看完以后移目窗外，小憩双眼，见阴雨欲洒，杏叶静默，万物淡定，但我的心却煞是汹涌，泪腺犯贱，随即蒙眬。

连日来“电梯吃人”的议论不绝于耳，“电梯吃人”的画面不离于眼，“电梯吃人”的幽默调侃时时上演。然而，再大的苦难也有怜悯疲劳的时候，当善良的人双眼不再模糊，当寂寞的人饭后不再议论，当媒体的人镜头不再关注，当愤青的人舌头不再激动，当责任的人低头不再保证，当管理的人发言不再责成，三岁的孩子却动不动就问：“妈妈去哪儿啦？”这是多么酸楚的询问啊！是的，一个鲜活的三十一岁的生命突然去了，再苦的痛苦也会被时间冲洗得只留下淡漠的痕迹，在这无人关心的淡漠的痕迹里，只有至亲的人心在流泪。孩子不流泪，要妈妈，外婆泪淹心扉。“为什么？为什么我的命运会重复在我孙子的身上？”善良的老百姓，当痛苦浓得再也化不开的时候，就只能抓住“命”的稻草了。这个两岁没有了母亲，四岁又没有了父亲的外婆，直面被电梯吃掉的女儿，看着要妈妈的外孙，她还能说什么呢？

呜呼！真的是电梯吃人吗？前几天，在朋友的怂恿下，我就想写一点关于“电梯吃人”的文字，题目都想好了：《为什么总是在“亡羊”之后才聒噪“补牢”》。但几次提笔都自我否定，忌讳高高在上不接地气的人不正眼瞅我，再说，如我这样位卑言轻之人，聒噪了又如何呢？徒增无聊者的笑料罢了。所以，沉默是最睿智的选择，习惯是最保身的明哲。于己于亲人都有百利而无一害，何苦要做那猫头鹰呢？时间在不停地流逝，日头在火辣辣地普照，街头依然人来人往熙熙攘攘。突然少一个年轻的生命，在13亿多人的中国是沧海一粟，但对亲人却是全部。陶渊明诗云:“亲戚或余悲，他人亦已歌。死去何所道？托体同山阿。”生死不过如此！况且，这一周的大事多了：河北省委书记周本顺戛然落马，军中大老虎郭伯雄名誉扫地，少林寺方丈释永信丑闻缠身，2022年冬奥会险胜夺得头筹，哪一件不是吸引华人眼球的大事啊？谁还有时间唠叨“电梯吃人”的故事呢？“阿毛！阿毛！”只有祥林嫂才不厌其烦地唠叨。“妈妈！妈妈！”只有那个没有了妈妈的三岁的孩子才浑然不知妈妈已去天堂的事实而无知地呼唤。其他的人，抹干了同情的泪水各忙各的琐事去了，有多少人像我似的毫不知趣，还在这里聒噪？为什么总是在“亡羊”以后才说“补牢”？

简单得提个钳子和改锥几分钟就可以上好电梯已经松动的螺丝的事儿，却因为不尽义务，暗藏隐患，突然要了人的命。由此商场曝得大名，媒体炒得沸反盈天。电梯已经发现生病了？那好，拉条横幅，赫然入目:“电梯生病，尚未疗救！谁不怕死？欢迎上来。”顾客不是相视一笑就OK了吗？用得着假装健康运转，突然张开血盆大口，吃掉一个拎着三岁孩子的三十一岁的母亲吗？尔后，百姓议论，专家分析，领导讲话，媒体持续关注……尔后，趋于平静，偃旗息鼓，只有孩子在找妈妈，只有孩子在找一个生死关头推儿子一把的年轻的母亲。

中国有个成语叫“亡羊补牢”，中国人都知道。它是点赞知错就改，为时不晚的“后发责任心”的寓言故事。但我一直以来不喜欢此寓言高姿态的突然“良心发现”的嘴脸。为什么不提前补结实羊圈，未雨绸缪，防“狼”于没有吃“羊”之前？看着网上疯传的一些搞笑的上电梯如履薄冰忍俊不禁的视频，我真服了有的网民的智慧。湖北电梯吃人之后，神州大地的所有电梯一定检修，谁还被电梯再肆意侮辱欺负，那真是人倒霉，鬼吹灯，放屁都砸脚后跟。真要谢谢死者的妹妹在出事商场上班及时将“电梯吃人”的监控视频上传互联网，让全国的电梯及时免费体检了一回，有病的治病，没病的整顿，癌症的索性要了它的狗命，让华夏子孙舒舒服服地享受现代科技文明。可是，电梯一溜风地健康了，臭气熏天的饥肠辘辘的下水道的个别狮口大张咋办？绕着走呗！孩子戏水溺死了，咋办？管紧点呗！洪水淹到房顶了，咋办？逃命要紧呗！地震一摇楼塌了，咋办？还没地震呢！这座大桥有一天垮塌了咋办？怎么？你唯恐天下不乱？啥都要高高在上地管？是的，啥都要高高在上地管吗？也太不体谅他们的日理万机了。

突然，就忍俊不禁于英国的那些“没事找事”的议员，一天可能是威士忌喝大了，下了雨游荡在马路上，左看看，右看看，看什么看？就看哪儿的马路在凹陷。马路凹陷与他们何干？收集弹劾执政党的马虎大意的事实证据啊！嗟乎！不可思议。

2015年8月2日

不要去追一匹马

“不要去追一匹马，用追马的时间种草，待春暖花开，自有一群骏马而来供君挑选；用种草的时间去完善自己，强大自己，丰富自己比取悦他人有力量得多！”开启微信瞥见这段文字时，喜悦不亚于朋友分享给我的西藏天宇的天籁之音。汉字是如此的神奇而富有温度，我似乎感觉到了这段文字的温润如玉芳香如玫瑰。不在乎它的是否原创，只羡慕它的送人玫瑰手留余香。我开始歉意自己的文字不够温暖，动辄凉风袭来不留情面。

“不要去追一匹马”，听！诗意满满，空间无限。在中国文学辽阔的草原上，其实经众口传唱锤炼成千古绝唱的更多是“死也要追一匹马”的经典神话。钟子期走了，俞伯牙把琴摔得支离破碎；梁山伯走了，祝英台化成了美丽的蝴蝶；刘兰芝走了，焦仲卿变成了东南飞的孔雀；七仙女走了，董永飞跃成银河岸的牛郎星；韩信走了，萧何跨马急追在凄美的月光之下……

苏东坡说，天涯何处无芳草。元稹说，除却巫山不是云。都是先哲的思维凝练。请问，谁是我们的知己？死也要追一匹马！天下何处无骏马？似乎掉进了选择的二律悖反。不！我们要擦亮眼睛用心地看看，追的那匹马值不值得我们用一生的执着去追？还要努力地想明白，那匹马是嫌弃我们而去，还是被逼无奈离去？如果是无可奈何而离去，如钟子期、梁山伯、刘兰芝、七仙女、韩信，执子之手，不离不弃，生死相随，又有什么不好呢？如果是嫌弃我们，为什么不给人家更辽阔的草原，培植我们荒芜的心田，生长更丰美的水草，吸引更心仪的骏马？

“不要去追一匹马，用追马的时间种草，待春暖花开，自有一群骏马而来供君挑选；用种草的时间去完善自己，强大自己，丰富自己比取悦他人有力量得多！”在阅读这段文字的时候，多么希望那些被朋友疏远的人被恋人抛弃的人被上司炒了鱿鱼的人被下属用脚投了票的人也能看到。憧憬这段文字像温暖的阳光融化他们心中的冰块，昂起尊贵的头颅，培植更丰美的草原，吸引更壮硕的骏马。不管什么时候丰富自己比取悦他人有力量得多。

没错，种得梧桐树，不愁引不来金凤凰。

2015年7月19日

何必和自己的影子说再见

我嗅着阳光的味道，来到了无人的广场。天蓝得洗刷了我的心肺，就是没一丝风吹我微醉。看蚂蚁行色匆匆，我听见它们在快乐地唱歌。三伏天的阳光，跳着火辣辣的探戈，肆无忌惮地在我浑身肆虐。那是谁家的孩子，仿佛一只可爱的小松鼠在不停地跳跃，后面跟着一个雪发飘飘的半拉子老头，手捏着墨黑的手机。孩子好像调皮的玩具，被他手里的遥控器快乐地操纵。再热情的阳光也阻挡不了孩子追逐太阳的热情。他是在和空气搏击，还是在和阳光嬉戏？跑得气喘吁吁发梢冒水丝毫不累。突然，爷爷收了手机，叫他回家睡睡。他瘪着嘴不愿意，终了还是要回去。挥着小手对着空气，一遍又一遍地说“再见”！我经不住好奇心的瘙痒，问:“这孩子和谁说‘再见’？”他爷爷笑呵呵地说:“和他的影子说‘再见’。”哈哈！和自己的影子说再见？多可爱的无知啊！

因为光明的太阳，万物有了自己阴暗的影子。听！不离不弃，如影相随；茕茕孑立，形影相吊。其实，清晨的影子和黄昏的影子一样长，但太多太多的人，却看见了黄昏影子的悠长。“枯藤老树昏鸦，小桥流水人家，古道西风瘦马。夕阳西下，断肠人在天涯。”夕阳西下，老树的影子悠长，瘦马的影子悠长，断肠人的影子悠长，失意漂泊的影子悠长……“长亭外，古道边，芳草碧连天。”黄昏斜阳去，萋萋青草地。无人说再见，只留影相伴。影子注定了是我们另一个含蓄抽象的自己，要想说声再见，只有走进黑暗。

人为什么甩不掉黑暗的影子，因为人一直在寻找憧憬的光明。回味太阳下的影子，月亮下的影子，路灯下的影子，蜡烛下的影子，我们若有所悟，追求的光明愈大，拥有的黑暗愈重。所以，心空阴雨的日子，何必跟自己的影子说再见？孩子是因为幼稚得可爱，成人是因为什么？

因为人类的聪明，地球深陷网络之中。每一个人轻视生命的行动，皆被互联网逮住。我常常惋惜网络报道那些因为挥不去心灵的阴影而瞬间逝去的年轻的生命。有点想不通他们为什么要执拗地和自己心灵的影子说再见。告别生命的确就告别昨天告别痛苦，但活着的亲人呢？陶渊明说:“亲戚或余悲，他人亦已歌。死去何所道，托体同山阿。”多么明朗释然啊！但是，死毕竟是叫活着的亲人痛不欲生的事啊！无论心灵的阴影多么黑暗，活着总是有办法的。没有迈不过去的坎，没有蹚不过去的河。何必和心灵的阴影说再见？

勾践国亡家破，依然卧薪尝胆；苏秦兄嫂弃嫌，依然悬梁刺股；韩信跨下受辱，依然带兵布阵；司马男儿被宫，依然著书立说；苏武饱受屈辱，依然执节放牧；惠灵顿一败涂地，依然卷土重来；邓小平三次被黜，依然东山再起……最深厚的阴影孕育着最灿烂的光明，为什么不可以忍受？一个不愿意咀嚼昨天黑暗的人，何以欣赏明天的灿烂笑容？一个不愿意反刍历史挫折的民族，何以享受未来的文明富盈？

2015年7月26日

原来它是无花果

四姐家的院子并不大，但毕竟也是院子。在这挤满单元楼的城市里，留一方天然的空气和阳光哺育花草自然生长的院子，已属不易。四姐家的院子里摆放的花草不少，但我叫上名字的真不多。尽管我每次来吃饭之后，闲得无趣，一定要品头论足一番她的花花草草，逼得她一一报出花草的大名。可惜，年过不惑的脑子听过就犯迷惑，一个花草的芳名也记不住。但有一个没名字的小树却记忆犹新，虽然一年以来无从知道它叫什么。今天终于知道它叫“无花果”。

院子狭窄，却挤满了亲戚。我蓦地看见那不知名字的树上结满了圆溜溜的核桃大的碧绿的果实，煞是别致稀奇。禁不住好奇地问:“哎呀！这树没见开花怎么就结果了？”“就是，没见开花就结果了。”四姐应和。“哈哈！老土！人家就叫无花果！不开花，偏结果。”外甥女煞是得意。呵呵！无花果，不开花，就结果？我还期待着它开花呢！

记得初见此树是冬天过年的时候，那时院子寒冷，屋里暖和，它就瘦骨嶙峋地萎缩在墙角，干枯的枝干挑着几点泛青的芽叶，诉说着对春天的渴望。其时，四姐家其他的花草生长得好不热闹！碧绿弥漫，姹紫嫣红，哪里像在冬天，都赛过夏天的美丽了；反衬得那棵树形单影孤，颇不合群。但这并不影响我对它的青睐。不彰显春夏秋冬的花草树木，哪也叫植物有灵？枯荣才知四季，四季方叫生命。温室里的花草温柔地剥夺了我们感知四季的权力，娇媚地弱化了我们开悟生命的情感，谄媚得我们沾沾自喜，陶醉于花草一年四季的美丽。所以，我喜欢冬天里枝干枯萎的树，在寒冷的漫漫冬季，孕育着春天的惊喜！看着它瘦骨嶙峋的可怜样子，我说:“这个树真好！”四姐夫说:“好啥呢？都快死了，连个名字都没有，好了你拿去养吧！”但我终究没有拿去养的勤快，懒惰制约着我对美的直接欣赏，但也开拓着我对美的间接向往。我借着隔三岔五到四姐家吃饭的时机，窥望着那别致的树生叶开花结果。但是，只见它发芽生叶长枝，却不见它打苞开花结果。突然一天，见零星的树叶间挑几点墨青的花蕾，那雁点青天的美丽不知何时才诉说盛开的辉煌？可是，外甥女这么一说，这半年来满满的期望竟然如一个五彩斑斓的气球，霎时被“无花果”三个字如绣花针似的轻轻戳破，顿显无望的凄凉。开花结果，开花结果，不开花何以就结果？

寻思着眼前这个奇怪的小树，想着今天的“潮人”绞尽脑汁未耕耘就身价千万，未结婚就房车俱全，未学习就百证能办，未奋斗就冠冕缠身，但他们依然骑着驴找驴，瞪着偌大的瞳孔，满脸的心野空空。何哉？也许我们曾经的弯路挫折得我们太落后，所以做梦都想一夜暴富一蹴而就，借此给同类炫耀硕果累累，享受成功的喜悦。然而却忽略了体验享受开花的美丽过程，焉能不空洞迷蒙？思于此，我突然想明白了比尔·盖茨为什么那么傻，富可敌国的资产就是不全部奉献给可爱的儿女。

2015年7月23日

其实，你们很优秀

北京一别，两个月了，去古巴前，我常说，以后的路你自己走。生活是老师，用自己的脑子思考，走好脚下的路。父母的唠叨有时对十八九的留学生是多余的，不想妨碍你自由而愉快的良好发展，相信你是聪慧的，会走好每一步路。有时，你母亲和你网上交流，我老说，少说一点，别让儿子这样那样的，人家有自己的脑子。不过你妈妈和你多交流，只是淡化思念你的浓度，为父者，就没有那么牵肠挂肚。怪不得孟郊说："慈母手中线，游子身上衣。临行密密缝，意恐迟迟归。"中国的古代贤人的确流毒无穷地聪明啊！

自从你去了哈瓦那上大学，我的心里一直很高兴，走路的脚步很轻，偶尔心烦，也被你留学的喜悦淡化。年过四十，还有什么比儿女的争气上大学更令人欣慰的呢？儿女为父母荣，比不过父母为儿女荣。人就是这么鼓励着走下去的。人生是一种向往，人是在希望中走向远方的。一定程度上，儿女就是父母的希望，甚至是全部的希望。两个月以来，你妈妈每个周末都和你在网上高兴地交流，我心里无比的愉悦。太平洋彼岸加勒比海的海风通过交流的言语吹过来，成了我们和亲朋好友有趣的谈资。还有古巴的蓝天白云大海椰子树棕榈树，红楼蓝楼，哈瓦那的欧式建筑，尤其是你们健康年轻青春阳光的形象，随着照片发过来，真的是"家书抵万金"啊。对"家书抵万金"这句话，这两个月我感触良深。但我一直没有和你长谈的欲望，和你妈妈间接地了解到你的吃穿住行，学习生活，心里高兴踏实。就一点不放心，你们的饭菜究竟怎么样？今天，你妈妈说，你在看佛经，我心里一陡，心里不平静了，和你在网上交流了一点对佛的认识，但言犹未尽，所以，只有接着唠叨。

你说，佛教是很积极的，比如你写的一句话，“锻炼铁，去渣滓而成精器。”的确精美积极，但只是人生的追求而已，如果苛求完美，则不免自寻烦恼。水清则无鱼，气洁则无雨，高处不胜寒啊！海子想“面朝大海，春暖花开”，连凡人的劈柴喂马的生活都羡慕不已，就证明他已走入生活的真空地带，所以他只有走向山海关的铁轨，结束自己的自命不凡的青春。黑格尔的辩证法是大智慧，事物是相对存在的，无丑则无美，无恶则无善，无假则无真，没有潘长江的矮小，就没有姚明的高大。所以，黑格尔说，凡是合乎理性的东西都是现实的，凡是现实的东西都是合乎理性的（即人们传说的，存在的即是合理的），一句话让许多想不通的事想通了。尽管如此，但人追求优秀卓越的步子还是不能停下来，停下来生活将淡然无味。比如你空间的心情留言为：“受身无间永远不死，寿长乃无间地狱中之大劫。”此语似乎大彻大悟，但漏洞百出，人能达到无间吗？能永生吗？向往平安健康长寿乃人的美好愿望，有什么不妥呢？佛是将生死等同了，其实指的是精神方面的。趋生避死乃人之常情，生就是生，死就是死，有质的区别。一只小蚂蚁，你用手去捻，它也会求生飞跑，何况人乎？至于你传过来的一长段佛语，也很美的，关键是如何理解。凡宗教，外衣都是善良而优美的。佛教、伊斯兰教、基督教都是如此，但那是蓝天上飘逸的白云，我们走累了，抬头欣赏欣赏就行了，如果痴迷其中则如同含着带甜皮的药，后面是苦的。马克思说宗教都是鸦片，此话未免极端，但邪教是海洛因，一点儿也不过分。所以，我说佛教是失意者的止痛药，邪恶者的回头岸，奢侈者的洋芋面，不无道理。你不是失意者、邪恶者、奢侈者，所以走马观花地浏览浏览就行了，大可不必一本正经地在网上阅读。挤一些时间好好学习西班牙语，了解西方科学经典的文化，为将来工作积淀知识智慧和技能。佛教是行路者的芭蕉扇，奋斗得汗流浃背了，扇一扇，心里面平静平静也好。

佛教是一门宗教，不妨就我的浅薄之见略说一二。中国社会到了春秋战国就有病了，所以疗救社会的大夫就雨后春笋般出来了。老子和庄子开的药方叫道家（这是后人的称呼），社会既然烂了，就让他烂到小国寡民，无为逍遥，鸡犬相闻，老死不相往来。孔子和孟子是热心肠，开的药方叫儒家，社会怎么能烂呢？一定要补救，于是就奔走呼号，奋发有为，救万民者，舍我其谁？“己所不欲，勿施于人。”“己欲立而立人，己欲达而达人。”可惜当时的社会已人心不古，世风日下，苏秦和张仪“纵横”交错，驰骋天下，弱肉强食，民不聊生。于是，荀子的两个学生来了，韩非子说，都别天真了，人性是恶的，唯一的药方是以法制裁；李斯以秦国为试验田，法制下的秦国强大了，包容天下，囊括四海。但少了儒家的道德呼唤，强大的秦国像流星一样从历史的天空闪过，留给汉高祖刘邦的教训是，对天下人不能太苛刻。于是，黄老无为，休养生息，奠定了汉天下四百多年的国祚。当然，自汉武帝后，大汉的天下是自强不息的儒教支撑起来的。经过三国的电闪雷鸣，血流成河，勉强进入两晋。司马父子的低智压榨，出现了人生不过如此的避世玄学。知识分子以在灿烂的阳光下比赛抓虱子以求灵魂的高贵，他们认为生就是死，死就是生啊。不能高贵地活着，还不如倔强地死去。于是，嵇康一曲《广陵散》，而后潇洒地将琴抛向高空摔碎，仰天长啸，《广陵散》从此绝矣。阮籍每天毫无目的地走啊走，穷途末路了，大哭一场，又走啊走……王子遒雪夜访戴逵，乘兴而去，乘兴而归，不见友人胜见友人。他们如此的特立独行，风流潇洒，愤世嫉俗，是因为朝廷不给他们施展才华的舞台。正是在这个时候，佛教从印度传过来了。从此，阿弥陀佛，阿弥陀佛，是一种谢恩与人，也是一种救助与己。阿弥陀佛是东方最大的佛，也是无量寿佛，也是无量光佛。佛教创始人乃释迦牟尼，他是王室的王子，吃遍了山珍海味，享尽了荣华富贵，俯瞰芸芸众生，顿生怜悯之心，于是布衣素食，慈悲为怀，普度众生，脱离苦海，佛法无边，回头是岸。佛是觉悟了的众生，众生是还没有觉悟的佛。《红楼梦》里说得好：“世人都晓神仙好，只有功名忘不了。”“世人都晓神仙好，只有娇妻忘不了。”“世人都晓神仙好，只有金银忘不了。”“世人都晓神仙好，只有儿孙忘不了。”所以，不论是何种宗教，都是教人行善，无私地施舍，脱离尘世的烦忧，逃避现世的矛盾，追求精神的宁静的。有时，宗教往往被阴险的政客所利用。唯物辩证法告诉人们，社会的进步是因为矛盾的交织斗争，人的进步是因为环境的刺激。所以，功名、金钱、妻子、儿女，都是人生正当的追求，就看如何去追求。只要合情、合理、合法，也是生活的理想。南北朝时佛教盛行，因为乱世，众生苦不堪言，所以求助于佛。固原的须弥山大佛就是南北朝时建的。至于唐僧西天取经的故事，证明好事多磨，隐含了两种不同的人生信仰。唐僧迷信于佛，盲目同情施善，让妖怪钻了空子，好事弄成了坏事；孙悟空不迷信于佛，以佛养心，酒肉穿肠过，佛祖心中留，火眼金睛，打遍妖怪无敌手。

你说："做菩萨不好，没有肉吃，还是做妖怪好。"此话很有意思，也很有哲理。人太老实了不行，太奸诈了也不行。以儒家学说养志，自强不息；以道家学说养气，从容自如；以佛家学说养心，同情弱者。以出世的姿态做入世的事情，避免了别人的嫉妒，又干好了自己的事情，就有肉吃了。中国到了两宋元明清，偏激的儒家学说出现了，也就是程朱理学，存天理灭人欲，这显然不好。佛教的声音就只能在晨钟暮寺里听到，佛教徒成了一个专门的职业标志，生活不如意，逃避矛盾，剃发为僧，吃斋念经，度此一生。无论目的多么纯洁，也成了芸芸众生嚼舌的对象。比如，民国才子李叔同，做了弘一大师，有几人能理解？至于台湾国学大师南怀瑾说阐，书法大师赵朴初谈佛，书法大师启功谈佛，台湾星云大师谈佛，那是他们年过古稀，博学多才，满腹经纶，佛心灿烂，祝福百姓使然。看上去一个个历经沧桑，白发苍苍，慈眉善眼，慈悲为怀。功名利禄得到的太多了，大有若无，看得很淡，都释然了。而我们有什么呢？在知识面前，就好像海边拾贝壳的小孩，身后是浩海无边的大海，所以要发扬NBA优秀球员艾佛生同志的艰苦奋斗、永不气馁的精神，好好地寻求"答案"。至于《红楼梦》里的贾宝玉，普通老百姓皆以为是被他奶奶惯坏了，身在福中不知福，尽将才情付水流。又有多少人理解曹雪芹的一片苦心呢？真的是"满纸荒唐言，一把辛酸泪。都云作者痴，谁解其中味？"，甚至有人认为，这个贾公子的病很好治，扫地出门，给一根长棍，一路打狗要饭吃，就明白什么叫生活了。

古巴应该说是读书学习的好地方，可能稀缺成年人灯红酒绿时尚刺激的娱乐享受的场所，但也许是莘莘学子静心学习修身养性的乐土。少有工业文明的污染，而多农业文明的清新。蓝天，白云，大海，沙滩，绿草，鲜花，椰子树，棕榈树，黄牛，电线杆，红楼，蓝楼，甘蔗，香蕉，度假村，欧式建筑，加勒比海的异国风景，是中国任何一所高校也没有的。还有人文方面的风景，热情浪漫的切·格瓦拉，坚强傲立的卡斯特罗，睿智沉稳的劳尔，都是古巴的精神财富。卡斯特罗是哈瓦那大学的法学博士，出类拔萃的演说家，铮铮铁汉，有国际影响的政治家。劳尔是历经挫折的布尔什维克，听说是经济学博士，正带领古巴人民走古巴特色的社会主义道路。祝福古巴愈来愈好。发达的资本主义国家美国封锁，崛起的社会主义国家中国帮助，就是古巴今天的国际处境。这个西半球唯一的社会主义国家，加勒比海的天然明珠，因为国际大气候，和中国是好兄弟。两国教育部的友好交流项目，使中国西部的学生得以受益。学杂费、吃住费、日常用品费全免，在中国任何一所高校皆难以做到。家庭经济条件较好的学生也许不易感觉到，家庭条件一般的同学就觉得既幸运又欣慰了。留学生当互相鼓励，好好学习，好好坚持，五六年后，学成回国，以显身手。网上了解到学医学的有困难，但国内的大学就十全十美？塔拉拉是比较理想的学习西班牙语的环境，远离喧闹的城市，却享受城市的文明，沐浴田园风光，语言的听说读写，均能得到很好的发展。五年的大好机会，好好珍惜，国内大学西语系的也才在古巴学习一年。两月以来，你做得很好，在宿舍和同学和谐相处，在球场和同学和谐运动，在教室和同学和谐学习，乐观积极向上风趣幽默阳光，自己快乐，别人也快乐，多好！只是有几点我有不同理解，上网太长了，影响学习，影响健康。看看电视，如西语节目，中央4台，是很好的。经常和国内的一些失落的老同学网聊，影响自己的良好发展，少聊不聊为好。与有肝胆人共事，可以提高自己。在古巴交几个优秀的新朋友多好！互帮互助，实惠快乐。和老师和谐相处，虚心学习。至于和其他成年人，谨慎交往为好，毕竟复杂，害人之心不可有，防人之心不可无。每天想办法吃饱，吃不要吝啬，人以食为天，身体是第一位的。中学六年，跟上我艰苦奋斗，粗菜淡饭，那是中国应试教育体制下我教育你吃苦上进的特殊教育方式。别以为家里生活水平真的那么低，我和你妈一月的工资，顿顿吃肉也可以的。你留学五年的费用还是有保障的，别穷酸，也别放纵，分寸把握好。男子汉，豪爽些，有舍才有得，好占便宜的人有，但毕竟少。大多数人得了好处都思回报的。打篮球，小心点！游泳，小心点！学会保护自己。

至于古巴人的“懒散”，也许有两个原因。一是有社会福利，医疗教育公费，老百姓也就没有什么顾虑了，住房也是公寓，求富有可能惹人嫌。生活用品又是配给制，人民也就好好工作，悠闲自在，少求创造了。人性有两大特点：贪婪性和创造性，古巴的社会体制，很好地制约了贪婪性，可也约束了创造性。相信古巴的改革会激发人的创造性的。古巴的“懒散”，也许影响物质生活，但对精神生活影响不大，更不影响留学生的学习生活。少一些物质刺激，有利于学习知识。国内的大学，正被横流的物欲冲击着，有的大学生，灯红酒绿，醉生梦死，及时行乐，推日下山。第二个原因，是中国人的紧张反衬出古巴人的懒散。中国中学里的学生和老师，也许是世界上最紧张辛苦的了，到古巴一下子适应不了，有心理落差。其实，中国高考前的竞争是一种非良性竞争，是将知识翻来覆去地记忆训练，而无暇顾及创造能力的培养，至于实践能力演讲能力更是忽略。不知古巴的教学注重的是什么？北欧的人才叫懒散，每年工作八个月，四个月都休息，旅游休闲享受生活，老年人坐在海边看飞鸟自由飞翔，他们没必要紧张工作，创造的财富需要去消费，否则就是浪费。西欧有的国家社会福利太好，有的人喜欢吃福利，懒于工作。当然，古巴的社会财富没有这么充裕，但他们毕竟是西班牙的后裔，多浪漫少勤劳。只有1000多万人，不会像中国一样激烈地竞争。但你们将来回国，就业压力大，你一定要头脑清醒，不敢懒散。虽然没有高考那么苦，但还是要勤奋上进。其实2009届你们，都很优秀，智商能力不在清华北大之下，只是没有人家勤奋。中国高考要的就是埋头苦学的人，所以，高中三年一直对你不客气，今天你到古巴留学，真的太好了，古巴更适合你好好的发展。学习能力，演说能力，实践能力，交往能力，创造能力，好好地培养吧。我最近有个偏见，高考480分以上，就说明是优秀的，分数再高是对知识的重复记忆，而创新能力实践能力想象力又培养了多少呢？所以，中国无缘诺贝尔自然科学大奖。大学五年，好好发展，学好西班牙语，找个好工作。听说你们学长和清华北大的实习生闹矛盾，有点看轻自己了，大学是人生飞跃发展的几年，好好把握，谁优谁劣很难说，何必争一时长短？关于东方文化，闲了看看易中天的《先秦诸子百家争鸣》《品三国》，很有见识。古巴介绍西方文化的书多吧，看看想想，不无益处。苏格拉底、柏拉图、亚里士多德、笛卡尔、康德、黑格尔、尼采、达尔文、叔本华、杜威、弗洛伊德、罗素、培根，不妨了解一点，为我所用，多一些科学知识和辩证理性的头脑。哲学、文学书看一些，长智慧；宗教书别看，麻痹人。以学习西班牙语为主，闲了半个月写一篇汉语文章，说说在异国他乡的见闻感悟，和亲人朋友共享。已写的几篇就很好啊！为什么不写了？写作是对思想的监督。

2009年11月10日

当心那扇无意打开的门

进入伏天的太阳似乎有些被万物冷落的寂寞，发飙似的掷下火团，激活人类“大有若无”之忘恩负义的麻醉，提醒万物太阳的不可或缺。幸亏固原的风何时来何时凉，但怕晒的市民依然一窝蜂地往树荫之下钻。一辆辆晒蔫了的小轿车无精打采地自觉地排起了长龙，自惭形秽地蜷缩于华贵的树荫之下，怂恿得一棵棵大树气宇轩昂，摆出一副舍我其谁的姿态。没错，太阳越热毒，大树越风光。

我不知道城市的什么地方的美丽诱惑着我，害得我行色匆匆，无怨无悔。自行车轮子没有新意地机械转动，无聊的麻雀也懒得为我歌唱。我的影子追不上我，拽着后衣襟，不无鄙夷地问:“疯子！你忙什么？”我的双脚告诉它，要幸福。突然，“嘭”的一声，一扇门横在我面前，挡住了我的“幸福”。不是我紧急拉闸，定碰得人仰马翻。我鄙视着那个无视骑车人的匆忙，优雅地打开黝黑奥迪车门的女士，目送她“你急什么？”，她颇有气质地歉意:“对不起！我是无意的。”

我没有时间质疑她“无意”的真实，我要继续前行，寻找我的幸福。她没有先看后视镜的高贵精神，就贸然开门，一定有她的素质个性。因为，她也是一个匆匆寻找幸福的人。和我的区别是，她开着私家车，我骑着自行车。这样匆忙的人我见得多了。他们开着华贵的车，却不发散华贵的精神。我不知道这是不是中国富贵的个性？潇洒地走在已经拥有的富贵路上，优雅地挡住了正在追求富贵的人的路径。斑马线上，行人如履薄冰，开车的人雷厉风行；雨水街上，行人小心翼翼，开车的人呼啸如风；盲人道上，瞎子步履蹒跚，私家车横卧竖停……于是，正在追求富贵的人看着已经富贵的人鼻子哼哼。待到有一天追求富贵的富贵了，和已经富贵的一路行径。缺少民主法治滋润的城市，难见自觉的高贵！当心无意打开的那扇门。

之于有意设置的那扇门，我们习惯了未雨绸缪。要么拿着钥匙，只需睿智地轻松转动；要么提着锤子，哪怕叮叮当当地理论。

之于无意打开的这扇门，高贵者无意打开，我们尚有鄙视的满足。卑微者无意打开，留给我们的只有哭笑不得了。

我有一次上厕所，舒舒服服地新陈代谢之后，系好裤带，洗干净手，轻松得好像完成了一项艰巨的任务，吹着《喀秋莎》脚步轻盈。突然，“嘭”的一声，厕所之门和我一个急吻，打得我眼冒金星。一个学生火急火燎地说着“对不起！对不起！”顷刻之间，他的一泡尿浇得肥水四流。我只好自认倒霉：“没关系！没关系！”

尿急了，撒了，是一种幸福。只不过先撒了先幸福，后撒了后幸福。孰料学生无意撞开的门碰散了我先得来的幸福，换来了学生稍后即来的幸福，且彼此毫无恶意。当心无意打开的那扇门。

2015年7月30日

我所间接了解的西班牙

西班牙之于我，2013年7月5日以前，皆是雾里看花水中望月。偶尔跳跃于我脑际的西班牙元素，除了哥伦布，就是毕加索和堂吉诃德，至于佛朗哥，我觉得他就是西班牙一个倔强的斗牛士。哦，还有西班牙足球和篮球，那就是斗牛士的足球和篮球，激情浪漫，摇曳多姿，韵味无穷。还有什么呢？没有了。

可是，2013年7月5日之后，对于西班牙，我像倾心于一个恋人似的品味起她的细枝末节来了，原因很简单，儿子张东阳要去西班牙学习。作别加勒比海的岛国社会主义古巴，前去地中海沿岸资本主义半岛国西班牙，叫人好奇而憧憬。

事实是，2013年10月15日，儿子坐飞机从西安到北京，匆匆忙忙转机飞到了荷兰国的阿姆斯特丹，在一个美国籍的体态雍容的女教授的优雅帮助下，顺利登上了去西班牙塞维利亚的客机。从此，我和妻的心就拴在了西班牙。马德里的天气，巴塞罗那的足球，拉霍伊的访华，西语电视台的辱华，加泰罗尼亚地区的独立公决，直布罗陀海峡的归属对决，安达卢西亚大区的学费涨价，摩洛哥公民偷渡西班牙的梅里梅亚，骤然皆成我们喜忧愁乐的遥控器。西班牙的天，只要是蓝蓝的天，我们的心里就好喜欢。

至于那些曾经印象在大脑中的西班牙经典元素，亦像剥洋葱一样，越来越清晰起来。冒险家哥伦布发现了拉丁美洲，其时，西班牙俯视地球，傲睨群雄，令人羡慕钦敬。堂吉诃德演绎骑士风华，毕加索挥洒立体绘画艺术，其时，西班牙风姿绰约，摇曳多姿，令人心旷神怡。佛朗哥铁腕独裁，孕育了西班牙自由经济的土壤，催开了西班牙民主宪政的蓓蕾。其后，西班牙和欧洲融为一体，演奏着资本主义的自由民主之交响乐，沐浴着地中海的风，享受着欧罗巴的阳光。慢慢地，慢慢地，西甲名扬天下，斗牛士绝代风华。可惜，西班牙依然迈着浪漫的步伐，优哉游哉地走在欧盟的中间，前瞻德意志法兰西不足，后顾希腊捷克有余。拉丁民族，骨子里的浪漫，娘胎里的慵懒。西班牙和古巴，同种同族，我好奇地猜度，一样的浪漫和慵懒，西班牙比古巴究竟能先进到哪里去？

不一样啊，就是不一样啊！这是儿子踏上西班牙国土的直接感觉。干净，有序，不闯红灯，车给人彬彬有礼地让路。大学没有围墙，图书馆全天开放。几百年的欧洲风格的石条建筑错落有致姿态各异。信鸽自由飞落，麻雀自得其乐。教授风度翩翩，平易近人，学识渊博。同学淡然相处，见面颔首致意，各忙各的事儿。大学宽进严出，考试一是一，二是二，铁面无私，休想蒙混过关！吃饭自己下厨房，住宿自己去租房。

和儿子一起租住的有一个西班牙白人警察，男的；一个加蓬黑人志愿者，男的。房东说，开学了，来一个阿根廷留学生，女的。OK！亚洲、欧洲、非洲、美洲，四大洲。黄种人、白种人、黑种人，三色人种。就差一个澳洲的棕色人种就五湖四海皆兄弟了。盼望着，盼望着，九月来了，开学的脚步近了。突然，有一天，搬进来一个黑人留学生，男的，比加蓬的那个小伙子还黑，一问，是摩洛哥的。跳探戈的阿根廷姑娘，你在什么地方？室友皆唏嘘不已。失望归失望，太阳照样升起，月亮依旧美丽，日子尚需要实实在在地过下去。人是铁，饭是钢，一顿不吃饿得慌。做一顿饭并不难，难的是天天要做饭。哈哈！瞌睡来了遇枕头，肚子饿了有馒头。可爱的西班牙警察叔叔，比中国的雷锋叔叔还叔叔。体态臃肿，金发稀落；向往自由，别妻租住；举枪炫耀，身手敏捷；大秀厨艺，花样翻新。和儿子一个锅里搅勺。一天三顿饭，包了自己做。吃得儿子一个月脂肪堆积十斤，不得不严肃制订健美瘦身计划，让可恶的脂肪燃烧成麦浪滚滚。一个寂寥的夜晚，警察叔叔童心未泯，摸进儿子卧室，戴着青面獠牙面具，拽醒了儿子。儿子惊出一身冷汗，强压雷霆，表情木然。警察叔叔惭然，讪讪而去。儿子冷战三天，馋涎欲滴，和好如初，同锅造饭，吃得舌香嘴油肚子圆。去斗牛场看斗牛，去橄榄林看橄榄树。一月后，警察叔叔妹妹病重。秋风萧瑟卷黄叶，好友不得不离别。送了一程又一程，一直送到家门口。

搬走了西班牙警察叔叔，休闲的时光伴随着孤独，慢慢地，足球拽着儿子的双脚到处走。西班牙的足球场遍地都是，即使一个小镇，绿茵场也赏心悦目。八九岁的小屁孩，双脚缠着足球，儿子难以挡住，挡住他们驰骋绿茵沙场的梦。娴熟的脚法，盘带前冲，戏弄着儿子笨拙的防守，双脚的歌谣，演绎着西班牙足球强国的美梦。

一次，儿子去巴伦西亚看一场西甲龙争虎斗。票在手，路不熟；到点了，独自一个人站在呼呼西风之中，问哪儿是去巴伦西亚的道路？蓦地，一辆豪华小汽车戛然而止，眨眼之间，一颗白发苍苍的老人之头伸出小汽车窗口，晾晒在绚烂的阳光之下，西风呼呼，银发飘飘。

问："去哪里？"

儿子答："去巴伦西亚足球场。"

"OK！顺路，上车！"

儿子担心，问："车程费？"

"60欧。"

"好的，不贵。"儿子思忖，走！

一路顺风，风驰电掣，半个小时，如期而至。足球场已然闪耀在眼前。儿子掏钱，转身，抬头……怎么？满头银发的老头潇洒地挥手，调转车头，拉着满头金发的老伴儿，原路返回。是梦耶？是醒耶？是在资本主义社会？还是进了桃花源？儿子掐了一下屁股，疼！怡然走进球场。

侄女董蕾蕾，憧憬着西班牙的风景，2014年中国国庆长假，终于成行。带着退休在家的父亲母亲从深圳一站式落在马德里的机场。领略了马德里的雍容华贵，浏览了塞维利亚的水秀浪漫，定格在精致绿色的格拉纳达。和儿子一起穿梭于该城的大街小巷，阅读着名胜古迹，欣赏着花园城堡，体验着大学教堂。尔后作别，儿子上课，他们继续徜徉于西班牙东北的艺术之都——巴塞罗那。个中滋味，我无福消受，仅仅听说而已。

据说巴塞罗那是西班牙加泰罗尼亚地区的首府，乃西班牙最发达最典雅最时尚的艺术之都。1996年奥运会情有独钟于巴塞罗那，世界各大城市只有羡慕嫉妒恨。加泰罗尼亚，因为特殊的民族风情，特殊的地理位置，欲玉树临风，鹤立鸡群，独立门户。欧盟半推半就，尽管西班牙政府一脸的不愿意，但还是民主投票，全民公决。结果和英国的苏格兰一样，多数赞成不要独立，只好一个锅里继续搅勺。巴塞罗那的天，是西班牙的天，巴塞罗那的大多数人民依然很喜欢！

董蕾蕾微信曰："你们和我们一起去西班牙多好！"可惜，我们的金钱羁绊着我们阅读天下的双脚。攒两个钱吧，借儿子在西班牙留学，去了有免费的导游。

蹊跷的是，2014年深秋开学在即，西班牙南部安达卢西亚大区的大学学费莫名其妙地飞涨。非微调也，是飙升，要涨七、八倍啊！如此下来，每年光学费就是六、七万人民币呵！离开中国时，西班牙教育部承诺和西班牙的学生一视同仁，为什么说涨就飞涨了呢？再探，欧盟成员国的留学生不涨，非欧盟的才涨。这不是排外吗？再探，亚洲日本和韩国新加坡的驻西班牙大使馆的外交官据理力争了，安达卢西亚自治区政府应允，不涨。中国的留学生继续涨，怎么？这不是斜睨中国吗？于是，塞维利亚的中国留学生发帖，几月几日黎明，所有的中国留学生相聚在塞维利亚河的西河畔之凛凛晨风之中，去找我们驻西班牙大使馆的外交官诉说心中的不平。也不知道相聚了多少中国留学生，到大使馆去了没有，但高昂的学费却是实实在在地交了的。不交怎么办？耍脾气回国，代价太昂贵了。

突然，就愤慨起西班牙电视台的动不动辱华事件，不过都是一些小孩子斗鸡似的怄气游戏，用人家的顽皮撩拨我们的冷漠而已。我们痒得拉不下面皮，外交部发言人表示遗憾了谴责了，但落实到实实在在的异国他乡华人的切身利益上，还不是"要入乡随俗了""尊重他国权力了"，不了了之。

一个关键时刻站不笔直的人，怎么奢求别人在平常的日子平等地尊重呢？儿子的一个西班牙同学说，西班牙政府不管西班牙国民走到天涯海角，都只关心西班牙国民的切身利益，至于他国的国民，自有人家的祖国母亲关心，用不了西班牙母亲关心。但是，令他们西班牙人想不通的是，有的西班牙在中国的留学生，家庭太富有太富有，中国的大学还这资助那补贴的，他们都十分尴尬。呜呼！谁家的孩子确实要谁家的父母疼！如此一来，天下的孩子不都有监护人负责任地呵护了吗？人类之常识矣！常识矣！

说起西班牙人的慵懒，比古巴人有过之而无不及，但古巴人民却贫穷有余，而西班牙人民却富裕有过，为什么？

儿子不明白，我也不明白。

古巴人的慵懒是不可思议的。要建楼了，拉了一大堆砖头，过了一年，那一堆砖头还在那儿懒洋洋地晒太阳。公交车的门都掉了，也只是有一个人打着呵欠扶着。搞个公证，等一天；搞个认证，等两天；搞个签证，那你就等一个月吧。但是，如果你不是铁公鸡一毛不拔，行点小费，一定兵贵神速。

古铜色的古巴小伙子，吃得不好，喝得好。几瓶子朗姆酒咕咕地灌下肚子，牛一样的大眼睛色迷迷地一眯，斜躺在海边酥软的沙滩上，拧巴着一根土制的黑硬的雪茄，睨视着三点式的曲线分明、波涛汹涌的姑娘，慢悠悠地抽一口，睨三眼，抽两口，睨六眼……

西班牙人是古巴人的祖先，慵懒是升了级的。

晴朗的日子，天蓝得澈心澈肺，是上帝专门清洗过的。太阳懒洋洋地晒着，地中海的风懒洋洋地吹着，麻雀懒洋洋地跳跃着……几个人往绿莹莹的草坪上卧着的石墩上一坐，青灰色的石桌上几十瓶葡萄酒一蹲，有一搭没一搭地喝着。烤煳了的火腿，冒着淡淡的青烟，有一嘴没一嘴地撕扯着……日头偏中，见他们在那儿喝着，日头跌进橄榄林里了，他们还在那儿喝着。

下午五点一过，所有的超市闭门谢客，你买不上肉、鸡蛋、蔬菜和橄榄油，就只好素米素面，阿弥陀佛。

儿子欲续签居留证，所有的材料递交移民局，等啊等，杳无音信。以为要打点，错矣！到时候就邮递来了，急什么？潜规则要受罚的。不信？

新闻报道，几个初来乍到西班牙的中国人，拉了一车货，超载了，扣下。怎么办？悄悄地上银子啊！上了，西班牙交警收了，继续扣着，凭什么？没有中饱私囊啊！警察自己曝光了，行贿的华人受罚。嗨！机关算尽太聪明，赔了夫人又折兵，癞蛤蟆跳门槛——连蹾屁股带伤脸。

所以，西班牙慵懒是慵懒，但邻国摩洛哥就喜欢这个调调。一丈见外的国界钢丝网隔离墙，勇敢的摩洛哥小伙子像墨黑的蚂蚁嗅到了美味食品一样，勇敢地攀上了高高的钢丝网，上不去，下不来，在灿烂的阳光下，不好意思地望着对面的西班牙巡逻警察傻笑……

中国的智者云："域民不以封疆之界，固国不以山溪之险，畏天下不以兵革之利。"不无道理也。西班牙那么慵懒，凭什么富贵有余贫穷不足？即使生活在乡村的西班牙农民，也和城里人没有什么区别。住着宽敞精致的庭院，几道篱笆墙，隔而未隔，界而未界，种花种草种蔬菜。漫山遍野的橄榄树，财源滚滚，白银哗哗。养着大黄狗，开着小汽车，徜徉在乡间鹅卵石铺就的道路上，城里人又奈他们何！

得天独厚的西班牙，头枕着西班牙民族的脊梁——高高的穆拉撒山，脚濯着地中海蔚蓝色的海水，还需要急急忙忙地争抢什么？财富过剩谁说不是一种隐性的浪费？有各大洲青年才俊慕名而来取经学习消费，有五湖四海驴友背着行囊纷至沓来散心挥霍银子，有傲视足坛的西甲顶级赛事全世界争相转播刷卡打款，有天涯海角的高官巨贾情有独钟移民定居，有烤火腿，有葡萄酒，有橄榄油，有哥伦布，有毕加索，有塞万提斯，有萨马兰奇，有多明戈，有斗牛文化，有足球文化，就足矣。中国黑龙江一样的国土面积，那么长的海岸线，那么辽阔的天然沙滩，养育着才4000多万的人民，还不知足，还需要什么？

2015年2月18日

又是一年五月五

外面骄阳似火，办公室就十分的惬意。和一个老师有一句没一句地聊着，凉风徐来，浑身轻松。蓦地，俩女学生飘然而至，嫣然笑曰:“送老师俩粽子，祝老师端午节幸福！”“谢谢！谢谢！你们是……”我欲问又止。“呵呵！老师前天给我们上过两节课。”嘿嘿！临时顶替所代的两节课滴到本分所带的两个班两年的浩瀚课堂里，不过沧海一粟而已。记得的记不得，记不得的记得，大有若无乎？大无若有乎？

有也罢无也罢，又是一年五月五，家家户户过端午。

其实，学校明明已然通知要放三天端午节假，只是不知忙什么，我竟然没有过节的筹划意识。骑着自行车，穿插于六盘山大地山城固原政府巷熙熙攘攘的人流中，节日的味道已浓得化不开。粽子的叫卖声抑扬顿挫，卖甜醅的也不甘示弱，声音悠扬而不失磁性。虽说二者互不拆台，井水不犯河水，不过较个劲图个乐子逗个趣而已。满巷子的香草包儿摇曳多姿，芳香弥漫。绵长的花绳绳缠在小贩的手上，飘逸如彩色的瀑布。哪里需要吆喝？老人小孩姑娘少妇蜂拥而至，团团围住，比美挑好，讨价还价，笑逐颜开，比试佩戴。热风袭来，柳枝婆娑，婀娜多姿，煞是妖娆。明天凌晨，不知有多少瞌睡少的老头儿老太婆乘着露水未干拽折碧绿的柳条，插向家家门前福荫子孙呢？

这城里没有艾草，要是在乡村就好了。端午佳节，艾草一割，门头遍插，荫福全家。我家乡的家家户户门前屋后皆种艾草，不为美化环境，只为五月五遍插门头，剩余的收割了晒干，燃灸风湿伤痛，亦颇有疗效。

这样想着，倒勾起我对家乡端午节的惦念来了。

我老家的人把端午节不叫端午节，叫五月五。正如把中秋节叫八月十五，把除夕叫大年三十晚上一样，图的是个简单好记。村里人说，癞蛤蟆躲得过初五，躲不过初六。于是，五月五我们就去抬水灌黄鼠，灌到最后，慢腾腾从黄鼠洞爬出来的还是癞蛤蟆居多，黄鼠很少。原因据说癞蛤蟆是黄鼠他舅舅。这长辈就是有长辈的气派，生死关头，癞蛤蟆身先晚辈，视死如归，雍容华贵，打着水嗝儿，慢悠悠爬出。

贫穷年代，节日之于成人，似乎是一个吃饱的理由；之于孩子，更多是一个玩耍的借口。我不知道今天的节日的意义是什么，是团聚的契约？是思念的诱惑？是奢侈的借口？还是放浪形骸的催情？

其实，节日之于老百姓不就是一个开心的理由吗？在中国，节日更多的是过给孩子看的。我小时候过端午节就很开心，尽管贫穷，但我母亲在过节这天一定要把家里打扫得干干净净，收拾得温暖如春。大清早起来，大门、每一个房门的门头已经插满了艾草和柳条，院里艾香弥漫，门前碧柳成荫。那时香草包是奢侈品，我们没有。花绳绳是晚上早搓好的，早上绾上就行。手腕上脚腕上中指上脖子上到处都是花绳绳。据说辟邪，图个吉祥，一年不变狗生病。早上的脸不可用清水洗，必须用麦苗上面的露水洗，洗了一年不生癣。是生牛皮癣还是生猪皮癣我不记得，碧绿的麦叶上面滑动的晶莹剔透的露水至今使我魂牵梦绕。那时的肉自然很稀缺，粽子也没有，但燕麦做的酒醅子是尽饱吃的。酒醅子发酵熟好的时候，满屋子弥漫的是酒和粮食揉和的香味，馋人口腹，醉人心脾。有一年，我贪吃得多了，醉了，拧了一根柳树棒打了半树酸杏子，嚼得满地是酸水。四姐斗胆相劝，教我两棒打得哭着哭着睡着了，睡着了就太阳坡里睡了一下午。我笑着笑着也睡着了，睡着了就睡着了，连猪都没有拱醒来。

我不知道今天日子好了的故乡人端午节过得还是不是这样翘首期待随意率性？但我清楚今天吃喝不愁的城里人端午节过得远没有如此的天然率真情趣盎然。我不知道今天日子的发展是不是科学，城市化矫揉造作的洋气怎么可以以牺牲乡村淳朴自然的土气为代价呢？不可一世的现代城里人终于品尝到了逃离大自然矫揉造作洋气后的寂寞乏味。过节就过节呗，煽情地美其名曰“保留传统文化，承继中华文明。纪念屈原大夫，发扬爱国精神”。好像我们不好好过端午节，韩国人民就抢去过了似的；好像一个端午节就可以燃烧起老百姓熊熊的爱国火焰一样。一个文明美丽的地方，不宣传，人民也爱得死去活来。屈原是怎么死的，全世界人民都知道；屈原自投汨罗江对不对，看看楚王的嘴脸和楚国的情势就知道了。

一个淳朴自然的传统节日，电视网络铺天盖地大肆炒作生猛宣传，精彩是精彩，过瘾是过瘾，可惜，无论你走到哪儿，钻入眼角的都是一副副紧盯手机屏目不斜视的生硬面孔。谁还顾得上用麦苗上晶莹剔透的露水清洗憔悴不堪的不自信的脸呢？

2015年农历五月五日

行走的歌谣

旅游就是

花钱看稀罕

每一处陌生的风景

都是好风景

再读碑林

生活之于我，温饱以后，莫过于读万卷书、行万里路来得赏心悦目。太多的太多，对于我都是多余的。有的书，随便翻翻就行；有的书，看一遍就足矣；有的书，阅读了放下，时间一长，又想起来了，于是再阅读再幸福。大地上的灵秀造化亦是如此，有的名胜一览无遗，有的古迹观赏一次即可，有的风景看过了隔几年又魂牵梦绕欲罢不能。西安的碑林就是这样的让我魂牵梦绕的绝胜风景。试想，地球上哪个地方有这样的风景？跨越地域，穿越千年。书法高手，少长咸集。雕刻大师，群星荟萃。天朗气清，惠风和畅。挥毫有翰墨，往来无白丁。笔落惊风雨，泼墨泣鬼神。西安碑林简直就是中国汉字书法艺术雕刻盛会啊！地地道道的绝胜碑刻满古都耶！

1995年的五一长假，我和一位同事分别拎着儿子来接受熏陶，门票印象是两元钱。其时已经是日近西山，树影婆娑，芳草萋萋，石碑朦胧，字迹模糊。两个小孩子欢天喜地地捉迷藏，对于碑林书法了无兴趣。我和同事徜徉碑林，好像徜徉于挺拔俊秀光滑伟岸的白杨树林，横看成林侧成碑，远近字迹各不同。夕阳西下，管理人员吆喝着“关门了！关门了！”，我们就悻悻而去。走出碑林博物馆大门，蹲在一棵一抱子粗的老槐树下，点上一根烟，有一句没一句地谝着书法艺术。突然，想留影，一看，红梅牌老式照相机外套不翼而飞，唏嘘长叹，自认倒霉。再一看，我儿子也杳无踪影，蓦地一身冷汗流遍全身——他才三岁啊！同事也木在那里，数落他的儿子为什么不把我的儿子拽好。我们如无头苍蝇，一通乱跑乱找。正当我双腿发软之时，我儿子跑得满头大汗，左手提着照相机的外套在我眼前戛然而止。啊！西安的天是蓝蓝的天，我对西安人民好喜欢！原来，儿子跑进碑林博物馆找回了那劳什子。

今天，我和妻从延安到西安，享受着古都妩媚的阳光，大清早沿老城墙根儿漫步走过广仁寺、城隍庙、鼓楼、钟楼、西安博物院和小雁塔，专门来到碑林，踌躇满志，花费一天的时间细细地品读碑林。妻说她对书法毫无兴趣，在碑林门外那棵老槐树下看了又看儿子当年找回照相机外套和我相见的地方，笑呵呵地说："这老槐树这么高大，两抱子粗啊！那家伙今年都二十三岁了，在西班牙会不会走丢了呢？"我知道她对儿子自然的联想是出于母亲对孩子的一种天性的挂念，我则以为，是男人他的脚步就该流浪到天涯。所以，就打断妻的思绪："你不爱书法就坐在那条石凳子上玩手机，省75元门票钱，买啥吃不香？我进去可能日头不偏不出来，别打手机骚扰！"

走进碑林博物院，我感觉它是坐北面南的，上午的阳光肆无忌惮地洒在郁郁苍苍的参天大树上，泼下来的浓郁的树影都是滑向西边的。芳草萋萋碑林院，树影幢幢人如流。游客熙熙攘攘，嘻嘻哈哈，好像要下雨了，蚂蚁急着搬家似的蠕动。有的游客一知半解地高谈阔论着书法的精髓和奥妙，其之悖论飘进我灵敏的双耳使我忍俊不禁。细观其人的言谈举止，不是自以为是有钱就有了艺术的土豪，就是高高在上对小众读惯了秘书写好的讲话稿的蹩脚的官员。在碑林妄谈书法，真的是"采石湾头一堆土，李白文章冠今古。来的去的一首诗，鲁班门前弄刀斧"。但言论的自由是他们的，我又何必对自己是自由主义，对他人是马列主义呢？还是因为我茕茕孑立形影相吊嫉妒人家三五成群高谈阔论呢？一想起马上要和王羲之、颜真卿、欧阳询、柳公权、怀素、米芾、张旭、黄庭坚、苏东坡、赵孟頫、董其昌等诸位书林高手见面，我不由自主地自惭形秽。好像林黛玉进贾府一样，步步小心，句句留意，不想多说一句话，不想快走一步路。纤纤细作步，三缄其臭口。突然，东边的一棵参天大树吸引了我，怎么，这棵树捅破屋顶骄傲地直插云霄？细一打量，原来是树先长在那儿，房后建在那儿，先长的比后建的优越，自然要给房顶开个窟窿让参天大树向着天疯长了。碑林的管理人员真懂得和大自然和谐相处，给大树一片自由的天空。

院内古木郁郁苍苍，芳草萋萋。因为阳光十分的灿烂，所以碑林七个陈列室依然光线很充沛，字迹清晰可见，历历在目。但我没有流连忘返恋恋不舍之情，我感觉走进了一座监狱，四面八方除了生硬的石墙，还是生硬的石墙。一座座活生生的石碑不是死死地矗立在稳重的石龟背上，就是牢牢地镶嵌在生硬厚重的混凝土底座上。石碑上古人镌刻的汉字，一个个瞪着冰冷的眼睛绝望地盯着游客，瞪得我毛骨悚然。好多块价值连城的浑厚庞大的石碑不仅仅用钢架铐着，还用钢化玻璃罩着。瞅着它们，我似乎看到了耶稣被钉在十字架上的无奈；瞅着它们，我似乎看到了萨达姆捆上了绞刑架时的苦楚。我也理解管理人员的良苦用心，他们绞尽脑汁，未雨绸缪，防患于未然。担心固定不稳，石碑跌倒破了怎么办？游人素质太差，随便乱刻乱划怎么办？游人太多，挤倒跌破砸伤游人怎么办？但他们想过没有，这样百般爱护，真的是“虽曰爱之，其实害之”，“虽曰忧之，其实仇之”啊！如此脚铐手铐颈铐铐得稳稳当当安安全全，阳光晒不上，雨水淋不上，大风吹不上，游人摸不上，但是，石碑们就不感觉到拥挤不堪吗？石碑们就不喜欢阳光明媚吗？况且，就不敢想象一旦发生地震怎么办？顷刻之间，轰隆隆几声，硬的碰硬的，硬的砸硬的，硬的撞硬的，毫无缓冲之时，毫无躲避之地，石碑们还不粉身碎骨同归于尽？千年的奇珍异宝还不瞬间毁在今天聪明人的手里？果真如此，西安人民罪矣过矣。我1995年来欣赏可不是这样啊！那年还是感觉走进博物院，徜徉于碑林。今天怎么感觉是走进了石碑监狱，被冷冰冰的碑墙碰过来碰过去的。西安人民怎么会这样与时俱进？看到每块石碑上都细心周到体贴地粘贴着一小片介绍说明石碑的牌子，分别有汉语、英语、日语和韩语。如此无微不至地体贴关怀国际游人，难道就不担心国际游人看到如此捆绑式地管理珍贵文物而暗自嘲笑？中国管理人员为什么这么喜欢限制他物的自由？为什么这么没有长远的眼光？中国的老百姓为什么这样在文物上喜欢刻画梦想不朽？为什么这样没有自由的审美情趣？

碑林碑林，所谓“林”者，是留有足够的空间，人可以徜徉其间，随意观赏者也。而今天的“林”已经与时俱进成“墙”了，空间狭窄，人只可以踯躅其中，压抑地看看。如果每一块石碑上都附着每一位书法大师的灵魂，他们会不会集体抗议：“给我们一块自由的天地，让我们自由自在地呼吸！”大篆小篆慢条斯理地说：“我们还可以承受，因为我们习惯了庄严肃穆。”隶书说：“我们喜欢端庄，我们更喜欢秀丽，秀丽的蚕头燕尾可永远不喜欢压抑。”颜真卿欧阳询柳公权彬彬有礼异口同声：“大唐的胸襟是开放的胸襟，虽然柳讲骨头颜讲筋，欧阳公爱的是温润，但是，吾辈不喜欢被束缚。”王羲之玉面春风，潇洒风流，朗然铜声：“尔等为什么就不明白什么叫飘若浮云矫若惊龙呢？龙是可以随便禁锢的吗？”米芾笑嘻嘻地说：“吾原本就醉了，一颠簸一颠簸的，稳住吾也好啊！上两瓶正宗茅台酒来。”张旭左手握狼毫，右手执芭蕉巨叶，如公孙大娘般舞动利剑，摇曳多姿，龙飞凤舞，如痴如醉，傲然狂语：“问天下书林高手，谁懂我一颗狂草之心？”董其昌说：“吾乃小字辈，被捆绑就被捆绑矣！长安城寸土寸金，可以理解啊！”赵孟頫长叹一声：“故国不堪回首月明中。但长安虽好，非久留之地，去也！长安人满为患，回吾大宋开封城去。”至于那些《论语》《孟子》《大学》《中庸》等皇皇巨著的镌刻者，皆人微言轻，哑然受禁，没有脾气。

够了！我不想再观赏这样被束缚了自由的书林竞赛盛会，我只想出去在蓝天下多吸几口新鲜的空气。

蓦地，我看见有一陈列室里面游人仿佛一窝蜂一样热闹鼎沸，凑近一看，原来几个匠人在拓帖，其动作如庖丁解牛似的游刃有余，潇洒自如。哗哗哗地几下子，一幅幅石碑上面的汉字就惟妙惟肖拓印上了宣纸，不同的是底色是墨黑的，汉字是雪白的，相同的是一幅字都可以卖到天价。我问了一幅黄庭坚的拓字，一古典美女娇滴滴地说：“不贵不贵，3000元一幅。”以为我是日本人呢，我兜里又没有装日元。黄庭坚挖出来亲手写一幅也没有那么贵。

带着愤青的嘴脸，我来到了阳光明媚的院里，让柔和的微风摸展我狰狞的愤青之脸。结果，我发现西安人民太有创意了，陈列室的外墙壁上一块又一块地天衣无缝地镶嵌着小一点的石碑，那上面雕刻的汉字真的精美绝伦，阳光洒到上面，更是熠熠生辉。有的端庄如淑女，有的威严如将军；有的活泼如小孩，有的沧桑如老翁；有的如鹅凫清水，有的如鹰击长空；有的如虎踞高岗，有的如鹤立苍松；有的飘若浮云，有的矫若惊龙。我正观赏得意兴盎然，突然，听到一个游客说他们云南地震了，同情之余，我在想，有一天西安地震了，这些石刻不是和砖房同归于尽了吗？可惜！可惜！唉！杞人忧天，杞人忧天。吃的是地沟油，操的是中南海的心。

那一晚，我睡在西安城的宾馆里，做了一个梦，梦里千万块精美绝伦的石刻春风满面。有的笔直地耸立在宽阔的绿莹莹的草坪上，有的舒舒服服地躺在松软的蓝色草坪里，有的淡定地斜靠在红艳艳的草坡上。没有人践踏，没有人乱刻，没有人坐卧。孩子们在赤橙黄绿青蓝紫的草坪上嬉戏，大人们徜徉在碑林的小径上，悠闲地漫步，愉快地欣赏。我也散步于碑林，和游人轻声交流。突然，我定眼一瞅，游人竟然是王羲之，不，好像是颜真卿，又好像是张旭，又好像是米芾。忽然，苏东坡来了，摇摇晃晃地举着酒杯，唱：“明月几时有？把酒问青天……”再一听，是歌星王菲在唱《传奇》：“只是因为在人群中多看了你一眼/再也没能忘掉容颜/梦想着偶然能有一天再相见/从此我开始孤单思念……”王菲的声音好性感，于是我就醒了。

2014年10月12日

游太白山忆

游太白山已经两个月了，有写些文字的冲动，但一直没有愉快的心情。今天突然有了心情，于是就忆及游太白山的点点滴滴，幸好忘却得不少，否则又要婆婆妈妈地絮叨一箩筐了。

为什么山高水高

坐在旅游团的大巴车上，一路走来，长长的7个小时，俨然没有游山玩水的乐趣。窗外的山川树木一闪而过，车内不过一间游动的房子而已，游客一个一个被摇得舒舒服服呼呼大睡，想开玩笑已不可能，于是，就眼巴巴地为几个打扑克赢钱的同事操闲心。突然，窗外一望，石山连绵，高傲陡峭，山高水高，树木郁郁苍苍。何以不像黄土山塬，山高水干，树木荒凉？一直以为是因为石山坚固，山上有泉，泉连某海洋，形成无数个连通器，清水滋润使然。和一地理老师闲聊，不觉汗颜不已。为什么山高水高？因为，雨水降临，难以穿过石层，储存于石表，潮湿滋润，枯叶肥沃，故百草丰茂，树木丛生。黄土则不然，下多少雨水，渗多少雨水，故山干塬枯，树草难生。有趣，年过不惑，犹如文盲。孔子云，四十而不惑，盲目自信也。活到老，经不了，学不了，才是绝对的金科玉律。

宝鸡是个好地方

尽管是路过宝鸡，吃了两顿饭，住了一宿，但还是感觉宝鸡是个好地方。宝鸡好就好在渭河流经城市，不，是宝鸡的先民撵渭河而来，而居，而劳作，而生活，而建设。黄土高原，凡河水流经之地，必冲积出一道狭长的河谷，宝鸡城就是沿河谷两岸一点一点建设起来的。城市被两面大山夹着，难免生压抑之感，喜有渭河流过，顿生了天然的灵气，所以，周王朝的发祥地选择了宝鸡。进了宝鸡城，周文化扑面而来，厚重，大气，灵光，高雅，宝鸡人民的本土文化定位很有个性很有水准。奇怪的是城市两面的黄土塬并不荒凉，树木郁郁苍苍，俨然云贵高原的风景，可见，宝鸡人民多么喜欢绿色啊！不过，大西北的宝鸡，植树造林也不容易，老百姓勤劳固然重要，政府高瞻远瞩务实高效更了不得。

真的没有登山的路吗

太白山是秦岭的主峰，海拔不能和珠穆朗玛峰比，但如果能登到山巅，也着实可以敢在人前吹了。车停在一个加油站，车渴得喝油，人胀得撒尿。尿胀急了舒舒服服地撒了，原来也是一种幸福啊！所谓旅游，有时竟然是出门花钱心甘情愿地受罪。尿撒了的确轻松，但扫兴的是，导游喋喋不休。说昨天太白山上下了大雨，登山的路泥泞不堪，所以，原定的上山步行攀登改为坐缆车滑行，每人再交40元坐缆车费。登山享受的是过程，为什么要坐缆车直达结果呢？再说，石头山怎么会泥泞不堪？路不好走，未建索道之前人怎么上山的？如此推理着，便和几个喜欢游山玩水的同事异口同声："愿意坐缆车的买票去吧，喜欢登山的步行攀登吧。"

导游有些生气，"哪怎么行？旅游就是要听导游统一安排调配，滑倒绊了谁负责？"

"安全问题我们自己负责。"几个同事不约而同回敬。

如此开心地逗着导游玩，大巴车不觉就开进了汤泉镇。此镇就卧在太白山脚下，地灵人不杰，脏而且乱。迅速换乘中巴观光车从山脚绕过来绕过去绕了四个多小时，终于绕到太白山上了。车进了停车场，导游提醒："把羽绒服穿上，山顶冻得了不得。""绿叶葱葱，山顶有多冻？"心里嘀咕，没有敢张声，怕山顶真的冻得了不得。放眼一望，竟然离山巅不远了。心想，这也叫攀登太白山，明明是旅游观光车拉上山的嘛。今天的中国人怎么这么急躁？登山就是登山，游山玩水就是游山玩水，究竟害怕错过了什么？李白、苏东坡不都是慢慢悠悠、潇潇洒洒游过来玩过来的吗？车把人快拉上山顶了，还怕慢，花巨资构建了索道，舒舒服服花钱一溜就上去了。多亏了这四个小时，我努力饱览窗外风景，灌木林、阔叶林、针叶林，层次分明，色彩分明。路边溪流淙淙，山间云雾缭绕，赏心悦目了一番。可怜了几个晕车的人，塑料袋提到嘴上，提高警惕，时时刻刻保护呕吐之物。

“真的没有登山的路吗？”一个人孤独地拒绝了导游安排坐缆车，望着山巅，我在问自己。

拔开脚步，告别了享受缆车的人们，我追寻着徒步登山的人。一个人穿梭于郁郁苍苍的针叶林间，脚下是凸凹不平的坚硬的青色石头。所谓泥泞不堪，不过是石头缝隙堆积的厚厚的腐朽树叶而已。如果不小心，踩在上面，有油滑的感觉。至于走起来危机四伏，对象只能是老弱病残。“事不目见而耳闻，而臆断其有无，可乎？”我情不自禁地庆幸自己独立思考，没有轻信导游之言。可是，我却是独自一人，茕茕孑立，形影相伴。几个志同道合摩拳擦掌说好徒步登山的驴友，皆在索道门票口倒戈变卦，坐缆车而去，但愿他们是对自己的体力缺乏一定的信心而放弃了当初的坚持，不然，这旅游之路和人生之路是多么的相似啊！有时，走在正确路上的人往往是孤零零的。

山间的迷人风景冲淡了我对人生之路的悲观联想。脚下的石头，青灰相间，横卧竖立，已经没有了分明的棱角。这是喜欢攀登的人曾经用双脚抚摸的结果，于是，我的脚印正和那数不清的脚印重合着，蓦地，我不再孤独。林间的小鸟千啼百啭，它们在为我加油吗？石间的溪水潺潺涓涓，它们在为我吟唱吗？清溪石上流，可惜没有明月松间照。突然，松涛雷鸣，大风撼人，往右一看，绝壁万丈，此处原来是一风口。我不由自主地收缩了两步，突然，听到一句饶舌的普通话：“此处真好！”这是何地口音？一看，是三个金发碧眼的白种人。年过半百，行囊沉沉，神采奕奕。联想到缆车口挤得水泄不通的中国同胞，我多看了一会儿那三个可爱的白种人。

山顶其实并不冷

快到山顶了，有一处风景绝佳，极目四望，郁郁苍苍，峰峦叠嶂，白云缭绕，一望无际。我情不自禁，长啸一声，转身一看，一巨石险立，上书三个红色大字“吼天犬”。再看，那石头活灵活现像一犬在吼叫，默想自己怎么一吼成犬了呢？不觉满腹失笑。是谁在玩黑色幽默吧？转过巨石，有一10平方米平阔处，搭一帐篷，篷下有一劳动妇女，呆坐于一油腻的木凳子上，若无其事地煮着鸡蛋。我立即饥饿难耐，和颜悦色地询问一个鸡蛋多少钱。那劳动妇女面若冰霜，说：“不买，问啥？一个5元。”她真聪明，一个5元，明知贵得没人要，但还是执意高价卖。鸡蛋背上太白山山顶的确不容易，但是，别人身上的钱也来得不容易。她为什么不明白这个理儿呢？少赚一些，不是比不赚好吗？那劳动妇女愤愤不平，随手将垃圾乱扔，似乎在发泄游人不买她5元一个鸡蛋的愤懑。呵呵！这乱扔垃圾的好习惯，如果在中国城市街道也见怪不怪，但是，太白山上一尘不染，扔点垃圾，看上去实在刺眼，难怪有两个老外不停地捡。也不知道是哪个国家的白种人，怎么老是和中国人过不去？打中国文明人的金脸。

山巅已然到了，我大汗淋漓，也酣畅淋漓，衬衣被汗浸湿，夹克也潮潮的。努力地望着望着，就是望不到边际，层峦叠嶂，白云缭绕，松涛阵阵，秋风飒飒，这就是秦岭的主峰，这就是太白山，这就是太白山的最高处啊！960万平方公里的中国，被我脚下的秦岭一横。北有北的气候，南有南的气候；北有北的花草树木，南有南的花草树木；北有北的飞禽走兽，南有南的飞禽走兽。但是只要心灵相通，都是中国的生灵。突然，忙着照相的人挤了过来，他们摆着各种各样优美的姿势，以“秦岭最高峰，南北分水岭”的石碑为背景争先恐后地拍照，定格下不虚登临太白山的永恒瞬间。但是，我怎么看他们的穿着也和中秋的风景不协调，一个个厚厚的羽绒服五彩缤纷，不似企鹅就似北极熊，他们难道不热吗？噢，他们是刚刚享受了缆车漫步过来的，脱了羽绒服，感冒了划不来。而我热得穿着衬衣，披着薄薄的夹克，好像个庄稼汉一样，点燃一根烟，滋滋地吸着，吸着，剩下烟屁股，悄悄地捣进泥土里，低调地喝了二两酒，悠悠地蹲在秦岭最高峰，醉眼蒙眬，看云海茫茫，竟然缭绕于我的脚下。

2012年10月13日

羲皇故里天水行

出了固原城

生活在六盘山下，国庆长假，闷坐固原城里，吃了睡，睡了吃，生活也太没有情调。卧在沙发里瞄电视，不是黄山上游客爆满，就是长城上游人井喷，心里的酸水就情不自禁地翻江倒海，阿Q的劣根性油然滋生，“妈妈的！他们游得，寡人为啥游不得？”摸摸屁股后的钱包，鼓鼓地还有几个瘦钱，算算这八天的长假，后四天还要补课，于是仰天长喟：“人生休闲须游转，莫要坐成椎间盘。”人只活一辈子，难道还能活两辈子？“走！老婆，甘肃天水的麦积山遛一圈。”来他个跨省旅游，反正楼下天天打着拆地沟换暖管，吵得人泼烦。虽然这暖管换了不到三年！但是，“惠民工程”来了，不换白不换，哐哐哐哐哐哐地吵得人恶心，只好装聋作哑，不能大呼小叫，曰：“噪音也是污染！”

坐上早晨六点半每天唯一一趟去天水的普客大巴，一股汗臭味儿热情地迎接了我们，看票找座，座已坐人，请其按号入座，一农民工“曾经沧海难为水”的神态，振振有词：“都乱坐着呢！”问司机，也淡然说：“对着呢，都乱坐着呢。”执意请其按号入座，那人无奈离座，甩下一句沉甸甸的见过大世面的话：“就像没有出过门一样。”是的，寡人真的没有出过几次门，但对“规则养育文明”还是深信不疑。

车渐行渐离了固原，意味着渐行渐近了天水。突然觉得好像逃离了一个聒噪的黄脸婆，去和一个娴淑的情人幽会似的。更有点“讽刺”的是还理直气壮地带着老婆，况且这一路的花销，老婆会和颜悦色地支付。虽然花了钱，感觉却占了不少的便宜。旅游，多么刺激的一种身心出轨啊！可惜，旅游是有钱人的潇洒，无钱人的尴尬。一路走来，无钱寸步难行，有钱走遍天下。何言有理走遍天下？

农民旅游的有多少

走过隆德，我看见农民背朝湛蓝湛蓝的天空，面朝厚重厚重的黄土地，一铲一铲地挖着陡坡上的洋芋；走过庄浪，我看见农民掩埋在郁郁葱葱的苹果林里，一个一个摘着成熟了的苹果；走过秦安，我看见农民蠕动在低矮的桃树林间，树上没有了桃子，他们在忙碌什么？走进天水，路两面的绿化带郁郁苍苍，远处的山川什么也看不见。于是，就看一弯蓝蓝的天。看着看着，无聊地想，这沿途劳作的农民，多少年能游览一次祖国的大好河山？多少年能领略一次异国的风土人情？这旅游一次的行程费、住宿费、吃喝费、一道又一道的景点门票费糅合到一块，也是一笔不小的钱啊！需要农民积攒多长时间？我所熟悉的农民，跨省旅游的极少，更别奢谈出国浪漫。在他们艰苦奋斗自力更生的计划里，旅游还没有提上议事日程。太多太多的农民，正在为吃、穿、住、上学、看病奔波操心。什么时候，旅游大军里多了农民的身影，我会不由自主地向人民的公仆鞠躬致敬，因为祖国的大好河山不能拒绝了农民的朴实眼光去欣赏。降降门票吧！让农民也近距离地热爱热爱祖国的大好河山。我是人民教师，收入还算过得去，有时，兴致勃勃地到了有的景点，看看门票的收费标准，摸摸口袋里的人民币，只好望而却步，忍疼割爱，高歌一曲：“日照香炉生紫烟，遥看瀑布挂前川。门票直上三千尺，疑是进了鬼门关。”然后，哼哼两句：“仰天大笑离景去，吾辈岂是蓬蒿人！妈妈的，孙子才花那冤枉钱呢。”左右环视，没有人听见，窃笑不已。

就这样飞扬着桀骜不驯的思绪，就这样抚慰着经济匮乏的尴尬，就这样拿农民的田间劳作反衬着自己跨省旅游的潇洒。

天水到了

车依旧穿梭，路依旧缠绕在黄土高原的腰际，天依旧是弯弯曲曲的一线，心想，天水还远着呢，睡一会儿吧。突然，几个下坡急速转弯，司机说："天水到了。"天水到了？就这么个烂地方？夹在一个黄土山旮旯里？天水，天水，应当有上天眷顾，应当有清清的水，应当有一望无际的小平原，应当是西北一个别致水灵的城市。不是说天水的女子很俊吗？这样的山旮旯，能养出什么俊女子来？刻意打量了同行的旅客，也没有几个养眼的。都说"天水的女子甲天下"看来也是浪得虚名。天水不过如此，谁在传说天水是甘肃人民的上好城市？真是甘肃无好城，天水做先锋。冷静思索，黄土高原怎么能养育出苏杭那样的水灵城市？有钱，有闲，金秋十一下苏杭吧！"江南忆，最忆是杭州。山寺月中寻桂子，郡亭枕上看潮头。何日更重游？"

麦积山原来这样

闪过天水，直奔麦积山。麦积山也不争气，门票七十，秋雨淋淋，游人如蚁，绝壁佛雕艺术没有品味到，黑头肥屁股倒欣赏了不少。挪一步，停十步，上攀登，满眼人屁股；下挪动，满眼黑人头。中国人怎么这么多？多亏八亿农民还在田间劳作，高官大款大腕一年四季都有休闲度假的好时光，不屑凑黄金周这几天热闹。就数工薪阶层轻狂，一年攒两个小钱，盼望着盼望着，等到黄金周兴致勃勃地出来潇洒。梦想摆脱单位的挤压，梦想远离城市的浮躁，梦想过几天李太白天马行空的浪漫日子，梦想过一把谢灵运游山玩水的逍遥之瘾。这倒好，游人不是爆满就是井喷，享受不到李白"心似白云常自在"的逍遥，体验不到谢灵运"意如流水任东西"的自在。各大景点，人满为患，蝗虫似的泛滥，哪里消受"沧浪之水清兮，可以濯我足"的休闲？哪里消受"千里江陵一日还"的流畅？没有上山，急着下山，误了车点，哪可咋办？回不了单位，旷工一天，扣了工资，更是泼烦。思绪胡乱飞舞，被游人推着挤着下了山。蓦然回首，啊！众佛却在红石燃烧处。远眺麦积山石窟，不过莽莽苍苍的群山环抱之中，一尊傲然矗立的火焰色巨石而已。四面连绵不断的绿，刺激着这一点孤零零地指向天空的红。孤独是难免的，寂寞是难耐的。于是，历代菩萨心肠的慧心人，想让这孤寂的红色巨石热闹一点，就巧手雕刻了大大小小慈悲为怀的佛，慢慢地演绎成了今天绝壁上的佛雕艺术。是最慈悲的天，授意风、雨、阳光，创造了麦积山。担心麦积山寂寞，鬼斧神工地神劈了一块赤红的巨石。又怕巨石冷清，鼓励工匠不畏艰险地在石腰雕刻了佛像，吸引着向善的凡夫俗子络绎不绝地前来瞻仰。又怕巨石孤独，指使飞鸟不知疲倦地在石头顶上撒下了种子，生长出郁郁葱葱的苍松翠柏。游人多聚焦山腰人工的雕琢，我却青睐山顶自然的造化。可惜麦积山的绝壁栈道没有架到山顶，不然，攀至山顶，置身苍松翠柏之中，极目四望，少不了“会当凌绝顶，一览众山小”的快感。不过，建议麦积山人民架筑攀向山顶绝壁栈道的时候，真的要未雨绸缪，万无一失。说句丢人的话，我攀到半山腰时，腿肚子一直转，往下一看，倒吸一口凉气，那么多人悬在半空，步调偶尔惊人的一致，发生共振，栈道“哗”地垮塌，啊！不敢想了。我是杞人忧天，麦积山人民更懂得防患于未然。

再回到天水市

回到天水市区，住进了军分区招待所，卸下一身的疲劳，妻突然发起了牢骚：“挤得啥都没看上，人咋那么多？”

“就是，早知道远看那么美，何必往上挤，也好，挤掉了二斤肉。”我随声附和。

“远看哪儿美？”妻莫名其妙。

“看电视，华山游人爆满，警察维持秩序，看！华山刺伤游人了。”我岔开了话题。“远看山藏景”的游人不多，何必苛求妻子？到了景点急急忙忙拍照的人不少，有多少低头沉思的游客？面子上的景，只需一双明亮的眼睛；景中景，尚需要一颗宁静的心。快餐旅游时代，有谁喜欢低头思风景？

“啊，麦积山比华山轻松多了。”妻由衷地感慨，顿时释然，心旷神怡。

“天水还有没有好玩的？”我也心态十分平衡，启发妻留天水游一天。

“麦积山都没有意思，天水城有什么好看的？我问过卖臭豆腐的一个老婆婆，说有个伏羲庙，庙里有几棵大树，庙前有几摊子吼秦腔的。有处胡氏古民居，是一些有了年代的旧房子。有个玉泉观，在北山上。有个南国寺，在南山上。有些远，不好去。”妻边看电视边淡定地说。

“既然来了，明天就随便转转，说不上有好景点，你看这招待所，就别具一格，上世纪80年代的格局本色不变，朴素，淡雅，温馨，实在，廉价，一尘不染。没有金碧辉煌的装潢，没有珠光宝气的迎宾小姐，没有虎视眈眈的保安，没有煽情的保健品，没有娇滴滴的骚轻电话，一个农家妇女模样的服务员，叫一声，就笑盈盈地来开门。送开水，不说话，只微笑。公用卫生间干净得像狗舔过一样。后院开阔明亮，几棵松树，百年有余，翠翠苍苍。两排钻天杨，粗壮，挺拔，沧桑，半个世纪了吧，直插蓝天，让人怀旧感油然而生，舒服。”妻默然应允，我欣然以待。

徜徉在天水的大街上，天洒着毛毛细雨，不热也不冷，是中年人喜欢的意境。妻关心的是两面超市里的服装，我关心的是迎面走过来的服装。

妻漫不经心地问：“衣服好看吗？”

我一本正经地回答：“好看，好看，天水的衣服就是好看。”

“还有啥好看？”

“女子啊！”

“那咱们也生个女子吧？”

“好啊！生个女子。”

“比儿子小二十岁。”

“没有关系啊！”

妻大笑，我亦大笑。

“天水的女子真的乖！”

“就是，名不虚传啊！”

“为什么这么乖呢？”

“就是，为什么这么乖呢？”我低头做柏拉图思考状。

“快看！市政府。”

“莫名惊诧，市政府有什么好看的？”顺着妻的指点，我还是惊诧于市政府的朴素了。依然是上世纪80年代初的格局，朴素的楼房，朴素的水泥院，朴素的大门，朴素的门牌。看不见保安，看不见豪华，看不见气派。楼墙上爬满了爬壁藤，苍翠欲滴，像碧绿的瀑布，宁静而又洋溢着活泼。尤其是门牌，洁白的长方形厚实木板上，端庄淡定地书写着六个黑色仿宋大字“天水市市政府”，黑白映衬，经典威严，朴素美观。这是怎样的一个市政府呢？中国各地的市政府的形象都与时俱进了，豪华、气派、洋气、巍峨、金碧辉煌。天水市政府却一身布衣，是在作秀吗？邻近的秦州区政府，秦州区委，如出一辙，除了朴素，还是朴素，真的是上行下效。可惜天水市委，不在这一条街上，不然，我一定要欣赏一下市委大院的风采。朴素淡雅的外衣能掩饰住市场经济大潮中人心的浮华吗？我倒要看看天水这庐山的真面目了。

“天水的女子怎么这么俊呢？”妻对天水女子的俊也感兴趣了，这是我求之不得的。

“对啊，天水的中年妇女都风姿绰约。你看，一个个只是淡淡的化妆，却四两拨千斤，气质非凡，韵味十足，性感十足。”我侃侃而谈。

“别拽个气球就飘飘然。”妻不以为然。

“就是，天水的女子怎么这么乖呢？”我继续关心天水的女子。

“这还有长者风范！”妻赞美有加。

不觉进了伏羲城

“快看，前面人怎么那么多？”我喜欢看热闹，有意大惊失色，调动妻的积极性。紧走了一站路，伏羲城横亘在面前了。城内人来人往，络绎不绝，不紧不慢，悠闲自在。青石铺街，青砖砌墙，青瓦盖顶，清爽雅静。朱红立柱，朱红横梁，本色椽檩，吉祥朴素。门牌字画，正则端庄肃穆，草则天马行空，刚则健若银钩，柔则飘若浮云。伏羲广场，开阔典雅。的确，正如卖臭豆腐的老婆子所言，几摊子吼秦腔的，自得其乐，互不干涉。伏羲庙沧桑厚重，游人摩肩接踵，香火烟雾缭绕。古松古柏古槐，高大粗壮，蓊蓊郁郁，遮天蔽日，掩人护屋，谦卑地立于天地间。

千百年来，默默地为芸芸众生祈福消祸，无论男女老少，无论贫富贵贱。伏羲伏羲，华夏始祖，炎黄楷模，功比神农，苦比燧人。天水真乃一宝地，养育了伏羲，成就了伏羲，孕育了中华民族的精神精髓：朴素，厚重，勤劳，智慧。广场立有一石碑，黑底黄字："伏羲故里"，江泽民题写。天水的人民公仆以伏羲为榜样，恪尽职守，造福一方，老百姓不感念，证明天水的老百姓没心没肺。真的，天水转了两天了，尽管除了妻子一个人都不认识，迎面一个个走来，一个个都不理睬，但一个个都没有敌意，没有尾随偷我的，更没有计划害我的。真没有遇上一个没心没肺的天水人，倒是不少的美女靓妇，叫我大饱眼福，令我赏心悦目。可惜，天水的男子有点逊色，不养人眼，不然，妻也悦目赏心。

天水的文化底蕴

"天水的文化底蕴还真深厚。"我一边若有所悟，一边注目起天水的文化了。天水的文化不是花里胡哨地装点门面糊弄人民，天水的文化浸润在老百姓的身上，平和，淡定，朴素，厚道，因为天水是伏羲故里。天水的文化渗透在楼房道路树木花草上，古有四五百年前的民宅，古色古香，沧桑典雅，矗立繁华街头，从容不迫，安然无恙。近有半个多世纪的公家建筑，结实耐用，朴素简洁，修葺点缀一下，公务员办公其中，廉洁高效，谈笑风生，乐在其中，何陋之有？时尚的有金碧辉煌的大酒店，美轮美奂的购物城，高耸入云的写字楼，彰显改革开放之风采，满足青年才俊之胃口，憧憬未来城市之美景。天水的文化内敛在一棵棵一代又一代善良厚道的天水人苦心保护的百年古树里，古槐、古松、古柏，一百多岁的，三百多岁的，五百多岁的，八百多岁的，历经风雨沧桑，瞅着天水一百年一百年地成长。天水的文化是一百年一百年积淀起来的，从树木从建筑上能读出来。而中国大地上有的千年古城，20世纪一百年，历经战火烧毁，遭遇"文革"破坏，喜逢改革拆除，古迹就地蒸发，新楼拔地而起，时尚得没有文化，俊朗得没有质感。比如，我生活的城市，找不到五十岁的树，寻不着三十年的建筑，时尚得和好多城市一模一样。一样的柏油路，一样的青春之树，一样的钢筋水泥楼，一样的行色匆匆的人民。城市发展前景，只有特色的，才是全国的；只有民族的，才是世界的。天水人懂。

天水文化没有墙上乱涂乱写的“办证”文化。天水也有名人的题字，但似乎装点门面的味道淡一些。比如，有沈鹏题写的“金龙酒店”，有费新我的笔迹“玉泉观”，有刘炳森之手书“天水百货大楼”，有袁隆平的写字“天水一中”，有于右任的草字“汉忠烈将军祠”，有郭沫若行草“麦积山”，有江泽民敬书的“羲皇故里”。当然，还有我没有看到的，但总体看来，仰视权力鼻息的味道极淡，看重学术尊严的骨气颇浓。在汉字电脑化的今天，名人的手书是活的汉字，赋予了汉字以生命以性格以情感。天水的名人题字，给天水城以文化以灵性以品味以追求。一个城市的人民总需要榜样的，有了榜样，心里就亮堂。

天水的女子为什么那么俊

一路转悠，脚下竟是一座桥了。依旧简洁、结实、朴素、沧桑。显然是20世纪五六十年代的桥，桥头一面雕刻“艰苦奋斗”，一面雕刻“自力更生”。尽管有修补的痕迹，但整体十分的坚固，岿然不动，傲然横亘。“这里不错，照一张相。”妻油然而生感动。背景真美！河水清澈，波光粼粼，夕阳染红了蓝天的云彩，斜照着朴素的桥栏，妻倚靠栏杆，天、水、城、桥、人合一。“嗨！这河怎么五分之四的河面清，五分之一的河面浊呢？难道有这样奇妙的河？”我问妻。“管那干什么？”“不，黄土高原上没有这么清浊分明的河，地图拿出来，查一下。”一查，叫藉河，从西向东流，将天水城分为南北两面。原来，在那个遥远的远古时期，伏羲带领着人民向水而生，多么现实的先民啊！向水而生，地球上多少城市，都是向水而生。天水城就是沿着藉河两面繁衍生生不息的。尽管南面是山，北面还是山，制约了天水城的发展，但是，向水而生，必定受山制约，山是水慢慢冲刷出来的。我明白天水的女子为什么那么俊了，虽然身居黄土高原，大风暴烈，但是，南面是山，大风吹不来，北面是山，大风吹不来，东西又有一条藉河，贯穿天水城，常年水气缭绕，滋润着天水人的皮肤，皮肤能不水灵吗？女人，见白三分俊，见嫩三分乖，剩下四分，就是气质，天水是羲皇故里，文化底蕴深厚，有文化就生气质，天水人能不俊朗吗？但是，藉河为什么清浊分明呢？“笨死了，人家河里筑砌了一条跟河走的堤坝。清水是静的，下游有拦河坝。浊水是天然流动的，下游畅通无阻。”妻这一笑，我恍然大悟，天水的规划者也够匠心独运，中间一隔，远远望去，隔而未隔，界而未界。治理了河道，美化了河道，治理了城市，美化了城市。一举多得啊！“你发现了没有，转了两天，天水城里没有挖路的，也没有拆楼的。”妻惊讶不已。“怪了，真没有见拆楼的、挖路的。”我也惊诧于没有看见天水城拆啊挖啊的。是天水的决策者守株待兔、不思进取，没有大刀阔斧搞建设的魄力？还是人家运筹帷幄之中，决胜千里之外？我没有权力说，天水人民心里有一杆秤。但是，我知道，建设当中，拆楼并不可怕，挖路也不可怕。可怕的是，不到十年，一个地方，拆了建，建了拆，拆了再建，建了再拆；可怕的是，不到两年，一条路，挖了填，填了挖，挖了再填，填了再挖；更可怕的是，说这一切都是为了老百姓，于是老百姓都默默无声，噤若寒蝉。我知道有什么用？我离开天水，回到我生活的城市，街上依旧到处在挖，农民工挥汗如雨。小区依旧在挖，实施“惠民供暖工程”。洁白的墙壁上依旧被丑陋不堪的“办证”字样的黑色莽汉肆无忌惮地强奸，城管却束手无策。

2012年10月8日

北京，北京

自有文字可考以来，5000多年的农耕文明史，北京的热闹不过近800年，这让孕育了华夏文明的安阳西安洛阳开封很不屑一顾，但中原文明的风光是昨日的，北京的荣耀是今天的。

遥想烽火连年刀光剑影大浪淘沙脱颖而出的战国七雄，燕国也不过是强秦瞧不上眼的小弟弟，尽管出产荆轲那样“长虹贯白日”的壮士，义无反顾地表演了一场“壮士一去兮不复还”的刺杀大戏，为小小的燕国捞足了慷慨悲歌的好名声，但依然没有改变顷刻灭亡的命运。从此，燕国只是一个历史符号，但“燕赵多悲歌”的回音，在历史的长空余音绕梁，千年不绝。燕京，燕山，燕赵大地，听起来就是慷慨的陈词。

时光默默地流逝，大宋悄悄地萎靡，蛮金骄傲地雄起。螳螂捕蝉，黄雀在后，成吉思汗的铁骑哒哒，战马萧萧，磨刀霍霍，如洪水猛兽，横扫中原，跨过长江，饮马珠江。手扬皮鞭当空舞，马踏中原遍地血。陆秀夫背皇帝蹈海自杀，文天祥“惶恐滩头说惶恐，零丁洋里叹零丁”。彪悍的草原雄风如暴风骤雨，摧枯拉朽地席卷着中原的儒家文明。不等南宋遗民反省国破家亡的原因，成吉思汗的子孙断然定都大都，与其学习大宋王朝固守中原腹地运筹帷幄决胜千里，还不如北上扼咽喉要塞唯大都马首是瞻以攻为守。从此，北京的好运气就来了。飞扬跋扈的蒙古贵族尽管放不下飞马打天下的铁血经验，谦卑地学习汉文化下马治天下的金科玉律，但一百年的统治毕竟是统治。大元还是发展了，大都也没有原地踏步，后来的北京城的原始骨架基本形成，京都文化也初放异彩，地地道道的大都人关汉卿就着实火了一把，说他是“中国的莎士比亚”也毫不为过。

可惜，元王朝的治国安邦之策略，挡得住边塞的蛮族，暖不了中原的人心。后院不可避免地起火，饱读诗书的士大夫，心悦诚服地将朱元璋这个货真价实的农民扶上战马，送了一程又一程，终于问鼎北京，回都南京。认真学习汉文化的明太祖还是觉得南京这个根据地踏实，儒家文化根深蒂固，北京那个不毛之地就让它自生自灭去吧。但是，他的野心勃勃的儿子朱棣却丝毫不买老子这个账，挥师南下，杀人灭口，重迁燕京。使刚刚霜打了的北京又沐浴阳光雨露，霎时茁壮成长起来。这一长就是200多年，在这200多年里，曾经被蒙古人驱逐的女真人，演变繁衍成了如狼似虎的努尔哈赤的八旗子弟，乘着崇祯帝和李自成闹家务，诱惑迫使“冲冠一怒为红颜”的吴三桂开了三海关的大门，毫不犹豫地坐上了北京金碧辉煌的紫禁城的龙椅。满之贵族，捻须一想，不可重蹈蒙古贵族藐视汉文化的覆辙，必须上满汉全席的大餐，珠联璧合，文韬武略，比翼双飞。从此，天朝帝国，经营得根深叶茂，骄傲得连西洋东洋的工业文明民主宪政都不屑一顾了。

梦醒时分，哭笑间，大清帝国樯橹灰飞烟灭。北京城还在，北洋军阀还是喜欢北京的。袁世凯多年苦心经营，已经风生水起，可以呼风唤雨。但是，国民革命军自然热爱南京了，孙中山走了，也要睡在巍峨的中山陵。蒋介石坐镇南京，建了总统府，去台湾后，总统府上还飘扬着青天白日旗。今天的北京城，多亏了傅作义，十字路口，艰难抉择，使百年古城，免遭战火，原貌犹存。60多年的建设，北京城怎么样，中国人心里清楚，世界人有目共睹。北京，北京，北京就是北京。

一

2002年国庆长假，我、妻子、儿子，第一次坐火车去北京。从固原站到银川，从银川坐到北京西站。一路疲惫不堪，窗外风景无心观看。绝胜风景满京都，进了北京城再看吧。进了北京西站，扑入眼帘的竟然是巨型横幅广告："西北影视城镇北堡张贤亮欢迎您"。真的是"山不在高，有仙则名。水不在深，有龙则灵"，这宁夏的烂黄土堡子也可以骄傲地挺进北京，不就是沾了"文仙"张贤亮的光吗。张贤亮、张政军，都是宁夏人，"君自故乡来，应知故乡事。来日绮窗前，寒梅著花未？"五百年前是一家，咱就雄赳赳气昂昂踏进北京城。不觉已立在了天安门广场。广场虽然辽阔，但谈不上辽阔得震撼人心。我家乡有一块500多亩的黄土地，平平整整，辽阔无垠。小时候年年种小麦，我家只有窄窄的长长的一绺。三伏天，挥镰割麦，汗流浃背，怎么割也割不出头。于是，我常常伸一个懒腰，望着麦浪滚滚，一望无际，震撼吾心。痴心妄想，四个现代化，明天就实现，明天就实现。感叹天安门广场辽阔的，一定是小城市来的游客，内蒙古大草原上来的牧民会惊叹天安门广场辽阔广大吗？况且，广场周围的建筑物和广场中心的建筑物也不少。都是钢筋混凝土建筑物，风吹雨淋，屹然不动，使空间相对地缩小。阴云密布，看不见太阳，一瞬间搞不清东南西北。但我感觉，天安门应该是坐北向南的，这迎合中国文化的天地人和谐共处的智慧。那么，人民大会堂就坐落西面，历史博物馆就坐镇东面了。人民英雄纪念碑居中偏北，毛主席纪念堂居中偏南，长安街乃东西走向，紫禁城在广场正北，中南海居广场西北处。我们自由徜徉在广场的东南西北，正值国庆，到处鲜花簇拥，人头攒动，长安街车水马龙。转来转去，我脑子里沉淀了一个中心思想——天安门广场是人民的。你看，人民大会堂，人民英雄纪念碑，天安门城楼毛主席画像两面的标语也是人民的，一面是"中华人民共和国万岁"，一面是"世界人民大团结万岁"。人民，人民，多么美好的憧憬啊！于是，我请了一个"人民"，在迎风飘扬的国旗下，给我、妻子和儿子三个人民照了一张一家人民大团结的全家福。

细雨蒙蒙，人流涌动，身不由己地被挤进了紫禁城。三个多小时，挤得我们晕头转向，浑身冒汗。什么太和殿、中和殿、保和殿、养心殿、储秀宫、军机处……处处人满为患。国务院多搞几个黄金周多好，故宫博物院有节制地放进游客多好，紫禁城再大一些多好。别说妻子和儿子，我这个自诩还懂历史的游客都弄不清楚那儿是那儿，只觉得满世界的红色在闪，黄色在闪，青砖在闪，碧瓦在闪，飞檐在闪，绿松在闪，翠柏在闪……闪着闪着，闪得我心摇神荡，有把酒临风喜气洋洋之感。这就是中国颜色，这就是中国画面，这就是中国特色，这就是世界各国人民千里迢迢来北京要看的稀罕。我不知道这种风格这种味道的小一点的寻常百姓的四合院北京还完美地保存了多少？中华大地还完美保存了多少？的确，故宫博物院不过是曾经的紫禁城，曾经的紫禁城不过是明王朝的朱家大院清王朝的爱新觉罗家大院。皇权已去，大院犹存；专制已死，民主滋生；独裁已逝，自由开花。徜徉其中，欣赏的是东方式的建筑风格，不是缅怀东方式的独裁专制。独裁专制是不可以长寿的，城墙再高，护城河再宽，大门再封闭，崇祯帝还是吊死在煤山上了，溥仪还是无限惶恐无限苍凉地逃离了紫禁城。“域民不以封疆之界，固国不以山溪之险，威天下不以兵戈之利。”“得道多助，失道寡助。”生产关系要适应生产力的发展才是硬道理。

天安门广场的夜晚灯火辉煌，人山人海，我们坐在国旗下乘凉，听口音，都来自五湖四海。突然，一家小孩不小心把拆开的方便面洒了一地，爸爸妈妈要面子，笑笑地看了一下，也就尴尬地离开了。看见的人谁也不好意思收拾。突然，一个小女孩用手拾起来了，而且边拾边吃，她奶奶看见了，有点窘，但不好厉害地制止，小女孩依旧感兴趣地拾着吃。后来，有一次，我和同事谈起这个很生活化的场面，同事立即驳斥：“胡说，天安门广场是固原的广场？还有拾方便面吃的呢？笑话。”我问：“为什么？”他振振有词：“一是普通老百姓不可能让你随便转，二是方便面不可能随便乱扔。”我赞赏他方便面不可能随便乱扔的向往，但是，我不好理解他普通老百姓不让你随便转的逻辑。天安门广场是人民的广场，人民不转谁转？“国家领导人铺红地毯接待外宾呢，新闻联播上你没有见过？”他有点义愤填膺了。是领导人一年四季接待外宾，还是他一辈子就长了一颗可爱的奴才头？天安门广场小女孩拾方便面饶有兴趣地吃，这可是我亲眼所见啊！这样一个纯朴的生活画面，难道丢了北京人的面子了吗？

鉴于同事对祖国的心脏这样的热爱，我就没有兴趣给他谈及天安门广场更有趣的见闻。比如，傍晚挤着看降旗仪式，夕阳西下，红霞满天，红旗更红，五角星更黄，国旗班的小伙子衣服更绿。秋高气爽，小伙子英姿飒爽，人民伸长了脖子挤着看，一个金发碧眼的白人姑娘挤不上，她就坐在不远处向天张望，看国旗慢慢降下，尔后惬意地搿着脚丫乘凉……

广场好像没有厕所，上厕所需要穿过长安街，在天安门的西面不远处。我上了厕所，无所事事，给妻子和儿子说好了老老实实等我。于是，就信步往西一直走，一路的树上，荧光闪闪，美不胜收。可是，路边没有任何建筑，只一丈高的红色的墙直线地向西延伸，难道是《红墙内外》那本书中所说的红墙吗？也许不是。突然，看见了一个门，门里有一堵正墙，墙上书写着金黄色的五个大字“为人民服务”。右面一堵侧墙，赫然书写“战无不胜的毛泽东思想万岁”。毛泽东思想战无不胜，那是哄他老人家开心。没有战无不胜的思想，只有与时俱进的思想。毛泽东思想破坏一个旧世界是灵丹妙药，建设一个新世界尚需要创新完善。比如，“大跃进”跟天斗跟地斗，虽然斗出了惊人的数字，但那是发高烧打喷嚏。至于“文化大革命”，那是跟人斗斗红了眼，烧昏了头，自己拽着自己的头发想上天。不是邓小平理论降温会诊开了一剂良药“实事求是”，中国的经济就崩溃了，还谈什么赶英超美。往左面看时，见一位笔挺地站岗的军人，背着一杆枪，威风凛凛，神龙见首不见尾。我就不好意思再细看他身后的字了，匆匆走过。我思忖，这就是红墙吧？里面就是中南海吧？没有高楼，没有大厦，红色的墙围着偌大的院子。里面的建筑是什么样子呢？是什么风格呢？从电视上看，钓鱼台国宾馆、菊花园、西花厅，都是中国特色的庭院建筑。有水有树有草有花，廊檐高啄，曲径幽路，看着蓝天，接着地气。北京是个缺水的地方，于是，有水的地方就弥足珍贵。大地有了水就有了灵气，城市有了水就顾盼生辉。北海公园就生机盎然，因为湖水汪汪。中南海自然有水，应当波光粼粼，鱼翔浅底，鸟飞蓝天。可惜，普通老百姓没有机会一睹其风采。这样想着，见一骑自行车的小伙子在街边的一个垃圾桶里翻什么，翻着翻着翻出来两个矿泉水塑料瓶，捣进车后的蛇皮袋子里，一溜烟就消失在长安街的人流之中。

二

北大、清华的校园是开放的，里面跑着公交车。百草丰茂，绿树森森，鲜花盈盈。是个读书的好地方。秉承了蔡元培“思想自由，兼容并包”的大学理念。未名湖畔也走了，一点清水，养了几只癞蛤蟆，此起彼伏地叫着，倒也悦耳动听。燕园塔影也看了，夕阳残照，瘦骨嶙峋的塔愈发瘦骨嶙峋，仿佛民国的一位两袖清风，着一袭青色长袍的教书先生孤傲地立在那儿。荷塘月色也感觉了，秋意已浓，荷叶破败，荷花打着瞌睡，欢乐了那些癞蛤蟆，“稻花香里说丰年，听取蛙声一片”。清华园门前也照相了，雪白石砌门楼，墨黑“清华园”楷体书法，这样美的背景，再俗的人也会使之散发着书卷气。红楼不是想象中的红楼，不过一红颜色的普通楼房而已，但是，民国风范犹存。这也自然，看景不如听景。偶尔遇见蔡元培的、吴晗的雕像，就是没有邂逅到胡适、李大钊、鲁迅、陈独秀、王国维、梁启超、梅贻琦等大师的雕像。实在想沾一点大师的光，满足一下狐假虎威的虚荣心，靠到吴晗的身上照相，光沾得不多，灰尘满满沾了一身。还是清华老校长梅贻琦一针见血：“大学之大，在于大师之大也。”一个轻视大师忙于重视大楼大校园的大学怎么可以大起来呢？

三

颐和园和圆明园都是有山有水的地方。爱新觉罗家族的人紫禁城斗累了待腻了坐烦了，就向往着游山玩水，于是就开辟出颐和园圆明园这样的好玩处。颐和园供女人们花前月下低吟浅唱，圆明园供男人们拉弓射箭，追鹿逐鹰。颐和园是细腻轻柔的，圆明园是粗犷苍凉的。北京城的美也就在于此，各景点都是大手笔的创意。颐和园门庭若市，湖面辽阔，清光粼粼，鸥燕翔集，轻舟荡漾，闲钓湖边，恍若神仙。湖的四面全是景。小山层峦叠嶂，松柏森森，柔柳婀娜，绿草萋萋，径曲路幽，佛寺点点，梵音袅袅。暮钟声里斜阳落，斜阳落处无限意。独妇也有好眼光，刮得民膏寻清凉。王国维乃大学问家，毅然投身颐和园的昆明湖底，生也风光，死也风流，是殉葬儒家文明，还是绝望皇权统治，谁知道呢？我们转了大半天，不过看了冰山一角。于是，就转到戊戌变法后剥夺光绪帝人身自由的地方。那是耸立湖水之中孤独的一座楼阁，尽管有通往湖边的桥，但要看剥夺你自由的人高兴不高兴，高兴了你来去自由，湖光山色，一览无遗。不高兴了你独守空楼，望眼欲穿，毅然是湖中之人。“春花秋月何时了，往事知多少。小楼昨夜又东风，清国不堪回首明月中。雕栏玉砌仍然在，只是朱颜改。问君能有几多愁，恰似一江春水向东流。”幼稚的光绪帝，他不明白，不是老佛爷一个人和皇帝对抗，是一国的士大夫和他捉迷藏，袁世凯不过一个代表而已。谁愿意将到手的猎物拱手相送呢？所以，孙大炮扛起了“三民主义”的革命大旗，和不肯剪掉臭辫子的清廷主子和奴才都势不两立。

圆明园的游人竟然寥寥无几，转半天也遇不上几个人，让人生寂寞空旷之感。圆明园的辽阔是望不到边的，因为它不是一马平川，一览无遗的辽阔，有些起起伏伏，树木丛生，杂草蔓长的味道。湖水清澈见底，游鱼一目了然。这儿一座桥，那儿一座桥，使湖面隔而未隔，界而未界。偶尔一株垂柳，几株垂柳就摇在你面前，“万条垂下绿丝绦”，树影婆娑，柔枝婀娜，长长的枝条都扫进了湖水，风过起涟漪，波光粼粼去。如果闲来无事，戴一顶草帽，握一杆鱼竿，夕阳下坐在荒草之中，叼一根古巴雪茄，比光绪帝当年坐在紫禁城的龙椅上惬意得多。但是，偌大的圆明园看不见一个垂钓的，也许人们不喜欢圆明园的荒芜，更热衷于颐和园的热闹去了。这样想着，踏着荒草来到了电视上经常看到的火烧圆明园以后的残垣断壁处。那些缺胳膊少腿的巨石，只可以远观不可以近看。近看是要买门票的。门票高低，我没有去问。我只是远远地注视着它们，注视着一群质地优良的烂石头，注视着一段屈辱蹊跷的历史，注视着一幅今天的中国人争论不休的画面。圆明园，中国人一清二楚，因为它是堂堂的皇家御苑，中西合璧，精美绝伦。火烧了，打碎了，伤了皇家的面子，羞了臣民的脸蛋。八国联军更记忆犹新，火是他们放的，尿是他们撒的，枪是他们开的，炮是他们打的，龙椅是他们坐的，条约是他们捏的，奇珍异宝是他们抢的。他们唯一糊涂的可能是，为什么没有烧圆明园之前朝廷说义和团烧教堂是对的，杀洋人是爱国的。烧了圆明园以后，又说烧教堂是野蛮的，杀洋人是蔑视大清律法的。害得刀枪不入的义和团死了那么多人，老佛爷却跑到西安被岑春煊伺候得妖妖娆娆，头发还是那么油黑，指甲还是那么修长。原来这生产关系严重阻碍了生产力发展的大清帝国也喜欢“敬酒不吃吃罚酒”这个调调。关于修复圆明园，让它焕然一新，展现昔日风采的呼声，我想还是降低它的分贝好。曾经被人家敲碎了的一个精美的瓷器，即便是修复如初，看着也闹心。圆明园，北京的圆明园，中国的圆明园，只要我们真正知道它是怎么烧的破的毁的，就是支离破碎地屹立在那儿，也不伤中国人的面子。没有胳膊的维纳斯照样是全世界最美的女神。

四

“不登八达岭长城等于没有去过北京”，话怎么可以这样说呢？但是，我还是在乎众口铄金的。于是，2009年9月初，借送儿子去古巴留学的机会，我和妻子儿子铁定了要登八达岭长城，“不到长城非好汉”嘛。

实则登过华山的人登长城如履平地，人的造化毕竟没有自然造化惊险。登着登着，还没有出汗，前面就谢绝继续攀登了。竖着一块“不到长城非好汉”的石头，摄影留念，就OK了。望着长城朝崇山峻岭蜿蜒而去，不禁遗憾，好好修复修复，给登长城者一个酣畅淋漓的体验，否则，就像喝酒喝得刚刚兴起，突然，被人夺了酒杯一声断喝“别喝了！”煞是扫兴。

回头俯视继续兴致勃勃向上攀登的如蚁人流，我不禁哑然失笑，登什么登，登的目的地是扫兴。人生何尝不是如此，许多扫兴的结果，过程却很过瘾美丽。比如，竞选总统落选了，谈情说爱失恋了，怀胎八月流产了，寒窗十年落榜了，莫不如此。

极目四望，这一片山河真好。在中国的北方，山是石质的，水是清澈的，树是茂密的，草是肥美的，花是丰盈的，天高云淡，鸽哨声声，行雁成阵，不是南国，胜似南国。聚神看脚下的长城，底宽顶窄，稳重矗立，青砖白缝，古典素美，烽燧炮台，傲然耸立，凸凹垛口，疏密有间，如青龙盘旋逶迤崇山峻岭之间，诉说着千百年的沧桑风光。

长城在有飞机有导弹的今天没有实际作用，但它是绝对的中国元素，它承载了太多太多的中国文化。它融合了太多太多的中国精神，“长江长城，黄山黄河，在我心中重千斤”。

中国之传统文化，其实就是关起门来好好过日子的四合院文化。长城几千年来坚忍不拔地修筑不止，加起来十多万里，整整绕地球一圈也绰绰有余。即便是有孟姜女一样的老百姓长哭当歌，哭倒长城十万八千里，但那是家务事，哭罢了闹够了，长城照样修筑。为什么呢？万喜良修长城死了是一个人的事，修长城抵御北方蛮族骚扰是一个国家的事，一个人的事小，一个国家的事大，国家国家，中国的老百姓懂这个道理。

从长城的美学层次看，它不像是一群怨声载道的苦工建造的，倒像是一个又一个心甘情愿的能工巧匠创造的艺术品一样。几何学、力学、建筑学、美学、地理学、哲学，完美地糅合于一体，顺山势蜿蜒游动于崇山峻岭之间。

我甚至联想，在某一时代，修筑长城是一件非常荣耀的美差事，就好像今天的宇航员驾驶宇宙飞船遨游宇宙一样，别人向往还不能实现。辛苦我一人，安全千万人，在任何时代都应当是一种值得赞美的高尚情怀。

你想，几千年的农耕文明，男耕女织，自给自足，是可以过出好日子的。中国又是一个天然的四合院，西南有青藏高原云贵高原横着，西北有黄土高原堵着，东南有南海东海黄海渤海做天赐的护城河，就剩下北方是一个大大的豁口，匈奴、蒙古、契丹、党项、女真那些未开化的异族又那么讨厌，你说怎么办？天天淘气，既伤我们文质彬彬的体面，有耽误我们过日子的好光阴，干脆修筑起一道砖墙，实实在在地堵在外面，眼不见心不烦，OK！可惜，此一时彼一时，曾经看家护院捍卫文明保护尊严的万里长城，成了今天保守封闭、故步自封、墨守成规的象征。工业文明、电子文明、网络文明，仅仅几百年的光阴，就接踵而至，叫人目不暇接。“不是我不明白，这世界变化快”。

今天是一个没有围墙的世界，我们还要长城干什么？旅游啊寻根啊，只要我们心中没有拒堵世界文明的心灵长城，我们又何须尴尬先人的青砖长城？长江长城，在我心中重千斤。

五

“我和你，心连心，同住地球村。为梦想，千里行，相会在北京。来吧，朋友，伸出你的手。我和你，心连心，永远是一家人。”转悠在北京的奥运村，耳际常常萦绕的就是2008年北京奥运会上这首主题歌。舒缓绵长大气开放包容热情，一扫长城文化的自恋排外故步炫旧唯吾独尊。听，奥运村，诗意浪漫绿色环保天高云淡神清气爽。多么舒服的一个名字。如果是奥运城，就俗不可耐。体育是人类肢体语言的规则碰撞，超越地域种族政治和意识形态。据说雅典伦敦的奥运会宁静得漫不经心，淡泊得满不在乎，丢三落四，张冠李戴。是不是举办得多了，“曾经沧海难为水，除却巫山不是云”呢？但中国即便是办十次，也会全神贯注聚精会神凝国之魂全力以赴，因为中国人有传统的文化美德，“己所不欲，勿施于人。”“应人事小，误人事大。”不办则已，办则漂漂亮亮，虽然好面子，但却服务得体贴周到，令全世界的运动员无可挑剔。

徜徉在奥运村宽阔大气悠长绿色为避呆板稍有坡度的大道，我想，这儿离紫禁城很远吧，不然，在寸土寸金的北京何以有如此辽阔的广场？望天，天无边无垠；望地，地平展辽阔。虽然高楼林立，但也绿树森森，芳草萋萋，天地人互不拥挤和谐统一。这不仅是外地人观光游览的好地方，更是北京人健身锻炼的好运动场，尤其是老人孩子，奥运村就是他们的乐园。目前中国城市，剧烈膨胀，但休闲锻炼的公共场地却寥寥无几。奥运村是北京人的福祉。望着宏大巍峨的鸟巢和巨大抽象的水立方，我为北京人是北京人而羡慕嫉妒。近水楼台先得月，京都树下好乘凉。望着电视上百看不厌的鸟巢和水立方，踌躇满志，漫步进去，身临其境，感觉感觉。孰料不是免费开放，也好，花了那么多钱，费了那么多人力，占了那么多耕地，吸取了那么多世界顶尖的设计创意，也必须回收回收太多的付出。突然，听旁边一个游客说，鸟巢和水立方每年的呵护维修美化就耗资巨额，游客门票，杯水车薪。这也的确是个问题，承包给私人股份公司，少利可图；政府长期包养，耗人耗财，尾大不掉。怎么办？市场经济浪潮中的国人又热衷于升官发财，淡泊体育运动锻炼健美，真不知道经常开奥运会的国家繁华过后体育馆场是凄凉还是热闹非常？鸟巢冷落得时间长了会不会真的引来百鸟筑巢呢？水立方大可放心，不放鱼子儿，凭空不可能鱼翔浅底的。要么，政府慷慨买单，责任到人，全心全意为人民服务，让人们自由出入，屁股扭扭，脖子扭扭，伸伸腿，弯弯腰，跑跑步，戏戏水，心旷神怡了自然愧欠了政府一大笔人情，从此，奋发图强，努力工作，回报社区，好好生活，和睦邻居。一来鸟巢水立方也热热闹闹，二来反正闲着也是闲着。

离开奥运村时，日近黄昏，我和妻子儿子还有外甥张建强一同坐公交车去他在朝阳区打工的下榻处。来北京时，听姐夫经常说，外甥给一个搞装潢的大老板打工，月薪三千，外加提成，算是不错，老板又信任，主要工作是管理灯具。看外甥来陪我们游玩的穿着，也的确干干净净整齐素雅，颇有品位。憧憬朝阳区也繁花似锦，集体公寓，很有风格吧。孰料，下了公交车，街巷零乱，纸片飞扬，塑料袋载歌载舞。愈近住地，道路愈窄，灯光愈昏暗。三拐四拐，拐进一家民院，跌跌撞撞上了二层楼，横在眼前的便是外甥的住处了。进去见上下铺各一，外甥在上面，被单整洁干净。下铺住一河南籍小伙子，散乱不堪。喝了一杯茶，坐坐，说说，离开，下楼梯时，因为黑，一不小心，崴了我的右脚。儿子去上厕所，回来说，那厕所还是个茅坑，蚊蝇飞旋，脏臭不堪，一迭声地抱怨：“表哥这样勤劳上进的小伙子，在北京的住地环境怎么这样？”我说：“就是，你要好好去古巴学习，不然，和你表哥一样。”北京北京，多少有梦的人，在这里渴望，在这里失望，在这里追求，在这里迷茫。普通人的憧憬和苍凉，交替着循环往复地在繁花似锦的北京上演。

回景明饭店下榻处，我们打的前往。司机是一个瘦瘦的小伙子，也不知道是哪里人，反正说一口地地道道的京腔普通话。在灯火辉煌的北京城里，沉默寡言地跑啊跑啊，就是跑不到我们的下榻地。白天来的时候，我印象没有这么遥远的路程，但不好意思问，就私下留意了窗外的建筑物，然而，灯红酒绿中的建筑物都一个面孔，没有什么特点可记。突然，抬头见高杆上的路标写“陶然亭”的，于是，温暖地记起郁达夫的《故都的秋》中提到北京的陶然亭，印象十分深刻。怎么一会儿又见“陶然亭”，一会儿又见“陶然亭”，北京有几个“陶然亭”？

于是，我很绅士地问司机：“这计程表上都120元了，怎么还不到景明饭店？”司机说：“就到就到，捷径到处堵车查车，弯着走，弯着走。就到就到。”于是霎时就真的到了。下车付钱，妻子问司机的车牌号，司机惶恐不安：“大姐大姐，没关系，没关系，你付80元就行，80元就行。”啊！北京北京。

六

去十三陵的意思并不浓，但出于好奇，想看看朱氏家族死了以后到底豪华排场到什么程度。于是，经不起饭店前台的广告宣传，就参加了一个临时散客旅游团。黎明即起，坐一北京旅游公司的中巴车，在北京清凉的大街小巷绕来绕去。旅游车拉散客，好像放羊人拾羊粪蛋一样，走一走，停一停，拾一拾。蓦地，就停了好长时间，突然，就声嘶力竭地骂上了。仔细一听，原来一对河南夫妇说这样慢腾腾地不去了，售票员不退钱，说着说着就开骂。结果是河南夫妇下车了，但车里的游客再也兴奋不起来，都蔫蔫地坐着，许多都假寐了。售票员兼职导游，突然就开讲了，声音圆润悦耳，滔滔不绝：“啊！这就是北京的昌平了，陈希同发迹的地方，他一手打造的生态园林，早上摘的苹果，北京城里的人民中午就可以品尝。早上摘的鲜黄瓜，中午切时还在疯长。”本着人类对“另类”的无限兴趣，游客都刷地朝外面观看。但见方圆百里，不见庄稼地，只见果园林。农家乐比比皆是，纯朴不足，鲜艳有余。难道偌大的北京城，蔬菜瓜果都是昌平源源不断地供应？这个作品真的有创意。

“啊！往右看，那就是十三陵水库。”导游又开讲了，“当年毛主席修的水库。”毛主席修的水库也不怎么大，还没有我家乡的一个水库辽阔。我关心的是十三陵水库过了，十三陵是不是就不远了。果然，时间不长就到了十三陵的大门前。

我向来对风水颇有兴趣，凡山岳川谷，莫不是水雕而成风磨而就。风水风水就是要顺风顺水。这十三陵乃深知天文地理玄妙的高人选就。说来复杂，实则简单。不管是王侯将相之陵，还是布衣百姓之墓，不可以过高，高则风吹雨淋日渐侵蚀；不可以过低，低则水冲雨刷夷为平地。枕坡面南，草丰树茂地最好。这十三陵，诸多条件，样样具备。山谷草肥树茂，荫庇子孙。枕坡而眠，依序躺卧，享受阳光。天雨滋润而不湿脚，溪流唱过而不喧闹。至于山谷口的龙山虎山，不过人之意象而已。倒是十三陵水库的水，全是十三陵山谷的大大小小的清澈溪流汇聚而成乃一点不假。徜徉其间，陵大如山，树高入天，冠阔遮阳，庄严肃穆之气，阵阵袭来。倒不是皇家之尊严，而是环境之使然。皇家之排场，演绎得淋漓尽致，难怪“一将功成万骨枯”，也毫无愧意。世袭世袭，直叫人毛骨悚然。留下这巍巍峨峨的十三陵，价值到底是什么呢？慢慢成为中国的元素符号？我想这不可以。那么价值是什么呢？是旅游胜地，是北京符号，是考古依据，是茫茫天地间十三个微乎其微的凸起的点？沧海桑田，世事难料，看看清东陵隆隆炮声中顷刻之间灰飞烟灭，棺碎人散，生前处心积虑攫取的金珠玛瑙，奇珍异宝落入豹胆屠夫村野匹夫之手，明之皇帝，如果在天有灵，有何感想？失控的绝对权力膨胀以后遗留下来的只能是觊觎和展览，而不可以成为永久的纪念和传承。

回来的路上，去了一个叫“西藏风情村”的地方，巨大的造作的布达拉宫模型，大量的青藏高原的自然风光图片，营造了浓郁的藏传佛教风味。经过了这些层层铺垫，就糊里糊涂地走进了一个迷宫，慈眉善眼的和尚就开始耸人听闻地占卜你的前途命运，慢慢地使你有点毛骨悚然，那好，舍财消灾，阿弥陀佛。凡进去的香客，没有不舍财而心安理得出来的。我不知道导游为什么将游客引到这样的“世外桃源”。

本来还想看看天坛地坛，看看国务院各大部的门庭，结果，把儿子送进了飞机场，我看着妻子，妻子看着我，顿时没有了兴趣，买了火车票，匆匆忙忙地回宁夏了。

有一天，看电视，听白岩松说，北京人喜欢沙尘暴了。兴趣盎然，继续看，方知北京的雾霾天气了不得，两害相侵，自然选其轻，有什么奇怪的？回想两次去北京的耳闻目睹，突然觉得，北京太胖了，而且有点虚胖。不像美国首都华盛顿，人家会科学地减肥。北京城全国精英一溜风地往里钻，拉动全国人民盲目地往里涌，不要说北京城里的雪消融了是黑水，恐怕飘的雪花都是黑色的呢。北京，减肥。减肥，北京。

2013年7月6日

千里厦门八日闪

只一天闪到厦门

写下此题目，只觉得俗气，但也无法，主观意识乃客观存在的投影，此行的确行色匆匆风尘仆仆。从宁夏固原到咸阳机场到厦门到武夷山到南昌到庐山到九江到西安火车站到宁夏固原，曲曲折折地从家出发绕来绕去绕回家。乘大巴坐飞机乘大巴坐轮船乘大巴坐火车，海陆空并用，摇来晃去，晕头转向，精疲力竭，进家美美睡上一觉，睁眼顿悟，旅游是高高兴兴花钱受罪。人生亦如此，是高高兴兴奋斗受苦。人生是一种向往，旅游是一种憧憬。因为前面有许多未知的风景诱惑着你，身体的劳苦在心甘情愿地还着心理享受的债。

千里厦门之于李白，当是八年的游玩，“诗仙”无须惦念大巴票飞机票火车票轮船票行李托运票和昂贵的景点门票，只需一双行走天涯海角的好脚板，慢慢地细细地丈量中华好山河。闲得没事儿，好风景悦于目动于心歌于诗。“日照香炉生紫烟，遥看瀑布挂前川。飞流直下三千尺，疑是银河落九天。”即使“吟安一个字，捻断数茎须”，也不必担心失了脚挡了人掉了队误了统一行程。吃啊喝啊住啊也无须担心，作得好诗换美酒佳肴，虽说知音难觅，汪伦那样的实心朋友还是有的。“李白乘舟将欲行，忽闻岸上踏歌声。桃花潭水深千尺，不及汪伦送我情。”至于住，游乏了玩困了就是家，相信农耕文明下的这点温情还是存在的。如此惬意的游玩今天的人是无福消受了，想了也是羡慕嫉妒恨。

从固原到西安机场的大巴虽然飞奔在畅通无阻的高速公路上，但路两边的风光还是毫不吝啬地扑面而来。至于上了飞机，不过是换了一种更精致的工具而已。许多陌生冷漠的面孔只相互打量而不言语，透过打不开的小小的窗口，除了云海茫茫，别无其他。多亏了窈窕空姐令人赏心悦目，又不好意思盯着欣赏，于是眯着眼睛一闪就到了厦门。

厦门匆匆两日看

厦门并不热，挂云就下雨。雨热情澎湃却不冰凉冷漠，诱惑得大西北汉子有脱衣裸体享受天浴的冲动。这一定不好玩，因为厦门的女子虽多瘦小却润朗，而厦门的男子的确不养眼，瘦小却不壮朗。养眼的是一尘不染丰富多样的树，参差不齐，错落有致，苍翠欲滴。草也不让风头，一尘不染，柔软如毯，碧青刺眼。至于花，西北人高价出售的奇花异葩在厦门遍地都是。天机太玄实难料，好树好草好花好山好水好石好海全洒在了厦门。西北人的惯性思维，哪里的黄土不养人？一尘不染的厦门靠什么养活？靠海。因为海，厦门成了岛屿；因为海，厦门没有了土；因为海，厦门全是石头；因为海，厦门挂云就下雨；因为海，厦门花草树木丰茂；因为海，厦门飞禽走兽滋润；因为海，厦门鱼虾鳖鸭舒心；因为海，厦门百舸千轮竞风流；因为海，厦门精英高手如云；因为海，厦门城中有水，水中有城；因为海，厦门城中有树，树中有城；因为海，厦门人中有龙，龙中有人；因为海，厦门和金门一箭之遥；因为海，我也想住厦门，可惜是黄粱美梦，但愿儿子大学毕业能应聘到厦门。北京很文化，房价受不了；上海太经济，房价不得了；深圳够弄潮，房价也不低；西安蛮古典，可惜散暮气。只有厦门，时尚而不暮气，华丽而不妖艳，发展而不耍阔，“清水出芙蓉，天然去雕饰”。

至于名扬天下的鼓浪屿，我以为她是厦门人宠坏了的一个女孩子。不就是被海水隔开，妈妈牵不上手，又心头时时牵挂，于是她摸着妈妈的软肋，常常耍着小脾气。那天我们去游，不，哪里是游，是瓢泼大雨里竞走。路是石板路，雨是穿伞的雨，人是摩肩接踵的人。跟着导游在大街小巷里穿过来穿过去，穿了不知几十几道弯，吃了一顿饭，逛了一个特色超市，好了！时间到了，原路返回。想登最高峰日光岩，学习郑成功极目海天茫茫，可惜时间来不及。远眺登岩路上游人如蚁蠕动，情趣大减。欲遛鼓浪屿一圈，也只是痴心妄想。疾步奔向郑成功威风凛凛的雕像，可惜道路不畅，时有阻隔。岩石上落叶飒飒，风味别致；岩石边垃圾游弋，娇容可厌。郑成功就在眼前，喊一声即可听见，可惜，手机爆响，导游召唤，游客毕竟是导游手中的一只风筝而已，掉头飞回，免得讨大家之嫌。什么“环境幽静，风光绮丽，漫步街头，琴声美妙，万国建筑，竞显风流”的吊人胃口的宣传，皆是海市蜃楼，憧憬憧憬而已。于是，我异想天开，欲使鼓浪屿“窈窕淑女，君子好游”，一是限定登岛游客数量，二是法制全岛环保干净，三是拆掉一些人为堆砌，四是多一些自由生长的花草树木，五是时间像泡泡糖一样可以拉长。如果皆无可能，索性建一座桥，将鼓浪屿和厦门全岛接连起来，看鼓浪屿还在乎不在乎对她垂涎三尺的五湖四海的驴友？

南普陀寺乃千年祈福之古刹，游人熙熙，多为利来，游人攘攘，多为利往。求财一字佛，门庭若市人如蚁。闽南佛学院，门前冷落车马稀。快餐时代，儒家之“己所不欲，勿施于人”皆成宗教，佛家之“毫不利己，专门利人”乃镜中鲜花也。于是，跟着导游一闪而过。坐着忽闪忽闪的大巴，飞驰在彩色环岛路上，大海，沙滩，青草，绿树，扑面闪过；跳跃着五线谱的草坪，马拉松赛道的雕塑，扑面闪过。闪着闪着，闪到了“椰风寨沙滩”。面对大海，我是处子，但丝毫没有洞房花烛夜的惊喜。因为海面并不辽阔，零零星星的岛屿遮扰了一望无际的视线，来来往往的轮船划破了海天一线的空旷。海水也欠湛蓝，挑逗不起人掬一捧想喝的欲望。没有风，过往轮船掀起的海浪轻轻地抚摸着沙滩，沙滩懒洋洋地享受着。厦门的沙滩多造作而少天然，多黏实而少松散，燃烧不起人脱鞋裸脚插入的冲动。沙子的颜色也是灰暗的冷色黄，不像宁夏沙湖的沙滩，那是一种洗人肺腑的金灿灿的明艳的暖色黄。看着海滩尽情嬉戏其乐无穷的游人，我不觉自鸣得意起来，“曾经沧海难为水，除却巫山不是云。”因为玩过宁夏沙湖的“白天鹅”似的沙子，这厦门海滩的沙子便有点“灰姑娘”的味道，提不起兴趣，激不起快感。原来，旅游也是一种比较。用已知的景色挑剔地比较着未知的景色，于是，见识就在这挑剔的比较中慢慢地增长。有人说："读万卷书，不如行万里路。"足见行走天下之重要。

其实，吊游客胃口的当是台湾金门岛"三民主义，统一中国"八个大字。看景不如听景，听景不如偷景，偷景不如偷不着景。所以，此项是126元的自费旅游特项，凡来厦门游玩，很少有人不去"偷看"。偌大的轮船，一层拥挤不堪，密不透风；二层茶座，加收50元；三层雅座，加收80元。皆座无虚席。挤着闷着，闷着挤着，突然，人群像烧开的水，沸腾起来，原来，快到金门岛了。这就是台湾的领域？哈哈！不过一箭之遥啊！大陆在这边，台湾在那边。金门岛上石刻"三民主义，统一中国"八个大字，白底红字，依稀可见。咔擦咔擦，相机狂闪不停，游人皆以八字为背景，手忙脚乱，亢奋不已，像偷情似的快乐。这"民族、民权、民生"能统一中国吗？厦门当遥相呼应，对面竖起"社会主义，统一中国"。这仅是我的一己畅想，厦门真实竖起的是"一国两制，统一中国"。

离开厦门时，我品味着厦门市市树凤凰树片绿之中点点红的美丽；品味着厦门绿树丛中红屋顶的别致；品味着寻常百姓家没有围墙的小洋楼；品味着宽敞的路旁绿树苍苍；品味着厦门大学、华侨大学、集美大学海外华侨的亲情投资；品味着郑成功的大气，林语堂的洒脱，鲁迅的倔强，陈嘉庚的慷慨；品味着厦门清淡绿色满口腥味不闻膻味的饭菜；品味着厦门人瘦瘦的健康长寿。好像咀嚼着一根长长的甘蔗。突然，导游又对赖昌星津津乐道，说现在大家能看见的那些海边的集装箱，就是当年赖昌星走私的码头，某某高官保驾护航。蓦地，嘴里像飞进了一只苍蝇似的不舒服。什么时候，中国的发展繁荣绝对不再靠津津乐道赖昌星掘取财富的离奇故事，台湾就十分地羡慕大陆了。

武夷山一跑而过

大巴急急忙忙从武夷山城市穿过时，闪过车窗的街景与我的期望值有很大的落差。天然的花草树木尽管毫不逊色于厦门，但人为的艺术美化远远不及厦门。依旧是江南特色的一尘不染，但间或街边的垃圾肆意飞旋。与其惋惜武夷山人民的不勤劳，还不如遗憾武夷山管理者的不到位。古人云："君子之德风，小人之德草。"此言真矣。到了武夷山度假区，令人眼前一亮。大宋的街景，大宋的建筑风格。满世界的茶叶，满世界的实木家具。饭菜弥漫着山中野味，比厦门的腥味好多了。

所谓的游武夷山，不过就是玩两座山，穿一条石缝，漂一回溪流。其实，有花草树木覆盖，武夷山的每一座山峰都是景，每一条溪流都是景，只是没有雕琢而已。

天游峰最能挑起游人的兴趣，暗褐色的巨石孤傲地独立于群峰之中，有鹤立鸡群之韵味。游人并不多，上上下下松散自如。雕凿的石阶也不陡，拐过来拐过去就到山顶了。攀至半山腰，见一满脸香汗女子，两股战战，气喘吁吁，娇语吟吟："好险啊！"我不觉哑然失笑，断定她没有上过华山。于是，我陶醉于当年登华山的刺激。还记得攀登到苍龙岭时，低头一看，深不见底，倒吸一口凉气，丢一拳头大的青石，再也听不到回音。突然，一男子健步如飞而过，朗然笑语："玩的就是心跳！"于是，昂首挺胸，极目远眺，华山阳刚之美尽收眼底。青白巨石，直上直下。青松绿草，点缀其间。黄河峰下过，溪水山间流。蓝天游白云，翠柏立险峰。……而此时此刻的武夷山，倒像一妩媚多态的女子了。巨石少棱角而多圆润，溪流多潺潺而少飞溅，树木多郁郁而少苍苍，石色尽红褐而不见青白。武夷山的这种润泽收敛较之于华山的棱角分明，我更兴奋于华山棱角分明的惊世骇俗之美。

另一座山峰叫虎啸岩，乍一听，叫人十分地向往。冒着细雨攀登，别有一番风味。石阶润湿而不油滑，云雾游弋山间，恍如仙境，花草含露，树木青亮，看不见的蝉拼命地叫个不停。可惜山不高，一抬头，到了观景台。游人只顾照相，少有极目环望，更无凝目沉思者。距离峰顶还有三丈余，可惜无路可登，无缘享受"会当凌绝顶，一览众山小"的快感。虎啸岩隐约可见，不过一峰若虎啸状而已。如此给客观山峰以人为的主观冠名，乃自然景观的人文化也。名山大川皆难逃人为的雕刻附会，刘禹锡所云："山不在高，有仙则名。水不在深，有龙则灵。"正是如此感悟。武夷山留给我的整体印象，还是一个处女之身，不知道她能守身如玉多久？

中国最窄最高最长的"一线天"最让我浮想联翩。大自然的鬼斧神工在“一线天”表演得淋漓尽致。一块长长的巨石从中间突然毫不留情地劈开一条缝，状如雌性的精美的户穴，向天骄傲地亮着，吸引着芸芸众生络绎不绝地钻进钻出，这是一个多么异趣天成的幽默啊。君从何处来，君从何处去。君从来处来，君从来处去。“一线天”，这是一个多么温柔的地方。因为狭窄黑暗，吸引了成千上万沐浴阳光的众生；因为黑暗中的一线光明，才觉得阳光是多么宝贵！当游人夹在最狭窄的石缝里，前不动半步，后不动半步时，蝙蝠肆无忌惮兴高采烈飞来穿去，痛快地高声号叫，淋漓地拉屎撒尿，噪音刺耳，臊气堵鼻。我突发奇想：向上凿一些天梯，给热爱光明的人绝地攀登的可能。

至于躺在青青的竹筏上，悠闲地望望蓝天流云，惬意地看看青山绿水，随溪流任东任西，漂南漂北，听船工喊几声号子唱几句山歌，那是有钱有闲人的事；我们虽然准备了漂流的钱，但可惜挤不出时间，所以只好斜躺在河床的大大小小滚瓜溜圆五颜六色的石头上，欣赏欣赏漂流者的喜悦而已。导游一个电话，下一站向英雄城市南昌进发。再见，妩媚天然的武夷山。

南昌城擦肩而过

不知道赣江那边的南昌新城容颜若何，反正赣江这边南昌老城相貌令人生厌。南昌人也不要不服气，因为大巴一直穿梭在南昌老城，我耳闻目睹，实话实说，破旧脏窄，这就是我对南昌老城的感觉。我以为，过错不在普通市民，过错在规划者管理者。这个老城的有些地方注定是要拆的，高耸入云的楼群，道路却狭窄得两车不可相遇错过。行走其间，有过武夷山“一线天”之郁闷感。中国的好些城市都是这样，有五年规划，十年规划，二十年规划，就是缺少五十年规划，一百年规划，二百年规划。所以建了拆，拆了建，是中国特色的城市建设发展怪圈。八一南昌起义纪念馆算有些历史沧桑感了，但我们兴致勃勃去参观时，差一点摸不进去了，因为周围正在热火朝天地重新建设，机器轰鸣，尘土飞扬，不是连绵不断的《十送红军》萦绕耳际，送来阵阵感动，真有些莫名其妙的烦躁了。不过，两排巍然屹立的共和国将军，着实叫人心潮澎湃。中国这片热土不缺少英雄，缺少的是成就英雄的宽阔舞台。

导游开始点名时，少了六个人，原来他们去看天下名楼滕王阁了。这使我十分的羡慕，可惜天下事两全其美者少，顾此失彼者多。于是，我只有将时间像泡泡糖一样拉长，一路小跑到滕王阁下，囫囵吞枣地远望几眼，照一张滕王阁之远景，急匆匆归队。什么“豫章故郡，洪都新府。星分翼轸，地接衡庐。襟三江而带五湖，控蛮荆而引瓯越”，只能可想而不可望了。至于“落霞与孤鹜齐飞，秋水共长天一色”的千古绝景，只有登上滕王阁才可以享受的，我只能意淫罢了。哦！时间就是金钱的现代人，停一下，想一想，娱乐中就滋生智慧。在我们急匆匆奔向下一个景点的时候，不宜忽略品味沿途的点点滴滴的风景。可惜，今天的旅游，活像一列一门心思奔向终点的客车，至于沿路的风景只是一闪而过。

庐山名不虚传

不能想象，要是苍天不给九江赐予庐山，周围的有权有钱有闲人热得怎么受得了。九江是个大火炉，庐山就是天然的大空调。有了鄱阳湖，阳光一晒，水蒸气就上了庐山，冷风一吹，凝结成雨，扯天扯地地泼下，滋润着绵延起伏的石头，不生草长树开花结果才怪呢？成片成片的花草树木吐出的是氧气，散发的是凉爽。于是，庐山的凉爽宜人便慢慢地名扬天下。从古到今，一拨一拨的求凉求爽求宁求静求美求福求名求利者，怀着不同的憧憬络绎不绝地上了庐山，而且都不想虚来一趟，于是，纷纷提笔留名留诗留词留文，无非都像雁留声树留影，搅和得天然的庐山人文的味道很浓，到处是名人题字题记题诗题文，惹得芸芸众生想沾光而相照得不亦乐乎。可惜庐山依旧在，几个昔人留？天地无言，过客匆匆。山河无语，游人多情。

在庐山的脚下，狼吞虎咽地吃过午饭，热得实在受不了，躲在大树下和一九江老表闲聊。老表淡淡地说：“上庐山不难，路修得很好，坐旅游公司的车一下子就上了；但是，要看庐山风景，就要一直走下坡路。”我不明白老表说话的意思，直到车上了山顶，进了旅馆住下，才发现山顶乃一牯岭小镇，麻雀虽小，五脏俱全，凡所应有，无所不有。牯岭小镇的人真享受啊，山外的人花钱来享受几天的凉爽，他们年年稀松平常地享受着。和武夷山比较，我更喜欢庐山的石头，不论是质地上，还是颜色上，都多明朗而少浑浊。尤其和花草树木搭配，显得有些“横看成岭侧成峰，远近高低各不同”了。庐山的松树也比武夷山的高大挺拔，直插云霄。更叫人欣喜的是，庐山不仅多溪流，而且还有湖泊。这就如同人有了眼睛，就明眸善睐了，所以庐山更像明眸善睐的冷艳女子，难怪惹得古今中外的风流人物频频光顾。

下着石阶到白居易的草堂，自然有“人间四月芳菲尽，山寺桃花始盛开。长恨春归无觅处，不知转入此中来”的千古绝唱。青石上飞舞着红色的狂草，煞是赏心悦目。可惜，时值六月，桃花谢尽，只有碧绿的桃树叶子，在风中摇曳多姿。

再往下，是一小瀑布。观赏过黄果树瀑布的人，一定有“五岳归来不看山”之共鸣，但导游介绍是《西游记》花果山水帘洞外景地，游人便饶有兴趣，再加上生意人不厌其烦的推波助澜：“这是毛主席照相的地方，这是毛主席照相的地方。”游人更是非照不可了。

再下去是“无限风光在险峰”，再下去是“天生一个仙人洞”，再下去是“暮色苍茫看劲松”。下，下，下。“这是毛主席照相的地方，这是毛主席照相的地方。”“这是毛主席写诗的地方，这是毛主席写诗的地方。”“这是皇帝避暑的地方，这是皇帝避暑的地方。”在诱惑游人照相的生意人蝉一样的叫声中，停下一想，原来我们的游览路线和毛主席当年恰好相反。毛泽东诗云：“暮色苍茫看劲松，乱云飞渡仍从容。天生一个仙人洞，无限风光在险峰。”看来毛泽东当年欣赏庐山风景选择的是向上向上向上，而不是向下向下向下。只有倒霉的彭德怀当年被红旗小轿车匆匆忙忙拉上庐山，因为直言不讳“大跃进”浮夸风不是个好东西，不到一个月，从人生的高峰跌倒低谷。从此，吓得心怀鬼胎的官员都十分忌讳上庐山，而特别喜欢上井冈山。在毛主席当年照相的地方，照相的游人挤破了头。毛泽东的有关庐山的诗的确写得不错，但庐山会议时期的毛泽东政治上的确“浪漫”得天花乱坠，为什么今天的游人还如此疯狂地热衷于“毛主席照相的地方”？原来，当人们失去独立思考的能力时，就需要一个“皇帝”来打理自己的一切。被专制也是有瘾的。

其实，庐山最性感的景观当是三叠泉一处。只是这个名字有些清澈宁静，名不副实。三叠泉其实是激情飞扬的，就是“飞流直下三千尺，疑是银河落九天”的地方。它集庐山景色之精华，青石壁立千仞，鬼斧神工。树木苍苍，百草丰茂，鸟语花香。溪流清澈潺潺，突然跌入万丈悬崖，飞奔急扑，一跌成景，二跌成美景，三跌成仙境。惊险奇美秀，一网打尽。人从高处跌下，是陷阱，从此无人问津；水从高处跌下，成仙境，从此四海扬名。观庐山瀑布，必须下石阶无数，方可见风光无限。石阶是今人凿的，一游人突发奇问：“李白当年是怎么下山望庐山瀑布的？”此问着实有趣，可惜有些粗心。君不见，“日照香炉生紫烟，遥看瀑布挂前川”吗？既然是“遥看”，一定不在今天的瀑布下面可以飞溅成雨的地方观看，或许在另一个山头遥望。再说，今天的名山大川，牵强附会沾名人光的也不少，谁知道李白当年被庐山的哪个瀑布激动得情不自禁、妙句飞溅呢？管他呢，我们只管享受美景妙诗得了。

一闪过了九江城

旅游车飞驰下了庐山，换乘一辆大巴，一闪进了九江城。跨长江大桥还没有看完，已经上了锁江楼，长江一览无余。再登浔阳楼，一览长江无余。这浔阳楼因为及时雨宋公明喝醉了，即兴一首反诗：“心在山东身在吴，飘蓬江海谩嗟吁。他时若随凌云志，敢笑黄巢不丈夫。”从此名震四海。凌云志人皆有，就看通向理想的道路畅通不畅通，遇阻则成宋江黄巢，遇通人人可望成尧舜。

真的想看看1998年九江决堤口，可惜没有时间了。进了九江火车站，坐上北上的客车，咣当咣当摇了一夜一天，摇到了西安火车站，天热得下火似的，钻进有空调的大巴，一觉睡到宁夏的固原小城。好了，厦门八日游，圆满闪过。

2013年6月22日

西安印象

西安是个关起门来过日子的好地方。西北人说："哪里的黄土不养人。"西安的黄土最养人。周围千里，一望无际的黄土地，平平整整，松松散散，千百年来，太阳暖洋洋地晒着，黄土地懒洋洋地躺着。躺着也疯长五谷杂粮，谁叫黄河擦身而过？谁叫泾河渭河穿肠而过？男耕女织，自给自足，农耕社会中的西安人创造了全世界无与伦比的农业文明。大周大秦大汉大隋大唐的高手云集于此，不是偶然；精英荟萃于此，绝非想当然。一切都是物竞天择，自然选择的必然。试想，这一片辽阔的黄土地，南有秦岭阻隔着尚未开化的南蛮子，北有黄河看家护院，天朝帝国，皇帝说了算。有四书五经教化，有天朝威严震慑。布衣百姓，两件事：种田读书；百姓布衣，两种人：忠臣孝子。但是，当世界流动起来，工业文明挤垮了农业文明，西安就由凤凰蜕变成孔雀；当电子文明刺激着工业文明，西安便由孔雀落伍成雄鸡了。当网络逼得地球成了地球村时，西安想打开门拥抱高手，高手也不愿进去了。于是，西安编织起昔日的美梦，"我们的老先人比你们强多啦！宰，日他妈的，你算什么东西？"我六次去西安，留给我的印象都是这样。

1990年·西安

1990年的10月1日，乘自由之风，去西安旅游结婚。从西海固到西安的公路，九曲回肠，凸凹不平，并不自由。因为青春年少，精力充沛，一路瞭望窗外，从平凉过泾川过长武过彬县过永寿过礼泉，老百姓的日子皆平平淡淡。屋舍零乱陈旧，田园杂种无章，城市急功近利，市民浮躁焦灼。耳际飘过的歌曲，不是“我家住在黄土高坡，大风从坡上刮过，不管是西北风还是东南风，都是我的歌我的歌”，就是“我的故乡并不美，低矮的草房苦涩的井水，一条时常干涸的小河，依恋在小村周围”。一直进了西安城，才听到满城皆是“我们亚洲，山是高昂的头；我们亚洲，河像热血流。……亚洲风乍起，亚洲雄风震天吼。”恍然觉知，北京扬眉吐气举办亚运会，古都西安遥相呼应，呐喊助威。于是，就见西安到处盆景鲜花簇拥，亚运会标志的文化衫处处得意洋洋。

燃眉之急，是买一照相机。当时的西安，临街一字排开的小商店处处皆是，一个个张着饥饿的嘴巴，期待顾客光临。而大型商场豪华超市凤毛麟角。我在小商店的柜台外面挑了一台红梅照相机，和一漂亮的女子讨价还价，敲定为175元（当年我一个月的工资），加买了一盒富士胶卷，兴高采烈地记录西安城的景观。

其实，西安城也没有什么可以记录的。名为六朝古都，仅为文化广告而已。大周福址在宝鸡，大秦根据地在咸阳，剩下西汉东汉短隋盛唐，倒是货真价实地在长安折腾，终于折腾出了那个时候全世界最辉煌的古代文明。天朝帝国，皇权至上，罢黜百家，独尊儒术，普通百姓，耕读传家。有志男儿，皓首穷经，科举取士，平步青云，修身齐家治国平天下，有什么不平衡？“朝为田舍郎，暮登天子堂。将相本无种，男儿当自强。”的确，大汉大唐的中国人是全世界的人物尖子，那个时代的生产力和生产关系是珠联璧合比翼双飞，五湖四海的异族都羡慕嫉妒恨。日本大和民族的聪明人心甘情愿地漂洋过海来到长安，拜倒在大唐天子的金靴之下。难怪今天的西安人发飙：“我们的先人比你们强多了！”

但是，1990年的西安城实在激发不起人的兴奋。街巷陈旧平淡，鸣蝉聒噪，闷热难耐。秦腔此起彼伏，声嘶力竭，苍凉悲怆。古城墙被尘土覆盖着，玄武门远去了刀光剑影，秦始皇不知道埋在哪儿，阿房宫被项羽早烧了，未央宫不见影子，大明宫销声匿迹，武则天正被贾平凹的小说《美穴地》揉搓着，黄帝陵门前冷落车马稀，只有大雁塔小雁塔门庭若市，兵马俑华清池炒得如火如荼。于是，我和妻子就在大雁塔兵马俑华清池看了看。

到了大雁塔，日近黄昏，天气并不热。大雁塔孤独地矗立在夕阳的余晖下，广场辽阔，游人稀少，花5毛钱，就可以登塔远眺了。梯子是木头的，因为塔是青砖砌的，所以，战火是亲吻不上的。中国五千年的文明，但沧桑之建筑，寥寥无几，原因尽管不少，可是，主要原因莫过于木质建筑经不起乐于破坏一个旧世界的霸主肆意焚烧摧毁而已。因此，大雁塔之于西安，乃留于地表的原汁原味的最骄傲的古代建筑文明标志了。至于小雁塔，不过是小弟弟罢了，为了大雁塔不过于孤独，善解人意地遥相呼应。再说了，大雁塔小雁塔都是宗教之塔，再生猛的霸主，对佛祖神灵也当留三分敬意，即使成了皇帝，也不过天子而已。由此，华夏大地，古迹多塔寺。揭竿而起者，翻江倒海者，破旧立新者，虽多不畏人，但多敬天。

西安埋在地下的威风，莫过于兵马俑了。外地人调侃西安人："你们奋斗什么？一不小心一铁锹挖下去，几辈子都吃不完。"西安人毫不谦虚："那当然了，谁叫宰们老先人埋在脉上了么。"兵马俑是铁证，富了附近的村民，也风光了西安人，连全中国的人都自豪得了不得。

1990年国庆，我们和两个北京人，三个台湾人，四个陕北人，一行十一人，全程包乘一中巴，游兵马俑华清池一线。上午去兵马俑，司机热情似火，一路春风，不仅车开得游刃有余，而且解说得妙语生花，间或还不忘逗两北京人高兴："你们好福气，生在天子脚下。"

两北京人投桃报李："西安人才好福气，天子头上拉屎拉尿。"

陕北人酸溜溜地道："都是老陕么，陕北人和西安人咋这么不一样呢？"

台湾人更吃醋："都是一个老先人，你们一抬脚，看见老先人，我们漂洋过海才看一眼。"

如此谈笑风生，兵马俑就在眼前了。对于我这个生在黄土地长在黄土地的西海固人来说，兵马俑并没有十分震撼我。我只是觉得秦始皇也太霸道，死了还这么肆无忌惮地要排场，是谁在捧他的场呢？是专制是独裁是皇权是奴才是忠臣是良民？想当年，刘邦见了秦始皇，垂涎三尺："大丈夫当如此也！”从此，中国人一边骂着暴秦的残酷，一边念着暴秦的排场。于是，中国的历史就原地循环往复地打转，走不出这个怪圈。风流人物一次又一次的刀光剑影，天下苍生一次又一次的倒霉遭殃。时至今日，一些有钱人未雨绸缪的坟墓，剑指何人？恐怕也有与秦始皇试比阔的嫌疑吧？可惜，民主时代，再阔的坟墓之价值也只有留给千百年后的考古所用。但是，如蚁的游人也有不少羡慕秦始皇的豪华阔气。“哇！当皇帝真过瘾啊！”听着这些脑子进了水的感叹，我觉得脊背凉飕飕的冷静。兵马俑之美，乃千姿百态惟妙惟肖的人物雕塑之美；兵马俑之壮，乃井然有序阳刚雄武的武人之壮；兵马俑之价值，乃精雕细琢雄伟壮阔的华夏古代文明也。至于皇帝埋葬的排场，今人万莫羡慕。

可是，中巴车到了华清池，就有那么多搔首弄姿的女子婀娜于华清池边，像模像样地醉心学习着杨贵妃的范儿，清水走出胖女人，回眸一笑百媚生。是因为天真，还是因为俗气？她们难道不知道“一骑红尘妃子笑，无人知是荔枝来”？华清池的水的确蓝汪汪的是一池好水，但是，我毫不觉得“风景这边独好”。于是，我移目骊山，天地的确“造化钟灵秀”，在这一望无际的黄土地上，临潼竟然生长出这样秀美的山峰？石山青青，绿树阴阴，芳草萋萋，碧水淙淙。只可惜当年“六王毕，四海一，蜀山兀，阿房出。覆压三百余里，隔离天日。骊山北构而西折，直走咸阳”的阿房宫被“楚人一举，可怜焦土”了，不然，又有多少帅男要过过“奋六世之余烈，振长策而御宇内，吞二周而亡诸侯，履至尊而制六合，执敲扑而鞭笞天下，威震四海”的秦始皇“君临天下”的帝王瘾了。都民主法治时代了，为什么还有如此的“施虐狂”和“受虐狂”呢？

文明古国，名胜古迹，皇权专制的潜移默化不可小觑。

离开华清池时，夕阳西下，等我们的中巴竟了无踪影。台湾人多心眼，记了车的牌号，打电话咨询，杳无音信。每人再掏12元，坐另一中巴，陕北人愤愤不平：“这西安人也真日巴欻，羞了咱陕西老先人咧。”

一西安人接了话茬：“西安人咋了？西安人再日巴欻，老先人也是咱全中国人的老先人。”

车上一片哑然。

1994年·西安

1994年的西安，我只是一闪而过。其时，我送三弟去徐州上大学。沿途变化不大，到了西安火车站，离发往徐州的列车仅剩半小时，我们进一快餐拉面馆要了两碗，霎时端上，两嘴吃完。所谓牛肉拉面，不过清水里面飘着几根挂面，混着几片白菜而已。对于两个饥肠辘辘的小伙子而言不过杯水车薪。一付钱，每碗8元，活宰人。文质彬彬地理论，招来一顿海骂："宰你妈的，反咧？不看在哪儿呢？埋皇帝的地方，懂吗？西安人放个屁都比你那边的沙尘暴强。"怪了！他怎么知道我们是宁夏人？这受沙尘暴欺负的西海固人，难道脸上写着不成？这西安开快餐的也真聪明，一叶知秋。可惜用错了地方，也就宰宰过路客而已。宰熟客，早关门了。心里不爽，等车时抽烟壮胆，被罚5元。挤车时，觉得后面有人拽包，使劲一拉，挣脱，坐好一看，生生地被刀子划开5寸长的口子。一夜兄弟俩背靠背坐在拥挤不堪的过道里到了徐州，已是正午，徐州的天是蓝蓝的天，我们美美地一人吃了两碗手扯面。

1995年·西安

这一年的五一黄金周，单位包车浪西安。儿子已四岁，所以决定一同去。省去了买票挤车，到站寻店，防贼偷钱的诸多顾虑，一路轻松，玩着扑克，哼着小调，谝着闲传。不时观看窗外风景，道路宽阔平展，绿化带树木茂盛，农家庭院翻新，麦浪滚滚，丰收在望。但总觉得有点遗憾，模糊不清。偶一沉思，原来单位旅游，仿佛将单位的大院换成了大巴车厢，不停地到处移动，空间更小了，密度更大了，领导更近了。星星还是那颗星星，月亮还是那个月亮，太阳还是那个太阳。于是，突发臆想，旅游就是看厌了故乡的容颜，稀罕异乡的风光。逃离故乡向往异乡，如同别离老婆向往情人。单位旅游的不爽，就像带着老婆看情人。

同事多第一次来西安，热情满满，好奇心闪闪。而我莫名其妙地滋生了"曾经沧海难为水，除却巫山不是云"的狂妄。大雁塔不登，小雁塔不上，华清池不看，兵马俑不览，几次拜托同事拎着我儿子去走马观花。同事讥讽："葛朗台，怕化钱？"我遮掩："看过，没意思，等上了华山好好看。”

五岳归来不看山，黄山归来不看岳。黄山未曾一览，这西岳华山当好好品尝。

把儿子拜托给车厢里休息的老人照看，在无边的黑夜里，踏上了上华山的石板路。一行人年轻力壮，队伍庞大。脚步声声，水声隆隆，信心满满。走着走着，黎明即来，山貌隐现。游人从松散走向密集，摩肩接踵，脚步迟缓。独自庆幸，走着悠着，观青石绿树，听水声隆隆，看游人中艳若桃花之窈窕淑女。悠着走着，阳光洒下来的越来越多，越来越多，多得空气托不住了，一块一块跌落下来，砸在身上，热辣辣地灼烧。抬头看景，全是屁股；回首观色，全是人头。于是，站三站，挪一挪，盯着二面的石头发愣。

路边竟然有清水洗黄瓜卖，一游人大汗淋漓，问：“多少钱？”

“5元一斤。”

“来一个。”

“给。”

“多少钱？”

“5元。”

“啊！一个5元啊。”

“不要拉倒。”

游人尴尬不已，蹲下双手掬清水喝。

“给两元钱。”

“水也要钱？”

“华山上哪有白喝的水？”

免费观看了华山上这出卖黄瓜之戏，顿觉有的西安人没有麻雀之平常心，而多落架的凤凰之不平衡心。玩得自己不开心，游人也挺生气，辜负了这名胜古迹。如此思忖着，找同事时，已挤得不见影子，只见妻子还紧紧跟着我。如此拥挤，寸步难移，闷热难耐，心生烦躁，虽有山警维持秩序，却有半途而回之意。放眼一望，山高千尺，峰峦叠嶂，壁险如削，阶多无数，溪流之上卧一巨石，赫然书写“回心石”三个大字，不觉哑然失笑，抹去了折回之念，人流中见空就钻，上一步算一步。折腾了一个多小时，人流松散，开始像蚁群一样流动起来，“山重水复疑无路，柳暗花明又一村”竟然在这里上演?

眼界越来越开阔，道路越来越陡险，心情越来越疏朗，精力充沛，疾登台阶而上。蓦地，前面的人绾起了疙瘩，似乎越绾越死，再也解不开。于是，等而无望，只好坐下来歇一歇。终于见人流动起来了，赶紧插进去移动。移动着移动着，脚下无路，只有一条窄窄的石径，听人声嚷嚷，方知挤进了“一线天”。自古华山一条道，此处正是“一夫当关万夫莫开”处，插进去虽费劲压抑气喘胸闷，但过去了却豁然开朗，生久阴逢晴天之喜。华山真会捉弄人，脸色晴三晴，阴一阴，变化莫测，难以捉摸。

好长一段的石阶路，虽然陡峭，却流畅无阻，此时攀登像跳舒展的华尔兹舞曲，砰嚓嚓嚓砰嚓嚓嚓……登山的快感正起，突然，“嘣”的一下，弦断了，没有了音乐，游人都愣在那儿，倒吸一口凉气，这是要登山，还是要上天?天梯横在眼前，是身登青云梯，上去见神仙吗?一片巨石，直上直下，毫不客气，多拦路之霸气，少缓和之余地。脚蹬上天梯，手抓悬崖链，小腿发软，两股战战。低头一看，一清澈女子，满脸香汗，两手悬空，健步轻登，云：“玩的就是心跳！”顿觉自己浑浊不堪，空有一副男人骨架。傲然登上天梯，风景迥然不同。天梯以下，还是人间之景，尚可形容；天梯以上，就是天上之景，不可以形容了。

及至苍龙岭，径宽不足一米，二面崖险如削，深不可测，若龙脊延伸而去。游人稀少，眼界开阔，偶有挑夫从身边闪过，步态从容，身姿矫健。极目四望，虽无“会当凌绝顶，一览众山小”之感，但华山容颜，多收眼底。青峰蹿起，松柏奇立，杂草软树，自惭形秽，悄然不见踪迹。青处更青，白处愈白，青白相间，棱角分明。东西南北中，五峰遥相呼应，争奇斗险，宛若奇莲，陡然天生晴朗朗一片好山岳。

华山之成，乃压抑之极，叛逆成峰。郁闷之气沉积于胸，压抑着压抑着，突然，天赋良机，地壳松动，遇罅隙而冲天一跃，陡然成了华山奇峰绝壁。险处乃天险，绝处乃天绝，实自然造化，非人为造作。

华山之于我，仿佛嵇康之玉山傲立，英俊挺拔，青白分明。华山之于我，好像李白之判经离道，超凡脱俗，鹤立鸡群。华山之于我，宛若林黛玉之尖刻挑剔，冰清玉洁，玉树临风。

华山之于我，乃张旭之狂草，天马行空，藐视拘囿。华山之于我，乃齐白石之篆刻，横冲直撞，险处求生。华山之于我，乃崔健之摇滚，声嘶力竭，苍穹雄鹰。

华山乃叛逆之山，多奇峰绝壁；华山乃离道之山，多险路天梯；华山乃张扬之山，多狂草率意少端楷镌刻；华山乃脱俗之山，多骚客泼墨少政客题词。

凡威权专制，皆好宝钗之端庄，不喜黛玉之率意。凡皇权独裁，皆好臣子之稳健圆滑，不喜臣子之锋芒毕露。华山是率意而生的，华山是锋芒毕露的，所以，翻开中国的五千年历史，西安大地，藏龙卧虎，王侯将相，多如牛毛，华山近在咫尺，登临封禅，寥寥无几。泰山远在天边，登临封禅，络绎不绝。秦始皇、汉武帝、唐玄宗、宋徽宗、康熙帝、乾隆爷，无一遗漏。今之世界，开放包容，百舸争流。韬光养晦者，当登登华山；锋芒毕露者，多上上泰山。天地五行，阴阳互补。小小地球村，朗朗乾坤人，无锋芒毕露，何以开拓创新？无开拓创新，何以稳健发展？暮气沉沉的陕西人，当情有独钟于华山，登临峰顶，观仕途沉浮，看商海成败，东峰对弈，南峰论剑，沧海桑田，世事变迁，问天下谁是真正英雄？

太阳早已偏西，我依然踯躅于苍龙岭上，前进时间不够，回头心有不甘。听迎面回归之人说，过了苍龙岭，就可登临华山五峰，观神人对弈，听仙人论剑，如果有钱有闲，还可以住一夜，起早观赏太阳从万丈绝壁下的滔滔黄河冉冉升起。够了，福不可以享尽，景不可以看完，山下的儿子可能心急了。抓一块青石，丢下绝壁，静听回音，杳无音信，毅然决然，转身下山。行至山下，儿子已经熟睡，众人已经面无表情。一问，原来好些人已经整整等了半天，他们到“回心石”踯躅不前，在溪流里洗了一下脚，就回来了。我也无错，相互两不知，谁知道他们半途而回了呢？因为都没有手机。

因为上华山拖了大家的后腿，所以碑林我匆匆走过。走过也不后悔，因为我有一本字帖，碑林上的字皆有。当然看照片和见真迹是不一样的，走过碑林，观其形，闻其香，赏其神，品其韵，尝其味。和王羲之说飘逸，和颜真卿说伟岸，和张旭说狂野，和米芾说疯癫，和赵孟頫说圆润。书法是线条的艺术，只有既表音又表形还表意的汉字才有这种独特的艺术。说话有抑扬顿挫，写字有轻重缓急。宣纸是靠不住的传承，石板是永恒的镌刻。树大投影，雁过留声，人贵留名，不过都像狗见了电线杆提腿撒一泡尿而已，证明曾经来过，想永远地存在。西安的字碑成林，印证这里曾高手云集，贵人如云。广西石林是天然的赋予，西安碑林乃人为的创造。

当时，我忙于照相，匆匆离开时发现丢了相机外套，再进去又要买票，寻思丢了就丢了吧。突然，找不到儿子了，吓得我六神无主，儿子毕竟才四岁。正在我们焦急寻找时，儿子从碑林的大门跑了出来，气喘吁吁，大汗淋漓，手里提着一个黑乎乎的东西，一看正是相机外套！虽然他只有四岁，但是比我的记性好得多。

2010年·西安

2010年6月10日，显然是高考刚刚结束，过度的疲劳无处堆放，想一路撒向祖国的美丽山河。坐着豪华的大巴，奔驰在西海固去西安的高速公路上，和同事天南海北地谝闲传，因为有老师带父母孩子，所以，不宜放浪形骸，胡说八道。沿途风景已焕然一新，一片一片的果树，给农民带来了好日子，没有围墙的二层小洋楼，开放而素雅。屋舍俨然，阡陌交通，良田成景。愈近西安，好日子的味道愈浓。大巴停到彬县的公路服务站，大家方便方便。服务站好像一个小公园，整齐、干净、绿化、服务周到。厕所窗明几净，一尘不染。何以这么优秀？司机说：“服务站沿途多的是，不优秀谁来？”独家服务是低劣的温床，多家竞争是优秀的保证。我想，政治也如此。我们要去飞机场，坐飞机直接去桂林。原来西安飞机场在咸阳，这次纯粹没有进西安城。但是，沿途农村的景色，使我觉得西安附近的人民少了许多凤凰落架后的戾气，开始心平气和地过日子了，而且过得有模有样蒸蒸日上。许多庭院的大门楼子，都装饰了家庭追求，如，天道酬勤，耕读传家，自强不息，自立为本，和为贵，平为福。一种中华文明精髓的复苏气息荡漾其间。祝福西安。

2011年·西安

2011年，时值8月，儿子去古巴上学，到西安飞机场坐飞机去北京。我和妻去送行。我们说好了，提前两天到西安，随便看看。可是，看什么呢？兵马俑华清池，时间不够。华山，时间更不够。碑林，儿子不喜欢。大雁塔小雁塔，一目了然。黄帝陵，还不知道在哪儿。于是，儿子约了西安交大的一个小学同学，一块儿徜徉在西安城的大街上，嗅嗅当代时尚的味道。

这次走在西安城里，感觉到西安就是西安，个性鲜明，风格张扬。中国的城市很多，我去过的很少，但是，不管是北京天津南昌徐州，还是兰州银川桂林贵阳，街道楼房都一样，似乎没有什么稀罕可看。可是，走在2011年的西安城，感觉就不一样了。古典古典，除了古典，还是古典，而且就是我们华夏民族的古典。汉风唐韵，秦骨隋肉，尽在这里彰显。西安人历经十几年的彷徨浮躁跋扈，终于在市场经济浪潮的无情冲击下，开始理性科学地审视自己研究自己，高瞻远瞩地规划自己的今天和明天了。既然偏居西部，就不必和深圳上海争码头；既然是昔日皇都，就无须和北京南京比风头；既然是陕西省的首府，就不要和直辖市重庆论扶贫。人家说咱吃老先人的饭咱就吃老先人的饭，反正吃的不是软饭。沧海桑田，世事变迁，小农经济下的英雄，转眼成了市场经济大潮中的旱鸭子。打工业牌，无以争锋，咱打文化牌，旅游牌。文化旅游不是经济？大秦帝国，北京可曾拥有？汉武大帝，上海可曾拥有？贞观之治，深圳可曾拥有？开元盛世，南京可曾拥有？大雁塔兵马俑，重庆有吗？我独自拥有的，就是别人稀罕的。稀罕了就希望来看，来看就要花钱。你花钱就一定发展我的经济。文化是高雅经济，旅游是绿色经济，多么便宜的美事，何乐而不为？西安的确顺着这个思路发展了。避其锋芒，扬己所长。反正大家的需求是多方面的，吃穿住行解决好了，就想出去转转，走走看看，散散心，寻寻根，长长见识。西安就来满足大家这方面的需求吧。

老城墙、钟楼、鼓楼、大雁塔、小雁塔，古色古香古风古韵，古典中恰到好处地点缀了一点时尚元素，扎根古典而不失现代风流。就是开元商场，也是古典中融入时尚的鲜明风格，徜徉其中，花钱购物的心情十分愉快。遗憾的是，儿子要赶飞机，于是，只和我们转了转开元商场，买了几件衣服，就坐飞机去北京了。看着儿子安检进了候机室，我和妻又回到了西安城。打算转一转，散散心，稀释一下对儿子的想念之情。

我们在大雁塔广场溜达的时候，来了一个瘦瘦的小伙子，笑容灿烂，口齿伶俐，说："大哥大姐，散心呢？大雁塔远处一眼就看完了，现在包起来了，进去还要买门票，不划算，走，我拉你们去曲江新区好好看看，全程免费。"曲江新区？什么曲江新区？免费，为什么免费？我正狐疑，小伙子就又说上了："大哥，没有去过吧？好看，真的好看。我不骗你，免费，真的免费。政府规定的，我们不敢收钱。宣传，政府花钱让我们搞宣传。明白了吧？"于是，带着尚未稀释的狐疑，我们坐上了小伙子的黑色丰田牌小轿车，听着舒心的音乐，往曲江新区进发了。权且和1994年一样和三弟一起再上一次8元钱一碗的清水白菜的挂面当。

"大哥，唐诗回音壁到了，下去看看吧。"小伙子绅士风范，文质彬彬，拉开车门，陪我们去唐诗回音壁。啊！这个创意真不错。以中间一根圆形石柱为园心，然后用一片一片又一片的曲形石板一圈一圈又一圈地向外面旋去……视野开阔，走势流畅。青白色的石板，墨绿色的书法汉字，相互映衬，相得益彰，灿烂阳光下，美不可言。李白、杜甫、白居易、王勃、王维、王昌龄，奇诗妙句，凡所应有，几无不有。低吟长啸，回音袅袅。大唐犹在，唐诗又回。"海内存知己，天涯若比邻。""海上生明月，天涯共此时。""洛阳亲友如相问，一片冰心在玉壶。""莫愁前路无知己，天下谁人不识君？"跨域时空，身在大唐。

"大哥，去大唐芙蓉园看看吧。"小伙子恰到好处地建议。坐在车里，听小伙子像导游一样地娓娓道来，我们真的有些不好意思了。凭什么享受这样的礼遇？我担心是个甜蜜温暖的陷阱，于是缄默起来。小伙子看出了我的顾虑，说"大哥，是不是担心我骗你？没有，我们是曲江的老村民，开发新区占了耕田，政府安排了我们这个差事，就是拉外地的游客转转，宣传宣传曲江，介绍介绍这儿的风土人情，地方特产。你不要担心，一会儿我们去一个地方特产超市，转一转，看一看，至于买不买，这是您的自由，你不必顾及我的面子。自由社会，自由购物。OK！但是，你只要去超市转一转，我就拿工资，还给我免费加油。噢，快看，那就是王宝钏的寒窑，看，还有户县的剪纸艺术墙。”顺着小伙子的手指，寒窑和剪纸艺术墙一闪而过。遗憾归遗憾，但是心头狐疑顿释。我暗自决定，去了超市一定要买一点土特产送亲戚朋友，不然，真不好意思。市场经济原来还可以迫使人变得如此高尚，各尽所需，各尽其意，互惠互利，相互欢喜。到了超市，宽敞整洁，错落有致，井井有条。土特产品，丰富多样，琳琅满目，新鲜特别，色香味全。我们转着转着，买了一大袋子，收银台一结账，500多元，小伙子更加热情了，兴高采烈地把我们拉到了大唐芙蓉园。因为我们准备转到黑，所以和小伙子握手道别。再见，曲江的小伙子。

大唐芙蓉园其实是仿建的，缺少那种历经沧桑的古典，而添了一些现代艺术的鲜艳。我不喜欢杨玉环的“回眸一笑百媚生”，也不喜欢她的“一笑倾人城，再笑倾人国”，更不喜欢唐玄宗杨贵妃的“在天愿作比翼鸟，在地愿为连理枝”，因为他们二人爱情的奇葩是大唐几千万苍生的苦水浸泡出来的，没有人知道安史之乱夺走了2000多万苍生的性命，留下了不计其数的孤儿寡母。要知道，当时大唐的总人口才5000多万。杜甫的《三吏》《三别》有很良知的记录，喜欢杨玉环的人，喜欢贵妃醉酒的人，请抽空看看《石壕吏》。所以，当全中国的歌迷陶醉在李玉刚的《贵妃醉酒》的男声女唱中，我情不自禁地感到非常的孤独，因为我十分的不喜欢贵妃醉酒。也许有人说不是一个漂亮女子的错，是皇权专制的错，但是，如狼的专制，一旦有了兴奋剂，它会像老虎一样肆无忌惮。杨玉环就是专制的兴奋剂，这不冤枉她吧？穿行在大唐芙蓉园，我不由自主地加快了脚步，我不愿意看到游人把唐玄宗和杨贵妃像图腾一样地顶礼膜拜，这是一种不正常的憧憬情绪，它可以使我们距离民主和自由越来越远。由此，久居西安的人，应该有空上上华山，会当凌绝顶，呼吸呼吸山顶的新鲜空气，享受享受大自然赋予的自由。不然，蜗居古都，浸泡久了，暮气沉沉，老气横秋，理所当然地认为独裁专制是天经地义的。还有未央宫，大明宫，我不想去了。看电视连续剧《汉武大帝》《大明宫词》《贞观之治》《贞观长歌》《武则天》时，观众不乏醉心于皇帝的厚黑学玩心术，身历其境了，还不拜倒在皇帝的脚下去舔金靴子？中国几千年的专制文化，浸泡得自由民主的翅膀就是不容易在宪政的蓝天下骄傲地翱翔。陕西的旅游文化，一定要稀释再稀释皇权专制的暮气。皇权专制，的确创造了古代的农耕文明，而且在全世界无与伦比，但是，此一时，彼一时也，信息时代地球都变成地球村了，我们还敢刻舟求剑？城市文明，需要自由宪政下的民主和法治双管齐下，人民才可以收获真正的幸福。

2013年·西安

又是一年的高考结束，去厦门抛洒积累的疲惫，西安只是打了一个擦边球。就是擦肩而过，也是我对西安的印象更上一层楼了。如果有充裕的时间，我会亲自去西安外国语大学好好看看的，不为别的，就是因为儿子暑假回国以后，9月份就到西安外国语大学就读大学最后一年。可惜，在西安，只是下车上飞机，下车上飞机，做着这样的机械运动。火车是从九江过来的，经过河南南阳时，我恰好醒来靠在过道的窗前，由于“南阳诸葛亮，稳坐中军帐。排起八卦阵，单捉飞来将”的原因，我认认真真地打量着这一片神奇的中原大地，怎样养育了一个名扬四海的诸葛亮？它使我失望之极，田园平整辽阔但却死气沉沉，民宅拥挤不堪杂乱无章，一座一座的坟墓，在平展展的土地上，舒舒服服懒洋洋地躺着，荒草茂盛之极。诸葛亮若心有灵犀，一定是泪下沾巾了。渐渐地到了陕西的商洛商南，竟然是两重天了。土地虽不平阔，却种得井井有条，生机勃勃。玉米绿油油地茁壮成长，村落道路平展，楼房林立。山上百草丰茂，树木森森。我都有些心旷神怡了。快进西安火车站时，又像嚼了一只苍蝇，火车轨二面，垃圾成堆，塑料袋飞舞，无人问津，这是什么原因呢？难道又是中国特色的面子光里子脏吗？这事其实非常简单，专门安排几个员工尽职尽责地打扫就是了，反正失业的人太多。贪官污吏中饱私囊得太厉害吗？为什么不多发几个工资多安排几个搞环境保护的呢？

2013年7月3日

闲来无事忆桂林

桂林之游已是三年前的事了，扛不住时间冲刷的印象，早已渐去淡远，留下的也许是有趣的回味。

不坐飞机若何

年过不惑，第一次踏上飞机，顿生老牛吃嫩草之喜。令我愤愤不平的是，登机安检，前面的驴友皆一闪而过，个个良民，唯独盯着我刁民似的，浑身上上下下摸个痛痛快快，不是因为我玉女曲线，只是因为我刮了个秃子，散发着恐怖分子的味道。这使我格外的不平衡，于是，飞机升天时我享受超重的刺激；落地时，我享受失重的快感。就是郁闷地觉得坐飞机旅游不划算，机票那么贵，仅仅是为了把人装进一个精致的拥挤不堪的铁屋子里相互瞅白眼，且人人觉得高人一等，骄傲得不知天高地厚。我企图透过狭小的窗口看风景，结果除了云海茫茫，别无长物。所以，就看空姐，但自然不可以盯着看，于是，看上厕所的人。这一看，看得浮想联翩。这大小便的液体固体哪里去了？是到了机场一块儿拉走，还是边撒边甩向天空？甩向蓝天污染了蓝天对不起蓝天怎么办？这个问题至今没有答案。但是，火车上的粪便是明明白白甩向铁轨的，我亲眼见过那一尘不染的铁轨上目不忍睹的肮脏。向往幸福，人创造了火车，匍匐于大地；向往幸福，人创造了飞机，飞舞于天空。但对于旅游的人，坐火车尚可以观赏二面的风景，坐飞机只有静坐呆想的份儿。

桂林是水雕刻的

一个西北人，初到桂林，印象深刻者，莫过于桂林的雨多。刚才还是阳光闷热，霎时就墨云澎湃，大雨倾盆。似乎是暴雨，但不见闪电打雷。下着下着，突然就收住，阳光又是一片闷热。好像洗了一个温水澡，暖暖的舒服。桂林的雨为什么多？因为水多，溪流江河如同血管，滋润着桂林的肌肤。由此花草树木茁壮成长，郁郁葱葱，绵延成片。光照生气，气结成雨，雨流成水，水养万物，物长吐气，气结成雨。循环往复，生生不息。天赐良雨，地接江河，桂林山水自然甲天下。但是，留给我的记忆，桂林的山的确甲天下，或特立独行，孤傲成柱，坚硬挺拔，直戳云霄；或排列成林，错落有致，遥相呼应，飞姿流韵；或连绵成峰，山高水长，草丰树茂，圆润饱满。放眼遥望，单柱如生猛的阳具，连峰像圆润的丰乳肥臀。桂林的水真的不敢恭维，尤其是漓江的水，不是我想象的清澈美丽。站在游轮的顶层，山水一览无余。风雨扑面而来，长啸而无回音，漓江空旷无垠，缠石绕峰而去。江水浑浊而欠清澈，两岸鸭鹅游弋，垃圾漂浮。联想江水不会暴涨，否则渔民江边怎么居住？我不知道朗朗红日下的漓江容颜如何，是电视上那样的美吗？这样的享受是漓江人民的，我们只有匆匆而过，带着对漓江不满的印象，冒着瓢泼大雨进了阳朔城。阳朔乃弹丸之地，但桂林山水之精华倾倒在阳朔，“造化钟灵秀”，阳朔因水而灵，因山而秀，灵而且秀，占尽风流。游客慕名而来，商贾逐利而至。千宠百爱，集于一身，阳朔情不自禁，飘飘然傲视天下。自古红颜多妓女，阳朔也难逃其偈语。山水天然秀，草木自风流。楼群无个性，街巷少神韵。尤其是西街，阳朔的金字招牌，却打造得狭窄小气，拥挤不堪，杂乱无章，讨西洋生活习俗之好，丢桂林山水甲天下之神韵。说一见闻，惹大家一笑。踯躅西街，见一店铺叫卖文化衫，其中有文化衫，大字赫然书写“我是流氓我怕谁”。阳朔大街小巷转转，建筑风格，风土人情，好像在说：“我是阳朔我怕谁？”市场经济，莫不可唯利是图，失了山水的身价，辜负了山水的美丽。

今天回忆桂林，我依然想象着阳朔，时过三年，当刮目相看。我亦常常想象，桂林是水雕刻的，阳朔是水精雕细琢的。水至柔，但丝毫不影响在亿万年里精雕细琢地球。桂林曾经沧海深深，今天山石峥嵘。水冲刷，风抚摸，鬼斧神工，名扬天下。

溶洞乃妙趣天成

溶洞之于今天的我而言，记忆已然模糊。只是对溶洞形成之因的争论，记忆犹新。或曰：高山之水下泻，经年累月，冲刷而成。或曰：地壳剧烈运动，大自然神来之笔。或曰：曾经沧海，今日桑田，溶洞曾经是海石之洞。遥想云贵高原青藏高原曾经是一片汪洋大海，高原乃海中之石，再坚硬的石头，也有柔软之处。这柔软之处，海水冲刷之后，便是今日之溶洞。至于倒挂的钟乳石，当是海水去后，滴水凝结而成。云贵高原，溶洞无数，我们选了一个大而深的溶洞进去探幽寻奇，进去以后，方见霓虹灯荧光闪闪，千奇百怪，尽收眼底，根本无幽可探无奇可寻。飞禽走兽，什么也没有看见。只觉得凉爽宜人，别有洞天，真是天然的大冰箱，避暑的好地方。旅游就是花钱转着看稀奇，溶洞之于黄土高原上的人，真是稀奇，可能还有许多人迹罕至的溶洞，古人举着火把游，今人捏着手电筒游，也许更有趣味。猎奇是人类永恒的心病。

黄果树瀑布还算给面子

进了贵阳城，不到下午六点，天空忽闪忽闪的热，但却找不到太阳。贵阳的楼都特别的高，有的挤到了坚硬的石头山上，霸道地将阳光遮掩得死死的。阴阴的街巷出奇地狭窄，坡度又十分的大，自行车无用武之地，所以行人凡低着头的都在走上坡路，仰着头的都在走下坡路。颇使我敬佩的，是一些背东西的苦力。猛一看，是偌大的沉重的背篼在艰难地移动，走近一看，原来下面压着一个人，瘦小而精干。

导游说：“贵州今年大旱，黄果树都干涸了，前两天还像小孩子撒尿一样，没有看头。所以，今天晚上美美睡一觉，明天早上去青石古镇。天气预报说，今晚黄果树地区有中到大雨，明天下午去看。”

黄果树瀑布还受有雨没雨的影响？带着这个狐疑进了青石古镇。雨哗哗地往下泼，青石板上的雨水一尘不染，肆无忌惮地像河水一样地流。“撑着油纸伞，/独自彷徨在悠长、悠长/又寂寥的雨巷，/我希望逢着/一个丁香一样的/结着愁怨的姑娘。”可惜，这样的福气我们无缘享受。虽然，这条青石铺就的街巷悠长悠长，两面青石堆砌的屋子也古色古香，但是，伞不是油纸伞，雨不是沥沥细雨，人不是茕茕孑立，迎面而来的也不是丁香一样的结着愁怨的姑娘。倾盆大雨，游人如蚁，摩肩接踵，沸腾喧哗，热闹不已，二面商铺里的生意人笑成了一朵花。于是，我想，梦寐以求的周庄、丽江、乔家大院、平遥古城是不是也是这样？走出青石镇时，我没有跟着导游的屁股原路疾行，只匆匆忙忙穿行于青石镇的“里子”，石屋随意堆砌，零乱不堪；街巷小气狭窄，雨水浑浊。原来导游带的这条街是最体面的一条观赏街。不要说旅游区，中国的许多城市也是如此，“面子”是“面子”，“里子”是“里子”。“面子”是高楼大厦，街道宽阔整洁，绿树成荫，鲜花簇拥，霓虹灯流光溢彩；“里子”是棚户区拥挤不堪，路面窄窄，围墙森森，垃圾满地，蚊蝇成群。什么时候，中国城市的“里子”没有了围墙，没有了垃圾，小车自由穿行，绿树葱葱，青草莹莹，城市的规划者管理者就是人民的活菩萨。

一路的胡思乱想，车舒舒服服地摇到了黄果树瀑布的大门口。朗朗晴空，红日暴晒。“东边日出西边雨，道是无晴却有晴”啊。放眼望去，群山连绵不绝，苍翠欲滴。走着走着，不见瀑布真姿容，但闻哗哗流水声。想象中的黄果树瀑布，宽阔无比，水势湍急，暴跌万丈悬崖，“飞流直下三千尺，疑是银河落九天。”孰料一路的下坡路到了瀑布面前，真是看景不如听景。闻名中外的黄果树瀑布，不就是流淌贵州西南山间的白水河，跑着跑着，突遇二、三十丈悬崖，回头无望，失足跌落，水花飞溅，一不小心成名千古，诱惑古今中外好奇者前来一睹芳容。水失足成万人求，人失足成千古恨。自然造化弄人。

我最喜欢的是，黄果树瀑布飞水成雾。置身瀑布的警戒线外，晴空万里，但却雾雨连绵，润湿头发，润湿衣服，湿而不冷，爽而不凉。阳光激情四射，雾雨浑身润泽，如洗天浴。

“没意思，怎么这么点水？”

“今天刚下过暴雨，够给面子了，这么大的水。前些天还没有小伙子的一泡尿大。”

听着游人的调侃，我哑然失笑，景是一样的景，心情是不一样的心情。

2013年6月26日

到延安去

记忆中的延安

延安的知名度可谓大矣，不是因为地灵，而是因为人杰。中国人说“地灵人杰”，是说环境可以造就人。“江山如画，一时多少豪杰。”正面可以印证；“穷山恶水出刁民”，反面亦可以印证。但这一规律对延安却是个例外，延安恰好是人杰出在穷山深沟里。刘禹锡说：“山不在高，有仙则名。”延安呢？是山不在雄伟壮丽，只要孕育过英雄豪杰，就名扬四海了。

在我还没有走出我的故乡半步的青春年华，就因为读书学习而知道了延安的很多。比如，初一背诵贺敬之的《回延安》，就特别向往“几回回梦里回延安，双手搂定宝塔山”。“杨家岭的红旗啊高高的飘，革命万里起高潮！”“枣园的灯光照人心，延河滚滚喊‘前进’！”初三学习茅盾的《白杨礼赞》，虽然六盘山下我的故乡也到处茁壮地成长着几丈高的白杨树，但总觉得没有茅盾先生笔下的陕北黄土高原上的白杨树高大挺拔笔直光滑伟岸坚强而且毫无旁逸斜出。到了高一，一篇茅盾的《风景谈》，更使我无限地憧憬延安处处皆风景，尤其是朴素的窑洞前的一对年轻人促膝读书之画面，更是我梦寐以求的风景。高二阅读了杜鹏程的《保卫延安》，顿觉延安的确山大沟深，即使藏兵百万，也是星光点点，是个捉迷藏的好地方。难怪当年胡宗南老虎吃月亮——没有地方下口。彭德怀连打连胜，激动得毛泽东诗兴大发。“山高路远坑深，大军纵横驰奔。谁敢横刀立马，唯我彭大将军！”至于王大胡子王震领导的三五九旅的指战员热火朝天开垦的南泥湾，那简直就是人间的天堂，陕北的好江南。处处是稻田，遍地是牛羊，满山的山丹丹花开红艳艳。也难怪那个年代的年轻人到延安去成了一种时尚。但是，今天五湖四海的人到延安去是因为什么呢？

思谋去延安

我去延安的心思蕴藏已久，只是因为有时间的时候没有钱，有钱的时候没有时间。这个十一长假，有时间有心情有体力也有几个余钱，所以决定到延安去转转。妻子前年和她妹妹已去过延安，但是，我还是忽悠着她陪我一起去，有她一路陪着，我就有了堂吉诃德的风度，尽管妻子绝对不愿意做堂吉诃德的忠实仆人桑丘，但那有什么关系呢？只要吃啊住啊行啊买景点门票啊，不用我操心，她当堂吉诃德也可以，我做她的仆人桑丘，保证拉好旅行箱，可惜没有头瘦驴骑。

妻那次是从固原到西安，从西安到延安；又从延安到西安，从西安到固原。我以为那样的旅游路线没有水平，像个怕迷路的孩子似的，乖乖地原路返回。花的钱一样，看的风景少了一半。况且重看风景就好像重新咀嚼馍馍一样，很没有味道的。我高瞻远瞩，谋划千里，旅游路线是：从固原到靖边，从靖边到延安，再从延安到西安，从西安到固原。不走重复路，不花冤枉钱，不看重复景，坐地周游八千里，刚好画了一个美妙的圆，何乐而不为呢？

一路的心情是蓝蓝的天

坐的是上午10点10分从固原去榆林的大巴，买的是每人145元到靖边就下车的票，觉着贵了点，但一想到旅游就是花钱找难受，也就释然了。再说，如今行政事业单位的人吃穿住性解决了，国庆长假窝在家里也不是个事儿。总得在“行”上做做文章，不花几个钱旅游，人家会揶揄你吝啬不消费不为国家做贡献，像个农民似的，还在为温饱奔波算计。于是，我就朗然而行，心情灿烂地上车找我们的座位，横压在我们座位上的是一个肉乎乎的黑脸老男人，其五官组合憨厚得让我不相信其会蹦出这样一句话：“都随便乱坐，这座位上又没有花！”我默然，盯着他一直诡秘地笑。我知道他是一个热爱自由的流民，中国这样的流民多了，两三个亿呢。为了生活，离开了纯朴的土地，带着农民的憨厚，哪儿给钱哪儿去打工。可是，他们毕竟是弱势群体，动不动就遭人白眼受人愚弄。所以，为了自保，他们艳羡起了狡黠，放肆地抽烟，骄傲地吐痰，随意地说脏话，上车乱坐位子，以此来装扮自己不是好惹的。其实，他们骨子里依然是憨厚老实的，因为他们很难弄明白真正的城市里的游民的花花肠子。如果弄明白了，他们就不用修路建楼干最苦最脏最累最难赚钱的活了。如此联想着，我的心情依然是“解放区的天是蓝蓝的天”。但是，我执着地认为，中国不缺少流民，缺少的是公民。虽然没有了自由的规矩是有害的，但是没有了规矩的自由是泛滥的。所以，我依然笑眯眯地鼓励他起身去寻找他自己的座位。满车的人都自然地各坐各位，这个大巴上才会呈现出一幅美丽的图画，有序和谐自然。他果然骨子里浸润的是憨厚，经不起我的三分钟瞅，望着我尴尬地笑笑，起身去寻找属于他坐的位子。顷刻间，好几个老男人都起身找他们的座位，找来找去，坐到一块儿了。原来，他们本就是一块儿出来打工的，票号也是连在一起的，只是他们自由地坐乱了而已。沿途我有意偷听他们因为寂寞而说的闲话，果然，他们都是陕西榆林出门打工的农民工，抽空回家要看看父母老婆孩子的。

车过了红寺堡，就渐渐不见了沿途成块成块的熟透了的玉米林和那红砖墙红屋顶的老百姓的俨然屋舍。扑入眼帘的是一望无际的荒凉而无杂树的戈壁滩，枯瘦的杂草漫无边际地在灿烂的阳光下无精打采地瑟缩着。天空是出奇地明澈湛蓝而干净，高大魁梧的不计其数的风力发电杆骄傲地耸立在戈壁滩上，风叶在懒洋洋地旋转。如果凡·高在世，一定会涂抹出一幅意境旷远深邃荒凉诡秘的绝世油画。可惜，斯人早去，我独自多情。一抬头，已到了盐池，果然，遍地的盐池滩羊撒在戈壁滩上，好像蓝天上点点洁白的云朵，煞是好看。只是我不知道它们究竟在吃什么。远远望去，绝非“天苍苍，野茫茫，风吹草低见牛羊”的诗意，而是荒凉千里。也许，宁夏盐池滩羊的稀奇珍贵皮好肉美也就在于此吧，因为那里是无边无际的盐碱地，羊吃不上草还要吃，吃着吃着，就不知道吃的是草还是盐碱了，如此生长出来的羊肉既不膻也不腻。

戈壁滩上的高速公路流畅无限，大巴车提速顺畅地驰骋，轻轻地摇啊摇，摇得人恹恹欲睡。突然，手机的短信音乐响起，一看，是“陕西人民欢迎你！”的字样，方知已进入陕西的定边县。我蓦地有些惊喜，不是因为走三边（定边、安边和靖边）的苦涩浪漫，而是因为我的一个外甥柳晓安就在定边的火车段工作。我努力地想望见定边的火车站，但最终是徒劳的。这地方平坦而辽阔无垠，但缺少的是生机勃勃和精耕细作。道路两边的白杨树虽然高大但绝不光滑挺拔，丑陋的枝叶旁逸斜出，更无所谓伟岸而积极向上。贫瘠的黄土地干渴而毫无肥水滋润，玉米高不过一米，瘦骨嶙峋，营养不良。秋天的阳光下荞麦蔓和洋芋蔓有气无力地趴在地上，诉说着老百姓并不富裕的日子。看看那路边的简陋破旧的农舍和蜿蜒延伸到村子的黄土路，就明白陕北三边老百姓的日子依旧苦涩。车开进路边的汽车服务区小憩，我匆匆忙忙去小便，舒舒服服撒了一泡长尿，欣赏着厕所墙上的宣传语：“昔日三边有三宝：湖盐、滩羊、甘甘草；今日三边有三宝：煤炭、石油、天然气。”哇！三边这么牛逼，有煤炭石油天然气？于是，我就瞧不起三边人民了，抱着金娃娃说恓惶。重新坐上车远望此地今日之“三宝”，什么也看不到。询问身边一位去神木的美丽女子，她轻声慢语地介绍：“那看得见的红黄色的钢架探油钻机就是探石油的啊。”看那钻机的规模形象，不像有规划的集团开发，倒像是个体式的小打小闹。难怪外甥曾经吹牛，他工作的定边，农民开着奔驰宝马路虎扛着锄头锄谷子地。那也许是发了横财的土豪吧，定边的整体形象我依然不喜欢，连服务区的荒草都无人铲除，肆无忌惮茁壮成长到半人高，在微风的吹拂下嬉皮笑脸地嘲笑外地人，还指望它能建设成戈壁滩精致美丽的小城市？想到此，不仅心服口服起以色列人在沙漠里创造出的美丽富饶科学时尚的城市来了。所以，我真的不希望外甥将房子买在定边县城。还是买在固原好，每月休假八天，回来挺不错的。

那去神木的女子在津津有味地玩手机，真不好意思再打扰。但是，近一年中央反腐风暴中神木房姐龚爱爱演绎的几个身份证几十套房产的神木神话迫使我的好奇心再次发痒，不由自主地问：“神木今天怎么样？”

“死城一座，到处是烂尾楼。不是躲债的就是讨债的，欢得很。”神木女子漫不经心地说道。

“为什么？”我又问。

“当官的不敢伸手了，有钱的划不来投资了。”这神木女子见地颇深。官员不敢伸手自然是好事，但有钱人划不来大胆投资就很麻烦了。

“喂！去延安的，去延安的，下车了，下车了。下去等五分钟，去延安的大巴就过来了。”售票员乐呵呵地嚷嚷。

下到靖边高速公路服务区的只有三个人，我和妻子以及一个着一身笔挺灰色西服的中年男人。那男人一下车就独自抽烟，吐一口烟，蓦地问我：“你们去延安干啥去？”

“随便转转，散散心。”

“哦！旅游的。这延安山大沟深的，也没有啥可游的。就个宝塔山，还不如咱们固原小西湖那座塔高。我去看儿子，在个油井打工，不小心，脚打骨折了，倒霉！这地方我来过几次了，山大沟深的，不是石油天然气，穷死了。”他似乎什么都知道，好像我花钱来延安旅游划不来，还不如窝在家里看电视。他正说得感觉良好，去延安的豪华大巴已闪到我们身边，上去每人又花了50元。

大巴一路驰骋，约莫一个小时，就钻进了连绵起伏的黄土高原，那男人说得没有错，的确山大沟深。但是，山并不荒凉，杂草葱葱茏茏，千姿百态。沟并不寂寞，杂树蓊蓊郁郁，万紫千红。只是那路转山头忽见的陕北寻常百姓人家，让人顿生万分的敬佩。屋舍俨然，庄稼井然，昔日的土窑洞已颓然。在这个日新月异的信息时代，外面的世界如此精彩纷呈，他们何以世世代代安然固守着自己并不富裕美丽的偏僻家园呢？这是不是与我们中华文明中静守的文化息息相关？我真的想不明白，还是因为他们没有能力走出大山？放眼一望，前面高楼林立，拥挤不堪。穿行其中，十分压抑。两山紧紧地夹着一条河，河边硬生生建了许多楼，听车上人说，这就是安塞城了。联想起电视上常常看到的开阔的黄土塬上，偌大的一群彪悍的陕北汉子“嗨！嗨！嗨！”地得意忘形地擂着腰鼓，白羊肚头巾红腰带，颠三倒四地舞起来，弥天的黄土飞起来，撼山的嗨声吼起来，黄土风情飘起来……我担心这夹缝里的安塞城，陕北汉子能在哪里擂起腰鼓吼起来啊？

延安到了

“延安到了，延安到了。”售票员用地地道道的延安腔提醒车上的人。看窗外已是夜幕降临，我收拾行李箱准备下车，妻四平八稳地坐着。我催，妻笑，说：“还得一个小时到车站。”果不其然，大巴晃晃悠悠晃晃悠悠走走停停走走停停，进车站时真的晃了四十几分钟。延安的人好耐心。

到了延安城，我不可以再细细地诉说某时某地的有血有肉的见闻，我只能说说两天来骨架式的感受。延安真没有什么可看的，但延安真有许多可想的。

如果在蓝天上坐飞机鸟瞰延安城，那非常像德国奔驰轿车的车标，一个点均衡地向三个方向延伸。何以形成这样的形状？乃大自然鬼斧神工的大手笔矣。延安城虽然高在黄土高原，但它依然是典型的向水而生的城市。因为黄土容易流失，所以历经若干年雨水的自然冲刷雕琢，就形成了沟壑。从南流来的水就是南川河，从西北流来的水就是西川河，两河流到宝塔山这儿握手言和，高高兴兴地汇成一条河向东北洋洋洒洒而去，这就是大名鼎鼎的延河了。因为有了这三条河，人就慢慢地慢慢地来了。虽然沿河居住风险大，但是没有办法，人离不开水，这是常识。所以爱也水也，恨也水也；生也水也，死也水也。但是，既然黄土容易流失，为什么三条河的河床没有无限地冲刷而降呢？这恰好是我以前的一个错觉和疑问。我一直以为延安的窑洞和我们西海固的窑洞一样，是黄土挖出来的。但是，这次我亲眼所见，延安的窑洞是人非常艰难地从坚硬的石崖边一点一点凿出来的。所以，延安的窑洞夏天的确凉爽，可是，冬天绝对不暖和。不像西海固的土窑洞，冬暖夏凉。既然窑洞凿在石崖边，那么，河水一定流淌在石板上了，怎么可以无限地迅速下降呢？但是，延安人民还是未雨绸缪，防患于未然，就地取石材，将三条河的河岸用青灰色的坚硬的石条砌了个结结实实牢不可破。以至于让我这个外地人看了河岸甚感呆板有余，活泼不足。尽管河堤之上满是摇曳多姿的垂柳，可惜河水不清澈也不壮阔，所以，柳树的婀娜多姿的倩影只能恓恓惶惶映在裸露的丑陋不堪的淤泥肆虐的河床上。实乃“垂柳有意，流水无情”也。

因为大山紧紧地夹着三条河，所以，延安城河两岸虽然高楼林立却毫不气派开阔。试想，大山脚下建楼，再高大能高大过大山吗？试想，河水之边建楼，再开阔能开阔到哪儿去？徜徉在延安城的任何一条大街小巷，这边一望，是山，那边一看，是河。确实有一种穿了一双夹脚的小鞋走的感觉。楼与楼之间的间距无所谓够不够，能挤进来一些灿烂的阳光就已经很不错了。整个延安城也不过抬头一望三线天。早晨的太阳慢腾腾地从东边的宝塔山好不容易冉冉升起，还没有洒下多少明媚的阳光，就匆匆忙忙地从西边的凤凰山上悄悄溜下去了。幸亏延安人民大山绿化工作做得扎扎实实，宝塔山百草丰茂，凤凰山郁郁苍苍，清凉山杂树丛生，在人寂寞烦躁之时看不上蓝天看青山。早晨薄雾朦胧，四面青山环绕，煞是妩媚。等待太阳一晒，顿时天朗气清，阳光灿烂。延安城坐车，急不得。急也是白急，沿河多是单行道，卡住了就卡住了，急有什么用？适者生存，延安城的人民也磨练出来了，一个个慢腾腾的，尤其是司机，遇卡不急，处惊不变，一副姜太公钓鱼的架势。延安人似乎干什么都不着急。也许他们兜里不缺钱，有米酒油馍木炭火，有煤炭石油天然气，有国家对口革命圣地的扶贫款，有取之不尽用之不竭的红色旅游收入，有延安人民自力更生艰苦奋斗的光荣传统，还愁没有钱花？你看，连出租车都清一色的是大众豪华小轿车。至于私家车，宝马奔驰奥迪路虎本田丰田处处皆是，挤得狭窄的街上拥挤不堪。三步一个建设银行，五步一个人民银行，十步一个农业银行，鳞次栉比，多不可数。至于肯德基、德克士、必胜客、麦当劳更是遍地开花，生意兴隆。可惜，两天以来，我找一个书店却没有找到。问过五个人，都说原来的新华书店不知道搬到哪里去了。殊不知，新中国新华书店的雏形就诞生于延安城的清凉山的山崖边。于是，我决定去目睹一下新华书店的诞生地。

来到了清凉山，处处有“神仙”

新华书店这个新中国的宠儿就诞生在清凉山的石崖边。我去拜访之前，花了65元买了一张门票才得以进去。清凉山是三条河切割出来的延安城西北处的一座山，和东北的宝塔山、西南的凤凰山遥相呼应，三足鼎立，互为犄角之势。登上宝塔山的宝塔寺，三山（宝塔山、凤凰山、清凉山）一览无遗，三河（南川河、西川河、延河）尽收眼底。单从雄伟壮观看，凤凰山最上，宝塔山次之，清凉山最不起眼。但是，游人皆蜂拥而至清凉山、宝塔山，而冷落了凤凰山，何哉？“山不在高，有仙则名。”宝塔山上有古代的宝塔，这可是延安的标志招牌。登上宝塔塔顶，有“会当凌绝顶，一览众山小”的豪迈感。世人皆想居高临下，所以，宝塔山人气自然旺。清凉山呢？沿山脚下走过去，新华社旧址、新华书店旧址、新华日报旧址、新华印刷社旧址、王家坪新中国领导人旧居、杨家岭新中国领导人旧居、中国革命纪念馆、中央党校旧址、延安干部学院、延安大学、枣园新中国领导人旧居，乃藏龙卧虎风水宝地也。试想，来延安者，有几人会不去呢？沾光也要去沾沾光。而凤凰山脚之下呢？就茕茕孑立、形影相吊的一个抗日军政大学旧址，校长还是林彪。斯人已臭，旧址全无。今天所能看见的不过复原的大概旧貌而已。我在延安的两个晚上，就住在抗大宾馆。想当年，年轻有为的林彪刚过而立之年，主政抗日军政大学，侃侃而谈，游刃有余，运筹帷幄，决胜千里。孰料“文革”几年，言不由衷，山呼万岁，口是心非，一朝事露，仓皇而逃，折戟温都尔汗。谁说高处更比低处好，殊不知，下来更比上来难。温饱以后，人所有的尊严皆在于思想。主义是思想的演变，政治是思想的体现，斗争是政治的发酵，战争是斗争的发高烧。

清凉山那样的山我们六盘山大地多的是，但却没有那么多有名的石窑洞。厚厚的黄土腹压着坚硬的石层，厚重而温暖。新华通讯社自然是共产党人的喉舌，所以马首是瞻，高瞻远瞩。扑面而来的几口窑洞便是新华通讯社的旧址，高高地凿在石崖之上，开门即见东方红太阳升。沿山脚往西北方向走，片刻就见新华书店旧址。那哪里是窑洞，不过可以卧一头大犍牛的浅石窝而已，但毛泽东书写的“新华书店”四个大字，赫然入目，红光闪闪。今天中国大江南北黄河上下新华书店遍地开花，正应了毛泽东的“星星之火，可以燎原”之高瞻远瞩。再往西北走几步，便是新华印刷社，里面只能站两匹大马就转不过身了。石洞空空如也，为什么不陈列当年的印刷工具呢？

当然，十一长假，人气最旺的还是继续往西北走所看见的王家坪、杨家岭和枣园了。那些地方其实什么也没有，走过来，走过去，除了新中国几位主要领导人的旧居，还是新中国几位主要领导人的旧居。因为全是免费参观，所以人流如蚁，往来穿梭，摩肩接踵。挤得我晕头昏脑，参观过的记得也不太清晰。印象有毛泽东的旧居，刘少奇的旧居，周恩来的旧居，朱德的旧居，任弼时的旧居，张闻天的旧居，彭德怀的旧居，还有……记不起了，好像没有其他领导人的旧居了。旧居皆就石崖而凿，高不过三米，深不过丈五，宽不过两米，窑洞墙壁光滑如磨，安装有木门木窗，洞里谈不上阳光灿烂，但是也毫不黑暗。且一人一个小院子，墙是石头砌的，结实但却不高，毫无庭院深深深几许之神秘感。要说搞特殊，仅仅毛泽东居住的窑洞旁边有一个防空洞，木门紧锁，不见其有多么深。

正当游人照相照个没完没了，叹息旧居太简陋太简陋的时候，我在寻思，今天这个改革开放的信息时代缺少的不是风景，缺少的是选择风景的眼睛。有的游客一直照一直照，照得别人都没有机会照了。有的游客抓起毛泽东用过的老式电话“喂！喂！”地叫个不挺，过足了伟大领袖的瘾。这个时候，我在寻找，当年那么多的士兵都住在哪里？是在延安老百姓家里住吗？不可能。既然不拿群众一针一线，怎么可以久居群众家里不走呢？那么他们究竟住在哪里？普通官兵的居住环境究竟怎么样呢？至于领导人的居住环境简陋不简陋，要看比较的对象是什么。

在枣园里，我没有看到高大古朴沧桑的枣树，那些高大古朴沧桑形似枣树的树原来是槐树，至于枣树，才是近些年栽种的。枣园枣园，名不副实。

在枣园里，我找啊找，终于看到了当年的马厩和吃水用的井。我好奇地想找到重要领导人像普通人一样拉撒的厕所，可惜，没有找到。我们的传统文化里面，领导人不想神化自己，用心良苦的人都要绞尽脑汁地神化领导人，以便自己从中取利得名。所以，一首歌曲的歌词非常有趣："请你不要再迷恋哥，哥只是个传说。"其实，再英明的领导人，他也是个人，他也要吃喝，他也要拉撒，他也会寂寞，他也会骄傲，他也会嫉妒，他也会犯错。失去了相对权力的制约，是人都会偶尔发昏的。最高领导人千万不敢发昏，他一发昏，就好像上帝打了一个喷嚏，那人间许多人都会感冒的。比如，像刘少奇、张闻天和彭德怀，他们当年居住在这些窑洞里，闲暇之余，和毛泽东朗声笑语，谈笑风生，边走边描绘着新中国的蓝图，憧憬着中华民族的美好未来。孩子们欢声笑语，绕膝前后。他们何曾想过仅仅过了二十年，就莫明其妙地变成了叛徒、工贼、走资派、反革命？昔日同革命的却不可以共建设，昔日共患难的却不可以同甘甜。本是同革命，相煎何太急？何哉？权力失去了制约使然。至于中国红色革命的"人精"林彪，打死也不可能想到，大江南北打遍了，万岁万岁喊哑了，自己是国家主席都写进党章里面去了，却揠苗助长，急于求成。中国之大，他临走竟然没有一平方米的立足之地，只好恓恓惶惶踉踉跄跄地在异国他乡机毁人亡了。何哉？权力欲膨胀使然。失去了权力制约的政治，只有输赢，没有对错。想一想，就叫人毛骨悚然。

在民主人士黄炎培和毛泽东促膝长谈的石桌前，我突然就想起了毛泽东当年自信满满地与黄炎培侃侃而谈中国社会周期律的怪圈问题。毛泽东立足延安，展望未来，相信人民，而且只有人民才可以监督执政者懈怠腐化堕落。新中国不可能像几千年的不计其数的中国古代王朝一样由盛及衰政亡人息，因为新中国有执政者的批评和自我批评，有人民公仆全心全意为人民服务的崇高理想；因为新中国有人民雪亮的眼睛，有公而忘私的群众路线斗争。黄炎培如醍醐灌顶，颔首赞许。一时间，沦陷区的不计其数的有理想有知识的迷茫的年轻人，千里迢迢络绎不绝地跋涉到了心中的圣地延安。这个中国黄土高原上陕北的山大沟深的物产贫瘠的延安，顿时成了全中国的精神高原。延安好像一块巨大的富有磁性的磁铁，吸引着五湖四海的有志青年像铁屑一样地飞来。连斯诺白求恩这样的国际主义战士也不远万里来到中国，一个拿起笔宣传共产党人的主张，一个拿起手术刀救死扶伤。国统区的愤青也踯躅于人生的十字路口想来延安，而且好些已经将打算付诸艰难的行动来到了延安。至于解放区，到处是“解放区的天是明朗的天，解放区的人民好喜欢”。如此一来，陕甘宁边区政府水到渠成果敢成立了，和大西南的蒋介石的焦头烂额的国民政府，东北东南中原广袤大地上的冤声鼎沸的沦陷区，鼎足三立，分庭抗礼。尽管发生了“千古奇冤，江南一叶。同室操戈，相煎何急”的皖南事变，但国共合作、一致抗日的路线方针不可以改变。至于将来鹿死谁手，还难以预料。骑着毛驴看唱本——走着瞧。在延安艰苦奋斗的岁月里，毛泽东以其特有的浪漫主义的诗人气质，吟唱了不同凡响的伟人抱负。“北国风光，千里冰封，万里雪飘。望长城内外，惟余莽莽。大河上下，顿失滔滔。山舞银蛇，原驰蜡象，欲与天公试比高。须晴日，看红妆素裹，分外妖娆。　江山如此多娇，引无数英雄竞折腰。惜秦皇汉武，略输文采。唐宗宋祖，稍逊风骚。一代天骄，成吉思汗，只识弯弓射大雕。俱往矣，数风流人物，还看今朝。”到1945年重庆谈判，五十二岁的毛泽东成了国统区的耀眼的政治明星，光芒四射，灿烂无比。以文人骚客的精英代表柳亚子为领袖的粉丝团，摇头吟诵着毛泽东的《沁园春·雪》，爱不释手，茶饭不思。一唱一和，吟诵作答。倒是蒋委员长灰头土脸相形见绌。当时的实际情况是，国民党有军队，共产党得人心。“得民心者得天下”，自古亦然。输赢已定，何必残酷厮杀让老百姓去遭殃？蒋介石哪里料到八路军用心建立的敌后抗日根据地的老百姓，放下锄头端起枪来都是兵。

走出枣园，我欲看看陕甘宁边区政府的旧址，问了几个人，皆不知道，有的干脆说，没有这个景点。天气尚早，索性去延安大学转转，妻说：“门卫怕不要进去。”我说：“不要人进去的大学还叫什么大学？”果然，我说得没有错。进延安大学之门，门卫毫不在乎。延安人民就是大气，有“曾经沧海难为水”的气概，想看看路遥当年就读于延安大学中文系的纪念性的旧迹，却没有找到，迎面微笑的不是玉章（吴玉章）楼，就是特立（徐特立）楼，要么就是星海（冼星海）楼周扬楼。也难怪路遥在延安大学的校园里黯然无光，他是黄牛遇上大象了。

延安大学的对面就是中央党校的旧址，今天改建成延安干部学院。说是延安干部学院，其实是全国的干部学院。这个级别的学院中国有三所，一是井冈山干部学院，二是延安干部学院，三是浦东干部学院。此乃当年国家副主席曾庆红的创意，志在牢记历史，继往开来，与时俱进。学院的门卫严肃端庄，我们还没有进门他就彬彬有礼地道：“请留步，干部学院谢绝参观！”不让参观也好，望望也行。只见校园开阔宽敞，建筑精美，多平房低楼而无高楼大厦。松柏苍苍，杨柳依依，是一个勤政自省的好地方。

蓦然回首，见到了陕甘宁边区政府

我特别想看看的陕甘宁边区政府，因为缘分，“众里寻他千百度，蓦然回首，那人却在灯火阑珊处。”那是离开延安的那天早晨，我和妻去火车站买去西安的票，因为是下午3点30分的车，所以，我们就自由自在地徜徉在延安城南川河西边的那一条街上，走哪儿算哪儿，走饿了就美美地吃一碗延安臊子面，到点了坐上火车就和延安说再见。孰料，吃了一大碗延安臊子面，撑得我不行，就溜达溜达。突然，就看见了“陕甘宁边区政府旧址”几个模糊的红色的大字。怎么会选建在向南的这一条街上？距离毛泽东等领导人居住的向西北的那一条街边的杨家岭这么远？

陕甘宁边区旧址在街边两米高的石台子上，一栋青砖青瓦延安特色十分浓厚的古朴之屋。屋子傍着后面的大山，坐西向东，非常向阳。屋门上高悬“办公厅”繁体红色汉字。屋前有一个篮球场大小的空地，空地南北两面排列着两排青砖青瓦的小屋子，幽静闲适。近屋两棵一抱子粗的大树，树冠遮天蔽日，我想照一张相都采不上丁点阳光，只好照了一张黑头黑脑的相。此地十分安静，我和妻逗留了半个小时也不见一个人。办公厅的木门松松地锁着，透过胳膊宽的门缝，屋内陈列一览无遗。一张长条木桌子，几条长条木凳子，笨拙而结实。桌子上一个竹篾编制的外壳保温瓶，配置几个破旧的白洋瓷喝水缸子。屋顶吊两盏照明马灯，落满灰尘。整体设置摆设给人一种平等商议之味道。

陕甘宁边区旧址北边二十米开外，坐落着延安大礼堂。此建筑煞是气派，上好的青灰色石条堆砌而成，古色古香，是我见过的延安最高端大气上档次的建筑，散发着一种庄严肃穆民主和谐的中国味儿。谢觉哉题写的

“延安大礼堂”五个金黄色大字，在阳光下熠熠生辉。大礼堂前立一黑色石碑，碑文内容大概是说，此建筑物刚落成叫“陕甘宁边区政府民主参议院”，后来改名叫“延安大礼堂”。

我独自觉得，“陕甘宁边区政府民主参议院”悦耳形象，而“延安大礼堂”抽象不具体。可惜，大礼堂大门我们正在往跟前走时是敞开的，结果，快到堂前了，一个朴素的中年妇女动作熟练麻利地给关了门锁了。我徘徊了两圈，见中年妇女若无其事地坐在一把破椅子上慢条斯理地织毛衣，只好悻悻而去。

我边走边想，这是不是李鼎铭当年提出“三三制”的地方？当年边区政府的主席有一届就是高大麻子高岗吧？“三三制”我不太清楚，但是，对高岗比较了解。他是陕北米脂人，说“米脂的婆姨绥德的汉”，但高岗这个米脂的汉子也曾经精彩纷呈，终了却命运多艰。陕北红军的灵魂人物刘志丹血染沙场，曾经的保安县换名志丹县，刘志丹可谓“留取丹心照汗青”了。陕北红军铁血人物谢子长英年早逝，昔日的瓦窑堡今天叫子长县，的确是“有的人死了，他还活着”。陕北红军的重要人物高岗呢？高岗命牢，转战陕北，跃马绥远，出生入死，委屈多多，安然无恙。高岗有种，主政东北黑土地，大豆玉米和高粱，硕果累累，给林彪的第四野战军“兵马未动，粮草先行”，辽沈一战，打得杜聿明没有脾气。高岗有谋，彭德怀率领中国人民志愿军抗美援朝，高岗周密地做后勤保障。配合中央，坚忍不拔，终于迫使北约联军在板门店坐下来心平气和地签约停战协议书。毛泽东主席访问苏联，高岗被黑土地上的人们不自觉地叫“东北王”。于是，就有了中央的工作需要——“五马进京”，东北的那匹桀骜不驯的马叫高岗。进了北京城，委高岗以重任，国家计划经济委员会主任兼国家副主席。他大刀阔斧雷厉风行，工作有声有色，朋友络绎不绝。偌大的住地，高岗高朋满座，胜友如云，舞曲响起，锻炼身体。突然有一天，“高饶事件”横空而出，高岗饶漱石反党集团“搞分裂，不搞团结”。高副主席拔枪壮烈未遂，吃安眠药长睡不起。一代陕北英豪，黯然离去，不到五十岁。试想，如果早有参议院弹劾，高岗饶漱石能结党自毁锦绣前程吗？防患于未然，腐败还是要制度约束，自我批评是不靠谱的。

人不说自过，蛇不说自毒，这不过是妇孺皆知的常识而已。不需要高深莫测的专家去反复论证，不需要一个个年轻有为才华横溢的生命去冒险实践。

别了，延安

坐在离开延安的火车上，我和妻念念不忘延安的火车站建造得真有品位，既不失延安窑洞特色，又富有现代建筑的美感。建筑真是凝固的音乐。可惜，延安城的许多建筑就没有这样的个性美感。坐在软座上，身边几个年轻人皆一门心思地玩手机，我有些无聊，于是移眼窗外，想领略延安去西安沿途的风土人情，哪里知道火车不是穿越在漫长而漆黑的隧道里，就是飞越在水沟之上的石桥上。从延安到西安，这么漫长的路，竟然才经过了甘泉、富城和蒲城三个小城，真是名副其实的山大沟深。蒋介石的爱将胡宗南当年率领国民党的军队风尘仆仆地从西安千里迢迢去延安收拾共产党解放军，也真是辛苦死了。哪个当兵的不是人生父母养育的？

2014年10月9日

回味兰州

甘肃兰州城，2011年国庆长假我是第一次去。转眼已三年有余，时光如梭，记忆模糊。记得放假第一天，乃新中国的生日，我生活的小山城鞭炮声此起彼伏连绵不断。非为祖国母亲鸣炮祝寿，而是为有情人喜结连理庆贺不已。妻说："今天也是我们结婚二十一周年纪念日，怎么无动于衷？"我说："你想干什么？"妻说："反正窝在家里闷得慌，你一脸的希特勒，还不如去兰州浪一圈。"其时，我正因为不平而黑风着脸，是身边的绝对权力伤害了我，却潇洒地一笑而过，留给我的只是无可奈何花落去，春和景明可有时？中国单位里的普通老百姓，遇上不公平的事儿，三十六计，走为上。你想干什么？游行？示威？控诉？拉倒吧！意淫意淫而已。还是阿Q的精神胜利法乃灵丹妙药矣。

躺在去兰州的豪华舒适的大巴上，听着旭日阳刚的《春天里》，看着一路黄土高原贫瘠的土地上一片农民辛勤劳作之后依然不太丰收的深秋景象，一下子就莫名其妙地想起了凡·高枯燥神妙的画笔之下一幅幅荷兰农村的难以言说的景象。恍然听到旭日阳刚在这样歌唱："如果我委屈，将无处倾诉，请把我埋在，埋在秋风里……"不长时间，大巴就上了高速公路，轻轻地摇着摇着就摇到了兰州城的郊区。我睁开恹恹欲睡的眼睛，不见现代摩登的高楼大厦林立，只见厚重灰黄的大山壁立。大山死死地夹着一条公路，大巴像蛇一样压抑地缓慢地往城里游动。这兰州城的确是军事重镇，“一夫当关，万夫莫开。”是打仗的好地方，难怪曾经那么多战争狂人谁见谁爱。今天呢？改革开放的今天，兰州城依然风采依旧？中国人民的眼里只有她吗？不，有一部分中国人情有独钟于兰州就很不错了。我教的学生，连兰州大学都带报不报的，不是兰州大学昔日不辉煌，而是兰州城风韵已逝，俨然一个弃妇，中国人民不爱恋了。今天眼光挑剔的年轻人，热恋的是北上广，一溜风地“孔雀东南飞”，千里不徘徊。“不是我不明白，这世界变化快。”

改革开放的和平发展年代，兰州真的没有什么叫我心潮澎湃的。不是兰州没有发展，而是其他地方发展太快了。银川之于我的感觉都比兰州时尚明朗。几天转悠下来，曾经“妆成每被秋娘妒”的丝绸之路上大西北一颗璀璨的明珠兰州，留给我的印象，活生生的像兰州拉面，憨厚实在得有些懒洋洋的味道了。那么大一碗实实在在地往那儿一蹲，你爱吃不吃。反正干漉漉一大堆像皮筋一样的精到的手工拉面，盖几大片厚实的颤乎乎的牛肉，洒一大把绿莹莹的喷鼻的香菜，才收你10元钱，毕了还要喝一碗味道怪异又欲罢不能的牛骨汤，你喝着喝着都不好意思再喝了，兰州人怎么这么实在？可是，兰州人就是这么实在。我们住的宾馆，门是实木门，床是实木床，家具是实木家具，连拖鞋都沉甸甸的。我不相信宾馆的家具会是实实在在的木头，用手指敲了又敲，没问题，妻说是木头的。徜徉在大街小巷，迎面而来的兰州人一个个艰苦朴素得有些素面朝天，使我观赏不到几个摇曳多姿的美女而大失所望。妻几次兴致勃勃地叫我陪她出去转，我都赖在床上不动弹。于是，妻便煽情地和她的一个高中老同学联系起来，没有想到那老同学就情谊浓浓地来了，反衬得我好没有面子，我兰州城有亲戚都不好意思联系。妻的那老同学也朴素得一塌糊涂，岁月的利刃已经毫不留情地在她的眼角雕刻了许多细沟，但她一张经常微笑的脸勾起了我对她浓厚的阅读兴趣。整整一天，她都是我们热情的导游和忠诚的后勤部长。我几次感激在在地矫情：“不好意思，不好意思，麻烦你了，麻烦你了。”她灿烂地笑笑，坚忍不拔地只说一句：“到兰州了么。到兰州了么。到兰州了么。”

“这兰州城实在没有什么地方好浪的。”妻的老同学似乎欠了我们人情一样，内疚地慢声细语道。“咱早上上白塔山，下午上五泉山。”她突然豁然大悟似的，喜气洋洋地欢呼了。白塔山美其名曰白塔山公园，那哪里像个公园？不过黄河北岸厚实的黄土大山上多种植了一些树和草，掩映于杂树之中有一些破破旧旧的寺庙罢了。至于白塔，的的确确有，高高地矗立在一座黄土山上，茕茕孑立形影相吊。但上山的路上并不寂寞孤独，时逢九九重阳节，白发苍苍步履蹒跚的老人摩肩接踵络绎不绝。我俯视下去，他们好像搬家的蚂蚁，拧成一股绳，蜿蜒游动而上。这黄河水养大的老人真硬朗！其实，我们站的位置并不高，但我却有了“会当凌绝顶，一览众山小”的豪情壮志。于是，朗然洪语：“这兰州城是黄河冲出来的。你看，从西向东，黄河奔腾而去，哪里管得了河两岸的兰州人民被厚实的大山夹挤得连气都出不来了。兰州城乃夹缝中求发展，难怪沦落成半老徐娘。”妻说：“低调低调，少胡说八道。”我说：“走，到黄河对岸，瞻仰黄河母亲去。”我所谓的“黄河母亲”是大学时候西北民族学院的一位同学给我每年邮寄的明信片上的一幅雕像也。至今记忆犹新，一个母亲仰面半躺着，双手托着一个小男孩，小男孩幸福地望着慈祥的母亲，似乎要扑进母亲温暖博大的怀里。我想，这位黄河岸边的石雕母亲就是黄河母亲了。事实上，黄河的的确确就是我们的母亲，中华文明就是黄河孕育出来的。可是，等到我们走到跟前一看，真的是看景不如听景，实景不如虚景。兰州人民也太素面朝天也太懒洋洋了，这样四海皆知的黄河母亲石头雕塑，竟然身边连一个广阔的像样的广场都没有。以黄河母亲雕塑为背景争先恐后摄影留念的游客挤得水泄不通，当地的兰州人笑嘻嘻地看着外地人挤得满头大汗，似乎在说：“嘿嘿！真没有见过世面，我们天天随便摸呢。”我潇洒地说：“算了算了，不照了，又不是电视上没有见过。走，上五泉山去。”

五泉山在黄河南面，从黄河起似乎要坐好几站的公交车才被横亘的一座东西走向的山拦住，顺着往西一拐，走着走着，就上了五泉山。此地车如流水马如龙，熙熙攘攘挤破头。水泥路被众人的脚遛得油光闪亮，处处散发着老城的浓烈味道。令我惊诧不已的是上山的路上横立着的一棵又一棵柳树。树冠遮天蔽日，树身粗壮无比。有的树身中间因腐朽而被掏空，小孩子躲在里面捉迷藏，但树依然活得蓬蓬勃勃。树冠郁郁葱葱，树枝婀娜多姿，树叶碧绿青翠，树皮粗糙沧桑。我真担心，一股大风会拦腰把那几百年的柳树刮折的。但它们依然饱经沧桑地活着，任天上云卷云舒，任人间改朝换代。是非成败转头空，柳树依旧在，几度夕阳红。兰州人民不会不保护好五泉山的百年柳树的，因为那些柳树无言地诉说着兰州城是多么的古老沧桑啊！其时，五泉山正在大兴土木，美容打扮，上山的路上黄尘滚滚。我看得真真切切，这座山不是纯净的黄土堆塑而成，乃黄土和灰色石头乱七八糟地混合凝结而成，所以既没有纯净黄土的朴素温润，也缺乏青色石头的清丽光滑。因此，我觉得五泉山底色太差，就好像一个丑陋的姑娘一样，你再涂脂抹粉梳妆打扮，也难见其“清水出芙蓉，天然去雕饰”的清丽之美，不过多添其矫揉造作之态而已。有那么多白花花的银子，还不如给黄河两岸撒一些，创造一幅千年兰州求发展，黄河古道话沧桑的黄土高原的山水风情画，供天南地北的游客慕名而来，赏心悦目。懒洋洋的兰州人连自己城市的一张名片古老的兰州黄河铁架大桥都没有悉心照料好，被年复一年的风吹雨淋日晒人踩车碾压，前年稀里哗啦地坍塌到古老的黄河里去了，害得中央电视台的记者热火朝天地报道了又报道。新建的钢筋混凝土黄河大桥即使再豪华再漂亮也只是新建的，请问，初生的婴儿能说出人世间的沧海桑田吗？

兰州，这颗昔日丝绸之路上光彩夺目的明珠，真的就没有什么可“浪”的吗？融入世界的中国人，竟然如此的喜新厌旧！曾几何时，兰州是通往世界的丝绸之路上华丽的驿站；曾几何时，兰州是南征北战的必争必抢的咽喉要塞；曾几何时，兰州是深挖洞储军备的工业重镇。突然，改革开放了，兰州藏在深闺人难知，自己又“犹抱琵琶半遮面”，被时代无情地冷落成弃妇了，和兰州拉面一样，反正我是实实在在的一大碗，你爱吃不吃。走在去《读者》杂志的林荫大道上，我不由自主地为兰州鸣不平。路两面的白杨树，笔直光滑挺拔，树冠和树冠亲密无间地错综复杂地交织纠缠在一起，形成一条天然的头顶密不透风的长长的通道。这是我从未见过的风景。我感动于那些生长了百年的一棵棵白杨树，我张开双臂一搂，竟然搂不住，引来了路边走路的兰州人好奇地瞅着我，似乎又笑我没有见过世面。其实，我何尝没有见过白杨树，我们西海固白杨树多了，只是没有这么古老沧桑的白杨树罢了。旁边就是兰州军区高高的厚厚的长长的隔离墙，望着这长长的神秘莫测的墙，我不知道里面生活着多少军队。中国大西北辽阔的土地的安然无恙可全部肩于兰州军区一身啊！我想象有一天这长长的神秘莫测的墙，会全部换成隔而未隔界而未界的精致美观的木栅栏。因为，我知道，地球上的确有不少的国家并没有军队，他们依然生活得富裕安康幸福。我坚信将来的地球是一个没有墙的地球。一抬头，《读者》杂志社就挡在了面前，楼顶上竖立的“读者”那两个字还是赵朴初书写的，苍劲而不失温润，风骨中暗含着慈悲。据说，上世纪80年代初叶，夹在兰州城的有几个年轻人生活得寂寞了，于是，就自筹资金玩起了勤劳的小蜜蜂的游戏，“采得百花成蜜后，为谁辛苦为谁甜？”不远千里，风尘仆仆地去北京城请赵朴初老先生题写一份叫“读者文摘”的杂志。先生欣然应允，挥毫题就。可是，先生哪里料到，几年后，这份杂志竟然“旧时王谢堂前燕，飞入寻常百姓家”，让大江南北的多如牛毛的大锅饭报刊杂志汗颜不已，羞得无地自容，好一个羡慕嫉妒恨啊！但市场经济就是市场经济，爱你没商量。死皮赖脸地靠上面硬性摊派，老百姓无可奈何地征订也不是长久之计。好像美国也有一份叫《读者文摘》的杂志，所以，按照国际商标版权规则，我们还不可以和国际友人天衣无缝地接轨，只好忍痛割爱，砍掉“文摘”二字，留得“读者”在，不怕没人看。可惜，夕阳西下，《读者》杂志社的门卫文质彬彬地不允许我们进去，不进去就不进去，只要《读者》走进寻常百姓家，要我走进《读者》杂志社的大门干什么？

临走的那一天清晨，我们买好了下午的大巴车票，想再转转兰州城。不管是商城超市还是东方红广场，都和我们固原的错不了多少。都生活在黄土高原，享受着社会主义的阳光，浸润着一样的文化，就好像一口缸里面的菜，颜色又能不一样到哪里去呢？顺便逛了一下一个叫“纸上船”的书店，我觉得非常的有品位。“纸上船”，这个名字就诗意盎然，令人浮想联翩。进去遛了一圈，果然品位不俗。百年老城毕竟是百年老城，文化底蕴还是深厚的。于是，就直奔百年中国名校兰州大学而去，虽然校门开阔气派，沧桑典雅而书卷气十足，但是，校园依然是高墙林立、庭院深深啊！何年何月，中国的校园能没有围墙呢？散步于偌大的大学校园，古木森森，芳草茵茵，秋菊争奇斗艳，小猫小狗追逐嬉戏。一幢幢新建的中国每个大学都有的高楼大厦扑面而来，却很少看见我梦寐以求的兰州大学风格迥异的百年古典沧桑的旧式建筑。是本身就太少，还是楼房经不起岁月的流逝，“风流总被雨打风吹去”？徜徉于校园的林荫小道，我希望逢着一个白发苍苍的蹒跚而行的满腹经纶的老教授，他浑身上下散发着诱人的书卷气，我远远地望见，就不敢多出一口气。可是，走了几大圈，也没有遇见。倒是风华正茂的莘莘学子一个一个从我身边擦肩而过，闻着他们洋溢着的青春气息，我想，我的一个就读于兰州大学的一个漂亮的女学生会和我不期而遇吧，可惜，我望穿秋水，也是望梅止渴。妻说：“打手机吧！”我说：“不，无缘何必去强求。”

2014年10月20日

生活在宁夏

其实，宁夏是没有什么古迹的。可见，宁夏自古以来就是大漠黄土凄凉地，少有古迹耀塞北。这样说来，宁夏回族自治区的人民一定不开心。那么，请问，可爱的宁夏人民，宁夏有什么人类的杰出创造呢？

沙湖？那是大自然的造化，乃上苍滴洒在朔北荒漠的一颗清澈晶莹的水汪汪的眼泪而已。

沙坡头？那也是大自然的造化，乃奔腾咆哮的黄河和厚重娴淑的沙丘握手言和相拥而吻出来的风情万种的伊甸园。

六盘山？那纯粹是大自然的造化，乃厚实枯燥的黄土高原上苍赐予的一抹郁郁苍苍雄伟壮丽的青山绿水矣。

西夏王陵？那的确是人类之创造，但那是埋葬死人的地方，加之盗掘破坏，很多文化湮没不彰。

须弥山石窟是人类杰出创造，但看看龙门石窟和云冈石窟就自愧不如了。

镇北堡？那不过是民国乡村黄土建筑的古堡，经由张贤亮精妙的猎奇创意。

几千年的华夏文明，宁夏老是游走在边缘地带。因此，宁夏没有印证华夏文明的辉煌古迹亦是情理中事儿。直到宋代，西夏人才奋力一搏，虎视眈眈地想和大宋分庭抗礼，迫使大宋的史官很挠心地轻描淡写了几笔西夏王国的荣耀历史，使得宁夏在悠久的中国历史天空像一颗流星似的闪耀了几下，尔后又归于暗淡无光。宁夏宁夏，长期浸染了“宁静致远”儒家文化的中原人不喜欢塞外的西夏人“奔放闹腾”，所以，一旦征服融化了，还是希望闹腾的西夏人宁静下来好好过日子比什么都好。

但我记忆中的童年，宁夏人依然在闹腾，不是为温饱，而是为阶级斗争。我不知道上世纪60年代70年代地球上其他地方的人在干什么，我只记得宁夏西海固人民在热火朝天地抓阶级斗争。阶级斗争是个纲，纲举目张。这么深奥的政治思想我不懂，但我明白人饿急了是要做“贼”的。

我们生产队有一个单身汉，1960年青黄不接的时候饿急了，偷跑了生产队食堂的一个油饼，被管理员看见了，猛追。单身汉猛跑猛吃，但还是被肩负着政治任务的管理员快要追上了，突然，单身汉将剩下的油饼捣进了眼前一泡狗屎里面，管理员悻悻而去，单身汉掏出满是狗屎的油饼又狼吞虎咽地吃了。

每每想起这个偷吃油饼的故事，我没有丝毫的恶心，我只是不由自主地发怵。

我整个小学教育和初中教育接受的都是好好学习天天向上自力更生艰苦奋斗多快好省地建设社会主义的教育，而且年年憧憬着赶英超美实现四个现代化。我不知道英国鬼子美国鬼子用什么犁地用什么割麦子，我只清楚到上世纪80年代了，西海固人民还老老实实地用牛耕田用驴犁地，汗流浃背地挥舞着镰刀抢收着烈日炎炎下的麦子。多少次我曾经像狗一样蹲在麦子熟得叭叭叭直响的黄土地上发呆，父亲问：“你咋不割呢？”我说：“美国人拿啥割麦子？”父亲怒吼：“放屁！懒黄鹞吃屎都没有人给你拉。”后来地主富农的子女也可以和贫下中农的子女一样参加中华人民共和国的高考，我稀里糊涂地考上了大学，父亲说：“不用吃屎了，能吃上皇粮了。”我不明白，1987年的皇帝是谁？赵紫阳是总书记，邓小平是军委主席，没有皇帝？何来皇粮？但不管是谁家的粮食，可以吃饱了。我们一家人乘着包产到户的春风靠着勤劳的双手自力更生丰衣足食。“民以食为天”，“仓廪实而知礼节”。西海固的天是明朗的天，西海固的人民好喜欢。

这二十几年，国门开放，国企改革，中国人民不再坐井观天，不再夜郎自大，不再一厢情愿地认为人民只有自己的最幸福。一心一意谋发展，聚精会神搞建设。宁夏把握时代的脉搏，推陈出新，与时俱进，与国同行，与世界同行。西海固不再苦甲天下，不再是最不适合人生存的黄土高坡了。低矮的茅草房少了，苦涩的井水没有了。男人不再累弯了腰，女人不再锁愁眉。黄河流经黄土高原，鬼斧神工地从宁夏穿堂而过。黄河两岸宁夏川，稻花香里说丰年。精爽大米红枸杞，塞上江南美名传。坚忍勤劳不过六盘山大地的西海固人民，屈指算来，专心致志辛勤耕耘贫瘠的黄土地才三十几年，似乎穿越了四个时代：农耕时代、工业时代、电子时代和信息时代。有吃有穿有住有电视有手机有老婆孩子热炕头，还不停地叫唤“不到长城非好汉”！吃穿基本解决，住和性有待于更好地解决。至于“旅行”，之于西海固人民，还是一件奢侈的事情。先富起来的宁夏人，已经穿越四大洋，游遍五大洲，“曾经沧海难为水，除却巫山不是云。”非南极洲北极洲和月球而非理想的赏心悦目之旅游地。正在勤劳致富的宁夏人，憧憬着有一天五湖四海天南地北去转转，亲眼验证一下，欧洲美洲大洋洲的“老虎”不吃人，模样还真可爱。

自然，这年头没有钱，不是想去哪儿就可以去哪儿。麦加麦地那是伊斯兰教的圣地，但是没有未雨绸缪的积蓄，想虔诚地去朝觐，也只是美好的向往罢了。英国伦敦剑桥大学的康河一定波光粼粼妩媚动人，但是少了英镑，也只可以梦游在徐志摩《再别康桥》的波光艳影里。意大利的威尼斯是水上的海市蜃楼，没有欧元，你去摸摸那些光滑的石条砌成的梦幻楼阁？西班牙的塞维利亚青石铺街，碧水穿城，卡上刷不出欧元，塞万提斯的故乡你能自由自在地游览观光？

没有人民币，祖国的大好河山也不是你想热爱就可以随便热爱的。“江山如此多娇，引无数英雄竞折腰”是毛泽东“红军不怕远征难，万水千山只等闲”之后的豪言壮语。“日照香炉生紫烟，遥看瀑布挂前川。飞流直下三千尺，疑是银河落九天。”是李白仗剑免费漫游天下的神仙歌谣。谢灵运踏遍山山水水，徐霞客游遍峰岭湖河。那时的山水是天下老百姓的，你爱游那儿就去那儿，只要你腰不疼腿不酸，谁会阻拦你游览观光的脚步？司马迁铁肩担道义，妙手著《史记》。谭嗣同横刀向天笑，喋血菜市口。据说都是因为青春期游遍祖国锦绣河山而汹涌澎湃起爱国激情适时适地释放，可谓“江山如画，一时多少豪杰”。

如今市场经济有钱走遍天下，无钱寸步难行。没钱就宅进孤楼成一人，管他江河与山峰？如果真有柳下惠坐怀不乱的淡定也就好了，无奈吾辈皆凡根未尽，七情六欲皆存。人心不足蛇吞象，温暖以后，顿生无聊，情不自禁地向往异地无限风光。正如没有老婆想老婆，有了老婆想情人。旅游之于有钱有闲的人，无异于异地会情人。当然，游之味，因人而异。有钱有闲之人，旅游叫疗养；无闲少钱之人，旅游叫疗伤。很显然，所谓的“疗伤”是指精神上的伤痛。没钱的，忙于温饱，无暇旅游；有钱的，不屑旅游，热衷度假。至于上班族，盼望着盼望着，三天小假来了，近处的山山水水匆匆忙忙地溜一圈；盼望着盼望着，七天长假来了，远处的名胜古迹匆匆忙忙地闪一回。有的是因为无聊出去花钱散心，有的是因为太累出去花钱解乏，有的是因为窝心出去花钱撒气，有的是因为痛苦出去花钱开心。当然，也不乏出去花钱饱览祖国大好河山的。可是，今天中国特色旅游，敢叫饱览吗？叫“闪览”还够味儿。

所以，生活在宁夏，真是个不错的地方。不太冷不太热不太担心水灾不太害怕地震；有蓝天有白云有新鲜的空气；车不多人不挤。足矣！真的有几个余钱，散心的好地方有的是。沙湖、沙坡头、六盘山、镇北堡、皆“造化钟灵秀”，西北好风景。

最有宁夏气质的，当属沙坡头。沙湖太丽了，六盘山太秀了，镇北堡太土了，西夏王陵太死人气了。沙坡头则不然，浑浊的黄河舒展地流淌，拙朴而不艳丽。荒芜的沙丘连绵起伏，苍凉而不俊秀。河边的芦苇郁郁葱葱，优雅而不俗气。岸上的杨柳枝繁叶茂，生机勃勃而不死气沉沉。宁夏亦这样，拙朴而不失优雅，苍凉而不失生机勃勃。拙朴苍凉，是因为“大漠孤烟直”；优雅生机，是因为“长河落日圆”。

那次去沙坡头，因为窝心不痛快。去了就开心，门票优惠宁夏人民，只要出示身份证，就可以省一半的门票钱。我和妻各买了一顶美国西部牛仔的遮阳帽，踏进了沙坡头的大门。沙坡头不是一个疗养的好地方，它适合于那些疗伤的失意者。站在横跨黄河的大桥上，任深秋的风撕扯长发，极目四望，沙丘连绵起伏，荒凉枯燥。黄河舒展平阔，浑浊不堪。河边片片芦苇，起伏呼啸。岸上阵阵杨柳，落叶萧萧。仰视，蓝天映衬着白云；俯瞰，黄河漂浮着羊皮筏子。蓦地，我的感觉除了苍凉还是苍凉。大漠白云飞，河缓两岸阔。沙洲芦苇衰，河黄落日灰。其时，夕阳西下，无山可依，灰黄的落日只好掉进黄河里了。如此大自然的造化，河水不易，沙子不易，芦苇不易，树不易，草不易，曾经羊皮筏子上为了生活漂流的老百姓更不易。我努力地向黄河流来的方向望去，望见的只是黄河共沙丘一色，流云与孤鹜齐飞。但是，我想象的翅膀收不住，黄河从上游汹涌澎湃地咆哮着奔腾而来，流经宁夏中卫的沙丘地带，有力无处使，有气无处撒，有怒无处发，于是就温柔平缓起来，和沙坡头握手言和，相拥而吻。浑浊的河水舔舐着两边的沙丘，十年百年千年地舔舐着，就舔舐出了片片芦苇棵棵杂树。绿色的生命相对于荒凉的沙丘，不过星星点点而已。可是，黄河的水是流动的有生命的，天上的云是流动的有生命的。所以，沙坡头一点儿也不寂寞，一点儿也不死气沉沉。伫立大桥之上，低头聆听，仿佛可以聆听到一曲黄河黄沙蓝天白云绿树芦苇沧桑悠远的交响曲。拙朴而不失优雅，苍凉而不失生机勃勃。

沙湖我去过两次，不是远处的沙丘和湖中的芦苇及时地提醒我，我还以为自己在江南的清澈湖面之上呢。所以，我一直以为沙湖有点艳丽了，“大漠孤烟直，长河落日圆”的北方苍凉味儿不足。进了沙湖的大门，处处湖水涟漪，荷叶田田，荷花点点，俨然一个江南的妖娆女子，哪里像朔北的沧桑汉子？但是上了游轮，哗然铺展在你眼前的风景就不再妩媚多姿了，而是妩媚中有苍劲，苍劲中有明朗，明朗中有辽阔，辽阔中有雄伟沧桑。你只好暗自称奇，大自然造化真的是鬼斧神工啊！明明是连绵起伏的厚重的一望无际沙丘，为什么就偏偏冒出了一汪清澈明净的湖水呢？是雨水淤积而成的？是沙地之下冒上来的？还是从哪个地方流进来的？那又从哪个地方流出去呢？诸多疑问，纠缠不休。但天是一望无际明朗的天，湖是一望无际明朗的湖，沙丘是一望无际明朗的沙丘，谁还会在乎这湖究竟是哪儿来的湖呢？湖中的芦苇是翠绿柔弱的，但是又是那么的硬朗苍劲，大风刮过，爬倒了又伸直爬倒了又伸直，循环往复，桀骜不驯。难怪帕斯卡尔说：“人是一根能思想的苇草。”水下的鱼，耐不住寂寞，跃出水面，画一个美丽的弧线，又“倏”地钻入湖中，精心休养。水因为鱼而生动，鱼因为水而生存。自然造化，相因相生矣。此时此景，我却以为，游轮摆渡，虽然豪华迅速，但却弄巧成拙。试想，风和日丽的日子，蓝天白云之下，荡一叶小舟，把一壶浊酒，聚几位朋友，见湖水清澈映人，望沙丘漫漫无际，穿梭于芦苇之间，徜徉于游鱼之中，天南海北胡谝，古今中外乱弹，游着游着，不知日落西山头，船上小沙丘。可惜，闪电时代，我们已经无福消受这样悠闲自在的情趣了。激动的豪华大游轮，肆无忌惮地张着血盆大口，吞吃几百个活生生的游客，一声长吼，不一会儿，就从湖的这边蹿到了湖的那一边，又张开血盆大口，潇洒地吐出几百个活生生的游客，华丽地调转码头，扬长而去。这闪电一般的摆渡难道仅仅只是为了近距离目睹湖那边荒凉不堪的沙丘？于是，我在那荒凉的沙丘里开始不停地寻找生动。湖边湿漉漉的沙地上满是芦苇草搭建的原始古典的茅草屋，饿了渴了的游客正在酣畅淋漓地享受着美味佳液，洋溢着热带雨林区的海边风情。吃饱了喝足了，望着辽阔雄伟的沙丘，不免心生怯意，懒洋洋地骑上瘦骨嶙峋的骆驼，尽情领略大漠驼铃响叮当的朔方胜景。百年沧桑，驼铃声声，悠远空旷。我和妻赤脚提鞋，跋涉在滚烫的沙丘之上，晶莹剔透的沙流犹如黏稠但毫不阻塞的水，流淌在我们的指缝间，抚摸搓洗着双脚的每一个毛细血管。啊！如果空旷而毫无一人，我会毫不犹豫地脱光衣服，钻进沙流，洗一个痛痛快快的沙丘澡。听着高空索道上游客激动不已的尖叫声，我坐在陡峭的沙丘顶上“倏”地滑到了沙丘脚下，满身晶莹剔透的沙粒，哗哗哗地几摇，唰唰唰地抖得干干净净。沙湖沙湖，沙和湖大气磅礴千柔百媚荡气回肠地完美结合。犹如一个男人和一个女人的完美结合。

宁夏南部的六盘山乃黄土高原的另类，且另类得惊艳绝伦。你想，丑陋不堪的黄土高原，突然就冒出这么一抹郁郁葱葱的山脉来，难免“妆成每被秋娘妒”矣。再加上自古英雄好美人，从来豪杰喜奇山。毛泽东高歌一曲，“天高云淡，望断南飞雁。不到长城非好汉，屈指行程二万。   六盘山上高峰，红旗漫卷西风。今日长缨在手，何时缚住苍龙？”更使有伟人瘾的人不辞辛苦，不远千里，登上红军长征纪念厅，大手一挥：“天高云淡，望断南飞雁，不到长城非好汉！”记得1987年的秋末，我们大学同学去六盘山采风，手拉手跋涉在陡峭的山腰，寒风凛冽，落叶满地，树枝嶙峋，冻得人上下牙直打架。因为年轻气盛，单衣薄裤，宁要风度不要温度，欲要风流反被风流耍。爬至山顶，只一六盘山广播电视转播塔，别无一建筑物。我们热情似火地采访了两个寂寞的工作人员是如何坚守一座孤独的广播电视转播塔的。那时那地，哪里有六盘山还是红色旅游胜地的概念？看来，大自然的所谓旅游胜地皆是注入了人为的元素涂抹了人为的色彩。不然，无论是山还是水都是自自然然地坦然面向苍穹，毫不矫揉造作，毫不哗众取宠，毫不邀宠卖乖。今天六盘山还是昔日六盘山的样子，但是派头已经不是曾经六盘山的派头了。在宁夏大地，六盘山开始要起大腕儿的风度来了，身价高得普通老百姓玩赏不起。世界上本没有神，一个人被人敬得多了，也便慢慢成了神。同样大自然本没有名山，一座山被人赞美得多了，慢慢地也就成了名山。当然，这座山必须底色好有个性。六盘山放之于中国南部，底色算不上好，个性也不怎么突出。但是，万物都是因为比较而存在的，山水也不例外。六盘山的参照物是黄土高原，那么，六盘山就出类拔萃了。六盘山是石质的山，山高水高，百草丰茂，杂树丛生，参天大树，郁郁苍苍，直插云霄，你说周边的黄土高原自惭形秽不自惭形秽？1998年夏初，我去六盘山，除了老龙潭美其名曰魏徵腰斩泾河老龙戏水有来头，其他地方还不是那个沟那个梁地随便指随便叫。等到2010年初秋我去，沟有大名，山有大号。听听就唬住你。小南川、荷花谷、胭脂峡、凉殿峡。但是，不管是小南川荷花谷，还是胭脂峡凉殿峡，说白了，都是山经不起水千年万年地冲刷，拉开了一条深凹而幽长的沟。山高水高，百草丰茂，杂树丛生，溪流唱从。你要游览，听着潺潺的水流之声，循着幽幽的水流之迹，在如盖的树荫之下，慢慢观赏就行了。冬天很没有情趣，最美的是三伏天，炎炎烈日恶毒地炙烤着焦躁的人们，乘车来到这里，一头钻进郁郁葱葱的原始森林之中，听溪流淙淙，闻百鸟婉转，凉爽之气阵阵袭来，浑身的毛孔无一个不舒服。没有蚊子，不见苍蝇。难怪成吉思汗当年来消暑，一头扎进凉殿峡就再也没有舍得出来。据说，六盘山摇身一变都要打造成国际品牌了。阿拉伯联合酋长国的巨富为其量身打造，一是建造世界著名的避暑胜地，二是创造世界闻名的狩猎大场。真到那时，吾辈怕是真正消受不起了，还是乘门票便宜多玩赏几回是好。

说到宁夏镇北堡，勉强算是古迹，因为，它并不古老，乃中华民国一富有人家的院子而已。这样的黄土夯筑而成的堡子我们西海固农村多的是，只是我们在“文化大革命”时期“破四旧”破得彻底，一个一个坚不可摧的土堡子在革命群众的隆隆炮声之中轰然倒塌。我不明白，这个银川附近的土堡子何以幸免于难？是当地革命群众的“破四旧”意志不坚决？总之，这个普普通通的中国北方土堡子是活生生地保留下来了。而且被贵族精神气质十足的宁夏著名作家张贤亮美其名曰：镇北堡。听其名，好像不是住家用的，而是守关打仗用的。我却固执地认为就是住家用的，哪里是打仗用的？看看堡子周围一望无际的平地，打起仗来毫无用处。镇北堡的名扬天下绝对不是因为这个黄土堡子多么有历史的研究观赏价值，完全是因为一个有品味的知识分子给它倾注了别具一格的创意。个性的才是稀罕的，民族的才是世界的。法国存在主义的大师萨特说：“他人即地狱”。能写出《灵与肉》《绿化树》《男人的一半是女人的》这些上世纪80年代惊世骇俗之佳作的张贤亮，一定对这些常识谙熟于心。所以，他不甘心安贫乐道君子固穷，他想拿贫穷换钱花。于是，张贤亮创意了镇北堡影视城，大陆港澳台的大牌导演好奇而来，满意而去。《红高粱》《黄河谣》《新龙门客栈》《大话西游》《黑炮事件》，中国电影从这里走向世界，镇北堡也跟着走向世界。四面八方的游人络绎不绝地来此观赏，不是为了沾黄土的灰尘，而是为了满足沾名人光的虚荣心。不管你是总理还是将军，来此一游，“文官下轿”，“武官下马”。高官巨贾芸芸众生自不必说，全部乖乖地把车放到停车场去。来到镇北堡的大门前，手握价格不菲的门票，慢慢地等待着等待着进门吧。文化原来这么厉害！一个破破烂烂的土堡子加一个作家的天才创意就成了中国西部镇北堡影视城？作为高级动物的人原来对自己的过去这么感兴趣！

2014年10月18日

说说固原城

在中国历史的长河里，固原是一个名不见经传的地方。

在中国辽阔的大地上，固原是一个毫不显山露水的地方。

1994年的中秋，我送弟弟去江南的一个师范大学上学，刚一进宿舍，就来了一个没事找事儿的校园文学刊物的记者，一脸的细皮嫩肉，笑嘻嘻地采访："请问，你们来自哪里？"

"我们从宁夏固原来。"高大黝黑的弟弟闷声道。

"请问，宁夏在哪里？"记者很好奇。

"宁夏就在宁夏回族自治区。"弟弟尴尬。

"你们是回族？"记者更好奇。

"不是。"弟弟不好意思了。

"请问，固原在哪里？"记者还问。

"固原就在六盘山上高峰。"我接过了话茬说。

"啊！就在那儿，就是毛主席的《清平乐·六盘山》里所写的那地方啊。"记者终于满意了。

后来，听固原人说这样版本的故事多的是。好像是暗示他去了大地方，固原突然变小了，不值得一提了，大地方的人不知道固原很正常。好像是愤慨大地方的人太藐视固原了，不知道固原极不正常。其实，我觉得再大的地方的人，如果不知道中国有固原这么一个地方，只能说明他地理知识浅薄少见多怪，不可以说明他高贵得不值得知道固原在哪儿。至于江南那个细皮嫩肉的小记者当年不无同情我们是小地方人，没有见过世面，因此连连感叹：“好纯朴啊！好老实啊！”我给实实在在地回敬了一句：“都沐浴着党的阳光，浸润着儒家文化，一个缸里的菜，颜色都差不多。”嘿！嘿！人穷了，连生活的地方，外面人都不愿意知道。其实，固原城里的人并不穷，他们是中国的偷肥子。中国流行什么，固原城女人穿什么。中国的菜价涨，固原城菜价也跟着疯涨。中国的房价飙升，固原城的房价也不甘落后。固原不过顶了顶“西海固苦甲天下”的帽子罢了。这一漏底，恐怕国务院扶贫办的扶贫款就不再惦记固原了。国务院不惦记固原也罢，固原人照样活。

固原城虽不大，但它和地球上许许多多名震世界的大城市一样，是向水而生的。这不可以赞美固原的老祖宗多么聪明，这都是逼出来的。一头驴、一只羊渴急了也会找个有水的地方喝，何况人乎？要歌颂就歌颂流经固原的清水河吧。

啊！清水河啊清水河，你为什么拥有这么一个毫无个性的名字？大凡河里的水清澈见底都可以叫作清水河。你听，人家黄河塔里木河怒江黑龙江多有个性啊！清水河啊清水河，你为什么从南流向北？中国地形北高南低，水往低处流，你为什么往高处流？高处何如低处好？下去更比上来难啊！清水河啊清水河，你的源头在哪里？你曾经像清纯的美丽少女，摇曳多姿；你今天为什么像龌龊的老寡妇，踯躅而行？难道你的源头就是脏的？还是沿途的淀粉厂肆无忌惮地污染了你？害得固原城的人不可以在河里淘米洗菜，不可以在河里洗头洗衣，不可以在河里饮牛饮羊，只可以活泼烦了投进你的怀里（因为拦河建造了人工蓝色的橡皮坝，水深，每年都淹死人）。清水河啊清水河，你干脆干涸了吧，固原人民的饮用水有贺家湾水库收集的天然雨水和正在往来导引的六盘山老龙潭的天然纯净水，还有取之不尽用之不竭的天然地下水。清水河在当下的固原城作用已不大，不过起着泄洪排尿的畅通水道作用而已。固原人讨厌清水河，是它把完整的固原城从中间拉开了一条浑浊不堪的长长的水口子。尽管前几年政府给它来了一个跨越式发展，精心打造了赏心悦目的清水河水上公园，让清水河来了一个华丽的转身，但固原市民还是不喜欢它。河边的滨河大道少有人散步锻炼，绿树成荫，芳草萋萋，荒草遍地。沿河岸好几个厕所，美观漂亮，经常断水，老是关闭。河道芦苇茂密，垃圾肆虐，多有污水，少有活鱼。有钱人都纷纷搬离，住进了固原城西面古雁岭脚下的东海园区和山城名邸。孔子云："仁者乐山，智者乐水。"看来，固原城是富者乐山，穷者乐水。智者也不愿意乐污水臭水。

有了清水河，黄土塬历经千年万年地冲刷，形成了开阔的黄土地。有了黄土地，固原城就有了比较辽阔的发展空间。所以，今天的清水河虽然污浊了，但日新月异的固原城再怎么发展，还是以清水河为起跑线的。往东发展，施展不开拳脚，被东岳山和黄峁山死死地挡着。东岳山上有寺庙，供着神；黄峁山上埋死人，有鬼。因此，没有人敢在这里轻易大兴土木。只好沿河畔住一些寻常百姓家，家家户户种点菜，供城里人尝个鲜，由此，东门菜园子在固原城还是响当当的。往北往南沿清水河发展太潮湿，固原人都是旱鸭子，受不了那个罪。那么，只好往西淋漓尽致地扩散了。尽管是爬着黄土坡子往上发展，但是，固原人也心甘情愿，因为，越往上越干燥越安全嘛。至于"仁者乐山"，固原人还没有那个奢求和风雅。

固原城的发祥地是南河滩。中华民国时期，红红火火的就是南河滩。宋家巷子任家巷子安安桥，炭窝子魁星楼过店街臊泥洞子财神楼。听听这名子，民国味很浓吧。遥想当时，民房林立，屋舍俨然，参差百千人家。学堂先生，淳化民风。药店郎中，悬壶济世。商贾云集，铺店罗列。杂耍说唱，尽显风流。那时的二中梁是死人的安息地，叫乱坟岗子。南苑府邸下面扔死娃娃，叫烧人沟。烧人者，汉民有习俗，小孩子夭折了，图个吉祥，用麦草烧一下，面目全非，父母就断了念想。大南寺小南寺城隍庙是求神问安之地。这就是中国特色的固原城之雏形。至于今天的靖朔门与和平门及监狱这地方，不过是固原老城墙延伸之地。民国时这里人烟稀少，狼来了都没有人追。偌大的固原城，东南西北皆有门，城墙高而又厚，青砖累累，苔藓萋萋，麻雀飞跳，鸽子滑翔，闲猫野逛，瘦狗溜达，就是人烟稀少。那固原城郭这么辽阔坚实，主要派什么用场？打仗！固原自古以来是军事要塞，扼陕甘宁之咽喉，通兰州西安银川之要道，自古乃兵家必争之地。所以，固原城的发展是因为地理位置之特殊，而非物产之丰富。这地方地不灵人不杰，发展工业没有什么竞争力，除非黄土可以加工成金子，就可以工业大跃进了。谁见过固原品牌的产品扬名华夏了？所以，固原之发展，在于抓农业抓流通抓教育抓旅游抓招商引资抓乡村建设抓城市建设。农业富农民，流通富商人，教育旅游富全民。

固原夏不热、冬不冷，没水灾、少地震。浩渺无际的六盘山天然公园，天高云淡，溪流淙淙。苍松翠柏，郁郁苍苍。百草丰茂，野花漫山。春有桃花沟，秋有荷花淀。神秘老龙潭，妖娆胭脂峡。呦呦鹿鸣，咩咩山羊。狼行山腰，豹过峰岗。传说成吉思汗扬鞭凉殿峡，史载毛泽东“望断南飞雁”。人皆有好奇之心，民都藏虚荣之性。打造六盘胜景，缚住游人之心。还怕游人卡上的钱刷不来？什么须弥山火石寨，不过两座赤红的不太坚硬的石头山矣。古人看着有别于六盘大地青灰坚硬的石山，觉得稀奇，随便凿了几孔石洞和一些石佛。什么典型的丹霞地貌，什么杰出的北魏石窟艺术，还是低调一点好，张扬出去，小心人家说固原的“山狼”真的没有见过大世面。看看大西南的喀斯特丹霞地貌，看看龙门石窟云冈石窟，就清楚什么是“五岳归来不看山”了。茹河瀑布也叫瀑布？造作有余，天然不足。西海固人放个小长假无聊了转转还可以。推向全国，那不羞死庐山瀑布壶口瀑布黄果树瀑布？

中华人民共和国的成立，赋予了固原城新的框架。以南河滩为点，向西北扩散。南城路东关路西关路。人民街中山街政府街文化街。东西南北，纵横交错。骨架绘就，尚待血肉。建人民学校修人民医院，开红星食堂开南关商店，建人民体育场建小西湖人民公园，设公安局检察院人民法院人民政府。驻847部队建695和692兵工厂。整整三十年，弹指一挥间。血肉难以丰满，因为人民都特别关心人民和人民相互“奋斗”了。“与人斗其乐无穷”嘛。80年代农村包产到户突飞猛进，鞭策着固原城90年代像一只饿疯的“山狼”一样风驰电掣地向北塬冲去，饥肠辘辘地寻找猎物。不几年，将北塬的土地风卷残云般地吞噬一空。矗立起来的是一座座面目雷同的钢筋水泥混合的公家单位建筑物。居民家的院子大同小异，呆板而了无生趣。杂乱无章，道路狭窄，拥挤不堪。于是，“山狼”掉转狼头又冲向城西南的沟沟壑壑的黄土地，粗枝大叶地建设着一个又一个没有科学论证过的工厂。三四年之后，只长荒草，不出优质产品。固原城好像跑累了，气喘吁吁，偃旗息鼓。走进21世纪，新世纪新气象，固原人民喜洋洋。不约而同地向西面的古雁岭大开发。街道越修越宽，楼房越建越高，树越种越杂，人越聚越多。没有办法，只好翻过古雁岭，在小川子轰轰烈烈地打造了一个新城，标志性的建筑是固原体育场。固原城的面积翻了三十几倍，远看成塬近成山，大街小巷车飞窜。古雁岭一岭隔两城，东边一个老城，西边一个新城，以新促老奔小康。

因为古雁岭，固原城就十分地耐看。不平庸，不呆板，不寂寞，不孤独。不像平原上的城市，一览无遗。山城自有山城的奥妙。

小西湖曾经是固原老百姓花钱买票才可以游玩的休憩胜地。那时的小西湖就是一个妩媚的少女，假山郁郁葱葱，湖水波光粼粼，榆树沧桑，松树苍苍，桃杏花开，妖娆风骚。2010年人民广场闪亮登场，小西湖活像一个弃妇了。市民任意穿行，弃妇恓恓惶惶，诉说凄凉，小西湖成了“小弃湖”了。喜新厌旧的市民又有几个驻足聆听她的衷肠呢？“赤橙黄绿青蓝紫，谁持彩练当空舞？”热闹是人民广场的，休闲的大妈，花样繁多的广场舞，嘻唰唰嘻唰唰，砰嚓嚓砰嚓嚓。但政府精心打造的古雁岭公园来势凶猛，市民一窝蜂地上了古雁岭。新人休笑弃妇泪，转眼又有丽人来啊。

古雁岭的确是个好地方，南北绵延七八里，东西跨度二三里，如一条巨蟒，横隔在固原城的中央，跟清水河一阳一阴，遥相呼应。山岭高低起起伏伏，蜿蜒曲曲折折，树木郁郁苍苍，亭阁零零星星，路径四通八达，游人络绎不绝，环岭道路畅通无阻。偌大的山岭公园，全中国也不多吧？可惜，游人愈多，破坏愈多，垃圾愈多，小汽车愈多。凡美丽的东西，人民都想尽情享受嘛。

古雁岭的巅峰矗立起来了一座宏伟高大，气势磅礴，雕梁画栋，翘檐琉瓦，中国味十足的留名千古的建筑物，美其名曰：宁夏固原城市规划展览馆。攀登至馆顶，“会当凌绝顶，一览众山小。”高处长规划，低处力践行。

固原，真好！看城西南又一高瞻远瞩的新区辽阔无垠，热火朝天，机器轰鸣，如火如荼，一马争先，势头强劲。嗨！何日住满寻常老百姓？

2014年9月9日

阅读的歌谣

没有反思的阅读

和没有反刍的牛吃草

究竟有什么区别?

便纵有千种风情，更与何人说

即便是喜欢柳永的词，也只可以言不由衷。就好像对于一个风华绝代的歌伎，嘴里骂着，心里想着。因为柳永的词是十足的“骚客”之词。“骚”者，“骚轻”也。这是我们西海固人骂人的话，就是一个男人太好色，没事找事，无故寻愁觅恨，喝了凉水舔碗，学着学着讨厌。

上世纪80年代，神州大地吹起了开放的春风，男人留起了八字胡，女人飘起了波浪发，但谈“情”还是色变的，何况“性”？比如，张贤亮的《男人的一半是女人的》就为他赢得了“才子流氓”的雅号。

我记得很清楚，其时乃1985年，我读高中，学习宋词两篇，柳永的《雨霖铃》和姜夔的《扬州慢》。老师嘴角微微抽动，坏坏地一笑，说：“我们先学习《扬州慢》，柳永的《雨霖铃》，自己看去。”这“自己看去”一句，犹如生理卫生课上老师讲到《生殖和发育》，坏坏地一笑，“自己看去！”嗬！这不正是“此地无银三百两”吗？于是，无一人不自己认真阅读《雨霖铃》。下一节课老师诡秘地问：“看了没有？”“没有！”全班异口同声，实乃“隔壁阿二不曾偷”矣。所以，《雨霖铃》至今我都背诵得下来，尤其“执手相看泪眼，竟无语凝噎”，“今宵酒醒何处？杨柳岸，晓风残月”，“便纵有千种风情，更与何人说？”，好几句精妙绝唱，同学们活学活用，相互戏谑，众口传唱。

是的，酒逢知己千杯少，话不投机半句多。“便纵有千种风情，更与何人说？”此乃柳永一时一地别离知音的凄切，又何尝不是柳永一生一世宦海冷落的苦楚？

少年柳永才华横溢，豪情万丈，一心一意继承先父的光荣传统，在大宋的辽阔无垠的宦海愿乘长风破万里浪。年华十五，壮别故乡，前往汴梁，途经钱塘，千种风情，欲与地方长官孙何说。可惜，火红的炭块落在冰块上，这个叫孙何的两浙转运使高傲得懒得见他。于是，狂放的柳永拿出了看家本领，高歌猛进，一曲《望海潮》，唱遍杭州城。“东南形胜，三吴都会，钱塘自古繁华。”胸怀八荒，大气昂扬。“烟柳画桥，风帘翠幕，参差十万人家。”细处落笔，精描细画。“云树绕堤沙，怒涛卷霜雪，天堑无涯。”钱塘真是好地方。“市列珠玑，户盈罗绮，竞豪奢。”人民的日子好滋润。孙何听了，能无动于衷？“重湖叠巘清嘉。有三秋桂子，十里荷花。羌管弄晴，菱歌泛夜，嬉嬉钓叟莲娃。”孙何听了，能不颔首赞许？“千骑拥高牙。乘醉听箫鼓，吟赏烟霞。异日图将好景，归去凤池夸。”孙何听了，能不喜形于色？专制下的地方长官，谁不喜欢赞美奉迎之辞呢？孙何也不例外，于是召见了柳永。才华横溢的柳永也因此落下了“摧眉折腰事权贵”的话柄，不似李白那样风华绝代。甚至给好事者留下了嚼舌的佐证，说什么正是柳永的《望海潮》，描绘得江南繁华似锦，尤其那“三秋桂子，十里荷花”，可想死了北方的金国领袖，挥师南下，直捣苏杭。少年柳永，千种风情无处语，反惹来了几身臊。

没关系，大宋给文人搭建了广阔的舞台，长袖的柳永还怕舞不出来一片锦绣前程？可惜，首次科考，柳永就碰了一鼻子的灰。他感性的文章不适合大宋理性的口味，他风情万种的辞藻感动不了大宋官员正襟危坐的审核。他心灰意冷地徘徊在如诗如画的汴梁城，中原的冷雨淋湿了江南游子的长发长衫和母亲做的布鞋，内心的伤感只能用汹涌澎湃的诗词稀释淡化。“黄金榜上，偶失龙头望。明代暂遗贤，如何向？未遂风云便，争不恣游狂荡？何须论得丧。才子词人，自是白衣卿相。　烟花巷陌，依约丹青屏障。幸有意中人，堪寻访。且恁偎红倚翠，风流事，平生畅。青春都一饷。忍把浮名，换了浅斟吟唱。”（柳永《鹤冲天》）人生不过是一种向往，希望之极，失望之极。科场失望之极，浪迹烟花巷陌，考场失意，情场得意，也是一种心理平衡。倒霉的是此词谱曲传唱，唱着唱着，唱到皇帝老儿的耳朵里去了。等到临轩放榜时，宋仁宗看到柳永的大名，竟御笔一挥，狠狠地给勾去了，而且满口讥讽：“且去浅斟吟唱，何要浮名！”感性的柳永，感性的柳三变，感性的才子词人，感性的白衣卿相，在专制的蓝天下，铁幕般的黑手轻轻一挥，就如暴风骤雨，将孩子样的美梦击得稀里哗啦。从此壮志难酬，从此报国无门，从此“日与浪子纵游娼馆酒楼，无复检约”，从此“便纵有千种风情，更与何人说”。

人最大的痛苦，莫过于说话都没有人听。难道这世上真没有人听柳永凄凄切切了吗？不，庙堂无人听，江湖有人听。“寒蝉凄切，对长亭晚，骤雨初歇。都门帐饮无绪，留恋处，兰舟催发。执手相看泪眼，竟无语凝噎。”相通的心灵半句话都是多余的。

“伫倚危楼风细细，望极春愁，黯黯生天际。草色烟光残照里，无言谁会凭阑意？　　拟把疏狂图一醉，对酒当歌，强乐还无味。衣带渐宽终不悔，为伊消得人憔悴。”（柳永《蝶恋花》）何须寒暄官场，为了功名利禄，消得人憔悴？有人懂卿听卿语，骨瘦如柴也不后悔。

“对潇潇暮雨洒江天，一番洗清秋。渐霜风凄紧，关河冷落，残照当楼。是处红衰翠减，苒苒物华休。惟有长江水，无语东流。”万物有灵，长江无语，长江听我念伊语。“不忍登高临远，望故乡渺邈，归思难收。叹年来踪迹，何事苦淹留？想佳人、妆楼颙望，误几回、天际识归舟。争知我、倚阑干处，正恁凝愁。”（柳永《八声甘州》）

北宋文学的天空，群星灿烂，高手如云，缘何“凡有井水饮处即能歌柳词”？是柳永位高言重，世人谄媚咏之？是柳永飞黄腾达，随口吟诵皆香？不，是柳永词风情万种，摇曳多姿，击民肺腑，动民心弦。虽然他狂放不羁，穷困潦倒地走过六十六个春秋，作别人间时被一群歌女恓恓惶惶地埋了，但有苏东坡这样的巨星羡慕嫉妒恨，此生足矣。不信，请看《词话丛编》有载：“东坡在玉堂日，有幕士善歌，因问：‘我词何如柳词？’对曰：‘柳郎中词只合十七八女郎，执红牙板，歌“杨柳岸、晓风残月”；学士词须关西大汉，铜琵琶，铁绰板，唱“大江东去”。’东坡为之绝倒。”若柳永晚生一些，“便纵有千种风情”，也可以向苏东坡说。

柳词何处不风流！

2014年9月1日

有多少爱可以等待

虽然大寒刚擦肩而过，但今年的冬天温柔得有些过分，暖洋洋的阳光肆意地洒进拥挤的教室，关了暖气片也暖意融融。惬意地聆听了好几个学生对傩送和翠翠的爱情的明天任性的想象，蓦地就冒出了一个写作的题目——《有多少爱可以等待》。

其实，三四天来，和学生一起徜徉在沈从文的小说《边城》营造的湘西凤凰古城的田园牧歌情调里，矫情得有些难以自拔了。那里的山，绿树苍苍。那里的山，青草莹莹。那里的山，溪流淙淙。那里的山，飞瀑飘飘。那里的山，石径青青。那里的山，古城沧桑。那里的山，白塔孤立。那里的河，清水粼粼。那里的河，游鱼悠悠。那里的河，卵石层层。那里的河，鸭子咯咯。那里的河，渡船淳朴。那里的姑娘，水个灵灵。那里的男子，情深意重。那里的老人，沧桑纯朴。那里的船总，富而不骄。那里的团总，不仗势欺人。那里的戏子，情深深义浓浓。那里的穷人和富人，并行不悖，和谐相处。那里的天那里的地那里的山那里的水那里的人，水乳交融，自然地融为一体。清凉凉的水，可以解我渴，可以洗我脸，可以濯我足，可以净我衣，可以洁我菜，可以淘我米。天籁般的山歌，可以悦我耳，可以亮我目，可以清我肺，可以动我心，可以传我意，可以燃我情。请问，遍观今日之中国，山川之辽阔，这样山清水秀一尘不染天人合一的世外桃源又有几个？NO！NO！打着探照灯，踏破铁鞋，苦苦寻觅，一个也难以找到吧？所以，我和当年的许多文学评论家一样，动了怀疑的念头。沈从文的故乡，湖南西部的凤凰县城，真的那么“世外桃源”吗？于是，我酝酿了一些文字，想以《边城为什么如此的纯朴》的标题囊括其中。欲悉心探究农耕文明下的熟人社会以情换情的生产关系和今天城市文明下陌生人社会的以钱交易的生产关系异同。我欲热情讴歌农耕文明下孕育的温情脉脉的田园牧歌式的情调，我也不想刻意鞭笞工业文明下滋生的赤裸裸的金钱交易为底色的城市咏叹调。生产力决定生产关系，生产关系一定要适应生产力的发展，这是常识啊。人情欠温暖，怪工业文明电子文明信息文明干什么？科学地调整生产关系，努力适应生产力的发展不就得了嘛。生产力都茁壮成长成含苞待放的少女了，生产关系还稳定得像一个老态龙钟的老太监一样，老抱怨“人心不古”有何用，配一个激情澎湃的少男似的生产关系不就天下顺畅自然了嘛。

再说了，这些深奥的错综复杂的政治经济学问题，吾辈也一时半会儿想不明白。即使绞尽脑汁想明白了，也是白想。虽然“位卑未敢忘国忧”很是高尚，但是吃的是地沟油，操的是联合国的心，何苦呢？还不如和学生聊聊翠翠和傩送的爱情，来得趣味盎然。孰料学生对翠翠和傩送的爱情联想，大倒我的胃口。可惜了我两节课的唾沫星子和一个晚自习的《边城》电影欣赏，白白地做了用心良苦的铺垫。不过，老师可以不欣赏学生的观点，但绝对不可以剥夺学生的发言权。故而，我还是老老实实原原本本概述学生的联想发言，以保证公民的言论自由权利。

两个班，160个学生，上讲台表达的每班4人，共8人。天朗气清，高手如云，激情推荐，尽情表达。前面的沈从文讲的故事已经烂熟于心，免讲。吾等想听傩送下川东闯洞庭湖去了，翠翠一个人守着渡船，守啊守啊守什么？“这个人也许永远不回来了，也许明天就回来了。”一千个读者，就有一千个翠翠。我期待着学生的舌尖绽放出一千个翠翠的爱情故事。可是，我听到的是高度的统一版的关于翠翠和傩送的未来爱情故事。6个男生，不约而同，众口一词，激情四射，唾沫星子“飞流直下三千尺”，联想的全是“砍了昨天梦的手，跟着明天的感觉走”的春风得意衣锦还乡的美事儿。憧憬着憧憬着，傩送下川东发了大财了，腰缠万贯了，情场春风得意了，时尚的美女也眼花缭乱了，拽一个摇曳多姿的回来了。坐在翠翠的渡船上，说着缠缠绵绵的鸟语。翠翠望着青山摆着船，船靠岸了，傩送给了翠翠一把铜板，算是两清了，谁也不欠谁的了。“轻轻地我来了，正如我轻轻地走了。我挥一挥手，不亏欠你一丝爱情。”

我问：“联想得好不好？”

“美得很！”男同学喝醉了酒似的山呼海喊。

我说：“美什么美！”

“哈！哈！哈！……”男同学裹挟着女同学地动山摇般的畅笑。

“有多少爱情可以等待？”我问。

“没有多少爱情可以等待！”学生异口同声。

“为什么？”

“因为钱！爱情是不靠谱的，钱是最靠谱的。”

“嘿！嘿！嘿！……我把你几个负心的贼。看古今中外，多少痴心的女子负心的贼？女同学们，你们难道都哑巴了吗？”我给女同学放了一把火。

“没有哑巴，谁说女子不如男？”一个漂亮的女同学忽地站起，一个箭步，蹬上讲台，侃侃而谈：“傩送发了大财，拽了美女，有什么了不起？赖在船上显什么摆？翠翠翻了船，让傩送和那个狐狸精喂鱼去。翠翠丢了渡船进城打工去，找一个更有钱更帅的让傩送看看！”

“就是！就是！”许多女同学共鸣呼应。“呜……”男生呜声一片。

“呜什么呜？只许男生放火，不许女生点灯？请问，有多少爱情需要恶性地竞争？有多少爱情还要彼此地伤害？”我模棱两可的发问弄得同学们一头的雾水。我暗自惋惜，难道翠翠和傩送的爱情真的在今天不值得等待？那么，今天的青年男女，他们在等待什么？是钱，是权，还是更帅更漂亮的？是不是因为贫穷怕了，见了钱就可以忘了曾经的心闪胸闷手足无措之初恋的神妙感觉？是不是因为弱势怕了，见了权就可以忘了曾经的嘴皮发干浑身发麻之爱情的不请自来？是不是坚信时间可以改变一切空间可以改变一切，见了更漂亮的更帅的就可以“五岳归来不看山，黄山归来不看岳”？如果我们的时代流行时尚真的如此，那么人世间还有多少爱可以等待？爱过了恨过了哭过了弃过了，再爱又有什么过错？但是，既然是真爱，就应该苦苦地等待啊！钱多少是个够？权多大算个大？人多漂亮才是漂亮呢？一切皆是浮云，只有真爱的火花碰撞出来的儿女才是实实在在的心灵慰藉。有多少人，一生都没有莫名其妙的触电般的感觉，既然幸运地遇上了，的确是可遇不可求啊！为什么要轻言“不等待”？看了凌子风导演的《边城》电影，稍有情义者，都不可以不等待那份无以言说的爱。电影大师就是电影大师。那山，那水，那树，那草，那狗，那鸭子，那溪流，那瀑布，那碾坊，那水车，那渡船，那茅屋，那吊脚楼，那酒葫芦，那赏心悦目的画面感，真的是独具匠心！那对白，那歌声，那音乐，那溪鸣，那鸟啭，那狗吠，那鸭子叫，那画外音，那洗心洁肺的音乐美，真的是别出心裁！我感觉，凌子风当年拍《边城》，花不了几个钱。但是，那个湘西田园牧歌的味儿浓得就好像一杯上好的龙井茶一样，百品而不觉无味啊！哪里像今天有的没有出满月的导演，轰轰烈烈地挥霍了几千万，花里胡哨地拍了几十集的片子，高深莫测地胡吹冒谝了半个月，等到一亮相，妈妈的，看了好像嚼了一只苍蝇，可惜了那么多的人民币。学生怎么就忽视了凌子风导演的这许许多多踏雪无痕的良苦用心呢？

幸亏有一个女生愤愤不平地站起来，淡定从容地走上讲台，娓娓道来。“我以为，本班的男生是现实主义者。没错，今天物欲横流，没有多少爱可以等待。但是，再现实主义也不可以无视小说的情节；再现实主义，也不可以滑入庸俗无趣。请问阁下，傩送是那样的人吗？他如果见钱爱钱，见一个爱一个，那么，王团总家缺少银子吗？王团总的女儿嫁妆不丰厚吗？整整的一个新碾坊啊！但是，傩送委婉地拒之千里。他明朗地说给父亲，如果非要让他在碾坊和渡船两个之间选一个，他想去摆渡，他想和翠翠白头偕老啊。然而，他毅然决然地下了川东去闯荡，一是因为哥哥天宝的闯滩殒身的阴影他挥之不去，二是因为王团总的媒人诚挚提亲他不忍心一再拒绝，三是因为翠翠的爷爷心里弯弯曲曲的不爽快没有个明确回话，四是因为含羞腼腆的翠翠没有个准信儿，五是因为他自己觉得男子汉应该出去闯闯了。翠翠那么一个有情有义有心的姑娘，对傩送这样的爱就无动于衷就不值得去永远等待？爱翠翠的天宝走了，翠翠有什么过错？翠翠爱的是天宝的弟弟傩送啊，翠翠从来没有给天宝送过秋波，翠翠有什么过错？爷爷走了，翠翠伤心欲绝，翠翠好可怜啊！没有出生，爸爸走了。刚刚出生，妈妈走了。和爷爷相依为命，摆渡为生，艰难度日，相濡以沫。一只渡船，一顶茅屋，一条黄狗，一个酒葫芦，就是所有的家当，好一个弱势群体。幸好边城的人不浅看，不歧视，不欺负。爷爷孙女两个人，自力更生，快乐摆渡。宁愿少收坐船的人两个铜子，也不愿多拿坐船的人一个铜子。翠翠美丽勤劳聪敏能干纯朴善良，对爱情一根筋地执着。难道这样的翠翠不值得傩送等待？所以，我憧憬翠翠和傩送的明天是这样的。一天又一天，一月又一月，一年又一年。春花开了，秋叶落了，翠翠一个人孤零零地摆渡摆渡，傩送一个人孤零零地在外面打拼打拼。但是，他们的心是不孤独的，他们的心中都装着一个人，知道那个人在永远地等待等待。突然，一个朦朦胧胧的黄昏，黄狗汪地一叫，翠翠抬头看见了一个陌生而熟悉的身影，那个人不是别人，那个人就是傩送。船上站着一个姑娘，岸上站着一个后生。后生问：'爷爷呢？'姑娘说：'爷爷走了。'后生放下了行囊，两手握住了摆渡的缆绳……也许没有这一幕，可是，即便是等到天荒地老，翠翠也无怨无悔。因为，那个人也许明天就回来了。"

教室里鸦雀无声，有的女同学双眼湿润。

2015年1月26日

他大舅他二舅都是他舅

——2015年宁夏高考语文监考畅想

这不是一个考语文的天气。

6月7日上午，六盘山大地，天不高，云不淡，也没有南飞的大雁。云灰着脸，蔫不拉几的，是瞌睡人的范儿。语文试卷上的才情挥洒，当需要一个颇有个性的天气。“笔落惊风雨，诗成泣鬼神。”功夫固然重要，灵感不可小瞧！“无边落木萧萧下，不尽长江滚滚来。”“飞流直下三千尺，疑是银河落九天。”“春潮带雨晚来急，野渡无人舟自横。”皆是思飞天地，灵感袭来，幸甚至哉，歌以咏志矣！高考语文，若天公作美，要么骄阳似火，树影婆娑，彩裙飘逸，摇曳多姿；要么电闪雷鸣，大雨滂沱，花伞绽放，风姿婉约。天气如此妖娆，引无数英雄竞折腰！

走在去学校的路上，车如流水，人似行蚁。母送儿，父陪女，冷风乍起，灰云密布心欢喜。寒窗十年，未雨绸缪，厉兵秣马，磨刀霍霍。比个心气，求个平衡。今夕何夕，拿下高考就OK！

警车款款而来，发电车缓缓亦至，电子屏蔽车悄然扫射，送考生的家长蜂拥而至。巡视的，络绎不绝；安保的，往来穿梭。监考老师奔赴考场，面对一个个鲜活的青春面孔，一个一个地安检，一个一个地看准考证，一个一个地查身份证，一个一个地指纹验证，一个一个地分发答题卡，一个一个地贴好条形码，一个一个地分发试卷，一个一个地检查信息栏，一次一次地调准钟表，一次一次地插好监控器。老师站在考场监学生，巡视的眼睛监老师。因为个别考生想溜出“圈子”，所以监考的给所有考生画着“圈子”，巡考的给监考的画着“圈子”。螳螂捕蝉，黄雀在后。原来大家皆是捉“贼”的！不像是来服务的？当诚信的锁链被习惯投机取巧的锤子敲得支离破碎，严防死守又有多大意义？徒增草木皆兵的惶恐而已。突然，一考生曰，他手一抖，条形码撕破了。我朗笑:“不必紧张手发抖！何不潇洒考一回？”尔后示意美女副监飘然而至，玉指相助，妙手回春，皆大欢喜。广播一声:“现在开始答卷！”整整一个小时，倏然而过。忙碌恨时短，悠闲嫌表慢！还有满满的两个半小时，需要盯着考生绞尽脑汁地想多少心事？不知监过多少考？“曾经沧海难为水，除却巫山不是云。”尽管是语文老师，但冷漠的心激不起瞄一眼试卷的浪花。静听窗外，校园如深山幽谷，寂寥无音。斜睨天空，阴云沉沉，灰意蒙蒙。突然，一只麻雀掠过门前，“叽”的一声，惊起心头一喜。谁说丑陋的麻雀不是鸟？是鸟它就要欢叫。

雅兴突来，悠然轻轻徜徉过道，蓦地，作文材料飞跃眼底。嘿嘿！有趣！如此素材，不过是“他大舅他二舅都是他舅”的老调重弹！国之教育，改革大有美丽憧憬也。不信？请悦读作文材料:“当代风采人物已产生最后三名候选人:大李，笃学敏思，矢志创新，为破解生命科学之谜做出重大贡献，率领团队一举跻身国际学术最前沿。老王，爱岗敬业，练就一手绝活，变普通技术为完美艺术，走出一条由高职生到焊接大师的大国工匠之路。小刘，酷爱摄影，跋山涉水捕捉世间美景，他的博客赢得网友一片赞叹。他带我们品味大千世界，他帮我们留住美丽乡愁。这三人之中，你认为谁最具有风采？请综合材料的内容和含意，体现你的思考，权衡与选择。要求选择好角度，确定立意，明确文体，自拟题目。不要套作，不得抄袭。”

谁说麻雀不是鸟？是雄鹰，就翱翔苍天；是麻雀，就歌唱人间。谁说星星不灿烂？是月亮，就光芒万丈；是星星，就星光烂漫。谁说小草不美丽？是鲜花，就芳香扑鼻；是小草，就点缀大地。回味着趣味盎然的作文材料，望着一个个活生生的生命，我监视的目光哗然变成了欣赏的目光。三十个考生，三十朵桃李芬芳，十五双国家栋梁。我似乎看到了材料中的大李，老王和小刘的高中身影。真想高歌一曲“我劝天公重抖擞，不拘一格降人才”，还想高歌一曲“鹰击长空，鱼翔浅底，万类霜天竞自由”，但我不能放歌，因为天气不热，头脑出奇地冷静。宁静是监考的基本纪律，沉默是理性的孪生姐妹。况且窗外有巡视的眼睛，像蛇一样自由自在地游动。

这个作文材料，不瞄不知道，一瞄思绪飘。大脑里闪现的是今年教育部改革的一句郑重承诺:“变追求冷冰冰的分数为培养活生生的人。”高考作文材料乃“吹面不寒杨柳风”，拂润拂润莘莘学子打拼高分之干涸的心灵也。大李是人，老王是人，小刘也是活生生的人。本科生是人，高职生是人，艺术特长生也是活生生的人。手心手背都是肉。高桌子低板凳都是木头，他大舅他二舅都是他舅，都是他舅，都是他舅，他舅他舅他舅……不知道有多少考生爱上了艺术特长生出身的摄影奇才小刘？也不知有多少考生情有独钟于高职生出身的大国匠人老王？但我深信，说句心里话，太多的考生眼里只有大李。他们不选曾经春风得意的高才生大李为“风采人物”靠谱吗？父母苦口婆心，老师语重心长，人往高处走，水往低处流啊！高中的班主任心潮澎湃，摇舌鼓唇，振振有词:“要考就考北大清华！”什么的状元奖状元酒状元宴状元横幅状元雕塑状元经济状元连锁效应，凡所应有，无所不有。“春风得意马蹄疾，一日看尽长安花。”你有我有咱都有，师徒同喝庆功酒。有名有利好前景，名师名校霸王龙。考几火车皮的高职生算什么？宁吃仙桃一口，不吃酸杏子半背篼。像老王一样的中国蓝领，能将技术玩成艺术的有多少呢？华夏高中千千万，谁将高职当人才？有几个学校考核老师会把高职中榜人数当指标？既然凤毛麟角，老师只好围着高考本科指标团团转了。无望奔二本的学生，谁还“众里寻他千百度，蓦然回首，那人却在灯火阑珊处”呢？至于摄影奇才小刘一样的艺术特长生，高中日子是“往事不堪回首月明中”，实乃朽木不可雕也！文化课一窍不通，无可奈何时光去，迫不得已才学艺。苟且于音乐美术体育和摄影，不是班主任的眼中钉肉中刺，就阿弥陀佛了，还奢望百般关爱呢？

文学浪子韩寒，高二因为五门文化课大红灯笼高高挂，影响他班级平均成绩，《三重门》差一点被老师和父母围追堵截胎死腹中。请问:谁会把艺术特长生当一只鸟呢？别看大李这样的高级白领歌唱得动听。“不要疯狂地迷恋我，哥只是个传说。不要疯狂地迷恋我，其实哥也很寂寞。”但大李的寂寞也是圣贤的寂寞，和高职生特长生的被歧视的寂寞是一个味道吗？“高桌子低板凳都是木头”，谁把高职生当木头了？“他大舅他二舅都是他舅”，谁把特长生当舅舅了？出于人类对于弱者本能的高级同情心，给摄影奇才小刘投票的估计比较多，因为以升学率为父母的中国，小刘混到网络摄影红人也真不容易啊！要说真的热羡高级蓝领艺术奇才，德国才是名副其实的。没有科学民主自由法治的环境做保障，热情的道德呼唤不过寒冬腊月电热扇吹来的热风罢了。逗逗老实人开开心也就得了，真以为春暖花开了，出门在野外吸两口冷空气就知道。果真是他大舅他二舅都是他舅吗？看看那些考场外巡视的和巡逻的，比考场里监考的还多，可是他们获得的辛苦费，一点儿也不比监考老师的少。

2015年6月9日

为什么要一“枪”要了他的命

今天已经2015年6月23号了，六盘大地的天是墨云密布，夏雨霏霏。陶醉于金榜题名醇香美酒海洋里的胜利者滋生了一点小怨愤，天公何以欠作美？为什么不骄阳丽日清风吹，状元榜眼满天飞？我不是一个非常善解人意的人，但是，望着遍洒细雨的苍穹泪眼纷飞，我依然喜欢这样的天气。因为，西海固的玉米大豆和洋芋吸吮着上苍的雨露欢天喜地。庄稼欢喜我欢喜！欢喜的我请学生随心所欲给学生百度今年中国的五彩缤纷的高考作文题。北京的，浙江的，江苏的，河南的，宁夏的……好题渐欲迷我眼，学生才是真权威。我说咱写宁夏的，学生钟情河南的。河南那就河南的，反正都是中国的，而且是中国人口最多的。材料晒在黑板上，没有赞美歌颂的，站起来全是批驳的。不知道河南绞尽脑汁出题的专家耳朵烧不烧，反正我身为人民的教师，脸就像个烧炭的。都是网络惹的祸，学生潇洒地将手机摸了摸，扑面就是一个吃鸭蛋的。我故意放大细小聚光的眼睛，曰:“鸭蛋？鸭蛋就鸭蛋！阅卷的老师是要为千千万万考生负责任的。几家风雨几家晴，追求的就是一个科学加公平！”好话不出门，瞎话摇了铃。河南这个零分作文怎么会不胫而走？我想用镇定自若的一瓢套语冷水降温于学生七嘴八舌的愤愤不平给河南鸭蛋考生奉献的一大锅肆意沸腾的同情之水，为我的同类尊敬的阅卷教师力挽既倒的斩钉截铁的尊严狂澜。可是，扬汤止沸，徒费口舌耳。

其实，之于这个河南渑池农村考生的鸭蛋作文，我是“近水楼台先得月”。高考后的第四天，我的一个叫“一抹微笑”的就读于卧龙先生诸葛孔明的老家河南南阳中医学院的学生就微信于我。原原本本引用如下，文字太多，请各位看官浏览。

河南2015年高考作文材料大意是：一位父亲在高速公路开车打电话，旁边的女儿一再提醒，父亲不要拨打电话，可是父亲不听劝阻，最终女儿选择报警。警察前来后对父亲进行批评教育。要求考生给父亲或女儿或警察或有关的人写一封信。

下面是一考生写的作文。

给出题老师的一封信

尊敬的老师：

您好，在经历十多年千辛万苦耐心等待之后，我终于走进了高考考场，激动之情无法言表，仅希望以优异的成绩回报大家。

在备考之际，作为一名豫西山区渑池县的孩子，我曾无数次想象走进考场的情景，我也数十次地学习、观摩了历年的高考作文题目。作为语文考试的大头，作文必然占据很多比例，所以，对作文我等是万分看重的。

尊敬的老师，您好。看到上面的材料后，我不知道如何提笔写信。父亲是个不折不扣的农民，一辈子都没有离开过渑池县，一年365天都是过着面朝黄土背朝天，日升而作日落而息的日子，最近，刚忙完甜瓜又开始收麦，收完麦，又开始种玉米。农村，犹如横亘在他面前的黄河长江一样，出村对他而言就是天方夜谭。父亲，一个一辈子只和土地打交道的质朴农民，他怎么会有车呢？当然，他有车，那个爷爷手里就有的架子车。平时，拉着驾子车老远就给别人让道，父亲拉驾子车时就是爱听那广播。

尊敬的老师，高速公路对我而言，也只是电视上、报纸上和书本上的事。我走过的路只有乡间小道，最好的路也只是镇里的马路。不知道老师，你见过那种颤颤巍巍随时都可能骑车摔跤的小道吗？从上学的第一天起，我就走在了那样的路上，走了十几年。第一次听到高速公路这个词语后，我曾经幻想有一天，我能够带着父亲一起走在那样的路上，宽阔平坦。但截止到现在，截止到我写这封信，我仍然没有目睹过“她”的芳容。

尊敬的老师，您好。在作文这个事情上，我渴望取得好的成绩，渴望写出一篇“千古绝唱”。可我真不知道如何给父亲写这封信。他，一个老实巴交的农民，长年累月身在农村，没有见过高速公路，只有个手机，经常还欠费，在家放着。更没有钱去买车，他怎么会在高速公路上开着车，打着电话呢？或许对于城里和我一样的考生来说，私家车、手机、高速公路……都是家常便饭，但对于我，对于父亲，这是个奢望，至少目前是的。

尊敬的老师，您好。不知道我所说的这些您能否理解？但不管如何，我请你相信，给父亲的信，我无法撰写。但是我可以向您提点意见或建议。

对于像我一样在农村里生活的考生，高考就像一道门槛，迈也不是，不迈也不是。因为外面的世界很精彩，我很想去看看。可就凭这个作文，我的愿望恐怕就要落空。因为，材料里的这些事对我是陌生又陌生的，我甚至都难以想象这样的事情发生，如何写，我无法提笔。

尊敬的老师，您好。假如，我是说假如。如果作文材料是有关农村的事，比如种庄稼的事，比如养猪牛羊的事，比如去摘甜瓜的事，我可以很负责地告诉您，我绝对熟悉，绝对可以写出点东西来，至少不会无法提笔。

可是，尊敬的老师，如果出了类似这样的题材，城里的孩子又怎么办呢？他们见过庄稼吗？分得清小麦和韭菜吗？他们分得清吗？对他们而言，这又是陌生的。如果您这样干了，估计网络上的恶评定会如浪似涛，您恐怕难以承受。还好，像我这样的，无法上网的，没有手机的，没有出过农村的，只能认命，更不会去评论。所以，您不必担心。

尊敬的老师，您好。就在昨天来渑池县城考试之前，父亲告诉我:好好考，成不成再说，但要遵守考场纪律，不要违法乱纪。想到这里，我真的再次向您保证，我的父亲不会开车，手机6月1日开始就欠费了，更不知道高速公路在哪里。

所以，尊敬的老师，我真的不知道这封“写给违反交规的父亲的信”怎么写，只好写给您了！您应该知道渑池县，仰韶文化发源地，古秦赵会盟台“西秦北赵各称高，池上张筵列我曹。何事君王亲击缶，相如有剑可吹毛”。估计电视上也曾经看到过吧？！想必可能不知道天池吧，更不可能知道我村了。没事，相信您马上就知道！

最后，祝您身体健康，工作顺利。

此致！

敬礼！

考生×××

2015年6月7日

我扫视之后，痛定思痛，痛何如哉？这是真的吗？如果是真的，事已如此，命题专家阅卷老师面值千金，袖筒火袖筒灭矣！华夏山河无边际，难道都是吃素的？三个人进馆子，口味不同啊！阅卷的也是人。那个农村的考生是人倒霉，鬼吹灯，放屁砸了脚后跟，卖火药的撞到买子弹的枪口上咧。OK！吃铁面无私黑包拯阅卷老师一颗鸭蛋再说！看你再倔强？看你再任性？冤枉！冤什么枉？比及内蒙古那个十八岁就枪毙十八年后才说死错了的孩子你双手合十阿弥陀佛去吧！

之后的十天里，除了家有考生的翘首期盼，度日如年，热衷高考，上网查阅。旁观者为了生活，忙得要死，饭碗一推，油嘴一抹，鼾声如雷。中国900多万考生，谁会铭记河南渑池一个作文被“枪杀”的农村考生呢？

今天，6月23日，成绩一出炉，神州 蝴蝶漫天飞，华夏蛾子谁是谁？网上的省级状元、市级状元、县级状元、校级状元，图文并茂，扑闪而来，呼之欲出，招之即来，成绩骄人，颜值颇高，烧人眼球，醉人心脾。饕餮大餐状元盛宴，仿佛一剂春药，吞进每一个家长和考生的冰凉的胃里，顿时热血奔腾流窜到每一根毛细血管里，疲软的身心霎时亢奋异常，躁动不已，坐卧难宁。鲜花迷了亿双眼，路边小草无人看。我们一年的高考状元和大清国三年的进士一样多，为什么今天老百姓海量需要的手机小轿车销售所获十成的银子因为核心技术缺氧被科技发达的国家分割去六到七成？高考状元榜眼和探花都是干什么的？何谈高歌猛进合力协作拿下几个自然科学界的诺贝尔大奖呢？河南那个作文得零分的考生，不知道总分几何？他打死也想不到，在大西北宁夏西海固大地的一座拥挤不堪的高二教室里，一个不知天高地厚的语文老师正和一群不知饭香屁臭的准高三学生为他的鸭蛋作文争辩得面红耳赤。其实，我是农村一天一天长大的，岂不知偏僻农村的闭塞与艰辛，情感的天平自然偏向于零分考生。站在阅卷老师一边和学生唇枪舌剑，不过想健全学生独立之人格激活学生自由之思想，碰撞出他们炫目的真知卓见之火花而已。十分的文章八分读，经过一清纯女生的声情并茂朗读，我哪里是同情派的对手啊？！罢罢罢！怪只怪河南那些深居楼房设计作文材料的专家教授，为什么不到田间地头采采风呢？文学来源于生活，河南遍地是农民，没私家车，没上过高速公路，没违犯过交通规则，没交过几百几百的罚款，没大义灭亲举报过他爹肆无忌惮地开车打手机的老实巴交的农民一拉就是几火车皮，你叫他们的儿女给谁写什么鸟信嘛！我的同类我的神！玩了半辈子文学怎么就玩火自焚了？你有手机，以为河南人民都有手机？你有私家车，以为河南人民都有私家车？你开车打手机，以为河南人民都开车打手机？交警是干什么的？为什么非要矫揉造作一个大义灭亲的女儿无私举报呢？为什么命题委员会成了司马衷皇帝的骨灰级粉丝团？老百姓饿死了，曰：“怎么不喝肉汤？”你三宫六院七十二妃了，就深信天下就没有光杆子打得土炕响的老光棍？看看那个河南渑池农村考生写给命题专家的信，多么通俗晓畅，入丝入理，实事求是，声情并茂，不卑不亢，尊严巍然啊！中国这样敢于直言“公车上书”的青年才俊不是太多，而是太少。为什么要一枪要了他的命呢？呜呼！一个零分作文的考生他的高考成绩会好到哪里去？我无语！在泪眼蒙眬中，我仿佛望到了他不屈的身影，那是中国传统士大夫的刚正不阿的身影，那里面诉说着多少不屈服的苍凉啊！国之困，不是人才太少，而是独裁太多。他的同学“春风得意马蹄疾，一日看尽长安花”，他呢？“朝为田舍郎，暮登天子堂。将相本无种，男儿当自强。”2015年，他是登不了天子堂了。他还会倔强地自强不息吗？我想，他会的！我没有资格同情他的贫穷，我只是十分欣赏他贫穷得太有风骨，这是目前中国人最稀缺的精神财富。在厚重的中原大地上，他是在田间默默地劳动，还是在城里无言地打工？《红楼梦》里，贾宝玉和薛宝钗锣鼓喧天喜结良缘的时候，林黛玉无可奈何魂归离恨天，曾惹来了多少痴情男女的眼泪？河南的那个农村考生，同学欢声笑语填自愿时，他在干什么？我不责怪那个枪毙他作文的阅卷老师，老师有老师的难处。我只是想着，如果我阅卷，遇上了那样的作文，我会将“枪”抬高一厘米。因为材料要求中，明明写着“给那个父亲或女儿或交警或有关的人写一封信”。命题的人难道不是“有关的人”吗？记得德国被柏林墙残酷无情地撕开德国时，东德的人民饿得没有办法，偷渡翻越柏林墙。东德的警察自然要见逃必杀了，可是，有一个警察就是枪法臭，每打必走眼一点点。他是多么的被东德的体制藐视啊！后来柏林墙倒了，德国统一了，有记者迷恋他的臭枪法之秘籍。警察淡然曰:“在无奈的体制下，面对真实和善良，我只想把我的枪抬高一厘米。”

2015年6月13日

看《雷雨》的情节漏洞迭出

《雷雨》是20世纪30年代诞生的，在那个没有手机没有电脑没有电视没有电影的信息十分闭塞的年代，《雷雨》的横空出世，搬上舞台，是多么“石破天惊逗秋雨”啊！尽管端庄稳重的淑女绅士们气质非凡地走出剧院不屑一顾地喋喋不休：“乱伦乱伦，这简直就是乱伦！”但是，他们毕竟好奇地已经观看了。如此的“瞎话摇了铃”地不遗余力地大肆免费宣传，坐收渔翁之利的莫过于风华正茂初生牛犊不怕虎的曹禺同学了。就读于清华大学乳臭未干的曹禺同学，学习之余激情澎湃地放了一个话剧之屁，孰料臭倒了大江南北的高官巨贾淑女绅士。曹禺的名字也不胫而走一夜飞红，谁叫人家原名叫“万家宝”呢。由此，遥想民国时代，那时的精神家园是多么的荒芜啊！但是，那时的文化政策又是多么的自由宽松啊！那真是一个绚丽夺目光怪陆离的矛盾时代。《雷雨》中的繁漪欲走出活地狱周公馆的迫切心情，丝毫不亚于易卜生的巨著《玩偶之家》中娜拉想离开玩偶之家的迫切心情。繁漪是中国的娜拉，这是一个多么激动中国妇女之心的文学形象。但是，有多少中国的鲁迅点燃一根烟，幽然地吐着一个又一个烟圈，问：“娜拉出走以后会怎么样呢？”这自然会惹得许许多多的到外面去找幸福生活的繁漪不高兴。从今天看来，美丽的繁漪离家出走，要么依个官员做二奶，要么傍个大款当小三，要么“花自飘零水自流”，要么做老妈子双手粗糙鬓染尘霜，要么面朝黄土背朝天男人娃娃热炕头……我实在想象不出来她更好的前程了，因为，人是软的，但钱是硬的，日子是实实在在要过的。没有妇女的经济独立，何谈妇女的人格独立？真正地爱妇女，就请为她们的经济独立奔走呼号争取呐喊，别给她们画饼充饥。

年近不惑之年的曹禺带着他的心爱之作得意之作成名之作《雷雨》，骄傲地走进了新中国。一鸣惊人的《雷雨》自然成了中学语文课本的座上宾。上世纪80年代中叶的一个秋天，我正坐在西海固一个乡下学校的破旧不堪的土木结构的教室，严肃地接受反抗封建大家庭残酷压迫的教育。语文老师教导我们，要学习繁漪强烈反抗周朴园封建家长制的残酷压迫的宁死不屈精神，要学习周冲竭力冲破封建家庭牢笼的为天下受苦人谋幸福的不屈不饶精神。其时，我们恰同学少年，荷尔蒙澎湃，激情昂扬，嫉恶如仇，只可惜找不到周朴园那样豪华富裕的大家庭，因为，大多数同学的家里正在为温饱艰难地不懈地奋斗。对周朴园的深恶痛绝也只是对着晴朗的天空骂骂而已，至于《雷雨》的情节可否经得起推敲，谁吃饱了撑得慌，惹那麻烦干什么？

今天晚自习，我坐在空气流畅的教室里，和学生一起享受现代化的多媒体教学设备带给人们的视觉听觉的无比惬意，在柔和的暗光里，鸦雀无声地观看孙道临导演的电影《雷雨》。那个年代的大导演毕竟是大导演，孙道临之于《雷雨》，深入浅出，举重若轻，收放自如。演员体会之到位，表演之精湛，使我仿佛闻到了《雷雨》的味儿，一股地地道道的民国味儿。再加上毛笔书法的繁体字幕，英文绝配，朱红印章的“上海电影制片厂”和钱守一的拟音，怎一个精美绝伦了得！看来，孙道临当初导演时的目光就是国际目光了。不知电影《雷雨》走出了中国没有？这不是我关心的事儿，我关心的是与学生同看，其乐融融。好长时间没有体验黑压压的几十人坐在一起看电影的味道了，真是不亦乐乎。看着看着，蓦地就从原有的情节里面跳出来了，想着实实在在的现实生活，不觉就自嘲起来十几年来一直死心塌地地跟着曹禺蒙了一届又一届的涉世未深的风华正茂的青春少年的单纯的双眼，致使他们对真实的生活缺乏严密的客观的逻辑推理，而一味地主观相信富人就是坏人穷人就是好人的简单臆想。都什么时代了，还这样传道授业？于是，双颊发烫，溜出教室。昏暗的天空正飘着毛毛秋雨，凉风沙沙，黄叶簌簌，《雷雨》的情节好像一只讨厌的蚊子不停地叮咬着我寻求宁静的心灵。何必那么较真呢？文学作品是允许虚构的啊。可是，有多少天衣无缝的自作聪明的虚构经得起世世代代寻常百姓的咀嚼？曹雪芹的《红楼梦》经得起，钱钟书的《围城》经得起。我百无聊赖的时候，曾经一次又一次吹毛求疵于两部巨著的情节的完美，结果我一次又一次地尴尬而归。伟大的文学作品仿佛自然的山水一样，赤裸裸地生在那儿，任人类百般观看千般玩味，反正我就这样，坦坦然然的，就这样啊！没有必要邀宠于太阳，也没有必要献媚于月亮，更没有必要逢迎于满天的星星。山就是山，水就是水，认清它们活着的自然规律，和谐地与它们生生不息，不就是中国先哲的“道法自然”吗？何必要哗众取宠夺人眼球人定胜天呢？

周朴园这样富而不贵的中国特色的富人是该千刀万剐，但是，也不至于情节安排他在哈尔滨建造江桥时，故意神不知鬼不觉地使江堤决口，汹涌澎湃地活生生淹死两千三百多建桥工人，周老板好从每一个工人尸体上谋取三百块大洋啊？他不赔工人的命钱就烧高香了，还怎么从工人身上牟取暴利呢？国民政府真的那么弱智那么脑残吗？两千多人命啊！在中国这个人命关天的传统文化浸润的国度里，任何时代任何人执政都一定要好好查一查，将凶手绳之以法，给民众一个交代，不可能“上穷碧落下黄泉，两处茫茫皆不见”。难道周朴园是国民政府他亲爹吗？那也不行的。

周朴园是阴险恶毒得了不得，但好像也没有可能暗中指使警察把罢工闹事的矿上的工人兄弟打死三十几个而逍遥法外。周老板有那个坏心，警察不一定有那个坏胆。警察都是人养的，又不是狼群里野大的。有没有脑子的，也有有脑子的啊。周朴园叫打死工人，他们就连遥控的机器人一样去打死工人？况且，周朴园那么狡猾，打死三十几个工人给他脸上贴金？是周朴园脑子进水了，还是大学生曹禺脑子发高烧了？幸好青年才俊曹禺的脑子毕竟是清华大学高才生的脑子，精心安排突然得知自己肚子里的三个月的可爱的小宝宝竟然是亲哥哥周萍的精血的鲁四凤，夺门而出，疯狂乱跑，在风雨交加的周公馆里，泪眼滂沱地撞在了一根狂风吹吊的电线上，顷刻雷声滚滚，电光闪闪，清纯美丽女子香消雷雨交加之夜。痴情男子周冲，揪着四凤的湿漉漉的衣服摇啊摇，把自己也摇过了断魂桥。生不可以做鸳鸯，死了也要做比翼鸟。有情人死成眷属，终于了了豪门公子的平民心愿。要不然，怎么安排两个无辜纯洁的年轻人离开这个万恶的旧世界呢？不离开又不足以证明这个黑暗的旧世界的十恶不赦。对周朴园而言，恰好应了“人在做，天在看”的俗语，多行不义必自毙，雷公看上了周老爷的小儿子。那么，对于鲁侍萍和鲁贵老两口，鲁四凤的死是“天也，你不识好歹枉为天！”，这种矛盾的统一的情节虚构真的太费脑筋了。周萍的拔枪自杀，壮怀激烈，似乎确在情理之中。试想，和后母繁漪因为年轻无知偷情在先，无颜见父亲周朴园。和亲妹妹鲁四凤栽进爱河如漆似胶难以自拔却浑然不知，突然，真相大白，一定如晴天霹雳，再坚强的男人也“三十功名尘与土”，自己还不如一条狗！活着还有什么脸面啊！不如死了干净。但是，活着的人呢？周朴园、鲁侍萍、鲁贵、繁漪，都是一群白痴吗？既然不是白痴，周萍、周冲、四凤三个孩子搞三角恋爱的时候，这些“曾经沧海难为水，除却巫山不是云”的过来人，眼睛都瞎了？鼻子都实了？嘴都贴了封条了？良心都叫狗吃了？没有看出来周冲喜欢四凤，四凤喜欢周萍，周萍也喜欢四凤？不是的，是压根儿不知道四凤就是鲁侍萍的女儿，周萍的妹妹。哈哈！繁漪可以不知道，鲁贵可以不知道，周朴园可以不知道，鲁大海可以不知道，还活着的鲁侍萍凭什么可以不知道？难道就凭没有做过儿女父母的曹禺的一厢情愿？这样的作家也太不懂人情世故了。曹雪芹云：“世事洞明皆学问，人情练达即文章。”看来，曹禺当年真的是太嫩了，单凭一腔热血就造就了《雷雨》，暴得大红大紫。没有儿女的妇女哪里懂得“慈母手中线，游子身上衣。临行密密缝，意恐迟迟归”啊！身为慈母的鲁侍萍，就算是远在老家做老妈子，难道就漠不关心丈夫鲁贵、女儿鲁四凤、儿子鲁大海一家三口人在哪里打工？这富贵人家的周公馆的主人是何许人也？周朴园又不是搬过来搬过去的流浪一族。周公馆还是三十年前的那个周公馆，不过更豪华更气派罢了。连曾经房子里的家具摆放都纹丝不动，坐月子关窗户的习惯都执着地坚持呢。鲁侍萍就从来漠不关心？况且，一家四口人，三口人都来周朴园家打工，丢下一个老婆子鲁侍萍算个什么事儿呢？不打听也就不打听算了，不知道也就不知道罢了，但是，鲁侍萍不远百里地来到周公馆，见了三十年前的老情人周朴园，怎么就一点儿也没有印象呢？即使岁月再残酷无情，也不可能将人雕刻得面目全非。况且，女人过了二十几岁，再变又能变到哪里去呢？除非你偷偷地做了整容大手术而脱胎换骨，否则，男女偷情好几年，偷出来两个儿子了，过了三十年就给素不相识了？蛇穿了件马甲就给变成乌龟了？“十年生死两茫茫，不思量，自难忘。”才是人世间的情理所在。结过婚生过孩子的人都知道，两口子不要说离别三十年，就是对方死了，换了一层皮，大样子也可以认得的。什么叫男人的一半是女人？这就叫男人的一半是女人。

再看看年轻时候的周朴园，从德国留学归来，英俊潇洒，严谨刚强，风度翩翩，蓄着八字小胡须，抽着吕宋雪茄烟，一副绅士派头。怎么就偏偏看上了周公馆的小保姆梅侍萍小姐了呢？看上就看上吧，可以求证得一清二楚的爱情就不叫爱情了。但是，又为什么为了一个门当户对的千金小姐竟然把已经生了两个儿子的小保姆梅侍萍给扫地出门了呢？而且还是在大年三十的晚上。小保姆是用过的抹布了，随随便便扔了不可惜，但那怀里抱着的不到三天的小男孩可是无价之宝啊！是货真价实的周朴园周家大少爷的精血呀，怎么忍心扫地出门呢？莫非那小男孩是野种？否则，虎毒不食子，曹禺怎么就不明白这个人世间颠扑不破的真理呢？刚刚生下来三天啊！坐月子尚还需要二十七天呢。又走投无路，母子纵身一跳跳进了水流急湍的河里，即使命大被好心人见义勇为救了上来，还可以健健康康地活着？曹禺真的是没有做过女人没有生过孩子，根本不知道肚子疼。女人最害怕的是坐月子的时候糟践下的病，一辈子都难以治疗好。不然，鲁侍萍给周朴园生第一个孩子周萍时，为什么老把窗户关得严严实实的，令周朴园一直深深地刻在脑子里呢？其实，这个情节和《白毛女》除夕之夜黄世仁家向杨白劳逼着要债是一个酸菜缸里的菜，都是阶级敌人残酷压榨劳动人民的血腥味儿。但像周朴园这样受过高等教育的欧洲留学生对待自己的亲骨肉连畜生都不如，就叫智慧的人匪夷所思了。中国有一个成语叫“过犹不及”，把资本家塑造得太坏了，反而十分的不真实。即便是有这样的千刀万剐的黑心资本家，那也应该是个别的，不然资本家都是这个货色，那人生还有什么意思？再说了，文学作品也不可以把个别现象当普遍现象说，这样有碍于未成年人对社会人生客观科学的认知。张爱玲说：“出名要趁早。”我想：“年轻慎下笔。”如果没有客观驾驭社会生活的能耐，就写些“鹅鹅鹅，曲项向天歌。白毛浮绿水，红掌拨清波”的天真可爱的童谣得了，何必故作“曾经沧海难为水”，“前不见古人，后不见来者。念天地之悠悠，独怆然而涕下”的高深姿态呢？就算是为了新生活，只有将资本家写得根本不是人才够味儿，那么，如果没有社会顶层的科学理性的相互制约的权力的精心设计，就是铲除了周朴园，如果工人代表鲁大海翻身得解放，难保不会慢慢地蜕变成又一个周朴园。建国初期的贪污犯刘青山张子善二人的苗不红？改革开放年代的胡长清成克杰二人的根不正？今天政府揪出来的一个又一个贪官污吏，一个又一个心狠手辣的黑社会，难道他们生下来就是那个货色？

2014年10月31日

梦的歌谣

有梦的夜晚

即使再黑

也比没有梦的白天

晴朗

涸的湖

似乎是乡间的小径，两面长满了青草，嫩绿逼眼，柔软如毯。我和一个人并肩漫步，毛毛雨懒懒地飘着。突然，我双手搂着那个人的肩，将他搂到路边，他似乎不情愿，但后面飞过一辆赛车，呼啸而过。他冲我笑笑，“谢谢！狗日的赛车，好豪华！”

我想歇一会儿，看看旷野的花、草、水、土、蓝蓝的天、流动的云……有一个人不肯，拽我要前进。我坐着不动，他急了，大吼：“你忘了我们的理想？”我明白了，活着的最终理想是坟墓。世界这样急，原来都想死。听！一万年太久，只争朝夕。走着的时候，嫌慢，于是骑马，有摔死的；骑马，嫌慢，于是坐车，有撞死的；坐车，嫌慢，于是乘飞机，有灰飞烟灭的……

“走！”一个人毫不客气地拽着我走，走就走。我看到了悬崖，不高，长满了丰茂的水草。风来了，像麦浪一样翻滚，那是绿色的瀑布啊。一个人说：“这就是韩家三少爷和梁家二公子飙车的地方。”“是吗？”“是！”一个人斩钉截铁地说。一睁眼，一具骷髅散在沙土里。再看，还有死人的骨头。一个人说：“这里原来是一个湖，飙车的飞下来，好好的。水干了，他们不知道，就摔死了。”这里真的是湖，我看见了湖底，像天一样的蓝蓝的肌肤，张着纵横交错的裂口，要吃人的样子，我没有地方下脚，于是我飞起来了。碰上了一块云，重重地掉下来。我看见一条鱼全身凝固在泥土里，眼睛还活着；一只青蛙浑身不见了，两条后腿朝天蹬着；一条蛇一半身子插进湖底，头不停地扭动。

哦！原来是个湖？我狐疑地喃喃自语。真的是湖，我看见了湖边土层上水位的印迹，比我的头还高。如果有水，我正走在湖下呢。我会不会淹死呢？会的。我一跳，跳上了一小山丘。啊，湖里一滴水也没有。蓝色的湖底张着血盆大口，狼吞虎咽着毒辣辣的太阳光。一个人喊："快走！"我一回头，哇！湖里面全是水！清凌凌地泛着绿光，白云在湖里自由自在地游动。

"涸的湖，涸的湖……"有声音吟唱。噢！湖边有一条羊肠小径，小径上站着一个姑娘，好像两个。披一身碧绿的纱衣，袅袅娜娜，吟吟唱唱。说，湖后面有一个涸湖山庄，请我们去观光观光。一个人说："走！不看白不看。"于是就跟上去了。突然，小径变成了一条小河，河水打得我走不稳，走着走着，衣服全不见了，害怕被人看见，急得扑进河里找衣服。蓦地，见衣服在一块青色石头上，游上去一拿，湿湿的都在。恍然大悟，哦，河里的水全流进湖里了。一望，不，湖中心有一喷泉，正朝天喷着洁白的水……我一笑，就醒了，是清晨一梦。

走在上班的路上，正逢小学生上学，送学生的小汽车往来穿梭，多如牛毛，连在一起，举步维艰。朝前走不动，往后扯不开。就只好连在那儿，连着连着……

我轻松地步行，哼着梦中的"涸的湖，涸的湖……"

2012年3月10日

绿桃花

我有许多醉心的梦，在醒来之后，努力地记忆，也只是一些碎片。

今早梦见了绿桃花，就猛然醒了，记得较多。

去到一同事家，女的，不漂亮。正方形的偌大的院子，四面皆是黄土筑起的高墙。在她的居室找苏东坡的字帖，没有。说，灶房住一亲戚学生，好书法，有许多毛笔字帖。进了灶房，在破烂的褥子下面乱翻，没有。在破旧的书箱里乱翻，没有。见灶火门前有劈柴的斧头，有劈开的木头，有地上弄虚的土。

跑到院子，蓝的天高高地挂着，白的云掉在了地上，是直愣愣矗立的冰块。我用舌头舔，不冰冷。问："你们哪里这么大的院子？""我们老家就在这里啊。"恍然大悟，我们都是城里人，人家是乡村人。

见高高的烟囱袅袅地冒着青色的烟，和白的云缠在了一起，悠悠地上了蓝天。想，不吃饭，往外走。高大的土门，插几枝直立的细细的枝条，满是花苞，屁股是绿莹莹的，身子是绿莹莹的，尖儿泛点粉红，似乎是桃花。

出了门，和小学一同学，穿着布鞋，要赛跑。拼命地跑啊跑啊，跑不过人家，说，我的书包太重，一提，提不起，一看，书包是我班里一学生的，几十斤。小学同学嘲笑我："羞死了，那么重的书包。"扔了，拉着我跑，跑啊跑，到处都是落山的小太阳。跑啊跑，到处都是向日葵，盛开的那种。突然跑进了教室，黑咕隆咚地看不见学生，再一看，见几个模糊的头，似乎是领导，哈，搞突然袭击。于是手舞足蹈，朗声地吟唱，不知所云。突然，朗声云："美女妖且闲，采桑歧路间。柔条纷冉冉，落叶何翩翩。"又似乎朗语："愚人晓梦桃花绿，朵朵夕阳遍地开。"

于是就醒了。好的梦。

去学校上班，低头见硬的水泥路，抬头见硬的电线杆，硬的路灯杆，硬的高楼大厦。转眼见呆头呆脑灰尘满身的松树、柏树。

下班回家，至一路口，见人山人海，如一窝蜂。凑上去，多是放学回家的小学生，夹杂几个成年男女。整群人喜气洋洋，见屁股不见头，如向日葵怒放。突然，两小孩兴高采烈地钻出来了，双手皆小心翼翼地捧着一个小东西。仔细一看，乃小鸡矣，刚孵出的。

2012年2月28日

傻的梦

我梦见自己傻了，好不容易惊醒，动动手，发觉双手皆压在胸口，原来是魇住了。我多么希望这就是梦，但是，心有余悸，仍然不信这是梦。听耳际模糊传来楼下暖气转换器“轰隆轰隆”的声音，黑暗里摸来手机打开一看，已然凌晨五点三十九分，距离子夜写好《我所间接了解的西班牙》，磨磨蹭蹭地躺下酣然入梦不到四个小时，竟然痛苦地南柯一梦。梦的清晰情节已经惊碎，散落了一床，我小心地翻了一个身，害怕压得更碎。反正睡意不翼而飞，索性起身坐在笔记本前随意地敲打键盘，捡起来残留的印象的碎片。和我曾经做过的许多美丽的梦一样，尽管醒来也是碎片，但我多么希望它不是梦，可终于发觉它不过是撩拨人的黄粱一梦。

德国大学教授叔本华著书立说《关于意志和表象的存在》，终于成了唯意志论的哲学大师。中国宋代陆九渊苦思冥想：“吾心便是宇宙，宇宙便是吾心。”遂成唯心主义哲学大师。其实，大师都是穿越时空跨越地域的。因为思想，人包囊宇宙，涵盖古今。因为思想，许多所谓的知识都是客观世界的人类主观反映。

我的梦，又是什么的主观反映呢？难道真的是“日有所思，夜有所梦”吗？

我梦见了一孔辽阔的黄土窑洞，深不见底，宽不见边。跑得了马，溜得了骡子。摆放着数不清的柳木长凳子。我乖乖地坐在凳子上，竖起了兔子似的大耳朵，规规矩矩地聆听谁的讲话。但是，我看不见谁在讲话，我前瞻后顾，左看右看，看见了春春姐姐，夏夏妹妹，秋秋哥哥，冬冬弟弟。他们的耳朵比我大得多，像驴的耳朵一样耷拉着。我不停地想不停地想，他们的耳朵为什么比我的大呢？这使我很不开心。突然，谁的讲话完了，窑洞里爆响着驴鸣般的掌声。掌声为什么是驴鸣般的掌声呢？我蒙蒙眬眬地一看，原来他们都用驴一样的又长又大的耳朵欢快地鼓掌。我长的是兔子的耳朵，撞击得再欢快也爆发不出驴鸣般的掌声。于是，我羞赧地低下了头。突然，天上的嫦娥掉到了窑洞里，玉手提着玉壶，袅袅娜娜地给每一个鼓掌的人倒酒喝。他们喝了酒都唱着王菲的《传奇》，我喝了酒就没有了记忆。我喊破了嗓子也没有一点儿声音。我喊，我喊，我喊……满地是血，就是没有一点儿声音。我想，我开学了还要讲课，哑巴了怎么讲课赚钱活着？我喊，我喊，我还喊……蓦地就神志不清，胡言乱语。一个声音回荡在辽阔的窑洞，经久不息，经久不息。像阳光照在波浪上，闪闪地闪进我的兔子似的耳朵，哇哩哇啦地说我出了一本书叫《桃李牧歌》，里面全部是胡言乱语。我分辩说，我是在求真求美求智慧。可是，一点儿声音也听不到。嫦娥回眸一笑说，没关系，我已经喝了她的“玉酒”，三天后，脑子会冻结成新疆的和田玉。挖玉的人会一块一块地挖去。求什么真？求什么美？求什么智慧？金钱时代娱乐时代谁还要那些烂东西！知道了那些烂东西占不了便宜尽吃亏。我抱着我的梦想，驰骋在辽阔的窑洞里，不小心跌碎在地上，长满了遍地的山丹丹花。“山丹丹花开红艳艳……”是阿宝撅着屁股唱。我喊，我喊，我喊……没有了声音，怎么讲课赚钱吃饭写日记？于是就醒了。

傻的梦。

2015年2月18日

我的梦想流浪在天涯（代后记）

书之序，书之跋，古已有之。“清水出芙蓉，天然去雕饰”者，凤毛麟角。

《兰亭集序》算其一，却以“天下第一行书”横行于世，盖去了“天朗气清”的序言艺术。怪只怪王羲之的书法太“出类”，不是说序言不“拔萃”。

王勃的《滕王阁序》，语惊四座，摄人魂魄。小小年纪，初生牛犊不怕虎，玩的就是一个心跳。高歌“落霞与孤鹜齐飞，秋水共长天一色”，天籁之音，彰显“穷且益坚，不坠青云之志”的少年豪气。“勃，三尺微命，一介书生。”才情如江河决堤，虽“胜友如云”“高朋满座”，谁还敢挥洒淋漓？

《陶庵梦忆序》不过豪门落魄公子张岱先生的“往事不堪回首”的落魄自语。“鸡鸣枕上，夜气方回，因想余生平，繁华靡丽，过眼皆空，五十年来，总成一梦。”其情之切，心之悲，几人能敌？

文天祥南归的诗集一序再序，《指南录后序》，不就是因为“臣心一片磁针石，不指南方不肯休”吗？不就是“人生自古谁无死？留取丹心照汗青”的真情表白吗？

我仰望星空，遥思追忆，古今中外，“序”之誉满天下者，还有何人之“序”？没有，也许是我孤陋寡闻，也许真没有出类拔萃的序了。看我前面所誉之序，或放浪形骸，或怀才不遇，或忆昔伤今，或情牵故里，皆表自己之真心实意也。哪里像今之序跋，或哗众取宠，或故弄玄虚，或矫揉造作，或虚情假意，或自吹自擂，或投桃报李……不一而足，无所不有。多玩弄文字技巧于股掌之中，少表露真诚心迹于字里行间。呜呼！出书一本，何必要序？画蛇添足，多此一举。

然而，为了避免编辑又要“序言”的尴尬，我还是未雨绸缪，涂个“后记”，与人为善，与己方便。不求锦上添花，但求不要成为多余的垃圾。“序”之于书，莫过于眼睛之于人，表其意传其神者也。

在这个“月光如水照缁衣”的夜晚，关了灯独自浸渍在无边的寂寥之中，聆听降央卓玛的《走天涯》。那富有磁性的女中音不停地揉搓着我日渐麻木的神经，呼唤着我日渐冷漠的灵魂。“月亮依旧停在旷野上，你的身影被越拉越长，直到远去的马蹄声响，呼唤你的歌声传四方……你的脚步流浪在天涯，我的思念随你到远方，谁的眼泪在月光中凝聚成了霜，是你让我想你想断肠……”蓦地，我心里一抖，莫名其妙，匪夷所思，想，“我的梦想流浪在天涯，谁的思念随我到远方？”

没有梦想的灵魂必将冷漠，没有梦想的神经必将麻木，没有梦想的生活必将枯萎。那么，我的梦想是什么呢？我的梦想只是“回归常识，追求真理；回归常识，追求智慧”，所以我将我的这本书定名为《常识的歌谣》。因为利益，谎言说一百遍也就成了真理，但常识毕竟是常识。只要良知尚存，人们就不会迷失在权力里。

“谁能与我同醉，相知年年岁岁？”

我的故乡并不美，它偏僻在大西北偏僻的六盘山大地。“低矮的草房苦涩的井水，一条时常干涸的小河，依恋在小村的周围。一片贫瘠的土地上，收获着微薄的希望。住了一年又一年，生活了一辈又一辈。忙不完的黄土地，喝不干的苦井水。男人为你累弯了腰，女人也为你锁愁眉。离不了的矮草房，养活了人的苦井水。住了一年又一年，生活了一辈又一辈……”可惜，用我们的真情和汗水，就是不能把故乡变得地也肥呀水也美……我的梦想在天涯，谁思念随我到远方？

土地的贫瘠衍生了精神的贫瘠，精神的贫瘠滋生了梦想的贫瘠。然而，横穿五洲大地，遥想故国当年，肥沃的土地也照样茁壮成长贫瘠的精神，贫瘠的精神魔幻了疯狂的梦想，给常识插上了脑残的翅膀。

气势磅礴的大秦帝国的宫殿之上，掉光了男人胡须的赵高阴阳怪气，“谁说那不是一匹马？”于是，眼睁睁看着朝堂之上的那一只可爱的梅花鹿，没有几个人敢说那不是一匹马。那些言不由衷的大臣，是不懂常识？还是害怕真理？不，是明哲保身，是狡猾的愚蠢，是识时务者为俊杰，是“假作真时真亦假”的顿悟。大秦帝国金碧辉煌的庙堂之上，谁敢视死如归地高歌一曲常识的歌谣——“那就是一只鹿啊一只鹿，一只可爱的梅花鹿。”

是那个叫丹麦的北欧小国吗？一个叫安徒生的智者梦幻着一个《皇帝的新装》的童话。全城的人民都喝醉了酒似的喝彩，皇帝的新装好漂亮好漂亮耶！“太好玩了，太好玩了，皇帝什么也没有穿啊！”一个孩子鼓掌欢歌。全城的人民愕然？默然？哑然？不以为然？孩子的常识之手能否拽回疯狂地奔向权力悬崖的人民投其所好邀宠献媚之心？

做一个高尚的人，一个纯粹的人，一个大公无私的人，一个有益于人民的人，一个脱离了低级趣味的人，一个全心全意为人民服务的人。上个世纪，学习雷锋好榜样，“好人好事”不留名。在一条空旷无人的大街上，懒洋洋地躺着一个钱包，一个“高尚”的中国人民捡起了它，“原模原样”地交给了警察叔叔。钱包是一个瑞典记者的，第二天，他来认领。

警察叔叔说：“清点一下，看钱少了没有？”

瑞典记者说：“没有少，可是多了10元钱啊！”

警察叔叔自豪地赞叹：“多么高尚的人民啊！我们要表扬他赞美他学习他。”

瑞典记者耸肩感慨：“是的，多么高尚的人民啊！可是，比高尚更加可贵是诚信！”

“为什么？”警察叔叔疑惑不解。

“钱包是我有意丢的啊！我想检验一下中国人民的诚信。”瑞典记者摇头叹惋。

我不知道这个“狡猾”的没事儿找事的瑞典记者“捉弄”中国“高尚”的人民的故事是不是真实地发生过？但我记得“楚王好细腰，楚人多饿死”的啼笑皆非的故实。我还记得“玄宗宠贵妃，女子皆吃肥”的跟风献媚。我还记得巨人挥手之间，“祖国山河一片红”的汹涌澎湃。我也目睹过“感动”人民的人民真实地茁壮成长过程。还有那些“最美”的人民，他们是怎么成为“最美”的。他们的高尚是毋庸置疑的，但是，哲学告诉我，一个高尚的人施恩于多少不高尚欠高尚的人民才可以成就其高尚的美名呢？如果受恩的对象全是老弱病残也就好了，但是，如果受恩的对象是健健康康的正常人民，这提倡的是一种什么样的时代风尚呢？是温柔地滋养懒汉懦夫？还是大公无私地滋养等着吃高尚的人民？给人民一片辽阔的民主草原，让他们骑上自由的骏马，拽着法治的缰绳，驾驭着人性真实的欲望，驰骋驰骋……驰骋到那遥远的梦想的故乡。

我的家乡在“西海固”。如果你觉得抽象得难以理解，那么，你就听听范琳琳的《黄土高坡》吧。“我家住在黄土高坡，大风从坡上刮过。不管是西北风，还是东南风，都是我的歌我的歌。”的确，那么日鬼的风，你不当歌听你当什么听？令人幸福的是，大风刮过的西海固的天是明朗的天，西海固的人民好喜欢。至于，“我家住在黄土高坡，日头从坡上走过，照着我的窑洞，晒着我的胳膊，还有我的牛跟着我。不管过去了多少岁月，祖祖辈辈留下我，留下我一望无际唱着歌，还有身边这条黄河……”实情是实情，只是流经西海固的不是伟大的黄河，而是一条很没有个性的清水河。

我所见过的世面就是“黄土高坡”这样的世面。人的认知水准乃客观世界的心灵反应。曾经许多年我都深信我们的人民是地球上最幸福的人民。全世界还有那么多受苦的人民需要我们去解救他们于水深火热之中。尤其是较之于饿死人的1960年和整死人的“文化大革命”十年，我们真的幸福得和怒放的花儿一样。发达的资本主义国家有什么好？富的富死，穷的穷死。人与人之间，撕开蒙在脸上温情脉脉的面纱，全是赤裸裸的金钱关系。于是，我就一心一意爱我们的人民公仆。不敢碌碌无为，不敢浑浑噩噩，因为，人最宝贵的东西是生命，生命属于人的只有一次。我要将所有的时间和全部的精力都献给世界上最壮丽的事业——为全人类的解放而奋斗！后来，我慢慢地察觉，人民公仆为什么老往发达的国家考察学习，老往发达的国家旅游观光，老往发达的国家存钱打款，老往发达的国家移民二奶小三，老往发达的国家留学千金公子。既然，地球的那些资本家横行霸道的地方，到处隐藏着臭狗屎一样的嫖娼吸毒凶杀绑架赌博贿选贩毒同性恋，那中国的官员个个都是人精高智商，又不是饥肠辘辘的瘦狗，为什么偏偏去寻找那些臭不可闻的臭狗屎吃呢？人之天性，皆是趋利避害，想去那里，那里一定有令人赏心悦目心旷神怡的好东西。强烈的好奇心啮噬着我对官员的耿耿忠心，促使我上网如饥似渴地浏览发达的资本主义国家的自然景观和人文景观。怎么？外面的“老虎”不吃人，模样还真可爱！那为什么“小和尚下山去化斋，老和尚有交代，山下的女人是老虎，遇见了千万要躲开”呢？几经岁月，我神经兮兮地和留学回国的我的学生促膝长谈，他们实事求是地对彼国生活细节性地描述，撩拨得我春情荡漾，返老还童，向往明天，憧憬天涯。“师傅呀！呀呀呀呀！坏坏坏！老虎已闯进我的心里来，心里来。”

我的梦想流浪到天涯，谁的思念随我到远方？

听着海量的贪污腐败的新闻报道，看着一座又一座风风火火建设好的跨越式发展的空城独向东风说着望门寡的忧愁，再看看那些如还没有来得及嫁出去就被人贩子折磨得遍体鳞伤的女子一样的烂尾楼，我只是一次又一次地聆听赵传唱的《我是一只小小鸟》。“有时候我觉得自己像一只小小鸟，想要飞，却怎么样也飞不高。也许有一天我栖上了枝头，却成为猎人的目标。我飞上了青天才发现，自己从此无依无靠……我寻寻觅觅寻寻觅觅，一个温暖的怀抱。这样的要求算不算太高？所有知道我的名字的人啊！你们好不好？世界是如此的小，我们注定无处可逃。当我尝尽人情冷暖，当你决定为了你的理想燃烧，生活的压力与生命的尊严，哪一个重要？”

哦！常识的歌谣，生命的尊严，我心中的歌谣。

2015年2月13日